MYSTIC FLOWN

I. Le Maître des arcanes

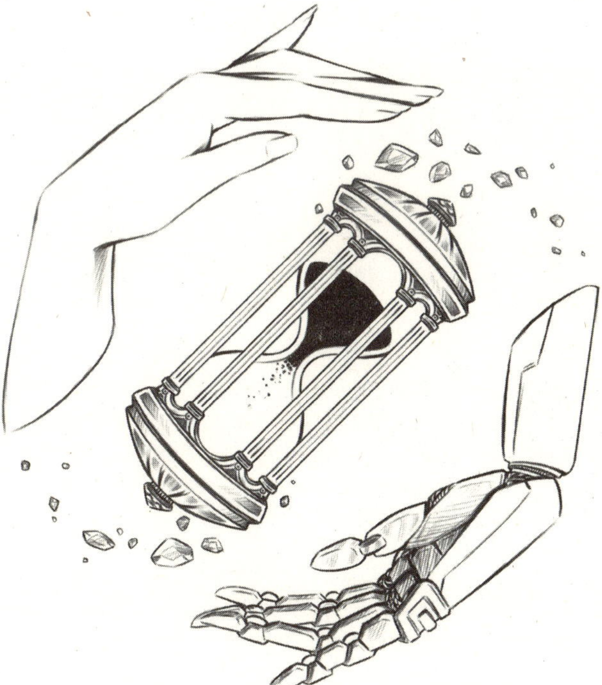

Direction des publications : Stéphanie Baronchelli, Jérôme Bernez-Binder
Direction artistique : Tiphaine Rautureau
Suivi éditorial et maquette : Romain Allais, Alexandre Plantard
Correction : Maud Bataille

www.gulfstream.fr

Couverture et illustrations intérieures : Hypathie Aswang et France Mansiaux
Typographies : Verve – Dieter Steffmann ; CentSchbook

ISBN : 978-2-38349-169-9

Dana B. Chalys

MYSTIC FLOWN

I. Le Maître des arcanes

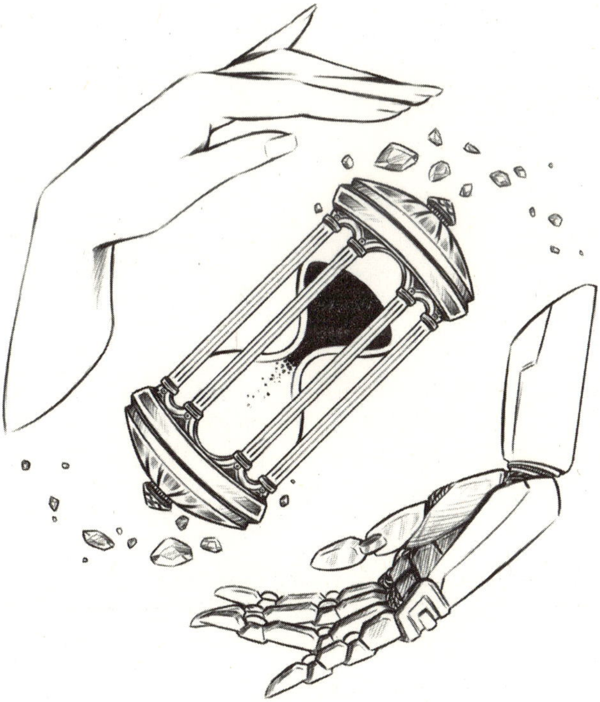

Gulf stream éditeur

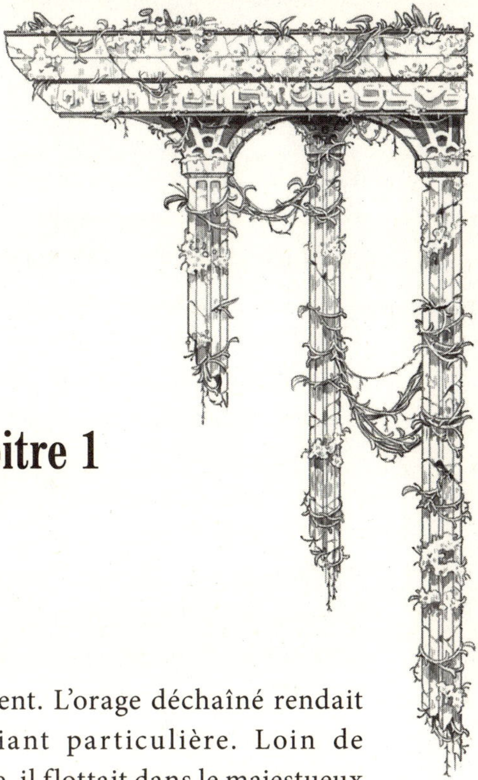

Chapitre 1

Les vieux murs tremblèrent. L'orage déchaîné rendait l'arrivée du nouvel étudiant particulière. Loin de l'habituelle euphorie générale, il flottait dans le majestueux hall du château de l'université une atmosphère presque inquiétante.

Un éclair inonda les colonnades de sa lumière blafarde. Appuyée contre l'un des piliers, Diba regardait de dessous son ample capuche l'attroupement de jeunes gens étrangement silencieux. La rumeur avait couru des semaines durant, déposant sur toutes les lèvres une seule question : comment un fils de rien pouvait intégrer la prestigieuse université de magie de Puy-sur-Embruns deux mois après la rentrée ? La réponse était tombée quelques minutes plus tôt : un maître-cartes, l'une des deux raretés du monde des mages.

Les étudiants commencèrent à s'agiter. Des murmures formaient un bruit de fond sourd et détestable. Ils gagnèrent en intensité avec l'avancée de l'intrigant Sadge Bawen qui fendit la foule sans lui accorder la moindre attention.

Le directeur adjoint, monsieur Dessavac, le précéda au milieu de ce comité d'accueil improvisé, chassant les curieux de ses habituels claquements de doigts agaçants.

Si Sadge ignora tout le monde, il remarqua en revanche l'étudiante solitaire autour de laquelle s'était formé un large périmètre de sécurité. Cette dernière ne retint de lui que son odeur de pluie automnale.

*

Monsieur Dessavac, grand homme d'une soixantaine d'années à l'allure aussi impeccable que sa coiffure gominée, se tenait droit comme les deux tours principales du château. Sadge l'imagina se rompre à la moindre pression tant la tension dans son corps était perceptible. Le directeur adjoint guida le jeune homme sous la galerie longeant le réfectoire commun capable d'accueillir les vingt mille étudiants et les dix mille employés universitaires. Ses dimensions étaient prodigieuses, autant que la hauteur de ses vitres à émail coloré.

Au bout du chemin, une porte ouvrait le passage sur un large couloir. Un escalier perçait la paroi de droite. Trois étages plus haut, un défilé de statues sous des voûtes ouvragées conduisait à une porte en bois massif. Les deux battants étaient tenus fermés par une serrure sans poignée composée d'un couple de femmes enlacées. Le métal patiné s'anima par lui-même, les représentations ouvrirent leurs yeux vides sur les visiteurs.

— Seul le garçon passe, annoncèrent-elles en s'éloignant l'une de l'autre.

— On dirait que je suis pistonné, commenta Sadge sans joie.

Chapitre 1

— La directrice s'entretient toujours avec les étudiants arrivant en cours d'année, vous n'êtes pas une exception, grinça Dessavac.

Il avait beau faire bonne figure, le directeur-adjoint était piqué. Peu désireux de faire durer l'instant, Sadge pénétra dans le vaste bureau. La porte se referma derrière lui, puis le bruit du verrou claqua et ce fut le silence. Face au jeune homme, une paroi vitrée permettait de voir par beau temps l'université en contrebas car le château, sur son promontoire rocheux, la dominait tout entière. À cet instant, il ne vit qu'un voile de pluie à peine déchiré par la lumière des éclairs. Sur sa droite se trouvait un bureau encombré de dossiers plus ou moins ordonnés. Derrière les montagnes de papier, une tête à la chevelure verte apparut.

— Je suis à toi dans une minute.

La voix claire de la directrice Kathéride Filairain contrastait avec ses cinquante ans bien passés autant qu'avec son crâne rasé sur tout le côté gauche, tandis qu'une belle longueur de cheveux tombait sur le droit.

Une minute plus tard, Sadge la vit s'extirper de derrière sa forteresse administrative sur son fauteuil lévitant, bien plus pratique qu'un roulant. C'était typiquement le genre d'engin né grâce à la technomagie, cet art alliant science, technologie et magie.

Filairain aimait les tatouages et il n'y avait guère que son visage à ne pas avoir subi les assauts d'une aiguille. Cela surprenait d'autant plus qu'elle portait une tenue formelle attendue chez une personne de son rang.

— Je sais, la cape rouge et le tailleur noir ne me vont pas, commenta Filairain. Que veux-tu, moi aussi j'ai des concessions à faire. C'est donc toi, Sadge Bawen ?

— Depuis un mois, oui. J'ai encore du mal à me faire à ce nouveau nom.

L'expression gênée de la directrice ne lui échappa pas.

— Tu as eu combien de noms différents ? questionna-t-elle sur un ton prudent.

— Sadge est le onzième. Comment je suis arrivé ici, au juste ?

— Pacifia Quirine.

— La preneuse de paris de mon dernier tuteur ? Il m'envoyait la voir à sa place, elle me faisait flipper. Comment ça se fait ?

Filairain glissa en silence jusqu'à la cheminée où brûlait un feu. Sadge prit place sur un fauteuil devant l'âtre lorsque son hôtesse l'y invita d'un signe de main.

— Pacifia était la fille de la domestique en chef du manoir de ma famille. Nous avons toujours gardé plus ou moins contact. Au milieu de l'été, elle est venue me voir en pleine nuit pour me dire qu'elle avait trouvé le maître aux cartes de Mort.

Sadge posa par réflexe une main sur l'étui en cuir abritant son jeu tant convoité. Son as et son joker étaient les deux seuls arcanes magiques capables de contrer les ARM, les Armures Robotisées Mobiles, des robots hauts de douze mètres. Les ARM étaient des armes de guerre heureusement rares car une seule d'entre elles valait pas moins de cent mages. En d'autres termes, la personne capable de les arrêter possédait un pouvoir militaire et politique sans précédent. C'était pour cette raison que les gouvernements des Terres d'Auvanche et des pays voisins avaient mis à prix la tête de Sadge. La récompense colossale avait eu pour effet de lancer tous les chasseurs de primes du continent à ses trousses.

Chapitre 1

— Le lien entre Pacifia et moi sera difficile à établir, reprit Filairain. En attendant, je compte sur toi pour ne jamais montrer ton as et ton joker.

— Je connais le refrain, je le chante depuis dix ans, lui retourna Sadge sur un ton sec.

Sur ce sujet-là, Filairain n'avait pas l'autorité qu'elle pensait, le jeune homme venait de le lui prouver par cette remise en place incisive. La directrice ne pouvait pas faire jouer sa position car celle de Sadge était à part.

Ce dernier soupira de lassitude tout en se frottant les yeux. Le voyage avait été long, l'entretien s'éternisait, il était fatigué.

— On continuera cette discussion demain, lui dit Filairain. Viens me voir après ton dernier cours.

Sur cette invitation, elle le libéra. Dessavac le conduirait au dortoir du bâtiment des étudiants du premier cycle. Avant de prendre congé, Sadge se tourna vers la directrice pour lui poser une dernière question :

— Dans le hall, il y avait une fille encapuchonnée que personne n'osait approcher.

— Diba Darnak. Laisse-la tranquille, elle aurait du mal à gérer un caractère aussi fort que le tien.

— C'est réellement à vous de juger ça ?

Filairain s'approcha, soudain vêtue de son autorité de directrice.

— C'est à moi de protéger mes étudiants, oui. Que ce soit du monde extérieur, de leurs camarades ou d'eux-mêmes.

La femme avait une haute opinion d'elle-même si elle s'estimait capable de surveiller la moindre fréquentation de ses vingt mille étudiants. Filairain n'avait pas conscience de toutes les zones aveugles de son beau château.

MYSTIC FLOWN

Décidément, Sadge ne se ferait jamais à l'arrogance des adultes sous couvert de protéger les plus jeunes. Il y avait une différence entre bienveillance et contrôle. En outre, Filairain serait surprise de voir qui de Sadge ou d'elle était le mieux armé pour affronter ce qui finirait tôt ou tard par tomber sur Puy-sur-Embruns.

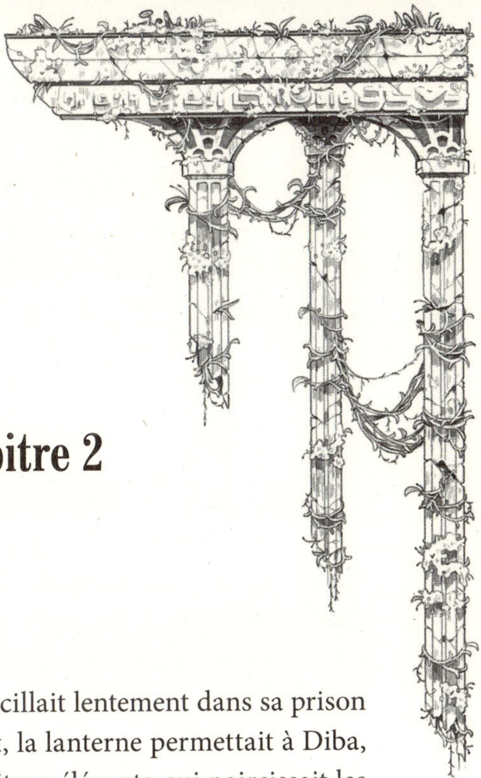

Chapitre 2

La flamme de la bougie oscillait lentement dans sa prison de verre. Posée sur le parquet, la lanterne permettait à Diba, assise en tailleur, de lire l'écriture élégante qui noircissait les pages d'un vieux livre. Contrairement à la majorité des volumes présents dans la bibliothèque, celui-ci était couvert de poussière. Rien d'étonnant à cela car il traitait des maîtres-cartes.

Les joueurs, comme ils s'appelaient eux-mêmes, étaient très rares, plus encore que les manuels, les mages capables d'utiliser leur pouvoir sans catalyseur. Leur magie n'était enseignée nulle part et pour cause : elle ne pouvait pas être apprise puisqu'elle provenait d'un jeu de cartes propre à chaque maître. Il était si unique qu'aucune reproduction, magique ou non, ne pouvait en être faite. Personne ne savait de qui il leur venait. Le jeu apparaissait simplement dans le berceau des enfants choisis.

Par qui ? C'était un mystère.

Les joueurs découvraient donc les capacités de leurs cartes seuls ou sous la tutelle d'un aîné. Les cas cités montraient chez cette caste une propension au voyage dans l'espoir de perfectionner leur art. Pour cela, il leur fallait affronter d'autres mages en duel afin d'évaluer leur propre niveau. Des combats de maîtres avaient déjà eu lieu dans certaines grandes villes, provoquant des dégâts incommensurables, obligeant les cités à s'endetter pour payer les réparations.

Ils étaient des mages tout à la fois admirés, respectés et craints.

Ce que Diba n'était pas. Ce qu'elle ne serait jamais.

Un bruit bref déchira le silence. La jeune femme souffla la flamme de la bougie avant de s'immobiliser. Elle n'avait pas le droit d'être là après l'extinction des feux. Si un professeur la trouvait, elle risquait des pénalités sur ses notes.

Dix niveaux plus bas, quelqu'un avançait au rez-de-chaussée de la bibliothèque. Ses pas avaient beau être légers, ils faisaient grincer le vieux parquet qui ne supportait pas même le poids d'un chat.

Puis, plus rien.

Un silence qui dura de longues secondes. L'individu n'était pas ressorti, Diba en était certaine, tout comme elle savait que personne n'était en train de grimper les volées de marches reliant chacune des galeries de la haute tour. Curieuse, elle s'avança silencieusement jusqu'au garde-corps et passa la tête à travers les balustres. Il n'y avait aucune lumière en contrebas. Les rayons de la lune filtrant à travers les hautes fenêtres et les nombreux vitraux ne permettaient pas à un étudiant de trouver son chemin dans le labyrinthe des escaliers.

La balustrade trembla soudain. Une silhouette passa par-dessus avant de se réceptionner à côté de Diba. Elle recula tout en remettant sa capuche. Dans la main de l'intrus, une carte s'illumina. Le joueur s'accroupit.

Chapitre 2

— Salut ! Je suis Sadge Bawen.

Diba émergea un peu de dessous sa cachette pour le dévisager, incrédule.

— Qu'est-ce que tu me veux ? demanda-t-elle d'un ton glacial.

— Connaître ton nom.

Sa camarade se leva, raidie d'hostilité.

— Pourquoi ? Comment tu as su où j'étais ?

— Tu n'es pas un peu trop suspicieuse ?

— Je ne le suis jamais assez.

— C'est Dessavac qui m'a dit que tu traînais souvent ici.

— Alors pourquoi me demander qui je suis si tu le sais ?

La question surprit le jeune homme. Il haussa les épaules.

— Par politesse. Et par respect. Je suppose que tu es en mesure de te présenter seule ?

Diba ne répondit pas. Elle le toisa un long moment, le détaillant de la tête aux pieds. Les cheveux bruns en bataille, il la dépassait d'une bonne demi-tête malgré son mètre soixante-dix-huit. Elle nota sa silhouette athlétique grâce à laquelle il avait pu grimper jusqu'ici en passant de balustrade en balustrade. Sûr de lui, il était du genre à toujours regarder dans les yeux son interlocuteur.

— Qu'est-ce que tu me veux ? répéta-t-elle.

La conversation n'irait pas plus loin que cette question si Sadge n'y répondait pas. Il passa dans son regard une lueur de résignation. Il n'obtiendrait rien sans jouer franc-jeu.

— Le monstre qui t'entoure, je le connais, confessa-t-il. Comme moi, tu n'es pas solitaire, tu es seule.

Sa perspicacité déstabilisa Diba. Elle n'aimait pas ça. Les douleurs de son cœur ne devaient pas en sortir, même par la bouche d'un autre.

— Si quelqu'un peut enfin me comprendre, je pense que c'est toi, continua Sadge. Parce que les souffrances jumelles s'attirent. Peut-être même qu'elles peuvent s'apaiser mutuellement.

Diba le fixa avec intensité, cherchant à sonder l'étranger de bien des manières trop similaires à elle. Sans rien connaître du joueur, elle devinait derrière ses mots les mêmes peurs que les siennes. Les mêmes blessures.

Un espoir cassé.

Ce regard désabusé semblable au sien, comme si Sadge aussi s'était convaincu de ne pas avoir d'avenir.

Le joueur tendit la main.

— Je suis Sadge Bawen, répéta-t-il. Enchanté.

Diba hésita encore. C'était la première fois qu'une personne agissait ainsi avec elle. Parce que ses pouvoirs étaient directement liés à ses émotions, personne n'osait en provoquer chez elle. Pas la moindre. Depuis l'enfance, ses parents lui apprenaient à se tenir émotionnellement loin des autres. Pas de rival, pas d'ennemi, pas d'ami, pas d'amant ni d'amante. Tout ce qui importait était de ne pas faire varier les battements de son cœur. Or, cette poignée de main impliquait un choix qui la lierait ou l'éloignerait de Sadge, avec tout ce que cela comportait de danger.

Mais à cet instant elle ressentit juste sa monstrueuse solitude.

Elle n'en voulait plus.

D'un geste maladroit, elle lui serra la main.

— Diba Darnak. Étudiante en dernière année du premier cycle. Mage de classe émotionnelle.

— Ah, je comprends…

La jeune femme ramena sa main vers elle quand le regard de Sadge changea. Elle avait trop souvent vu ça, ces yeux chargés d'insécurité à l'entente de sa vraie nature. Ceux du joueur, pourtant, affichèrent vite une franche curiosité. Ça, c'était une nouveauté. Parce que son pouvoir était aussi imprévisible que ses émotions, les gens la craignaient, en particulier car la puissance d'un émotionnel était dévastatrice. À la différence des autres, Sadge la regardait comme s'il pouvait malgré tout se faire une amie de la bête.

L'idée de s'allier à une autre bizarrerie de ce monde poussa Diba à rejeter sa capuche en arrière. Ses yeux noirs étaient mis en valeur par sa peau atypique.

— C'est dû à quoi, ta peau nacrée ? questionna Sadge.

— Je ne sais pas. Tous les émotionnels ont cette particularité, il paraît.

— Y'a de sacrés phénomènes, ici, s'enthousiasma-t-il.

L'ambiance s'allégea soudain comme si une vieille amitié les liait. C'était étrange, mais pas désagréable.

— Ne te fie pas aux apparences. Nous sommes les deux seuls monstres de l'endroit, le prévint Diba sur le même ton.

Le joueur lui sourit avant de porter son attention sur la lecture abandonnée de l'émotionnelle. Il attrapa le livre pour le parcourir rapidement.

— J'aime savoir à qui j'ai affaire, se sentit-elle obligée de dire.

La justification, bien qu'inutile, lui avait échappé. Peut-être prendrait-il mal le fait qu'elle fasse des recherches sur les gens de sa caste ?

— On n'en sait jamais trop… C'est vrai aussi que je ne reste pas longtemps au même endroit, commenta-t-il, par contre ce n'est pas pour les mêmes raisons. Pour les dégâts incommensurables, on repassera.

Diba le laissa à sa critique de l'œuvre pour s'appuyer à la balustrade en songeant au chemin emprunté par le jeune homme pour arriver ici. Escalader trente mètres devait demander un sacré entraînement.

Sadge referma le livre avant de le ranger à sa place sur l'étagère. L'émotionnelle se tourna vers lui au moment où il grimpait d'un bond sur le garde-corps.

— La journée a été longue, conclut-il. On se voit demain ?

— Au réfectoire. Je serai absente le matin.

Dès que sa lanterne fut rallumée, Diba vit Sadge éteindre sa carte et en prendre une autre avant de plonger dans le vide. Lorsqu'elle se pencha pour le voir, il avait disparu dans l'obscurité des étages inférieurs.

Elle n'avait pas vraiment compris ce qui s'était passé ce soir. Une chose était sûre : son nouveau camarade allait à coup sûr changer son quotidien.

Diba quitta la bibliothèque sur cette considération. Elle avait également besoin de sommeil car la prochaine journée serait longue.

Chapitre 3

Le lendemain avant les cours, alors que l'herbe fléchissait encore sous le poids de la rosée, Sadge eut droit à une rapide visite des lieux par l'un de ses camarades : Roderic Izolias. À peine plus petit que lui, noir, cheveux longs coiffés en une forme complexe, Roderic était un guide plaisant à écouter. La réaction des quelques étudiants croisés témoignait également de sa forte popularité à Puy-sur-Embruns. Le bâton qu'il utilisait pour pratiquer sa magie, en ébène incrusté d'argent et long d'une cinquantaine de centimètres, était glissé dans une boucle de sa ceinture prévue à cet effet.

Roderic lui montra les différents collèges. Les étudiants les intégraient au début du deuxième cycle, lorsqu'ils choisissaient leur spécialité. Le premier cycle de trois ans était une transition entre le lycée et l'université dédié à l'apprentissage général de la magie. Quant à l'ultime cycle, il était voué à l'hyperspécialisation. Les trois dernières années étaient si dures qu'un diplôme sanctionnait chacune d'entre elles afin de ne pas prendre les étudiants au piège d'un cercle infernal.

Sadge découvrit ensuite le gymnase près d'un grand lac, la fauconnerie et les pigeonniers à l'orée de la forêt, le chenil, les écuries, les serres et les jardins. Il n'osa pas avouer son désappointement : compte tenu de la réputation de l'université, il s'était attendu à quelque chose de moins banal. Hormis la taille et l'architecture impressionnante de l'endroit, rien ne sortait de l'ordinaire.

Sur le chemin des cours, alors que l'entente se faisait entre les deux jeunes gens, Roderic se montra curieux envers le nouveau venu.

— Tu sais quelle spécialisation tu vas choisir l'année prochaine ? s'enquit-il.

L'enthousiasme de son camarade plut à Sadge, même si lui-même n'en fit pas autant preuve.

— J'hésite encore.

Les probabilités qu'il finisse l'année n'étaient pas nombreuses, alors faire la suivante…

— Tu as un caractère idéal pour la technomagie, affirma Roderic. Je te vois bien pilote.

— Tu serais pas un futur divinateur ?

— Totalement !

Les deux étudiants atteignirent la tour d'astronomie excentrée par rapport aux différents collèges. À son sommet, une pièce majestueuse de marbre et de dorures dont le toit voûté s'ouvrait sur l'immensité du ciel. En son centre, une sphère armillaire représentait leur planète comme le centre de l'univers. La vision datée ainsi que la patine du métal informaient sur le grand âge de l'objet ; il était là depuis la création de l'université. Quand le cours débuta et que le dôme se referma pour plonger l'endroit dans le noir, laissant entendre le cliquetis de ses nombreux rouages, des hologrammes s'activèrent. En une fraction de seconde, des milliards d'objets célestes emplirent l'immense salle, remettant ainsi leur planète à sa juste place.

La silhouette massive de la professoresse Nininaël, astrophysicienne pour l'armée, se déplaça au milieu de cet océan de points lumineux, attirant de ce fait l'attention de ses élèves sur elle. Au programme des deux prochaines heures : découverte du projet d'accélérateur orbital, de la vitesse de satellisation et de la notion de charge utile. Depuis la découverte des ARM, la technologie avait fait un bond en avant inouï.

Il ne fallut pas longtemps à Sadge pour prendre conscience du gouffre entre son instruction actuelle et celle dispensée à Puy-sur-Embruns. Malgré ces difficultés évidentes, Nininaël ne parut pas irritée. Les nombreuses questions posées par le maître-cartes, tout comme son rythme de prise de notes, montraient sa bonne volonté. Nininaël se contenta, à la fin du cours, de conseiller à Sadge de ne pas se décourager. S'adapter au niveau de l'université lui demanderait quelques mois.

Les deux heures suivantes se passèrent dans la forge près du lac artificiel où la professoresse Saubas apprit à ses étudiants comment la conception d'un artefact associé à des runes influençait la puissance de l'objet, jusqu'à lui conférer la capacité de résister à une mise en orbite comme au vide spatial. Les techniques de forge étaient expérimentées au deuxième cycle. À partir du prochain semestre, les étudiants commenceraient tout de même à graver les artefacts afin de les rendre fonctionnels.

Vers la fin de l'heure, un tremblement brutal fit gémir chaque brique du bâtiment durant quelques secondes. Suivit un silence sentencieux, comme si un événement important venait de se dérouler à l'insu de tous. Saubas croisa les mains dans le dos, puis s'approcha des hautes fenêtres. Le regard grave posé sur la silhouette du château au sommet de son promontoire rocheux, elle semblait savoir d'où provenait le séisme. D'ailleurs, aucun étudiant ne paraissait surpris du phénomène. Sadge s'en ouvrit à Roderic.

— Ça se produit régulièrement, toujours le vendredi matin, expliqua-t-il. On a beau le savoir, ça surprend à chaque fois.

La fin du cours arriva. En moins d'une minute, la salle était vide.

Sadge se dirigea sans attendre jusqu'au bureau de la direction. Après l'avoir fait asseoir dans un fauteuil, Filairain lui offrit une boisson chaude et des gâteaux tout en s'enquérant du déroulement de sa première journée. Les banalités débitées, la femme reprit la conversation abrégée la veille. Son désir d'en savoir plus sur celui qu'elle hébergeait était compréhensible. Sadge trouvait étrange qu'elle ne l'ait pas fait en amont. Si elle s'en était donné la peine, elle aurait pris conscience du traquenard dans lequel elle fonçait.

— Comment le gouvernement a su, la première fois ? demanda Filairain. Pour ton as ?

— Des rats ravageaient mon village. Les habitants sont venus implorer mes parents de me laisser régler le problème. Mon père m'a obligé à utiliser mon as. Il briguait la place de maire.

Sadge n'avait pu empêcher la répugnance d'enrober sa dernière phrase tant ce qu'il avait fait ce jour-là l'avait dégoûté de lui-même. Les villageois avaient éprouvé du soulagement là où le maître-cartes avait vu la mort dans son plus sordide appareil. Les cadavres des rongeurs avaient été si nombreux qu'il avait fallu plusieurs jours pour tous les brûler, ce qui avait empli l'air frais de la campagne d'une épaisse odeur de charnier.

— Un peu plus d'un mois après ça, reprit Sadge d'un ton affecté, le temps que l'histoire arrive aux oreilles royales, la récompense pour ma capture est tombée.

Le seul moyen de protéger l'enfant avait été de l'arracher à son village natal, puis de le faire voyager et adopter un nouveau nom autant de fois que nécessaire. De plus, durant la croissance du garçon, son tuteur avait changé afin de ne pas être repéré.

Depuis dix ans, le jeune homme vivait dans une solitude constante, entouré d'inconnus auxquels il n'avait jamais le temps de s'attacher. Il avait fini par presque tout oublier de sa vie d'avant, de sa famille, même de sa mère.

Aujourd'hui, Sadge était adulte. Même en se déplaçant de manière régulière, il finirait par être repéré car certains chasseurs de primes suivaient sa trace sans relâche depuis le début. À Puy-sur-Embruns, université protégée derrière ses remparts millénaires, il serait à l'abri pour quelque temps.

Sadge rejeta en arrière tous les souvenirs de cette époque trop lointaine pour être encore significative.

— J'ai du mal à comprendre pourquoi je suis là, reprit-il. J'entends parler de cette université depuis que je suis gamin, c'est celle de l'élite des élites. Elle est tellement vieille qu'elle apparaît même dans certains contes.

— Je compte bien sur la renommée et le poids politique de Puy-sur-Embruns pour te mettre à l'abri jusqu'à la fin de ton dernier cycle.

L'argument ne répondait pas à sa question, comme si Filairain souhaitait éviter de parler de la raison l'ayant poussée à prendre le risque de cacher un inconnu recherché. Agissait-elle réellement de façon désintéressée ?

— Les meilleurs mages du monde enseignent ici, continua-t-elle. Aucun chasseur de primes ne pourra franchir les remparts sans être arrêté.

— Même un maître-cartes ?

Filairain se réinstalla sur son fauteuil lévitant à la force de ses bras, mal à l'aise.

— Pourquoi un maître-cartes te chercherait ?

— Parce que s'il me bat lors d'un duel, il pourra prendre jusqu'à trois de mes cartes. La perspective est assez alléchante pour que l'un d'entre eux, Plume d'aigle, me colle aux basques depuis une décennie.

— C'est problématique.

Filairain tapota des doigts sur les bras de son fauteuil.

— C'est très problématique, même. Quand t'a-t-il vu pour la dernière fois ?

— Il y a trois mois.

— Donc il sait à quoi tu ressembles. Décris-le-moi.

— Un peu plus grand que le mètre quatre-vingt-dix, vingt-sept ans, peau cuivrée, nez court et droit, longs cheveux noirs toujours coiffés d'une plume d'aigle, d'où son surnom. Il monte à cru un cheval palomino clair avec un harnais sur l'arrière-train.

— C'est précis.

— Faut dire que je le fréquente malgré moi depuis des années…

— Il se serait lancé à ta poursuite à dix-sept ans pour le pouvoir ? C'est jeune.

— J'ai jamais eu l'occasion de lui demander sa motivation, souffla Sadge, soudain las.

Chapitre 3

Sa première journée l'avait épuisé. Il se leva avec l'intention de prendre congé. Le regard désapprobateur de la directrice lui fit comprendre qu'il ne pouvait pas s'en aller selon son bon vouloir, alors il trouva judicieux d'éclaircir un point :

— Même si vous m'accueillez, je ne suis pas l'un de vos étudiants.

— Tu es sous ma responsabilité, ce qui me donne certaines prévalences sur ta seule volonté.

— Vous êtes responsable de moi auprès de qui, exactement ? Mes parents ?

Le venin dans sa dernière phrase paralysa Filairain de stupeur. Bien sûr, elle fut incapable de répondre à la question puisque cela serait admettre son absence de raison d'exiger de lui une obéissance aveugle.

— J'ai l'intention de profiter de mon passage ici pour étudier sérieusement, ajouta Sadge. Si personne ne m'embrouille je me tiendrai tranquille, vous avez ma parole.

L'expression de la femme se radoucit.

— Bien, se résigna-t-elle. Mais sache que je ferai toujours passer mon université avant toi.

Le sourire en coin qu'il lui décocha montra que ça, il l'avait compris bien avant elle. Sans rien ajouter, Sadge quitta le bureau.

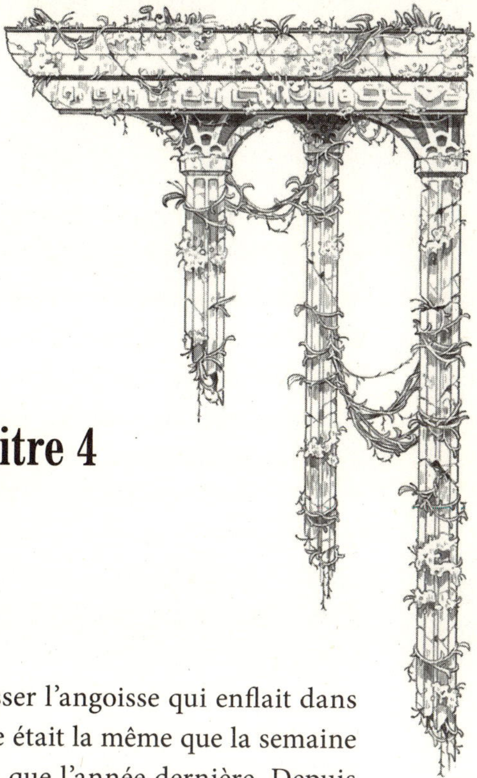

Chapitre 4

Diba expira, espérant chasser l'angoisse qui enflait dans sa poitrine. La boule au ventre était la même que la semaine dernière, que le mois dernier, que l'année dernière. Depuis son arrivée à Puy-sur-Embruns, depuis qu'on lui avait imposé une professoresse particulière, le stress l'oppressait à chaque séance. Elle redoutait toujours le moment où Ardelave lui posait sur la tête le heaume à cimier[1] en crins de licorne. Possession la plus précieuse d'un ancien chevalier empathique, le casque avait hérité du don de son propriétaire. Une fois mis, il amplifiait les émotions dominantes chez le porteur. Pour Diba, c'était toujours la peur et la colère. Trois heures d'entraînement étaient nécessaires avant l'épreuve du heaume.

— Tu es prête ?

La voix posée d'Ardelave était rassurante comme un cocon chaud. Diba leva un regard inquiet vers elle.

1. Ornement fixé sur le sommet d'un casque.

— Jamais, répondit-elle dans un souffle.

Elle ferma les yeux lorsqu'elle sentit le métal plaquer ses cheveux noirs contre son crâne. Elle espérait toujours que cela suffirait à briser le maléfice, mais la vieille magie n'avait pas besoin d'être vue pour agir. Le pouvoir de l'objet se déversa dans le lacis de ses veines et alla chercher au plus profond d'elle les secrets qui la hantaient. Il les tira vers sa mémoire pour les lui rappeler dans leur horreur la plus immonde.

Une douleur discrète naissait au creux de son cœur pendant que ses émotions martelaient son esprit.

Sa respiration s'accéléra malgré elle, son palpitant s'emballa comme un cheval apeuré. Déchirant les abîmes de ses cauchemars, la voix de sa professoresse l'incita au calme et au contrôle. Mais Diba ne parvenait pas à se ressaisir. La colère monta, la peur la submergea et l'envie de tuer la gagna. Poings et dents serrés, elle lutta pour essayer de refouler les pires moments de sa vie. Ils avaient eu lieu dans l'intimité de son être, loin des regards. Personne dans son entourage n'avait jamais su à quel point elle haïssait les autres d'avoir peur d'elle, à quel point elle aurait aimé tous les tuer pour s'arracher cette douleur du cœur.

Il était là, l'effet pervers du heaume : pousser les sentiments à l'extrême au point que Diba ne les reconnaissait pas elle-même. Dans ces instants-là, le cumul de ses émotions les annulait sans la moindre exception. Un gouffre monstrueux s'ouvrait en elle, avalant tout comme un ogre jamais rassasié.

— Enlevez-le !

— Pas encore, répondit calmement Ardelave.

Le pouvoir de l'étudiante commença à se manifester. Des arcs électriques provenant de son corps calcinèrent le bois de la chaise sur laquelle elle était assise. Les meubles commencèrent à vibrer puis à trembler. Même Ardelave se sentait mal. Elle en avait l'habitude, maintenant. Chaque fois que Diba utilisait son pouvoir, sa peau la brûlait. Si elle ne voulait pas finir désintégrée, elle devrait bientôt arrêter le test.

Derrière la professoresse, l'imposante étagère en chêne se fissura avant de s'effondrer, laissant à peine le temps à la femme de s'éloigner. Elle comprit que la situation devenait dangereuse lorsque ce fut le château tout entier qui se mit à trembler sur sa base.

— ENLEVEZ-LE !

Le cri de Diba la tira de sa torpeur. Dans un mouvement leste, elle retira le casque.

Le tremblement cessa.

Les longs cheveux de Diba, soulevés tantôt par son pouvoir, retombèrent lourdement sur ses épaules. Fatiguée, elle laissa sa tête basculer en avant et ne bougea plus. Ardelave posa le heaume par terre afin de pouvoir glisser une main sous son menton.

— Diba, ça va ? s'enquit-elle.

Ce fut un regard vitreux qui lui répondit. Elle était à deux doigts de perdre connaissance.

La professoresse l'aida péniblement à s'allonger sur sa table d'examen. Non pas qu'elle manqua de force, mais Diba était grande et pesait son poids. Elle l'allongea, sortit une petite fiole de sa poche dont elle versa le contenu entre les lèvres entrouvertes de l'étudiante, qui ferma les yeux.

Puis les rouvrit dans un sursaut.

Une douleur violente lui transperça la poitrine. À son poignet, les diamants sertis sur son bracelet d'obsidienne s'illuminèrent en même temps que ceux du bracelet d'Ardelave. Reliés entre eux, les bijoux jumeaux permettaient à la professoresse d'être informée de toutes les crises de l'étudiante. Les diamants projetaient alors un plan du château sur son avant-bras afin qu'elle puisse facilement la localiser pour intervenir.

Ardelave posa sa main gauche sur le haut du thorax de Diba. Elle psalmodia des paroles incompréhensibles, et la crise passa aussi vite qu'elle était venue. Diba expira le reste de la douleur dans un soupir salvateur.

Plusieurs minutes lui furent nécessaires pour reprendre des forces.

Une fois remise, Diba se redressa pour s'asseoir. Ardelave lui donna alors un tour d'oreille incrusté d'un œil de tigre.

— Il va commencer à faire froid, lui dit-elle.

Diba passa le bijou finement ciselé qui remontait sur sa tempe. Depuis son entrée à Puy-sur-Embruns, elle n'avait plus le droit de porter des vêtements dissimulant le haut de sa poitrine. En cas de crise, son cœur devait être facilement accessible. Exit donc les hauts à encolure et les pulls. Pour lui éviter de souffrir de l'hiver, l'université lui fournissait ce pare-froid. Consacré par les sorcières d'Aulnecœur, il agissait comme un sort de protection grâce auquel l'étudiante vivait mieux l'hiver que tout le monde, car la température de son corps ne variait jamais.

Diba n'aimait pas cette saison. Tout était gris, nu. Les arbres commençaient déjà à perdre leurs feuilles aux teintes orangées et le brouillard viendrait bientôt hanter le parc du château.

La séance terminée, Diba s'en alla sans dire un mot, fait coutumier de l'étudiante, et s'engagea dans le vieux couloir mal éclairé, prête à traîner les séquelles de cette séance durant deux jours au moins.

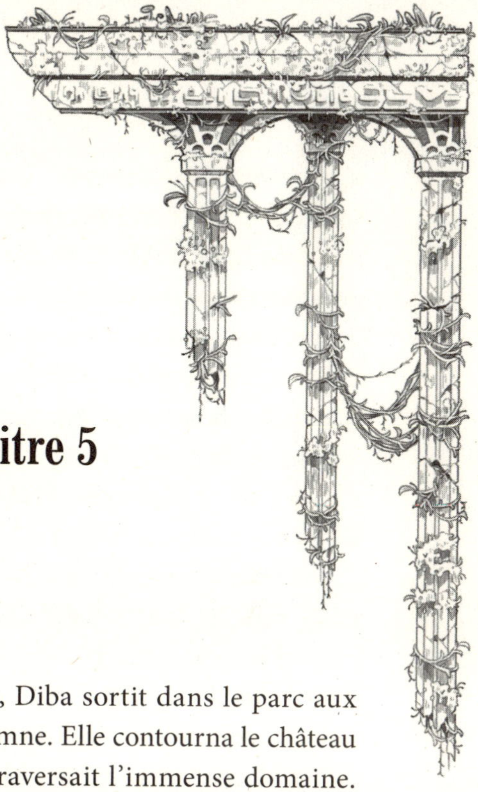

Chapitre 5

Un plateau-repas en main, Diba sortit dans le parc aux couleurs chatoyantes de l'automne. Elle contourna le château pour arriver à la rivière qui traversait l'immense domaine. Près de l'eau, quelques tables éparses avaient subi les ravages des intempéries, mais demeuraient assez solides pour accueillir encore des étudiants amoureux des endroits calmes. Diba s'installa afin de savourer son déjeuner au son agréable du clapotis de l'eau et du bruit lointain des cascades.

Une silhouette apparut devant elle.

— Je peux ? demanda Sadge.

Il avait l'art de sortir de nulle part. Elle s'y ferait.

— Je t'en prie.

Sadge s'installa mais ne mangea pas tout de suite, préférant s'abîmer dans la contemplation du paysage. Ses yeux vifs percevaient le moindre mouvement de la nature.

— Tu es songeur ou observateur ?

La question amusa le jeune homme. Diba cherchait à le comprendre, à sa manière.

— J'aime aussi connaître l'endroit où je vis comme les gens que je côtoie, répondit-il. Au fait, ton livre d'hier, il était nul.

Il maîtrisait également l'art de changer de sujet. Diba le regarda avec curiosité pousser son plateau dans un coin. Il attrapa son jeu dans l'étui en cuir accroché à sa ceinture.

— Laisse un maître te parler de son art.

Sadge manipula son jeu avec agilité. En quelques mouvements précis, il avait posé devant Diba trois tas de dix cartes. Les deux derniers arcanes retournèrent dans l'étui. Il attrapa le premier tas d'une main, le déplia en éventail afin de le montrer à son vis-à-vis.

— Dix éléments : terre, feu, air, eau, métal, roche, bois, glace, brouillard et éclair. Tous les maîtres ont les mêmes, y'a juste le numéro qui change.

Il le montra dans un coin.

— Ma carte de roche est la deux, elle sera facilement battue par une carte de dix. Ma carte du feu est un dix, elle bat toutes les autres cartes de la catégorie, sauf le valet, la reine, le roi et l'as. Tu suis ?

Diba approuva. Sadge posa le tas afin de s'emparer du deuxième.

— C'est là où ça se complique. Dix invocations, chacune liée à une aptitude bien précise. Ici Simasil, Ysdar, Nassy, Oshen, Asharii, Nahasael, Ardaloch, Vamelor, Abrasel et Nalemiel. Les quatre dernières je ne sais pas à quoi elles servent.

— Comment ça se fait ?

— Ce n'est pas livré avec un mode d'emploi. Je n'ai jamais réussi à les utiliser, du coup je ne connais pas la particularité de chacune. Pour cette catégorie, aucune carte identique. Tu ne peux connaître son pouvoir et sa puissance qu'en affrontant d'autres joueurs.

Chapitre 5

— Troisième catégorie : les capacités. Invisibilité, bouclier, liaison, télépathie, passe-muraille, vol, métamorphose, lumière, ténèbres et téléportation. Le fonctionnement est le même que celui des éléments.

— Et les deux dernières ?

— Chaque chose en son temps, éluda-t-il.

Diba n'insista pas, ce qui conforta Sadge dans sa première impression concernant l'émotionnelle. Sa singularité la rendait respectueuse de celle des autres. Aussi, elle ne se montrerait jamais invasive.

Diba poussa un peu son plateau, puis croisa les bras sur la table. Elle regardait les cartes avec intérêt. Les capacités qu'elles conféraient étaient le fruit de plusieurs dizaines d'années de travail pour les autres mages. Pas étonnant que les joueurs soient craints.

— Je peux ? demanda-t-elle.

Sadge la laissa prendre la carte de l'invisibilité. Elle détailla l'image représentant une femme se cachant les yeux de la main droite. Les dessins étaient beaux, le trait fin donnait un bel effet de mouvement.

Elle étudia encore un peu le devant avant de la retourner. Un prénom était inscrit derrière.

— Qui est Eben ? demanda Diba.

Le joueur se fustigea intérieurement à l'idée d'avoir oublié ce détail : les cartes lui appartenant étaient marquées de son prénom. Son vrai prénom. La seule solution pour que Diba ne se doute de rien était de noyer le poisson dans la masse. Il attrapa d'autres cartes dans son étui, toutes gagnées lors de duels, puis les posa sur la table. Sa camarade les attrapa. Il y avait cinq autres prénoms.

— Chaque jeu est bien unique, expliqua Sadge. Le nom du propriétaire est marqué au dos.

— Pourquoi trois cartes pour chaque nom différent ?

Diba n'avait pas remarqué que « Sadge » n'apparaissait nulle part. Il avait évité la catastrophe de peu. Et pour s'assurer que ça continuerait, il rangea toutes ses cartes à l'exception d'Asharii, l'arcane du Secret, que Diba avait pris entretemps.

— Lors d'un duel, le gagnant peut prendre jusqu'à trois cartes au vaincu, lui répondit-il. Une qu'il choisit, deux qu'il prend au hasard.

— Pourquoi trois ?

— Je ne sais pas.

— Qu'est-ce qu'il se passe si tu en prends plus ?

— Les trois premières cartes t'obéiront, en théorie. Les autres non.

— C'est fascinant.

Elle détailla les cartes gagnées par Sadge une par une. Tant de puissance dans de si petites choses, c'était toujours extraordinaire à voir. Comme pour les artefacts, c'était étrange de se dire que la magie pouvait être enfermée dans un écrin, comme si ce n'était qu'un vulgaire objet.

L'invocation d'Asharii s'illumina soudain d'une douce lueur blanche. Diba chercha une réponse auprès de Sadge.

— Pourquoi est-ce qu'elle réagit ? Je n'ai rien fait.

— Ce n'est pas par rapport à toi. Asharii réagit à la magie.

Sadge attrapa la carte du Secret. L'homme aux yeux fermés et à la bouche cachée par un ruban dégageait une chaleur à peine perceptible. L'invocation se mit à léviter et à avancer doucement. Sadge attrapa un morceau de pain, y fourra deux tranches de lard, puis la suivit.

— Tu viens ? demanda-t-il à Diba.

— Où ?

— Je ne sais pas.

Chapitre 5

Étrangement, la réponse convainquit sa camarade. Ils suivirent l'arcane à travers le parc du château, jusqu'aux hauts remparts cerclant les jardins interdits. Diba ouvrit le cadenas de l'imposant portail sans aucun mal, signe d'une évidente habitude. À l'intérieur, des lierres épais cascadaient sur les murs gravés de motifs inconnus, sans doute décoratifs. Un dôme de verre laissait filtrer la lumière tout en maintenant une température constante à chaque saison. Aussi la végétation était-elle abondante et luxuriante, courant entre les arches de pierre, grimpant aux belles colonnes et tapissant le sol aux pieds des statues qui décoraient l'endroit. De l'eau coulait çà et là, formant de petits ruisseaux au roulis tranquille serpentant entre les nombreux bassins.

Les deux camarades empruntèrent un escalier à la balustrade en pierre magnifiquement ouvragée pour descendre vers un autre étage du jardin. Protégé par les hauts arbres feuillus, l'endroit était plus sombre qu'au niveau supérieur, et on voyait des fleurs aquatiques phosphorescentes projeter des reflets bleutés sur les colonnes des grands bassins.

Sans quitter la carte des yeux, Sadge s'émerveilla de l'endroit mais s'étonna de n'y voir personne. Il en fit part à Diba.

— L'université interdit de venir ici pour préserver la dryade, expliqua-t-elle. En plus, elle aime chasser violemment les intrus.

— Pourquoi elle ne se montre pas, dans ce cas ?

— Parce que je viens souvent et qu'elle m'a acceptée. Nous avons beaucoup de choses en commun…

La jeune femme n'alla pas au bout de sa pensée, laissant le joueur libre d'interpréter ses paroles. Il lui jetait un coup d'œil dubitatif lorsque la carte s'immobilisa enfin.

Le duo se trouvait devant un mur caché par les lierres. L'invocation s'était glissée derrière la barrière végétale puis collée à la paroi. Sadge dégagea les plantes afin de mettre au jour une petite serrure finement ouvragée. Curieux de découvrir la porte, il fit courir ses doigts le long des pierres blanches : il n'y avait aucune trace visible du moindre battant.

— Tu sais de quoi il s'agit ? demanda le joueur.

— C'est la première fois que je vois une serrure de ce genre.

— Ce n'est pas le cas de tout le monde, on dirait. Quelqu'un a tenté de la forcer.

Il passa son index sur de petites entailles autour du chemin de clé. L'émotionnelle l'examina elle aussi, perplexe :

— Deux questions se posent : qui a pu venir ici sans déranger la dryade ? Et qui a été assez stupide pour essayer d'ouvrir manuellement une serrure magique ?

— La première je ne sais pas. Pour la seconde, je dirais que c'est une personne qui n'a pas la clé, mais qui veut ouvrir la porte à tout prix.

— Tu as l'esprit vif…

— Et toi la promptitude au sarcasme, répliqua-t-il.

Diba ne releva pas, préférant s'avancer vers l'arbre le plus proche. Elle effleura l'écorce du bout des doigts en prononçant un mot que Sadge ne comprit pas. Le tronc craqua par à-coups avant de commencer à se mouvoir. Rapidement, le bois forma le buste d'une femme aux orbites vides. La dryade tendit la main vers l'étudiante pour la saluer, index levé vers le ciel. Elle fut imitée par sa visiteuse, qui s'empressa de lui demander si elle avait vu passer quelqu'un récemment.

— Comment oublier…

La voix de la sylve était rêche. Elle semblait avoir du mal à s'extirper du bois.

Chapitre 5

— Il y a deux soleils, un étudiant est venu ici. Il est resté de longues minutes à essayer de forcer la serrure de ce mur.

— Pourquoi tu ne l'as pas chassé ?

— Il était protégé par l'artefact d'un archiphytomage.

Diba et Sadge échangèrent un regard sceptique : quel étudiant, même à Puy-sur-Embruns, pouvait posséder un tel objet sans que personne ne l'ait remarqué ?

— Sais-tu ce qu'ouvre cette serrure ? reprit Diba.

— Non. Quand je suis arrivée à la fin de la construction des jardins, elle était déjà là. Mais les ondines étaient ici bien avant.

La dryade tourna la tête en direction du bassin nimbé de bleu fluorescent où une petite cascade coulait vivement. Près de la margelle, une racine sortit du sol, s'étira et ondula comme un ver de terre le long des pierres pour aller toucher l'eau. Un clapotis régulier troubla le calme du jardin durant une minute.

— Que fais-tu, Rheyi ? demanda Diba.

— J'appelle une amie.

— C'est un bassin. Il n'y a que quelques poissons rouges.

— Tous les bassins de Puy-sur-Embruns communiquent entre eux, ainsi qu'avec la rivière. Regarde.

Le clapotis s'arrêta. Le silence ne dura pas. Le bruit d'une grande quantité d'eau que l'on déplace se fit entendre. Deux bras longs et squelettiques sortirent des flots, s'agrippèrent aux pierres, puis hissèrent sur le rebord du bassin une créature immonde. L'ondine n'avait de vaguement humain que la forme de son visage et le haut de son corps. Sa peau presque translucide était tirée sur ses os saillants et le bas de son corps ressemblait à une queue de poisson décharnée. Son visage rond n'avait pas de nez, mais sa large bouche abritait de petites dents pointues. Ses grands yeux vitreux semblaient être aveugles, agressés certainement par tant de lumière.

— Allez lui parler, conseilla la sylve aux humains. Niamh ne vous fera aucun mal.

Les ondines n'étaient pas agressives, mais leur aspect dissuadait de les approcher de trop près. Devant le malaise flagrant des étudiants, l'ondine plongea ses mains dans l'eau et tira une couverture aqueuse avec laquelle elle se couvrit. Le liquide la cacha entièrement et resta suspendu dans les airs quelques secondes, comme s'il défiait les lois les plus élémentaires de la physique. Puis, obéissant de nouveau à la gravité, l'eau s'écrasa par terre, dévoilant une magnifique femme à la peau bleutée. D'efflanquée, elle était devenue voluptueuse avec ses longs cheveux ondulants comme les vagues à la surface de l'océan. Sa queue s'était transformée en jambes et ses yeux brillaient de malice.

Les deux amis échangèrent un bref regard puis s'avancèrent.

— Il y a une serrure sur ce mur, commença Sadge après une brève présentation. Vous savez ce qu'elle ouvre ?

— Une porte, évidemment.

— Laquelle ? demanda Diba.

— Cela, je ne le sais pas. Les serrures disjointes ouvrent des portes qui sont partout sauf derrière elles. Drôle d'idée.

— Il y a un moyen de savoir où elle pourrait se trouver ? demanda l'émotionnelle.

— Certainement. Regardez la serrure, elle vous donnera la clé du mystère.

— Jolie métaphore, commenta Sadge.

Niamh inclina la tête avant de se rejeter dans les flots. Diba et Sadge retournèrent vers le mur sous le regard curieux de la dryade. Le métal découpé formait un dessin difficile à identifier. La représentation petite et assez grossière n'était pas inconnue à l'étudiante. Elle était certaine d'avoir déjà vu cette forme de sablier quelque part. Mais où ?

— Diba, les cours vont bientôt reprendre, l'informa Sadge. On devrait y aller.

Elle approuva, salua son amie, puis emboîta le pas au joueur.

Chapitre 6

L'après-midi commença avec deux heures de technomagie auxquelles assistèrent Diba et Sadge. Ce dernier délaissa Roderic, trop entouré, pour la compagnie de l'émotionnelle, assise seule près d'une fenêtre.

Madame Hatatieth regarda la scène avec attention, prête à intervenir si l'étudiante rejetait la présence du nouveau. Sans l'accepter, elle ne le repoussait pas non plus. Malgré tout, l'incertitude de la situation la tint en alerte durant le cours consacré à la technomagie militaire, et particulièrement aux ARM.

La technomagie permettait de fabriquer et de manipuler des objets de la vie courante augmentés de magie. Les créations les plus complexes étaient toutes destinées à l'armée, comme leurs dirigeables blindés, de lourdes structures qui ne pourraient pas voler en temps normal. Depuis la découverte des robots dont la technomagie s'était nourrie afin d'évoluer, les premiers engins spatiaux de forage étaient sur le point d'être envoyés sur la lune. Une base était déjà en orbite sélénocentrique depuis six mois.

— Alors c'est vrai, pour les ARM ? demanda quelqu'un.

— Elles appartiennent en effet à une ancienne civilisation beaucoup plus avancée que nous, répondit la professoresse. La première ARM a été découverte près d'ici il y a vingt ans mais n'a pu être actionnée que cinq ans plus tard par un mage manuel.

Les mages manuels, comme l'indiquait leur nom, étaient capables de maîtriser la magie à mains nues, contrairement à la majorité de leurs semblables utilisant des instruments, comme des bâtons ou des épées. Ils étaient aussi les seuls à pouvoir piloter les ARM car les robots ne permettaient pas l'utilisation d'un intermédiaire, même la plus petite baguette. Ces mages étaient très rares, d'où le manque de bons pilotes.

Ils ne l'étaient toutefois pas autant que les maîtres-cartes et les émotionnels.

Tous les regards se tournèrent vers Sadge et Diba à leur évocation. Si le premier accueillit l'attention par un clin d'œil taquin, la seconde s'enfonça sous sa capuche. L'intervention d'Hatatieth écourta le moment gênant avant qu'il ne fasse naître chez la jeune femme des émotions négatives, au risque de mettre tout le monde en danger. Les autres étudiants étaient prudents par eux-mêmes, seulement parfois cela ne suffisait pas. Dans ces cas-là, c'était au personnel universitaire d'intervenir.

Sadge leva la main :

— Prof, est-ce qu'un joueur peut piloter une ARM ?

— Par joueur, vous voulez dire maître-cartes ?

— Yep !

— S'il est capable de manipuler la magie indépendamment de son jeu de cartes, en théorie, c'est possible, oui.

Chapitre 6

Elcina Fodora, une baguettiste et future enchanteresse, leva aussi la main du haut de son mètre dix.

— On peut vous appeler « prof » nous aussi ?

La question souleva des rires amusés, y compris chez Hatatieth, dont le sourire marqua les rides d'expression sur sa peau basanée.

— Pourquoi pas.

— Dans ce cas, prof, reprit Elcina. On ne sait toujours pas fabriquer nos propres ARM ?

— Non, pour la bonne raison qu'on ne comprend pas encore la totalité de leur fonctionnement.

— Mais si cette civilisation était aussi avancée, intervint Roderic, comment ça se fait que personne ne la connaisse ?

— Nous ne savons pas. Pourtant certains vestiges archéologiques laissent penser qu'elle était encore là peu de temps avant la construction de l'université, il y a mille deux cents ans.

— Quand on voit comment le monde se déchire pour une dizaine d'ARM fonctionnelles, cette civilisation a peut-être intentionnellement effacé sa trace de l'Histoire pour éviter une guerre générale.

La remarque de Diba jeta un froid sur la salle. Pas parce que ses interventions étaient exceptionnelles, mais parce que son analyse sonnait beaucoup trop vrai. L'horreur qu'elle laissait entrevoir était glaçante. Personne n'osa rebondir.

À part Sadge :

— Dans ce cas, pourquoi ne pas les détruire ?

— Ils ne pouvaient peut-être pas, hasarda Diba. Alors ils les ont enterrés.

— Ou bien ils en ont laissé quelques-uns, au cas où, réfléchit le joueur.

— Au cas où quoi ?

— Ils vont peut-être revenir ?

— Tu y crois vraiment ?

— Non, convint Sadge.

— Votre réflexion est intéressante, intervint Hatatieth.

Elle glissa une diapositive dans un projecteur à cristal. Une seconde plus tard, l'éclaté d'un compartiment apparut en trois dimensions.

— Cet emplacement vide se trouve sur toutes les ARM. Personne ne sait avec certitude à quoi il sert. On sait seulement qu'il est conçu pour recevoir un objet mesurant précisément deux centimètres.

— Quel genre de pièce ? demanda Roderic.

— Personne ne sait à quoi elle ressemble ni où elle pourrait être. Le Deux-centimètres, comme on l'appelle, est devenu une quête pour chaque pays.

— Laissez-moi deviner, lança Sadge. Notre gouvernement offre une méga prime à qui la retrouvera ?

Hatatieth fut impressionnée.

— En effet. Comment le savez-vous ? Ne me dites pas que vous comptez des chasseurs de primes parmi vos relations ?

C'était un peu le cas… malgré lui.

— Je connais juste le fonctionnement du gouvernement. Et donc, vous pensez que la civilisation a saboté ses machines au lieu de les détruire ?

— C'est pour l'instant la meilleure hypothèse que nous ayons. Ça sera d'ailleurs le sujet de votre essai pour la semaine prochaine : pour quelle raison une civilisation avancée disparaîtrait en laissant uniquement des armes derrière elle ? Et ça sera tout pour aujourd'hui.

À part Roderic, les étudiants firent la moue car la fin de ce cours annonçait le début du prochain consacré à la divination.

Chapitre 6

Aussi passionnante soit la discipline, elle était difficilement applicable. Personne n'aimait peiner à la tâche, encore moins durant la dernière heure de la semaine.

Si tous les étudiants dormaient en dortoir dans leur collège respectif, la particularité de Diba lui avait valu une chambre individuelle dans le château, à l'étage inférieur de celui où se trouvait le bureau de la directrice. De sa fenêtre, elle pouvait voir le dôme principal et les remparts entourant les jardins interdits. Enfin seule, l'émotionnelle se déchaussa en soupirant de soulagement. Parfois, les journées lui semblaient longues. Alors, la solitude de sa chambre lui manquait. Au calme, elle s'imprégna de la sérénité de l'endroit, écouta le tic-tac monotone de l'horloge… et le toc-toc qui martelait la vitre.

Derrière les carreaux, accroupi sur le rebord de la fenêtre, Sadge tentait d'attirer son attention. Diba alla lui ouvrir.

— Je te dérange ? s'enquit-il.

— Non. Qu'est-ce qu'il se passe ?

— Je ne me sens pas à l'aise dans ma chambrée, mes colocs me dévisagent, ça me gonfle. Je ne savais pas où aller.

— Je comprends. Entre.

Sadge pénétra dans la chambre, puis s'installa sur le lit.

— Tu ne m'as pas dit ce que tu faisais ce matin, reprit-il.

L'étudiante leva les yeux au ciel face à sa manie de sauter d'un sujet à l'autre.

— Je suppose qu'on n'y peut rien, se résigna-t-elle.

— Rien à quoi ?

— Laisse tomber. J'ai des cours particuliers certains vendredis matin pour apprendre à maîtriser mon pouvoir.

— Ça donne quoi ?

— Pas grand-chose, avoua-t-elle.

— Ça me fait penser qu'il y a eu un tremblement de terre, ce matin. Apparemment, c'est habituel.

— C'était moi.

Sadge la fixa, sans voix. Diba connaissait bien ce genre de silence. Elle savait qu'il comprenait enfin la réalité du danger qu'elle représentait car aucun mage, aussi puissant soit-il, ne pouvait faire trembler un domaine de la taille de Puy-sur-Embruns.

Si les gens se protégeaient d'elle en la fuyant, elle ne savait pas se protéger d'elle-même. L'espoir que lui offraient ces cours particuliers était la seule lumière de son existence, le seul « peut-être » de son devenir. Car elle savait qu'avant ses trente ans son pouvoir la tuerait, comme il avait consumé tous les autres émotionnels.

— C'est douloureux ?

Sadge s'était redressé sur le lit. Diba s'assit à côté de lui.

— Physiquement, non. Psychologiquement… Ce sont les sentiments négatifs qui rendent ma magie plus puissante et plus incontrôlable, alors…

Le joueur comprit sans mal que, lors de toutes les séances, ses entraînements la plongeaient dans la pire part d'elle-même.

— Les sentiments positifs donnent quoi ?

— Rien. Je n'en ai pas éprouvé un seul depuis petite, ma famille avait peur de mes larmes autant que de mes éclats de rire.

— Et les coups de cœur ? tenta Sadge.

Il était tellement soucieux d'elle que Diba ne put lui reprocher ses questions. Il s'inquiétait vraiment, elle le voyait à son expression attentive et à la prudence de son ton.

— On m'a éduquée depuis l'enfance à ne pas m'attacher aux autres car ils me blesseraient. On m'a dit que j'avais fini par développer une sorte d'apathie sentimentale et de phobie romantique.

— T'apprendre à craindre le monde, c'est pas le meilleur moyen de t'y faire vivre sereine.

Sadge se leva, soudain déterminé.

— Ça te dit qu'on tente un entraînement rien qu'à nous ?

La proposition incongrue poussa Diba à se lever aussi.

— C'est trop dangereux. Si personne ne l'a tenté, c'est que ce ne doit pas être possible. Ce sont des professionnels, ils ont traité d'autres cas, ils savent ce qu'ils font.

— Alors pourquoi le taux de mortalité des émotionnels est de cent pour cent avant trente ans ?

Diba resta coite. Tout le monde connaissait cette information ? Même les autres étudiants ?

— Diba, ces pros ont peut-être vu beaucoup de cas, et ils donnent sans doute le meilleur d'eux-mêmes, mais ça ne suffit pas. Ils n'admettront jamais qu'ils sont dépassés. Puisqu'ils ont tout tenté, autant que ça soit à ton tour. Ta vie, tu es la seule à la vivre.

Sadge n'avait pas tort, pourtant la perspective de tenter quoi que ce soit sans filet inquiétait Diba. Perdue dans ses pensées, elle se rassit sur son lit d'un air absent. Le joueur s'accroupit devant elle.

— Première étape : faire quelque chose qui te rendrait heureuse. Une idée ?

— Non.

Comment pouvait-elle savoir ça ? Était-il possible d'anticiper la joie ? Comment être sûre que ça n'échouerait pas et rendrait le moment gênant, vexant ou triste ? Même un divinateur ne pouvait jurer de rien.

— C'est trop risqué, décréta-t-elle.

— OK, lâcha-t-il en se redressant. J'ai déjà trop insisté, pardon.

— Tu es le premier à te soucier réellement de moi. Je ne veux pas que tu t'excuses.

— Je ne le fais pas pour cette raison, mais parce que j'ai tendance à aller trop vite.

Cette vérité ne reçut aucun commentaire de la part de Diba dont le regard était tombé sur le parquet patiné. Son esprit s'était perdu dans les questionnements soulevés par l'idée irréaliste de Sadge. Le silence anormalement long de ce dernier finit par lui faire à nouveau lever les yeux. Le joueur était absorbé par l'examen minutieux des murs de la chambre couverts de schémas d'ARM. Tous les livres publiés concernant la technologie des robots géants trônaient sur une étagère. Des journaux s'entassaient dans un coin, chacun contenant au moins un article concernant les découvertes récentes, en particulier celles ayant permis de créer des engins spatiaux opérationnels. La collection de Diba n'était pas le fruit d'un hobby ; c'était celui de la passion de toute une vie.

— Tu t'intéresses de près aux ARM, constata-t-il. Tu aimerais piloter ?

— C'est impossible pour moi.

— Ce n'est pas ce que je t'ai demandé.

Diba le dévisagea, lui découvrant un sérieux plus profond qu'elle n'aurait imaginé. À cet instant précis, il lui parut impossible d'apprendre un jour à connaître toutes les facettes du maître-cartes. La laisserait-il de toute façon faire ?

— J'aurais aimé piloter, oui, répondit-elle. Mais les chances sont tellement infimes que ça tiendrait du miracle.

Chapitre 6

Cette fois, ce fut à Sadge de ne faire aucun commentaire. Une dernière inspection de la pièce, et il se dirigea vers la fenêtre.

— Essaie quand même de réfléchir à ma proposition, insista-t-il.

— D'accord.

Sur cette promesse obtenue, Sadge dut quitter la compagnie de l'émotionnelle pour gagner son propre dortoir avant l'extinction des feux.

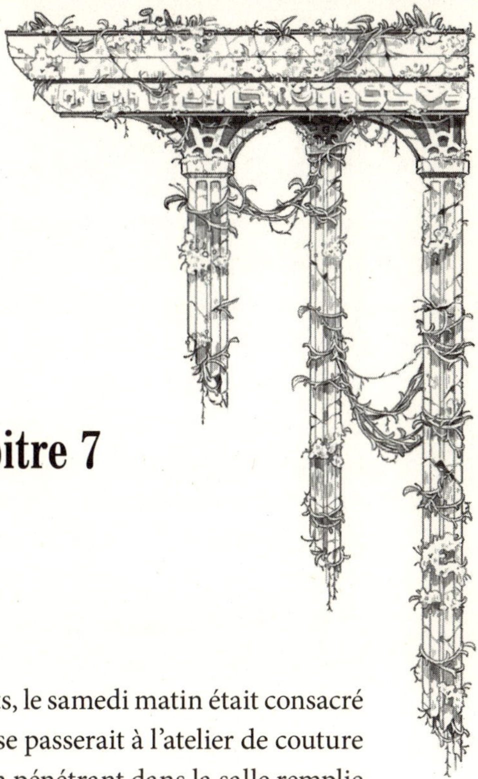

Chapitre 7

Pour la plupart des étudiants, le samedi matin était consacré à leurs options. Pour Sadge, il se passerait à l'atelier de couture où son uniforme l'attendait. En pénétrant dans la salle remplie de mille étoffes, Sadge resta un instant admiratif. Il y avait, assis à leur poste, autant de filles que de garçons. Certaines personnes travaillaient en groupe, d'autres seules, comme Diba, installée en retrait des autres. Le joueur s'apprêta à aller la saluer lorsque le professeur Rolieu l'intercepta.

— Vous êtes pile à l'heure. Venez avec moi.

Le bonhomme chauve au tempérament nerveux parlait vite. Il conduisit le jeune homme vers deux cabines où Sadge put essayer une tenue complète. Alors Rolieu l'attira devant une psyché.

— Vous pratiquez quels sports ? demanda Rolieu en détaillant sa carrure.

— Escalade, gym et natation.

— Je vais devoir retoucher un autre manteau. Au moindre effort vous déchirerez celui-là. Y'a pas à dire, le hasard génétique a ses favoris…

Rolieu termina en prenant ses mensurations avant de laisser filer le joueur. Ce dernier remit sa propre veste en attendant, puis rangea ses affaires dans son sac. En relevant la tête, il vit Diba le regarder. Il s'apprêta à la rejoindre quand Rolieu intervint pour le presser au départ afin de ne pas perturber ses camarades.

— Vous avez votre épée à aller chercher à la forge, ne traînez pas, le tança Rolieu.

Sadge jeta son sac sur son épaule d'un geste rageur. Ce type était une plaie !

À la forge, madame Saubas lui donna son épée d'apparat protégée par le fourreau blanc des premiers cycles serti du rubis des troisièmes années. Un détail chiffonna Sadge : l'arme se portait à la taille, elle le gênerait pour se déplacer dans l'université car le joueur escaladait tout ce qui pouvait l'être. Ses déplacements gagnaient en rapidité et cela lui permettait de se maintenir en forme. Seulement, c'était interdit par le règlement. Saubas ne voudrait jamais lui confectionner un harnais dorsal.

Une idée brillante lui traversa l'esprit. Il prit congé puis retourna à l'atelier de couture. Sadge avait l'art de rendre son mètre quatre-vingt-huit invisible, même sans l'aide de sa carte. Il se faufila d'étagère de taffetas en montagne de brocart jusqu'à Diba. Ni vu ni connu, il prit un siège à côté d'elle.

— Tu vas te faire jeter, le prévint-elle sans lever les yeux de sa broderie.

— Je ne reste pas longtemps. T'es partante pour me fabriquer un harnais dorsal pour mon épée ?

Diba connaissait la raison de cette demande, aussi ne posa-t-elle pas de question en ce sens.

Chapitre 7

— Pourquoi tu ne le fais pas seul ?

— Je ne sais pas coudre le cuir.

L'émotionnelle abandonna son œuvre, attrapa un mètre ruban et, tout en surveillant Rolieu du coin de l'œil, prit à son tour les mensurations de son camarade.

— J'ai tout ce qu'il me faut, annonça Diba. Maintenant, file, avant qu'on ait des ennuis tous les deux.

Sadge lui fit un clin d'œil avant de disparaître derrière une étagère au moment où Rolieu arrivait.

Le gymnase de l'université était coudoyé par une salle de musculation, une piscine couverte et des terrains de sport. Sadge fit un détour par les vestiaires pour passer un pantalon confortable et un débardeur près du corps, avant de rejoindre le grand espace scindé en deux. D'un côté se déroulait l'entraînement à l'escalade sous la responsabilité de madame Ydos ; de l'autre avaient lieu les cours de lutte de monsieur Redger. Sadge reconnut un visage familier à l'écart des autres lutteurs : Elcina Fodora, dont la petite taille la distinguait facilement de ses coéquipiers.

Sadge s'immobilisa sans la quitter des yeux. Il ne supportait pas la mise en abyme de sa propre solitude lorsqu'il faisait face à celle des autres. Il ne pouvait pas s'empêcher de se reconnaître en eux, et c'était comme si leur peine s'ajoutait à la sienne. C'était asphyxiant. Pour mettre fin à son malaise, il avait deux solutions : détourner la tête, ou être pour Elcina la personne providentielle que Sadge attendait lui-même chaque fois qu'il crevait d'être seul, celle qui le tirerait définitivement du gouffre dans lequel il se débattait.

Le joueur rejoignit sa camarade mécontente.

— Elcina, y'a un souci ?

— Je suis juste en train de me demander comment on fait disparaître un corps, grogna-t-elle.

— Dans le bas fourneau, ça doit le faire. Besoin d'aide pour le transport ?

— Je ne l'ai pas encore tué, mais ça ne devrait pas tarder.

Elle désigna un étudiant d'un signe du menton. De taille moyenne, les cheveux mi-longs, la peau mate, le jeune homme se pavanait devant une assemblée béate.

— Dinh Damer excelle tant en tout qu'il fait le tour de l'intégralité des options pour tester ses capacités. Aujourd'hui ça tombe sur la lutte, et comme il ne m'aime pas parce que je ne lui lèche pas le derche, il fait en sorte que je ne puisse pas m'entraîner.

— Le prof ne dit rien ? s'étonna Sadge.

— Regarde-le, il est en admiration totale devant cette enflure, tout ça parce que *monsieur* Dinh est le petit-fils du second conseiller du roi.

L'expression révulsée de sa camarade le fit sourire. Elle ne l'aimait vraiment pas. La légèreté de Sadge retomba un peu en se souvenant que les étudiants de Puy-sur-Embruns étaient le fils ou la fille d'un notable, qu'il soit des Terres d'Auvanche ou d'un autre pays. En d'autres termes, il ne pouvait faire confiance à personne ici.

Il y avait pourtant un gros avantage : les gouvernements ne s'attendaient pas à ce que le maître-cartes le plus recherché du monde soit aussi proche de leurs enfants. Il avait accepté de rejoindre l'université pour cette raison, ainsi que dans l'espoir d'apprendre des informations clés sur ses poursuivants.

Les rires des lutteurs le ramenèrent à la réalité du moment. Sous l'impulsion de Dinh, ils se moquaient d'Elcina.

Chapitre 7

— L'escalade ne te tente pas ? proposa Sadge à cette dernière. Juste pour aujourd'hui.

Elcina réfléchit tout en le fixant. Elle haussa les épaules.

— Ça ne sera pas pire que de ne rien faire. Je te suis.

Ils prirent la direction de l'autre partie du gymnase quand Elcina nota un détail.

— Tu gardes ton jeu pour le sport ?

— Je ne m'en sépare jamais, même pour la natation.

— Il résiste à l'eau ?

— À tous les éléments.

Tant mieux pour Sadge, car il devait se tenir prêt à s'en servir dans n'importe quelles conditions. Les chasseurs de primes redoublaient d'imagination pour tenter de le coincer. Plume d'aigle était peut-être une sangsue, mais lui au moins ne l'avait jamais pris en traître jusqu'à maintenant.

— Et… ta cicatrice dans le dos, reprit doucement Elcina. C'est courant, pour les maîtres-cartes ?

La brûlure en forme d'impact était tellement étendue qu'elle se distinguait sous le débardeur du joueur, au niveau de ses omoplates.

— Seulement quand tu affrontes des enfoirés.

Sadge accompagna sa réponse d'un sourire pour dédramatiser la situation. Les gens n'étaient jamais à l'aise face aux stigmates.

— Hé, le nouveau !

Sadge se tourna en direction de Dinh. Elcina en fit de même.

— Tu devrais mieux choisir tes fréquentations, Maître-cartes. Entre une bombe à retardement et une naine acariâtre, tu ne pars pas avec les meilleures chances.

Dinh plaçait la barre haut question stupidité s'il confondait caractère et acariâtreté.

Sadge se pencha vers sa camarade :

— Je t'aiderai à cacher le corps.

Elcina ne put retenir un éclat de rire. Même sans avoir entendu, Dinh se vexa, en particulier quand les deux jeunes gens continuèrent leur chemin sans lui accorder plus d'attention.

— Tu t'es fait un ennemi, remarqua Elcina.

— Ça ne sera pas le dernier, commenta Sadge sur un ton blasé.

Il en avait connu des plus coriaces qu'un fils à papa capricieux.

Soudain, un afflux magique mit Sadge en alerte. D'un geste leste, il ouvrit son étui.

— Lame de fond ! cria Dinh.

Sadge fit volte-face et, sans qu'il ait besoin de toucher son jeu, sa reine bouclier en sortit et s'activa. Tandis que le sort de Dinh s'écrasait dessus, le joueur attaqua de l'autre main.

— Simasil, invoqua-t-il dans un souffle.

Une silhouette de lumière jaillit de sa carte. Elle fila en un éclair percuter Dinh. L'impact projeta l'étudiant, et le heurt de son dos avec le mur lui arracha un gémissement de douleur qui explosa dans le silence hébété du gymnase.

À la stupéfaction générale succéda la curiosité. La démonstration du maître-cartes attira les étudiants présents. D'un signe de main, Sadge guida ses cartes vers leur étui où elles se rendormirent. Tandis que Redger aidait Dinh, sonné, à se relever, Ydos s'approcha de Sadge.

— On ne veut pas de ça à Puy-sur-Embruns.

— Je n'ai fait que répondre, se justifia Sadge.

— Vous verrez ça avec la directrice. Venez avec moi, dit-elle en l'empoignant par le bras.

Chapitre 7

Sadge se dégagea de son emprise. Ydos parut choquée par le regard impitoyable du jeune homme : ce n'était pas celui d'un étudiant lambda. Il y avait à l'intérieur bien plus de rage que dans celui de tous ses camarades réunis.

— Je connais le chemin, lâcha Sadge.

Il repoussa Ydos avant d'attraper à son tour Dinh par le bras.

— Il vient aussi, trancha-t-il face aux protestations de monsieur Redger. Hors de question que je sois le seul à m'en prendre plein la gueule.

Encore déstabilisé, Dinh suivit le mouvement.

Filairain poussa un soupir contrarié face aux deux étudiants silencieux.

— Ça ne fait même pas trois jours que tu es là, se désespéra-t-elle.

— Y'en a toujours un pour faire le malin, répliqua Sadge. Vu le phénomène, vous auriez dû vous douter que la confrontation arriverait vite. Je n'ai pas l'intention de me laisser faire.

Même si elle ne disait rien, Filairain était furieuse.

— Dinh, que ça te serve de leçon.

— Elcina et lui se moquaient de moi, se justifia le concerné.

— Après que tu t'es toi-même moqué de deux étudiantes. Cette expérience devrait t'apprendre la prudence car, peu importe où tu iras, il y aura toujours quelqu'un pour te tenir tête. Et il se pourrait qu'il ait l'avantage sur toi. De mon côté l'incident est clos. Tu peux retourner en sport.

Dinh jeta un regard mauvais à Sadge avant de quitter le bureau. Filairain n'attendit pas plus longtemps pour parler franchement :

— Que tu ne te laisses pas faire, je le comprends, mais sois prudent. C'est risqué.

— Ça fait dix ans qu'un simple pas dehors est dangereux pour moi, je n'ai pas besoin des leçons d'une femme qui me laissera tomber dès que le gouvernement apprendra ma présence ici.

Peu habituée à ce que des élèves lui tiennent tête, Filairain s'emporta :

— Si l'endroit est si peu sûr pour toi, je ne te retiens pas !

La directrice comprit son erreur quand l'expression de Sadge afficha une colère franche. Elle eut à peine le temps de prendre une inspiration que le maître-cartes avait disparu.

Filairain s'affala dans son fauteuil lévitant, soufflée, car même un archimage ne pouvait pas disparaître aussi vite.

Ce gamin allait être une plaie à gérer.

*

Après avoir percé le cuir avec une griffe à frapper, Diba le cousit à l'aide d'un fil de lin tressé. Les bandes prédécoupées lui avait fait gagner un temps fou. Elle avait même réussi à utiliser un peu de magie, parce que l'idée de rendre service à Sadge lui faisait plaisir.

Cette constatation lui fit repenser à la proposition du joueur. Peut-être avait-il raison de vouloir tenter un autre moyen ? Jusqu'à présent, on la plongeait dans la peur et la haine pour lui apprendre à se contrôler, alors pourquoi ne pas tenter la joie, pour une fois ?

Pour cela, encore fallait-il savoir ce qui pourrait la rendre heureuse plus d'une matinée. Elle commençait à apprécier Sadge, mais faire sa garde-robe l'ennuierait vite. Elle n'aimait pas coudre à ce point. D'ailleurs, elle s'y était avant tout mise pour pouvoir se confectionner la capuche de son manteau, rien de plus.

Tandis qu'elle quittait la salle de couture avec le harnais finalisé, elle se rappela le thème de l'essai à rendre en technomagie. Que personne n'ait encore trouvé ne serait-ce que la nature de la pièce manquante était incroyable.

En arrivant près du collège des premiers cycles, Diba fut percutée de plein fouet par un Sadge furieux. Déstabilisée, elle se serait retrouvée sur les fesses si le joueur n'avait pas eu le réflexe de la rattraper *in extremis.* Sadge la fixa tandis qu'elle retrouvait ses appuis. À nouveau présent à lui-même, il s'empressa de s'excuser.

— Pourquoi tu as toutes tes affaires ? demanda Diba. Tu vas où ?

Il y avait une pointe d'angoisse dans sa voix. Le joueur sembla vouloir lui répondre sans y parvenir. Il ne trouvait pas ses mots.

— Tu quittes l'université, comprit l'étudiante.

Après toutes les perspectives qu'il avait esquissées pour elle, il s'en allait sans rien dire. Une douleur naquit dans la poitrine de Diba. Sa peau la brûla. Elle connaissait cette sensation, ce n'était pas bon du tout. Afin de garder le contrôle, elle ferma les yeux et resserra ses doigts sur le cuir. Elle inspira, puis expira à l'instant où la main de Sadge se posait sur la sienne.

— Tu as fait le harnais.

Ce n'était pas une question, juste une observation un peu tremblante. Diba leva les yeux vers Sadge ; les siens brillaient trop.

— Pour te remercier de t'intéresser à moi, et pour te dire que je suis partante.

— Pour quoi ?

— Tenter de maîtriser mes pouvoirs en étant heureuse. Alors, tu t'en vas ?

Sadge hésita. Il regarda l'horizon en direction de la sortie de Puy-sur-Embruns où l'on devinait la silhouette des immenses remparts, jeta un coup d'œil au château perdu dans ses hauteurs puis reporta son attention sur Diba.

— Ça dépend. Tu auras besoin d'aide ?

— Sans doute.

Le joueur fit face à son dilemme intérieur encore un instant, avant de prendre sa décision :

— Tu as trouvé ce qui pourrait te rendre heureuse ?

Exactement, non. Mais elle avait un début de piste.

— Je veux être celle qui trouvera le Deux-centimètres.

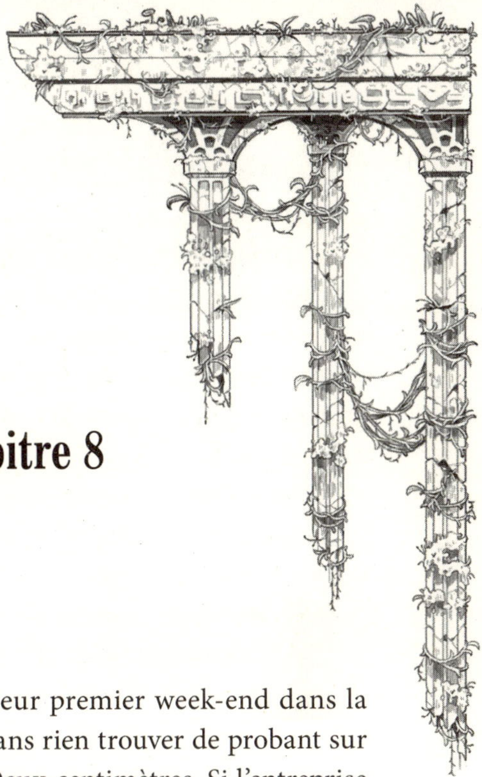

Chapitre 8

Sadge et Diba passèrent leur premier week-end dans la bibliothèque de l'université sans rien trouver de probant sur l'ancienne civilisation ou le Deux-centimètres. Si l'entreprise avait été aussi facile, tout le monde ne se casserait pas les dents dessus depuis vingt ans. Au contraire, la découverte des ARM était trop récente et trop protégée pour qu'il y ait la moindre référence intéressante dans les ouvrages à disposition, que Diba possédait par ailleurs en intégralité. Pour en apprendre davantage sur les robots, il leur faudrait consulter les archives d'Oroganche, la capitale des Terres d'Auvanche.

Le lundi matin sonna l'heure du retour aux cours. Vêtu de son manteau rouge et de son harnais dorsal, Sadge s'assit de nouveau à côté de Diba pour l'heure de phytomagie.

Le silence se fit quand Ardelave entra dans la salle. Le sourire discret adressé à Diba montra la complicité des deux femmes.

— Aujourd'hui, vous allez accélérer la pousse d'un rosier lunaire jusqu'à obtenir une fleur. Vous avez un plant devant vous et une heure pour le faire. Bonne chance.

Ardelave s'assit puis se plongea tout entière dans ses corrections de copies.

— Diba, reprit-elle sans lever les yeux. C'est de la magie créatrice, ce n'est pas grave si tu n'y arrives pas.

Elle n'avait pourtant pas l'intention de rester les bras croisés. La magie créatrice provenait des émotions positives et Sadge lui avait prouvé qu'elle était capable de le faire. À elle de trouver le moyen d'y parvenir encore.

Diba se concentra, chercha au fond d'elle un souvenir joyeux, mais même la perspective de faire plaisir à Sadge ne fonctionna pas cette fois-ci. Pour faire grandir un être vivant, il faudrait bien plus que ça.

Après une demi-heure d'échec, elle soupira, résignée. À côté d'elle, son camarade parvint enfin à obtenir une belle fleur blanche, et même une seconde. Diba baissa la tête, défaite, quand des pétales immaculés entrèrent dans son champ de vision.

— Tu y arriveras, chuchota Sadge en lui donnant la rose sous le regard attentif d'Ardelave.

Diba sentit quelque chose vibrer dans sa poitrine. Ce n'était pas le début d'une crise, simplement quelque chose de déstabilisant qu'elle ne sut pas identifier. Ce n'était pas désagréable.

— Personne ne sait vraiment comment être heureux, lui glissa son camarade, mais on sait que certaines attentions participent à l'être.

La sensation devint douce, au point d'ôter des épaules de l'émotionnelle une pression qu'elle ne savait pas avoir. Pour la première fois, Diba avait envie de sourire.

Elle observa la fleur, le cœur léger. La sensation était si agréable que le bonheur devait ressembler à ça. Enhardie par la confiance de Sadge, Diba positionna sa main au-dessus de son propre pot. Elle sentit une énergie vivifiante courir le long de sa peau. Sous sa magie, la pousse grandit, donna des feuilles, puis une rose. Elle grandit encore, donna plus de feuilles, plus de fleurs, sous les exclamations ébahies des autres étudiants. Ardelave se leva même. Elle contourna son bureau quand le rosier massif dépourvu d'épines s'enroula autour des épaules de Diba comme un bras amical. L'émotionnelle se blottit contre lui, les yeux fermés, la certitude chevillée au corps que plus qu'être heureuse, elle devait pour maîtriser ses pouvoirs apprendre la sérénité évoquée par Sadge. Celle-là même qui s'était déversée en elle à l'instant. Pour ça, elle devait découvrir sa place dans le monde, celle qu'elle obtiendrait en trouvant le Deux-centimètres.

Du moins l'espérait-elle.

Quand le poids de la plante devint trop conséquent, Diba ouvrit les yeux, alors le rosier cessa de grandir. Dans la salle, il n'y avait plus un bruit. Cachée derrière les pétales desquels s'échappait une nitescence laiteuse, l'émotionnelle ne vit que l'expression impénétrable d'Ardelave et l'air fier de Sadge qui s'était levé à son tour.

— Comment tu te sens ? s'enquit la professoresse.

— Ça va.

— Le cœur ?

— Rien.

— Bien. Dans ce cas, Bawen et toi allez mettre ce rosier en terre.

— Où ? demanda Sadge.

— Où vous voulez.

Le joueur aida sa camarade à se lever puis à sortir de la salle après avoir emprunté des outils. Ardelave se tourna vers les autres étudiants.

— Il vous reste vingt minutes. Au boulot !

L'endroit où planter le rosier apparut évident à Diba. Une fois encore, elle conduisit Sadge au premier niveau des jardins interdits, près de quatre statues d'anciennes magiciennes au bord d'un bassin, par-derrière une porte de lune en pierre. La jeune femme choisit le meilleur emplacement où creuser le trou tandis que Sadge faisait un dernier voyage pour rapporter du terreau. Attirée par le mouvement, Rheyi apparut sur le tronc d'un cerisier. Même la dryade fut étonnée par la taille de la plante autant que par la beauté de ses roses. Elle appela Niamh, qui s'étendit sur les bords du bassin pour admirer l'éclat éthéré des pétales. Fière d'elle, Diba leur raconta comment, grâce à Sadge, elle avait décidé de prendre ses pouvoirs en main depuis qu'elle avait pour but de retrouver la pièce manquante des ARM.

— Pourquoi cet objet exactement ? demanda l'ondine.

— Je ne veux pas qu'on se souvienne de moi comme d'un monstre, confia Diba.

— N'est-ce pas une raison un peu légère pour retrouver la pièce d'un engin de guerre ?

La question eut pour seul effet d'ôter tout entrain à l'émotionnelle. Piquée, elle termina de planter le rosier, avant de s'asseoir en tailleur sur l'herbe grasse.

— C'est vrai, c'est une mauvaise raison, avoua-t-elle. La perspective d'être capable de quelque chose m'a fait perdre le sens des réalités.

— Tu es jeune, c'est normal en tant qu'humaine de t'inquiéter de ce que sera ta vie, et de ne pas être certaine de ce que tu veux en faire.

Diba s'allongea. À travers les frondaisons et le dôme en verre, elle voyait le ciel bleu.

— Il n'y a aucune bonne raison de retrouver cette pièce ?

questionna Sadge. Même sans le Deux-centimètres, des mages parviennent à piloter les ARM. Ça veut dire que le pays le plus riche attirera tous les pilotes potentiels. Si la partie manquante est retrouvée, elle donnera une chance aux autres nations de se défendre.

— « Une chance de se défendre », ça veut dire faire la guerre, commenta Niamh.

— Pas forcément, contra Diba. Les armes puissantes ont en général un effet dissuasif. Le simple fait de savoir que la riposte sera équivalente voire supérieure empêche les pays d'attaquer. Les guerres débutent quand les rapports de force sont déséquilibrés.

Niamh paraissait convaincue. Rheyi, quant à elle, semblait plus attentive que jamais. Elle se rapprocha de Diba dans une attitude qui montrait qu'elle avait compris quelque chose de crucial.

— Tu aimes ces robots géants, dit-elle à Diba. Depuis enfant, tu m'as dit.

— En effet. Et alors ?

— Tu ne veux pas retrouver le Deux-centimètres par choix, mais par défaut.

Diba fronça les sourcils tout en se redressant pour s'asseoir, perdue par les paroles de son amie.

— Je ne comprends pas où tu veux en venir, Rheyi.

— Ce que tu veux vraiment, ce n'est pas trouver cette pièce…

La dryade n'alla pas plus loin, laissant le soin à Diba de formuler la fin de sa phrase. Après un long silence, l'émotionnelle sembla avoir enfin sondé son cœur.

— Je veux piloter une ARM, avoua-t-elle. J'en ai toujours rêvé.

— « Ça tiendrait du miracle », intervint Sadge. C'est ce que tu m'as dit. Tu t'es rabattue sur le Deux-centimètres parce que trouver un objet est faisable même pour une émotionnelle. Contrairement au pilotage.

— C'était rassurant de me concentrer sur la clé, confirma Diba. Mais ce qui me rendrait vraiment heureuse, ce serait d'être la première émotionnelle à piloter. Je veux qu'on m'admire.

— Il se pourrait que trouver le Deux-centimètres soit quand même un prérequis, réfléchit Sadge. Selon sa fonction, il facilitera peut-être l'exercice pour nous.

— Nous ? nota Diba.

— J'ai promis de t'aider, je n'ai pas le choix, soupira Sadge faussement contrarié. Je serai pilote aussi.

L'idée lui plaisait même s'il n'y croyait pas. Ce n'était de toute façon pas important puisque Diba s'en sortirait très bien seule, contrairement à ce que pensait Niamh. Il soutiendrait sa camarade tant qu'il resterait à Puy-sur-Embruns, le temps pour Diba d'apprendre à se faire confiance.

— Tu oublies une chose importante, reprit Rheyi à l'attention de Diba. Tu es faite pour la phytomagie.

— Avoir des prédispositions pour cette magie ne m'y enferme pas. Je devrais travailler plus dur, mais je peux le faire si je parviens à maîtriser mes pouvoirs.

— Une telle détermination mérite bien un cadeau d'encouragement ! laissa échapper Niamh.

— Un cadeau ? répéta Diba.

— Chez mon peuple, nous en offrons pour porter chance.

— C'est une belle raison.

L'ondine se rejeta en arrière dans les profondeurs du bassin. Son torse efflanqué reparut quelques minutes plus tard.

Chapitre 8

Elle déposa sur les pierres deux colliers d'argent identiques incrustés de cristaux roses.

— J'avais oublié où ils étaient, avoua Niamh. Mettez-les, ils vous aideront tant que vous continuerez d'y croire.

Les amis la remercièrent pour le présent en l'attrapant. Diba inspecta les cristaux translucides. Elle se souvint de ses difficultés en lithomagie lorsqu'elle fut incapable de savoir ce que c'était. En revanche, la forme lui parlait.

— L'habitus du cristal principal est formé d'un prisme hexagonal fermé de chaque côté par les faces d'un hexaèdre, non ?

Rheyi et Niamh avouèrent leur ignorance en la matière. Sadge n'en menait pas plus large. Afin de couper court à l'instant de flottement, Diba passa le bijou, imitée par le joueur. Leur simplicité n'enlevait rien à leur beauté. En y regardant de plus près, le métal arborait des reflets rosés lorsque la lumière frappait les cristaux.

Au loin, le son de la cloche du château parvint jusqu'à l'endroit isolé, faisant prendre conscience aux étudiants qu'ils allaient être en retard pour leur deuxième heure. La précipitation les fit partir en courant.

Chapitre 9

À quatre mètres du sol, Sadge tenait aux prises à la seule force de ses bras. Même si les muscles sollicités étaient douloureux, le jeune homme se sentait mieux que jamais malgré une fatigue tenace. Puy-sur-Embruns possédait un équipement dernier cri dans un état impeccable. Évoluer sur le mur d'escalade, enchaîner les longueurs dans la piscine ou travailler la rapidité et la souplesse de ses déplacements sur des modules d'entraînement était un pur plaisir. Après son cours de sport avorté du week-end, ce n'était pas un luxe. Dinh n'avait pas recroisé sa route depuis l'incident mais il ne se faisait pas d'illusion : tôt ou tard, il y aurait des représailles. Ce type était à surveiller.

Sadge parvint enfin en haut de son parcours et soupira de satisfaction avant de retrouver la terre ferme, content de lui. Il y avait plus de monde que la fois précédente, mais toujours personne dans le périmètre de sécurité autour de Diba venue tenir compagnie au joueur. Josueh Edern, un deuxième-cycle à la peau constellée de grains de beauté, s'approcha de lui pour le féliciter.

— Je n'ai pas trop perdu, avoua Sadge.

— Tu avais dû arrêter ?

— Le temps que mon transfert ici se fasse, oui.

— Tant mieux que tu n'aies pas perdu, mais ce n'est pas pour ça que je te remerciais. Grâce à toi y'a foule. Tout le monde veut voir le maître-cartes qui a tenu tête à Dinh et à une professoresse. T'es célèbre !

C'était problématique. La célébrité impliquait la curiosité. À partir de maintenant, il devrait se faire oublier.

— C'était exceptionnel, répliqua Sadge. Ça n'arrivera plus, je ne veux pas d'ennuis.

— J'en crois pas un mot.

Agacé par l'insistance de l'étudiant, qui n'avait pourtant aucune mauvaise intention, Sadge joua une autre carte :

— Ça veut dire quoi, ça ? demanda-t-il, agressif.

Josueh perdit aussitôt son entrain.

— Rien, rien. Le prends pas comme ça, c'était pas méchant. T'as l'air crevé, non ?

C'était un euphémisme. Dix ans à dormir seul et il se retrouvait du jour au lendemain avec trois compagnons de chambrée, dont l'un ronflait comme une locomotive. S'il ne faisait rien, la fatigue deviendrait vite un problème, mais sa fierté l'empêchait de retourner voir Filairain tant qu'elle ne ferait pas le premier pas, ce qui était impensable. Les adultes ne s'excusaient jamais auprès des jeunes. Ils y voyaient un signe d'autorité là où ce n'était que de l'arrogance déplacée.

Josueh posa une main compatissante sur son épaule.

— Tu devrais ralentir un peu, lui conseilla-t-il avec bienveillance. Le personnel universitaire est cool avec ceux qui débarquent en cours d'année, ne te mets pas trop de pression.

Chapitre 9

Même si Sadge avait été dur avec lui une minute avant, Josueh ne lui en tenait pas rigueur. C'était un brave gars. Le joueur n'eut pas le courage de feindre une nouvelle fois l'agressivité. Il se contenta de le remercier avant de regagner le vestiaire.

Douché mais toujours aussi fatigué, il retrouva Diba sous l'ombre d'un vieux saule pleureur.

— Tu veux que j'aille parler à Filairain pour une chambre seule ? s'enquit-elle.

— Non, laisse tomber. Ça fait longtemps que je ne compte plus sur les autres pour m'aider. Je me débrouillerai. Au fait, ton harnais est génial !

Évidemment, il lui avait valu des remontrances de la part d'un ou deux professeurs. Le peu de temps qu'il passerait à Puy-sur-Embruns ne lui donnait pas envie de se mettre dans les bonnes grâces de quiconque.

— J'ai prévenu l'université qu'on irait tous les deux à la capitale durant les vacances, reprit Diba. Ça n'a pas plu. Ils n'ont pas la décharge de tes parents.

— Qu'est-ce que ça peut leur faire ?

— Elle est nécessaire puisqu'en cas de problème, la faute incombera à Puy-sur-Embruns. Tu es résident chez eux à l'année.

— Et toi ? Tu ne rentres pas chez toi pendant les vacances ?

— Je n'ai pas envie d'aller dans une maison dont les membres changent de pièce dès que j'entre.

— C'est n'importe quoi…

— C'est ma famille. J'ai entendu dire que la tienne était loin. C'est pour ça que tu restes aussi ?

Sadge détourna la tête. Il avait assez de respect envers Diba pour détester lui mentir.

— Ma famille est loin, ouais.

Pour être honnête, il n'en savait rien. Il ne se souvenait pas du nom de son village natal, ni même de l'endroit où il se trouvait. Il avait tellement voyagé qu'il en avait perdu le nord.

Diba le coudoya soudain. Filairain venait dans leur direction. Elle immobilisa son fauteuil lévitant devant le joueur avant de congédier Diba qui obéit sans se faire prier. La directrice attendit qu'elle soit loin avant d'introduire la conversation :

— J'ai refusé ta permission de sortie à Oroganche.

— Vous n'avez pas l'autorité pour le faire. Je suis peut-être indigent mais je suis majeur.

— Je ne peux pas te laisser seul dans la même ville que ceux qui tueraient pour mettre la main sur toi.

— Parce que vous croyez vraiment que je détonnerais au milieu de deux millions d'habitants dont la moitié sont des mages ? Vous êtes sérieuse ?

Filairain se redressa dans son fauteuil, les mains tendues devant elle en signe de tempérance.

— Sadge, je ne suis pas ton ennemie.

— Plutôt une écharde dans mon doigt, cingla-t-il.

Filairain serra les poings pour contenir son agacement naissant. Elle secoua la tête, consternée.

— Je ne sais pas comment Diba fait pour te supporter, c'est impossible de parler avec toi.

— Diba ne me prend pas pour un con, elle.

— Ce n'est pas ce que je fais ! haussa-t-elle le ton.

Sadge s'accouda sur ses cuisses pour se rapprocher de la directrice.

— Je crois qu'il y a un truc qui vous échappe. Vous êtes persuadée, dans votre grandeur d'âme, d'être en mesure d'assurer ma sécurité jusqu'à la fin des cycles si je vous obéis au doigt et à l'œil. Mais je vais vous dire un secret.

Il s'approcha encore. Filairain se raidit.

— Avant la fin des vacances d'été, je serai retrouvé, que vous m'enfermiez ou non. Et d'ici cinq ans, en visant large, je serai six pieds sous terre parce que, contrairement à moi, les chasseurs de primes ne se lassent pas. Il en arrive toujours des nouveaux. Et vous voulez que je vous dise ? Je ne vivrai pas les dernières années qu'il me reste la queue entre les jambes.

Sadge se mit debout. Filairain dut lever franchement la tête pour trouver son regard mordoré.

— Je n'ai rien à perdre, alors foutez-moi la paix.

Il commença à s'en aller quand la directrice l'interpella.

— Tu n'es pas seul, Sadge.

Le joueur se retourna, le sang soudain bouillant, le regard plus noir que jamais.

— Vous croyez vraiment que c'est la chose à dire à quelqu'un qui s'est fait foutre à la porte durant toute sa vie ?

— Comment ça ?

— Mes tuteurs ne me refilaient pas à un autre pour me protéger, mais pour se débarrasser de moi quand je les gênais. Vous avez tous une tellement haute estime de vous que vous ne supportez pas qu'un enfant pointe la différence entre vos paroles et vos actes. Quand ça arrive, vous l'écrasez sous couvert d'autorité, et vous avez le culot de penser que vous faites ça pour son bien.

À force de remuer la vase de son passé, les démons en sortaient. Personne ne savait ce qu'il avait vécu pendant dix ans, ce qu'il avait dû endurer pour répondre aux exigences abusives des adultes qui lui avaient inventé une dette en échange de leur aide. Il n'avait été qu'un gamin sans prise sur rien. Juste un gamin impressionné par un monde qu'on l'avait poussé à haïr.

— C'est trop facile de tout rejeter sur les autres, opposa Filairain.

La réplique fut un choc qui laissa d'abord Sadge abruti. Puis une rancœur indicible remonta comme une lame de fond et fit tomber le timbre de sa voix dans les graves. Elle résonna si fort en lui que tout son corps en trembla de rage.

— C'est ça, votre défense ? grogna-t-il. Une phrase bateau dont on ne comprend même pas la signification ? Ça veut dire quoi ? Que j'avais ma part de responsabilité ? Que le gamin de onze ans que j'étais aurait dû accepter de se faire taper sur la gueule ? Que celui que j'étais à treize ans aurait dû laisser son tuteur et ses potes abuser de lui ? Ou que j'aurais dû sacrifier mes études à quinze ans pour travailler douze heures dans les champs pour un type qui me faisait dormir à l'étable ? Putain Filairain, si vous n'avez pas conscience de me prendre pour un con, c'est que vous avez un sacré problème !

Cette fois, Sadge ne disparut pas. Il imposa le silence à la directrice par la vue de son dos. Il se moquait de savoir ce qu'elle ressentait car lui-même se débattait avec sa propre souffrance, celle qui le faisait suffoquer en pesant sur sa poitrine comme une enclume. La colère envers Filairain s'ajoutait à toutes celles éprouvées au fil des ans. Elles étaient des parasites invasifs qui mettaient son âme à sang.

Comme un animal blessé, Sadge alla se terrer dans un coin pour panser ses plaies à nouveau mises à nu. Nier les épreuves de son passé, c'était nier sa souffrance. C'était la délégitimer. Il ne supportait pas qu'on traite son calvaire avec autant de légèreté. Ce n'était pas un détail qu'on pouvait balayer de la main avec désinvolture. Tremblant d'une rage bouillonnante, il trouva près du rosier lunaire un lieu qui tempéra sa hargne. Il s'assit au pied du cerisier proche et retint une furtive envie de frapper son crâne contre le tronc pour évacuer le poison dans sa tête, pour que la douleur remplace le monstre furieux qui grondait en lui.

À la place, le jeune homme ouvrit son étui en cuir. Dix cartes en sortirent sans qu'il l'ait ordonné. Chacune des dix invocations se matérialisa en puisant la magie directement auprès de Sadge. Si elles avaient leur volonté propre, elles ne pouvaient pas apparaître par elles-mêmes. Nassy la Tempérance enlaça son joueur avec tendresse. Ses pouvoirs apaisèrent peu à peu la colère de Sadge. Les neufs autres êtres mystiques se rapprochèrent. Ils étaient incapables de parler, mais leur présence était rassurante comme elle l'était depuis dix ans. Sadge n'avait jamais eu d'autres amies que ses invocations. Il n'avait jamais eu d'autre point de repère.

— On t'a fait mal ?

La voix étouffée aux sonorités boisées attira l'attention de Sadge vers le tronc de l'arbre auprès duquel il avait trouvé refuge. Rheyi le fixait de ses orbites vides dans l'attente d'une réponse.

— Je suis désolé d'être venu ici sans Diba. Je ne savais pas où aller.

Rheyi pencha la tête. Elle semblait ne pas comprendre. Elle accorda une longue attention aux invocations, avant de revenir sur l'humain.

— Est-ce que tu as besoin d'aide ? Ils disent qu'il te faut un endroit sûr.

— Qui dit ça ?

— Eux.

Elle montra les apparitions.

— Tu peux leur parler ? s'étonna Sadge. Comment ?

— Grâce à la magie originelle qui nous lie. Suis-moi.

Rheyi se fondit dans son tronc. Le joueur se leva, ses arcanes lévitant autour de lui. Il avait beau regarder partout, il ne voyait pas la dryade. Il aurait du mal à la suivre ainsi. Soudain, Rheyi se montra près des escaliers somptueux menant au niveau inférieur. Sadge la rejoignit sous escorte. Il la suivit au bas des marches et le long de chemins dallés. D'escaliers dérobés en sentiers sauvages, il atteignit des marches en pierre dissimulées par la végétation. D'à peine plus d'un pied de large, elles longeaient le rempart d'enceinte et disparaissaient en hauteur derrière les frondaisons.

— Monte, l'invita la sylve. Si tu n'as pas le vertige.

Sadge s'engagea sur l'escalier dépourvu de garde-fou au moment où les invocations disparaissaient dans l'étui. Il dépassa vite la cime des arbres les plus hauts. Instinctivement, il se rapprocha de la paroi pour s'éloigner du vide monstrueux à quelques centimètres de ses pieds. La volée s'enroulait sur la moitié de l'impressionnant mur d'enceinte et conduisait à une vaste terrasse sous un dôme de verre secondaire des jardins. La vue sur la forêt du domaine, la ligne rocheuse au sud et la rivière à l'ouest était époustouflante !

Sadge admira l'armature ciselée du dôme comme le travail des gravures en arabesque qui se déployaient sur le verre. Les personnes à l'origine de Puy-sur-Embruns avaient fait attention à chaque détail afin que le rendu soit grandiose. L'architecture et les finitions de l'université étaient l'incarnation même de l'ambition.

Le joueur prêta ensuite attention à la terrasse en elle-même, baignée dans une chaleur sèche surprenante par rapport à l'humidité du reste des jardins. Séparée du vide par une barrière ouvragée en fer forgé, elle accueillait un vieux bureau en bois et son fauteuil assorti, trois bibliothèques à moitié vides et deux caisses fermées depuis longtemps à en juger par la couche de poussière. Rheyi apparut au milieu du lierre grimpant.

— Ces jardins ont été construits pour accueillir les dernières dryades des Terres d'Auvanche, expliqua-t-elle. Le fondateur de l'université venait ici travailler avec nous. Depuis le début, les jardins sont interdits d'accès aux humains.

— Il reste combien de dryades ?

— Ici, je suis la dernière.

— Je suis désolé.

— Tu n'y es pour rien. Les ondines me tiennent compagnie quelquefois, mais la plupart du temps je reste seule.

Sadge s'appuya contre la barrière pour admirer les jardins où il faisait toujours bon.

— Il y a beaucoup de solitude à Puy-sur-Embruns, constata-t-il.

— Certaines sont plus lancinantes que les autres.

Le joueur se redressa, intrigué.

— Tu sais pour moi ?

— J'entends ce que les végétaux du domaine entendent, alors oui, je sais. Pour tes arcanes, les chasseurs de primes et ton déracinement.

Sadge s'empressa d'éclaircir un point :

— Diba ne doit rien savoir, ça la mettrait en danger.

— Je comprends.

Il y eut un silence entre eux. Rheyi ne semblait pas pressée de le rompre.

— Pourquoi m'avoir amené ici ? lui demanda le joueur.

— C'est un endroit sûr. Tu peux y faire ta… chambre, je crois.

La proposition fit rire le jeune homme.

— Filairain va péter un câble.

Loin de l'inquiéter, la perspective le réjouissait sincèrement surtout parce qu'avant de se mettre en colère, elle devrait d'abord le chercher à travers tout le domaine. Ce fut bien pour ça que Sadge accepta. Au moins ses problèmes de sommeil seraient-ils réglés. La journée n'avait finalement pas été si mauvaise.

Chapitre 10

Durant les jours suivants, Sadge dépoussiéra les meubles dans son nouveau chez lui avec l'aide de Diba. Les caisses contenant les travaux de l'archiphytomage Loty Sanrell ne furent pas ouvertes mais couvertes d'un carré de tissu pour servir de tables de chevet. Le lit en bois, tout comme la table et les chaises, furent fabriqués par Rheyi. Sadge et Diba en cousirent les coussins puis remirent en état des draps et un vieux matelas abandonnés dans une réserve de l'université. Les manuscrits furent rassemblés et ordonnés dans une seule bibliothèque afin de laisser les deux autres libres pour le nouvel occupant des lieux.

Si les jardins s'autorégulaient pour l'humidité et la température, des fenêtres oscillantes à la base du dôme permettaient de renouveler l'air manuellement ou de chasser la poussière dérangée.

Une semaine plus tard, Sadge avait un espace privé fonctionnel dans lequel il rapatria ses quelques affaires personnelles. Même en cas d'intrusion d'un chasseur de primes dans l'université, les jardins interdits lui offraient une protection supplémentaire bien plus efficace que les remparts de Puy-sur-Embruns, aussi hauts soient-ils.

En ne le voyant plus rejoindre la chambrée, ses anciens compagnons avaient fait remonter leur inquiétude auprès du régent du collège des premiers cycles. Dès le lendemain de son installation, Sadge se retrouva une fois de plus dans le bureau de Filairain, et l'attitude hostile du maître-cartes laissa présager un entretien toujours aussi compliqué. La directrice introduisit la conversation avec une grande précaution :

— Tes camarades se sont inquiétés de ne pas te voir, hier soir.

— Je suis passé les prévenir tout à l'heure que je ne viendrai plus. Autre chose ?

Filairain se massa une tempe dans l'espoir de contenir son mal de tête naissant.

— Tu as un endroit sûr où dormir ? s'enquit-elle.

— Oui.

Elle faillit demander davantage d'explications mais se ravisa. Filairain s'accouda sur son bureau.

— Tu ne me crois vraiment pas capable de te protéger, n'est-ce pas ?

— Je ne crois rien, j'attends de voir.

Pour la femme, c'en fut trop. Gérer le maître-cartes était impossible, il était dur comme l'acier et bien trop éprouvant. Elle avait la meilleure université du monde à faire tourner, avec tout ce que cela comportait de pression, donc pas le temps de foncer dans le mur à longueur de journée avec lui.

— J'abandonne, annonça-t-elle. À partir de maintenant, ton référent sera le professeur Rhecan Doara.

Chapitre 10

Le bellâtre beau comme un dieu qui enseignait les potions ? Ça promettait du grand n'importe quoi, pire qu'avec Filairain.

— Je ne veux plus rien avoir affaire avec toi, trancha cette dernière. Pour tes sorties, fais ce que tu veux mais, si tu ne reviens pas, je n'enverrai personne te chercher. Dehors.

Cette fois, Sadge ne trouva rien à dire : la directrice et lui étaient enfin sur la même longueur d'ondes. Il s'en alla, satisfait par la perspective de ne plus l'avoir sur le dos. Le genre de problème qu'il n'aurait pas avec Doara.

Le lendemain à la fin de son cours, Rhecan Doara retint Sadge une fois les autres étudiants sortis. L'homme aux cheveux ondulés, à la peau basanée et au regard profond s'assit sur un coin de son bureau avec l'intention de paraître impressionnant. Il croisa les bras avant de parler franchement :

— Je t'avoue que je n'ai pas rejoint Puy-sur-Embruns pour changer les couches d'un gosse capricieux. Fais ta vie tout en restant tranquille et ça se passera super bien entre nous. Compris ?

— Ça me va.

— Bien. Juste un truc, parce que je ne m'y connais pas en maître-cartes. L'un d'entre eux a fait une demande officielle de duel auprès de l'université.

— Lequel ?

Doara chercha dans ses papiers.

— Euh… Olmidor Priamus.

Le chien du gouvernement. Pas étonnant qu'il soit déjà au courant de la présence d'un maître-cartes à Puy-sur-Embruns.

— Tu le connais ? demanda Doara.

— De nom. On dit que son plaisir coupable c'est de tuer ses adversaires.

En particulier contre une belle somme d'argent s'ils gênaient quelques-uns de ses amis haut placés. Le quinquagénaire ne reculait devant rien pour continuer à jouir de ses privilèges.

Doara resta coi face à l'information.

— Bon, reprit-il. On va décliner.

— Bonne chance pour y arriver, Priamus a le bras long. Sans compter que décliner un duel est mal vu chez les maîtres-cartes.

— La directrice aussi a le bras long. Ne t'inquiète pas, le duel n'aura pas lieu. Sur ce, on a terminé.

Il n'en fallut pas plus à Sadge pour prendre congé. Filairain allait commencer à tâter les limites de son influence. Le joueur mettait sa main à couper que le duel aurait lieu avant la semaine du printemps. D'ici là, il devait s'y préparer.

En fin d'après-midi, Sadge se rendit à la natation où il fut rejoint par Diba. Cette dernière l'attendit sur le coin d'un banc, à côté de sa serviette. Lorsque le joueur finit par venir se sécher, l'émotionnelle osa la question qui la torturait depuis qu'elle avait vu le dos de son camarade. À hauteur des omoplates, une brûlure s'était imprimée sur la peau en forme d'impact. Au niveau de la hanche gauche, une autre marque semblait être montée doucement jusqu'aux reins.

— Ça vient de quoi, tes brûlures ? osa-t-elle sur le chemin des vestiaires.

— D'un duel. On ne s'affronte pas avec des illusions, tu sais.

Sadge ne mentait qu'à moitié. Celle entre ses omoplates était bien le résultat d'un coup bas lors d'un affrontement, mais l'autre, plus récente, était le fait de l'un de ses derniers tuteurs. Agacé que l'adolescent préfère étudier plutôt que travailler aux champs, il avait lancé une lampe sur lui. La graisse étalée avait aussitôt pris feu et l'aurait tué s'il n'avait pas eu son jeu à portée de main. Son dix d'eau avait éteint les flammes mais n'avait évité ni l'état de choc ni la cicatrice.

Sadge et Diba se séparèrent, le temps pour le jeune homme de se doucher puis de se changer. Ils se rendirent ensuite sans détour aux jardins interdits, près du plus grand bassin du premier niveau où des poissons colorés nageaient sous des fleurs de lotus. Diba imita son camarade lorsqu'il s'assit à presque deux mètres du bord de l'eau. Il ne lui avait toujours pas dit ce qu'il s'apprêtait à faire.

— Il vaut mieux que tu le saches maintenant, commença-t-il. Un autre joueur a demandé un duel. L'université pense pouvoir refuser, ce qui est improbable.

— C'est dangereux ?

— Normalement, non.

— Mais… ?

— Le duelliste a de la bouteille et n'est pas connu pour son franc-jeu.

Sadge fixa attentivement Diba, qui attendait la suite de l'explication.

— Il arrive qu'il tue ses adversaires, compléta-t-il avec prudence.

— C'est un meurtrier.

Malgré la contrariété, l'émotionnelle gardait le contrôle de ses pouvoirs. Tant mieux.

— Pas chez les maîtres-cartes. Aucune règle n'interdit un duel à mort. Les règles des classes de mages passent avant la loi, tu le sais.

— Oui, mais chez les autres aucune n'autorise la mort.

— C'est pour ça qu'on est à part, lui rappela Sadge. Heureusement, les victimes sont rares. Priamus fait office d'exception.

Diba prit un instant pour assimiler la nouvelle autant que pour calmer son mécontentement, avant de rebondir :

— Tu vas accepter ?

— Si l'université n'arrive pas à s'y opposer, oui.

— Tu peux le battre ?

— J'attendais que tu me poses la question. C'est pour le savoir qu'on est là !

Le joueur ouvrit son étui pour en sortir une carte précise. Diba vit dessiné dessus un effrayant cheval aquatique aux dents de carnivore. Sadge lui expliqua que le maître-cartes en question était un spécialiste du feu. Pour le battre, il avait donc besoin d'une carte et d'une invocation d'eau, l'une rendant l'autre plus puissante. La première appartenait à son jeu de base, mais la seconde était une invocation qu'il avait gagnée lors d'un duel. Abhainn était un kelpie, une créature marine redoutable quoique capricieuse. Voilà six mois qu'il tentait de nouer un lien, sans succès.

Sadge tourna la carte vers le bassin afin de le montrer au kelpie, puis il la posa devant lui sur l'herbe verte.

— Si tu veux aller dans l'eau, lui dit-il, il va te falloir prendre mon énergie, je ne te la donnerai pas.

Il attendit, confiant.

Rien n'arriva.

Ses épaules s'affaissèrent de dépit.

Diba se pencha en avant.

— Je ne comprends pas ce que tu fais, avoua-t-elle.

— Les autres joueurs envoient leur énergie dans les arcanes invocations pour les activer, parce qu'elles sont passives. Ça implique aussi de devoir obligatoirement les toucher. Moi je leur demande de puiser l'énergie directement dans ma magie, donc d'être actives. Pour ça, l'invocation doit créer un lien avec moi. Je peux alors l'appeler sans avoir la carte en main.

— Si elles peuvent choisir d'être actives, ça veut dire qu'elles sont… vivantes ?

— Difficile à dire, mais elles ont une conscience, une volonté propre, un caractère.

— Je ne savais pas, avoua Diba.

— Même les autres joueurs ne le savent pas, de ce que j'ai vu. J'ai découvert ça par hasard en ce qui me concerne.

— À quoi ça sert de les rendre actives ? rebondit Diba.

— Ça leur permet de se manifester quand elles le veulent, même si je ne les invoque pas.

— Pourquoi ?

— Pour gagner du temps de réaction durant un duel.

À l'occasion. En temps normal, cela servait au jeune homme à ne pas être seul. Grâce à cette technique, il avait pu créer un lien unique avec ses invocations puisqu'ils étaient intimement connectés depuis dix ans. Elles étaient aussi plus libres de leurs mouvements et pouvaient utiliser leurs pouvoirs de manière optimale sans être bridées par l'ignorance du joueur.

Encore fallait-il que l'invocation y mette du sien.

— Allez, Abhainn, me dis pas que tu rêves pas d'aller nager !

L'encouragement n'eut pas l'effet escompté.

— Tu es sûr qu'il te comprend ? hasarda Diba.

— Oh oui, très bien, même. Je crois juste qu'il ne m'aime pas.

À cette idée, Sadge eut un pincement au cœur. Il avait l'habitude d'être rejeté par les humains, pas par les cartes. Elles avaient toujours été là pour lui.

— Si tes invocations puisent dans ton énergie, réfléchit Diba, plus il y en a d'actives en même temps, plus elles consomment ta magie, c'est ça ?

— Yep.

— Tu peux en invoquer combien en même temps ?

— Jusqu'à aujourd'hui, je n'ai tenté que les dix de base.

— Et tu tiens combien de minutes avant d'être à court de jus ?

— Quand je suis en forme et sans avoir recours à leur capacité, six heures d'affilée. Ça tombe à une heure maximum pendant un duel, en sachant que je n'ai jamais combattu avec mes dix invocations en même temps.

Diba ouvrit de grands yeux choqués. Elle l'était parce qu'elle ne connaissait rien de son passé. Si pour un mage ordinaire utiliser son pouvoir durant six heures était impensable, pour Sadge ça avait été une question de santé mentale. Chaque fois qu'il avait été seul, il avait posé ses invocations en demi-cercle devant lui et les avait appelées. Au début, une seule apparaissait, quelques minutes. Puis au fil des jours, des mois puis des ans, en leur donnant accès directement à son énergie, il était parvenu à invoquer les dix durant une heure, puis trois, puis six.

Sa puissance et son endurance, il les devait à son excellente condition physique autant qu'à l'immensité de sa solitude. C'était bien le seul cadeau que cette dernière lui ait fait. D'une certaine façon, il enviait les autres mages d'être moins redoutables que lui ; parce qu'eux avaient des proches. Même Priamus.

Pourtant aujourd'hui, la particularité de Sadge ne lui servit à rien. Abhainn ne viendrait pas. Il soupira sa déception tout en rangeant l'arcane.

Chapitre 10

— Tu vas retenter ? s'enquit Diba.

— Dans quelques jours. Je l'ai assez embêté aujourd'hui.

Ils se levèrent. Sadge se tourna vers son amie.

— Diba. Tout ce que je viens de te dire n'est connu que de moi et il faut que ça le reste. Ma survie dépend littéralement de la singularité de ma technique.

— J'ai bien compris, ne t'inquiète pas. De toute façon, personne ne serait assez bête pour tenter de soutirer des informations à une émotionnelle.

Elle lui accorda un clin d'œil complice qui fit sourire le joueur. La jeune femme n'était plus aussi renfermée qu'à leur rencontre. Sans doute n'en avait-elle pas conscience elle-même. Pour Sadge, c'était évident.

Ensemble, ils prirent le chemin du réfectoire avec l'intention de se rendre à nouveau à la bibliothèque une fois le repas terminé. Malgré les derniers événements, ils n'oubliaient pas leur objectif : retrouver la pièce manquante des ARM.

Au fil des heures dans la bibliothèque, les piles de livres s'entassaient autour des deux étudiants studieux. Puisque l'ancienne civilisation avait été redécouverte voilà vingt ans, seuls les livres d'anthropologie et d'archéologie récents la mentionnaient. D'après les vestiges trouvés, cette civilisation se serait étendue des Terres d'Auvanche aux Terres d'Alavande, le pays voisin à l'est, jusqu'à Montcondor, au nord. Ces trois territoires recelaient à eux seuls huit des dix ARM déterrées. Les deux dernières avaient été trouvées dans les Raselandes, au nord de Montcondor, et en Vallévielle, au nord-ouest des Terres d'Auvanche.

Personne ne semblait savoir pourquoi les robots avaient été éparpillés ainsi. Avaient-ils été volés ? Mis en sécurité ?

Abandonnés sur place ? Toutes les hypothèses étaient possibles pour le moment.

Un peu avant vingt et une heures, le bibliothécaire mit gentiment les jeunes gens dehors afin de respecter l'extinction des feux. Au niveau du comptoir, Sadge vit le dernier numéro du quotidien *La Terrvanche*. Le mot « fouilles » et la photo du visage contrarié de l'archéologue Anathalie Cloris, dont il venait de lire deux livres, le poussèrent à glisser le journal sous son manteau en toute discrétion.

Dehors, il trouva un lampadaire à la lumière duquel lire l'article au sujet des amateurs d'objets anciens qui saccageaient les sites archéologiques au mépris de la rigueur et de la méthode scientifique. Le site principal de Fontrasque était particulièrement touché, et ce malgré la présence de chercheurs et d'une sécurité, car il était le plus vaste mis au jour concernant l'ancienne civilisation et les ARM.

— Heureusement qu'il y a des abrutis de voleurs de trésors, sinon on serait passés à côté de l'info, commenta Sadge.

— Fontrasque est sur la route d'Oroganche, ajouta Diba. On pourrait s'y arrêter en allant à la capitale.

Sadge grimaça. Il lui restait quelques économies, mais certainement pas de quoi se payer plus que l'aller-retour ainsi qu'une nuit à Oroganche. Tant pis, il dormirait à la belle étoile et ferait quelques poubelles au besoin. Ça ne serait pas la première fois.

— C'est à tenter, approuva le joueur. Espérons que le prestige du Puy-sur-Embruns convaincra Cloris de ne pas nous envoyer promener une fois sur place.

— Ça m'étonnerait qu'elle nous mette dehors. C'est une ancienne de l'université.

— Comment tu le sais ?

Chapitre 10

— Tu ne lis jamais les biographies ?

— C'est son travail qui m'intéresse, pas sa vie, se défendit Sadge.

— Hé, vous deux !

L'interpellation fut accompagnée d'un claquement de doigts reconnaissable. Dessavac poussa les étudiants à regagner leur chambre, sans quoi des sanctions seraient prises à leur encontre. Fatigués par la journée, ils obéirent sans discuter, l'esprit occupé à anticiper l'emploi du temps de leurs vacances d'hiver.

Chapitre 11

Deux semaines passèrent au rythme des cours. Sadge avait fini par demander du soutien auprès d'Elcina pour l'enchantement et la lithomagie, et de Roderic pour la divination afin de rattraper son retard dans ces matières.

Avec la fin du mois de novembre arrivait le prochain cours pratique de pilotage d'ARM organisé par l'armée des Terres d'Auvanche. La présence d'un robot de combat géant au sein de l'université était toujours un moment intense où les technomages ne tenaient plus en place. Pourtant cette année, une rumeur concernant un événement encore plus exceptionnel courait dans les couloirs et finit par arriver aux oreilles du principal intéressé.

Sur le chemin du réfectoire un midi, Sadge fut alpagué par un Dinh au milieu de sa cour. Le sourire chafouin de l'étudiant ne plut pas au joueur, qui se raidit d'instinct à son approche.

— Alors maître-cartes, paraît que l'université va organiser ton prochain duel ? D'après ce que j'ai entendu dire, ça sera peut-être même le dernier.

— Laisse-moi deviner : t'as fait un gros caprice à grand-papa pour offrir un sauf-conduit à Primus ?

— Priamus, le corrigea Dinh.

— Je me disais bien. Remarque, si j'étais à sa place, je ferais aussi mon possible pour ne plus t'avoir dans les pattes.

Sadge s'en alla sans la moindre attention pour la réplique de Dinh. Au réfectoire, il attrapa simplement une pomme avant de prendre la direction du coin de verdure où Diba devait l'attendre. L'attitude énervée du joueur la mit en alerte.

— Qu'est-ce qui se passe ? s'alarma-t-elle.

— Le duel aura bien lieu. Tu viens avec moi tenter d'amadouer un kelpie ?

— Je…

Diba s'interrompit une seconde.

— Qu'est-ce qu'elle veut ? reprit-elle sur un ton contrarié.

Sadge fronça les sourcils d'incompréhension avant de regarder dans la même direction que sa camarade : Filairain arrivait.

— Merde, j'ai autre chose à foutre que l'écouter parler, râla-t-il.

— Je m'occupe d'elle, file.

— T'es sûre ?

— Même la directrice de Puy-sur-Embruns n'est pas assez suicidaire pour contrarier une émotionnelle.

Sadge lui retourna un sourire amusé avant d'ouvrir son étui. Une seconde après, il avait disparu.

Filairain vint tout de même à la rencontre de Diba.

— Laisse-moi deviner, commença la femme. Tu es chargée de m'empêcher de le chercher ?

— Je n'en ai pas les moyens.

— Mais tu ne vas rien me dire, je me trompe ?

— Non.

Chapitre 11

Filairain n'ajouta rien durant un moment. Pendant que Diba continuait son repas, la directrice s'abîma dans la contemplation du paysage, puis son regard se perdit dans le vague. Elle réfléchissait.

— Sadge est persuadé que je suis incapable de le protéger, reprit-elle après un instant.

Diba redevint attentive.

— Le pire, c'est qu'il a raison.

— Vous semblez malgré tout lui en vouloir de douter de vous, remarqua l'émotionnelle.

— Je crois que je lui en veux de m'avoir fait prendre conscience de mes limites. Ce n'est jamais agréable, surtout lorsqu'on est persuadé de bien faire.

— Ce n'est pas de votre faute si vous n'avez aucun pouvoir sur les règles des maîtres-cartes, la rassura Diba.

La directrice la fixa comme si elle venait de dire une bêtise. Diba se redressa inconsciemment.

— Qu'est-ce que j'ai dit ? s'étonna-t-elle.

— Je pensais que tu savais, pour Sadge, confia Filairain.

— Il m'a dit que ce maître-cartes était connu pour avoir tué certains de ses adversaires, oui.

Ou y avait-il autre chose ? À en juger par l'hésitation de la directrice, c'était plus que probable. Pourtant celle-ci reprit une contenance.

— J'espère que l'endroit du duel lui inspirera de la retenue, confia Filairain. Tu penses assister au combat ?

— J'aimerais, mais je ne pense pas que ce soit une bonne chose si cet homme est comme Sadge l'a décrit.

— Tu arriveras à rester à l'écart ?

— Je ferai de mon mieux, en tout cas, promit Diba. Je ne veux faire de mal à personne.

Filairain inclina la tête d'un geste entendu avant de faire pivoter son fauteuil lévitant avec l'intention de laisser l'étudiante à sa tranquillité. Pourtant au dernier instant, elle fit volte-face.

— Diba, comment as-tu passé les défenses de Sadge ?

— Il ne me semble pas qu'il en ait jamais érigé entre nous. Il a su avant même notre premier échange que je pourrais le comprendre. C'est peut-être ce qu'il vous manque ? Sadge n'est pas comme tout le monde, ça crève les yeux. Alors si vous le traitez comme les autres étudiants, vous n'aurez jamais sa confiance.

— Tu crois ?

— Vous le faites bien avec moi. La raison est juste plus évidente dans mon cas, c'est pour ça que c'est clair pour vous aussi.

Filairain plissa un peu les yeux, alors toutes ses rides se marquèrent.

— Tu as changé, remarqua-t-elle. Tu as l'air plus sereine.

— Parce que je ne veux plus que ma vie soit une fatalité, confia Diba. Je veux faire bien plus qu'anticiper la peur que mes émotions provoquent.

— Je te souhaite sincèrement de réussir. Tu es une personne bien, tu le mérites.

Touchée, Diba ne sut pas quoi répondre. Elle se contenta de regarder le fauteuil glisser dans les airs loin d'elle, avant de porter son regard en direction des jardins interdits qu'elle ne distinguait pas à cause de la végétation. Elle espérait que le kelpie se montrerait coopératif.

Sadge s'était allongé, les mains croisées sous la tête. La carte d'Abhainn patientait sur l'herbe entre le joueur et le bassin.

Chapitre 11

— Tu sais, Abhainn, t'es ma seule chance de m'en sortir. Sans toi, je devrais sans doute utiliser mon joker, alors Priamus saura que j'ai aussi l'as de Mort. Il me dénoncera aux autorités et en moins d'une semaine mon portrait récent sera placardé dans toutes les Terres. Je n'aurai plus aucun endroit où me cacher.

La fin de son raisonnement souleva une réflexion : Plume d'aigle savait à quoi Sadge ressemblait maintenant et, du peu qu'il connaissait de lui, l'homme était habile dessinateur. Alors pourquoi ne pas avoir transmis l'information aux autorités ?

À bien y réfléchir, la réponse était évidente : moins il y avait de chasseurs de primes capables d'identifier le joueur recherché, plus les chances de rafler la mise augmentaient pour Plume d'aigle. Il n'était pourtant pas à exclure que l'homme se promenait avec un portrait récent de lui afin de le montrer sur sa route. À force de le voir, les gens finiraient par se poser des questions, en particulier si Sadge passait devant eux. Son excursion à la capitale devrait donc se faire sous couverture. Il fallait seulement trouver un moyen de justifier ça auprès de Diba.

Même un simple voyage demandait des heures de préparation à penser à tous les détails, à prévoir l'imprévisible.

Le jeune homme se redressa, abattu. Il ne savait pas vraiment où le mènerait son entêtement à fuir. À dix-neuf ans, il était déjà fatigué de courir. Qu'est-ce que ce serait dans quelques années ? Plus le temps passait, plus son déracinement se faisait profond, au risque de le laisser un jour incapable de trouver un endroit où rester et des personnes en qui faire confiance. Il doutait de tout le monde, même parfois de Diba alors que la jeune femme avait eu accès à l'université non à cause de son appartenance à une famille haut placée, mais grâce à une bourse de mérite. Elle semblait être loin de manquer d'argent, mais elle n'évoluait pas dans les mêmes sphères que les gens à la poursuite du joueur. Malgré tout, le risque demeurait.

— Est-ce que tu te sens seul aussi, Abhainn ? Est-ce que tu comptes les heures, enfermé dans ta carte ? Moi j'ai l'impression que le monde entier est une prison.

Sadge se releva. Il prit un instant pour contempler les jardins autour de lui et les hauts remparts.

— Le plus bizarre, c'est que je ne me suis jamais senti aussi libre qu'en étant entre ces murs, dans ce jardin.

Le joueur ramassa son arcane.

— Ne fais pas comme moi, Abhainn. N'attends pas que la vie t'offre une chance d'être libre, elle ne le fera pas. Tu vas devoir t'en charger tout seul.

Les confessions de l'humain n'émurent pas le kelpie puisqu'il ne se montra pas cette fois non plus. De toute façon, il fallait retourner en cours.

Durant les derniers jours de la semaine, Sadge tenta encore une fois de pousser Abhainn à se matérialiser sans plus de succès. Il se fit à l'idée de devoir l'invoquer de force lors du duel, et la perspective ne lui plaisait pas du tout car la réussite de l'exercice n'était pas non plus garantie.

Chapitre 12

Le premier lundi de décembre, Puy-sur-Embruns se réveilla dans une effervescence rare. Ce matin-là ne vit aucun retardataire, car chacun voulait assister à l'arrivée de l'ARM à l'université. Depuis sa butte, le château offrait une vue parfaite sur le sud-est où une tache sombre se dessina bientôt sur le rose auroral du ciel : un dirigeable blindé de l'armée. Le métal ciselé de l'engin brillait sous les rayons du soleil levant comme un phare lointain.

Bientôt, le bruit caractéristique des hélices gagna en épaisseur lorsque le dirigeable glissa lourdement vers le parc du domaine. Le bruit fit aboyer les chiens du chenil et rendit les chevaux nerveux. L'air déplacé par les pales immenses chahuta l'orée de la forêt ainsi que l'herbe rase au-dessus de laquelle l'engin se stationna avant de se poser sans toutefois couper les moteurs.

Debout sur le mur extérieur au pied de son dôme secondaire, Sadge regardait avec une certaine appréhension les militaires rejoindre la terre ferme où ils furent accueillis par Filairain, accompagnée par Dessavac. Le joueur était plus que jamais en terrain ennemi et devrait redoubler de prudence. Heureusement, seuls les deuxièmes et troisièmes cycles technomages avec option pilotage auraient le droit de pénétrer le périmètre que les militaires mettraient bientôt en place afin que les leçons se déroulent en toute sécurité. Avant cela, il leur fallait décharger l'ARM, raison pour laquelle le dirigeable reprit de l'altitude. À treize mètres du sol, les lourdes portes de la soute s'ouvrirent pour permettre à d'épais câbles de descendre l'ARM. Bientôt, le métal blanc et le design aérien de l'armure robotique se dévoilèrent. La moindre partie de la machine de forme humanoïde avait été pensée aérodynamique, lui conférant des formes lissées arborant par endroits des arêtes capables de trancher l'air afin de le rediriger.

Dès l'instant où le robot toucha le sol, un silence impérial se fit dans tout Puy-sur-Embruns, amplifié par le retrait du dirigeable. Inconsciemment, étudiants et professeurs retenaient leur souffle. Un vrombissement discret monta jusqu'au dôme, avant de se transformer en un bruit blanc agréable lorsque les runes sur la machine laissèrent échapper un bref éclat bleuté. Le pilote était déjà à l'intérieur de l'ARM.

À l'instant où la machine se redressa avec une souplesse et une agilité que sa masse ne laissait pas deviner, un hoquet d'admiration échappa aux spectateurs. D'en haut, il sembla à Sadge que la foule formait une unique entité, comme si l'individu était noyé dans la réaction collective.

L'ARM fit un pas, et Sadge entendit à peine le bruit du système hydraulique. Il n'y avait pas à dire : ces robots étaient des bijoux de technomagie. Difficile de croire qu'ils aient plus de mille ans. La confirmation que tout était en place reçue, le dirigeable vira de bord avant de rentrer à la base d'Oroganche. La dizaine de militaires en charge de l'instruction vivrait au château de l'université durant les trois prochains jours, de quoi maintenir Sadge dans un état de stress permanent, toutefois pas assez aigu pour lui faire oublier le début des cours dans moins de quinze minutes. Sans prendre la peine de passer par l'intérieur des jardins interdits, il s'accrocha au lierre épais et descendit jusqu'au sol avant de prendre la direction de la salle de phytomagie.

Durant la pause, Sadge et Diba virent les autres étudiants massés devant l'accès à la zone de l'ARM, tendant le cou avec l'espoir de l'apercevoir tandis que les leçons de pilotage battaient leur plein. Sadge les regardait sans vraiment les voir.

— Tu as l'air préoccupé depuis ce matin, nota sa camarade.

— Je crains un peu l'effet de foule. Ça grouille, c'est flippant.

La réponse dut surprendre l'émotionnelle, qui laissa échapper un éclat de rire inopiné. L'herbe ternie par l'approche de l'hiver retrouva d'un coup son éclat printanier des pieds de la jeune femme jusqu'au parc où l'ARM enchaînait des pas maladroits, à cent cinquante mètres. La foule se tourna vers l'émotionnelle tout en reculant par réflexe. Envolées les expressions béates, ne restait que la peur que Diba perde le contrôle. Cette dernière ne remarqua pas le changement d'ambiance, aussi Sadge veilla-t-il à ce que cela reste ainsi en attirant la jeune femme loin des autres. Le prochain cours commencerait bientôt.

*

À moins de vingt jours de l'hiver, la nuit tombait tôt, poussant les étudiants à ne pas traîner dehors trop tard. Pour Diba, ce détail était le seul avantage de la saison. Ainsi, elle pouvait déambuler dans l'université une heure avant l'extinction des feux sans croiser trop de monde.

Sadge avait pris son repas en sa compagnie avant de disparaître comme il aimait le faire. Il était tellement habitué à la solitude que rester en permanence avec quelqu'un lui était impossible. Ce qui était également le cas pour l'émotionnelle. Elle adorait le joueur, mais la souffrance qui se dégageait de lui la poussait régulièrement à battre en retraite de peur de s'écrouler sous le poids cumulé de leurs blessures respectives. Celles de Sadge apparaissaient lancinantes et perpétuellement à vif. Diba n'osait pas lui demander avec quel secret il se débattait.

Les pas distraits de l'émotionnelle la menèrent jusqu'au cordon de sécurité marqué de runes de protection. Seules les personnes autorisées pouvaient le franchir. Diba s'installa sur un banc afin d'admirer à loisir l'ARM désactivée. Un genou à terre, elle semblait s'incliner avec respect devant quelque chose de plus grand qu'elle.

Il y avait un rien d'apaisant dans l'immobilité tranquille de la machine. Diba se surprit à vouloir rester à l'observer des heures avec l'espoir de repousser le réveil du monde. N'avoir à faire attention à personne était reposant, autant que se perdre dans la contemplation de son rêve d'enfant. Elle aurait tout donné pour connaître, même un bref instant, la sensation de piloter. Une question demeurait cependant : sans contrôle sur ses émotions, apprécierait-elle le goût unique de ce moment ?

Des bruits de pas se firent soudain entendre sur sa gauche. Une femme d'une quarantaine d'années approchait. Les lèvres pleines, les pommettes hautes et les yeux caractérisés par des simples paupières rendaient l'inconnue fascinante, toutefois moins que son uniforme protégé par sa cape de cheffe d'escadron des Terres d'Auvanche. Elle était la responsable des militaires présents ainsi que la commandante des ARM : Roxille Mori. Elle s'immobilisa près de Diba, le dos rendu droit par l'habitude.

— Je peux ? s'enquit la militaire.

L'émotionnelle l'invita d'un simple signe du menton. La femme prit place tout en rejetant sa lourde cape en arrière.

— C'est une belle machine, n'est-ce pas ? commença-t-elle.

— Très.

Mori ne rebondit pas. Après des secondes de silence inconfortable, Diba décida de prendre la conversation en main :

— C'est comment, de piloter une ARM ?

— Intuitif. Le temps de réaction court du robot le rend très précis dans l'exécution des gestes.

— Il doit être gourmand en magie.

— En effet. Je peux le piloter durant trente minutes d'affilée, et je suis celle qui tient le plus longtemps. C'est ce qui dissuade les pays possesseurs de les faire combattre.

— C'est étrange qu'une technomagie aussi avancée n'ait pas pallié ce détail, nota Diba.

— Nous pensons que la pièce manquante permet d'économiser la magie.

— Ce doit être une pièce complexe.

— Nous partons sur l'hypothèse d'une pièce mécanique avec un cœur magique.

— Quelqu'un finira bien par la trouver, commenta Diba.

La remarque arracha un discret soupir agacé à Mori.

— L'idée ne vous plaît pas ? osa l'émotionnelle.

— En soi, si. Je suis en revanche en désaccord avec la prime monstrueuse offerte par les gouvernements du continent. Elle a eu pour seul effet de lancer des milliers d'amateurs sur sa piste qui sont prêts à détruire des vestiges précieux pour la compréhension du fonctionnement des ARM. Si la pièce est essentielle, les plans de cette technomagie le sont aussi.

— J'ai lu un article à ce sujet. L'archéologue Anathalie Cloris se plaignait des pilleurs.

— À juste titre. Le site de Fontrasque est le plus vaste mis au jour, nous plaçons beaucoup d'espoir dans les trouvailles des équipes sur place.

— Je comptais y passer avec un ami durant les prochaines vacances, confia Diba. J'ai épluché tous les livres de Puy-sur-Embruns sur le sujet, j'espérais que madame Cloris pourrait m'en dire davantage.

— Tu vises la récompense ?

— Pas du tout. J'aimerais en savoir plus sur l'ancienne civilisation car je compte choisir la technomagie en deuxième cycle.

— Tu as le contrôle sur tes pouvoirs ? s'étonna Mori.

La question piqua Diba en plein cœur.

— Non, avoua-t-elle.

Sans maîtrise de ses capacités, pratiquer la magie sur demande et de manière régulière lui était impossible, or c'était ce qu'on attendait des mages une fois dans la vie active. Personne n'emploierait une bombe prête à exploser à la moindre contrariété, car elles étaient nombreuses dans le cadre d'un travail. Tout le monde ne ferait pas preuve d'autant d'ouverture d'esprit avec l'émotionnelle que le personnel universitaire de Puy-sur-Embruns. Elle les soupçonnait de l'avoir intégrée afin de la garder dans un environnement stable en attendant qu'elle se consume sous le feu de sa propre magie.

Il y eut un nouveau silence, cette fois insupportable. Diba se leva avec l'intention de mettre un terme à la conversation. Mori l'imita.

— Les étudiants qui s'intéressent à ce point à la technomagie sont rares, confia cette dernière. Je connais bien Anathalie, je la préviendrai que ton ami et toi passerez pendant les vacances. Ton nom ?

— Diba Darnak.

— Je le retiens. Maintenant excuse-moi, on m'attend pour dîner.

Les deux femmes se saluèrent devant le banc, puis Mori s'en alla comme elle était venue. L'entretien laissa une impression étrange à Diba, celle qu'une porte à laquelle les autres chercheurs de la pièce n'avaient pas eu accès s'était entrouverte. Elle était persuadée que trouver la pièce nécessitait de connaître le peuple à l'origine des ARM.

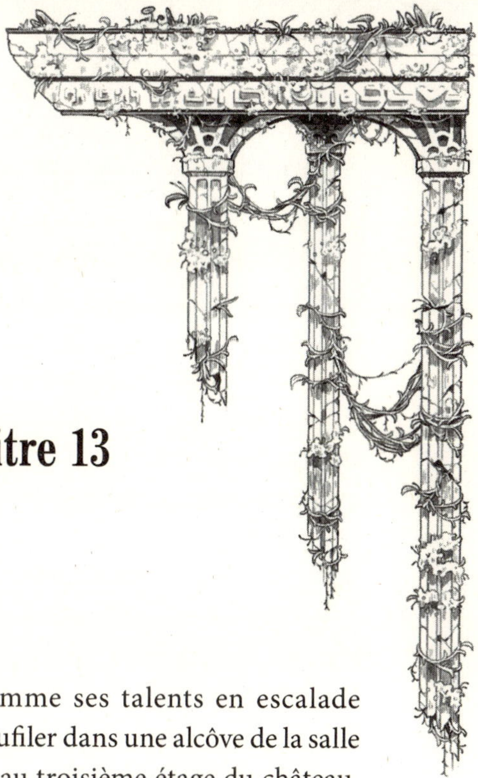

Chapitre 13

Sa carte d'invisibilité comme ses talents en escalade avaient permis à Sadge de se faufiler dans une alcôve de la salle à manger privée de Filairain, au troisième étage du château. Cette dernière dînait avec la responsable des militaires présents à Puy-sur-Embruns, autour d'une table couverte de mets dont l'odeur épicée faisait saliver le joueur d'envie. Il aimait un peu moins celle de l'alcool.

Les deux femmes ne semblaient pas se connaître outre-mesure car les banalités furent vite expédiées, même concernant la santé de leur famille respective. Ce repas n'était visiblement pas un rendez-vous personnel car les sujets sérieux furent vite abordés. Le premier d'entre eux surprit Sadge.

— L'émotionnelle semble en bonne santé, nota Mori. Elle subit des entraînements spéciaux ?

— Toujours celui du heaume, répondit Filairain. Jusqu'à récemment, cela ne donnait rien.

L'information suspendit le geste de la commandante.

— Jusqu'à récemment ? releva-t-elle. Quelque chose a changé ?

Sadge serra les poings de contrariété le temps que dura l'hésitation de la directrice. Elle avait intérêt à bien choisir sa réponse.

— Elle s'est fait un ami.

— Même si elle a l'air d'une jeune femme intéressante, c'est étonnant compte tenu de l'instabilité de ses pouvoirs. L'ami en question est un garçon ?

— En effet.

— Petit ami ? hasarda Mori.

— J'en doute. L'amour nous met dans tous nos états, Puy-sur-Embruns serait rasé par un seul béguin de Diba. Je crois simplement qu'ils étaient faits pour se rencontrer, comme c'est le cas quelquefois.

— Trop rarement, hélas. C'est donc certainement avec lui qu'elle veut aller sur les fouilles de Fontrasque.

Filairain fut étonnée par la nouvelle, aussi Mori lui parla-t-elle de l'échange qu'elle-même avait eu avec l'émotionnelle quelques minutes avant d'arriver. Diba avait été prudente, elle n'avait pas parlé de ses recherches concernant la pièce manquante. Et puisqu'elle était habituée depuis petite à ne ressentir, et donc à n'afficher, aucune émotion, Mori n'avait dû y voir que du feu.

Heureusement, Mori ne posa pas plus de questions sur l'ami de l'émotionnelle. Filairain et elle continuèrent quelques instants sur l'avenir incertain de Diba avant d'enchaîner sur les affaires politiques. La directrice de Puy-sur-Embruns était en contact régulier avec les élites du monde entier *via* leur progéniture. Il était facile pour elle de connaître toutes les affaires en cours, voilà pourquoi la commandante parlait aussi librement. Une affaire en particulier, dont les contours se dessinaient depuis plusieurs mois, arriva dans la conversation.

— Montcondor se montre de plus en plus audacieux, révéla Mori. Nous avons appris qu'il tente de racheter les ARM aux mains des Raselandes et de Vallévielle. S'il y parvient, il aura en sa possession cinq ARM. Même sans la pièce manquante, il sera en mesure de faire pression sur n'importe quel pays, y compris les Terres d'Auvanche.

— Je suppose que vous êtes aussi entrés en négociations afin d'acheter les ARM avant Montcondor.

— En effet. Pour être honnête, les choses se présentent mal. Montcondor a déjà proposé aux deux pays un traité de paix inaliénable en cas de marché.

— Que compte faire l'armée ? s'enquit Filairain.

— Nous ne voyons que deux options : trouver les plans des ARM afin de construire les nôtres…

La phrase en suspens n'augurait rien de bon. Sadge redoutait la suite.

— Ou bien ? la pressa Filairain.

— Ou dénicher la seule chose qui fait trembler tous les pilotes : le maître-cartes à l'as de Mort et au joker.

— Cette vieille histoire ? Je pensais que les recherches avaient été abandonnées depuis longtemps.

— Vous plaisantez ? D'après nos estimations, il y a environ une cinquantaine de chasseurs de primes sur ses traces, dont cinq depuis plus de quatre ans. Mais l'enfant demeure insaisissable. Ou devrais-je dire le jeune homme, maintenant.

— Comment se fait-il que personne n'ait trouvé sa trace ? demanda Filairain sur le ton de l'ignorance.

— Il se déplace régulièrement et passe de chaperon en chaperon, si bien que personne ne sait à quoi ressemble le gamin aujourd'hui. On sait qu'il est brun aux yeux marron, comme la majorité des hommes de cette partie du globe.

— Alors c'est mission impossible, conclut Filairain.

— Pas forcément. Nous avons un espoir avec l'un des chasseurs qui suit le gamin depuis le début. Un autre maître-cartes. J'ai entendu dire qu'il était dans la région. Nous verrons bien. Il y a aussi la piste de la pièce manquante, même si elle est encore moins prometteuse que l'as de Mort.

— Que ferez-vous avec l'enfant si vous le retrouvez ?

— Ce n'est pas de mon ressort, informa Mori. On m'a seulement dit qu'il serait envoyé dans un département spécial où des émissaires du roi seraient en charge de négocier ses cartes avec lui. Si le petit n'est pas bête, il les vendra à prix d'or et finira sa vie dans le luxe d'un palais.

Sadge enragea à l'entente du commentaire. En vendant ses cartes, il ne serait pas bête, il serait inconséquent. De toute façon, le gouvernement n'allait pas s'asseoir sur le pouvoir de l'as et du joker, et les deux seuls moyens pour que les cartes restent fonctionnelles étaient soit que Sadge les donne de son plein gré à un autre maître-cartes, soit qu'il soit vaincu en duel, même à mort. Le jeune homme n'avait l'intention de laisser faire ni l'un ni l'autre.

Seulement, ses choix étaient limités. À dire vrai, il ne pouvait faire qu'une chose : se tenir prêt à partir quand on viendrait le chercher à l'université. Il lui faudrait alors fuir encore, trouver un nouvel endroit où passer quelque temps, adopter un nouveau nom, se faire discret une fois de plus… La perspective de ne jamais pouvoir vivre sa vie lui arracha une larme qu'il essuya avec son poing serré de rage. Il maudissait le hasard de lui avoir mis ces deux cartes entre les mains. Et il maudissait encore plus l'attachement qu'il leur portait. Sans ça, il aurait pu s'en débarrasser pour toujours. Mais il refusait de toute son âme de laisser des instruments de mort entre les mains de n'importe qui. Car les gens de pouvoir n'avaient aucun respect pour la vie des autres.

— En parlant de maître-cartes, reprit Mori. J'ai entendu dire que Puy-sur-Embruns en avait accueilli un récemment.

— En effet.

— Comment s'appelle-t-il ?

— Sadge Bawen.

— Vous avez rencontré un parent ?

— Les deux, mentit Filairain au grand soulagement de Sadge. Des gens modestes qui ont encore du mal à prendre conscience que leur enfant a intégré l'université.

— Bourse de mérite ? devina Mori.

— Son année est payée. Les suivantes le seront aussi s'il obtient d'excellents résultats.

— Il s'en sort comment ?

— Très bien.

— Vous avez vérifié ses cartes ?

La question choqua Sadge autant que Filairain.

— Bien sûr que non ! opposa la directrice. Les lois des maîtres-cartes l'interdisent. Et comment le justifierais-je ? Parce qu'il est brun aux yeux marron comme la majorité des hommes du pays ?

— Il est vrai que ce serait problématique si les autres maîtres-cartes venaient à apprendre que leurs lois étaient bafouées par le royaume, convint Mori. N'y a-t-il pas un moyen de voir son jeu sans qu'il le sache ?

Filairain laissa échapper un éclat de rire qui surprit la commandante.

— Si c'est le cas, je vous laisse cette corvée et je vous souhaite bonne chance. Moi, je passe mon tour.

Mori émit un grognement tout en jouant avec sa pomme de terre.

— Un duel aura lieu ici début mars, informa Filairain. Venez voir.

Sadge jura entre ses dents. Pourquoi fallait-il toujours que cette femme empire les choses quand elles étaient sur le point de se tasser ?

— Il affrontera qui ?

— Olmidor Priamus, révéla la directrice.

Mori grimaça.

— Je n'ai jamais entendu du bien sur lui, commenta-t-elle. D'après les rumeurs, l'homme est un tueur à gages. Je suis surprise que Puy-sur-Embruns cautionne ce genre de pratiques.

— Ce n'est pas le cas. Priamus n'aura accès à l'université qu'à la condition de ne rien faire de stupide. De plus, tout le personnel enseignant et les troisièmes cycles seront là en renfort.

— Je serais curieuse de voir ça, confia Mori. Très bien, je viendrai. J'ai toujours voulu voir un duel de maître-cartes.

— Je vous comprends. C'est aussi mon cas.

Les joueurs n'étaient pas connus pour faire de grandes études. Leur magie particulière et son aspect visuel impressionnant leur permettaient en général de très bien vivre des paris sur leurs duels. Ce n'était donc pas étonnant que Sadge soit le premier à intégrer Puy-sur-Embruns depuis la prise de fonction de Filairain.

La conversation des deux femmes continua sur des sujets sans intérêt pour le jeune homme. Il resta pourtant durant les deux heures que dura l'entretien afin ne pas manquer une autre information importante. Il s'apprêtait à s'en aller juste avant la fin de la soirée quand Filairain revint sur le sujet du joueur à l'as de Mort.

— Ce maître-cartes... S'il est aussi puissant, il aurait pu sans souci se débarrasser de ses poursuivants.

La réflexion choqua Sadge car, en dépit de tout, il n'avait jamais envisagé de tuer quelqu'un. Jamais, tant il était encore imprégné du dégoût qui l'avait éclaboussé l'unique fois où il avait fait usage de sa carte.

Autour de la table, le regard désapprobateur de Mori mit la directrice mal à l'aise. Sadge n'était pas le seul à trouver l'idée répugnante.

— Le meurtre est le résultat d'un processus psychologique et d'un environnement particulier, ce n'est pas un instinct et nous devons nous en réjouir, commenta la commandante sur un ton tranchant. Car si le maître-cartes commençait à tuer les chasseurs de primes, puis les responsables politiques des différents pays qui le traquent, où s'arrêterait-il ?

— Dans ce cas, il pourrait au moins faire pression pour qu'on lui fiche la paix.

— Sur qui ? Quatre gouvernements dotés chacun de son armée ? L'as de Mort est limité par l'endurance de son joueur. Même si ce dernier avait la capacité exceptionnelle de tenir plusieurs heures, les pays ont l'avantage numérique. Croyez-moi, si les dirigeants devaient sacrifier la moitié de leur armée pour récupérer l'unique moyen de contrer les ARM, nos armes du futur, ils le feraient, nous somme là pour ça.

Sadge ne sut pas ce qui lui déplut le plus : la réalité de sa situation inextricable, l'horreur de la vie militaire ou la froideur du ton de Mori. Elle avait conscience de son rôle et l'avait accepté. C'était effrayant.

— Nous parlions de Priamus tout à l'heure, reprit la commandante. Même lui n'a recours au meurtre que dans un cadre précis : celui des duels où la mise à mort est autorisée. Il n'a jamais tué en dehors d'une arène. Je suis désagréablement surprise que, pour vous, ôter la vie soit une option envisageable.

— Ça ne l'est pas. Mais tout le monde ne pense pas ainsi, alors je me questionne.

Mori n'ajouta rien. Elle se leva, réajusta son uniforme aux couleurs du ciel auroral, puis prit congé. Cette fois, l'entretien était terminé.

Sadge se téléporta devant les grilles des jardins interdits puisque des runes de protection empêchaient quiconque d'apparaître à l'intérieur. Le joueur ne quitta la protection de sa carte d'invisibilité qu'une fois arrivé à sa chambre. Le dernier échange entre Mori et Filairain tournait dans sa tête. Comme toujours, la plupart des gens pensaient pouvoir faire mieux s'ils étaient à la place des autres. De plus, Sadge n'avait jamais connu qu'une chose : la fuite. D'abord dans les pas de sa mère, puis aux côtés de ses différents tuteurs, et maintenant de sa propre volonté. S'il ne désirait pas une vie de fugitif, il ne souhaitait pas non plus une existence passée dans la confrontation permanente. Il voulait juste vivre tranquille.

Sadge se changea avant de se coucher, les yeux rivés sur le dôme de verre aux reflets céruléens[1]. La nuit, l'endroit était nimbé des lueurs des plantes phosphorescentes. Ses bibliothèques s'étaient remplies de livres sur les différentes magies dénichés par Diba. En revanche, les ouvrages traitant de la technomagie manquaient encore.

---

1. D'un bleu intense ou d'un bleu sombre.

Chapitre 13

Il lui faudrait trouver un moyen de gagner de l'argent s'il voulait s'en acheter car, contrairement à ce qu'avait dit Filairain, Sadge n'était bénéficiaire d'aucune bourse. Il n'avait certes aucun argent à débourser, mais il n'en avait pas non plus qui rentrait. Le seul problème, de taille, était qu'il ne savait pas du tout où trouver du travail. Aucun étudiant de Puy-sur-Embruns n'avait d'emploi à côté de ses études car aucun n'en avait besoin. Peut-être devrait-il se renseigner aux abords directs de l'université ? Compte tenu de l'impressionnante superficie de forêt, les bûcherons ne devaient pas manquer. Seulement, aurait-il assez d'une journée pour étudier, entretenir sa forme physique de laquelle dépendait en majorité son endurance magique, chercher la pièce manquante avec Diba et travailler dehors ? Même en étant optimiste, cela paraissait compliqué.

Sa condition de fugitif lui refusait le droit de vivre dignement.

Sadge poussa un long soupir pour vider ses poumons avant de les remplir doucement. Cela le détendait lorsque les idées noires commençaient à s'installer. Il réitéra l'exercice jusqu'à trouver le sommeil.

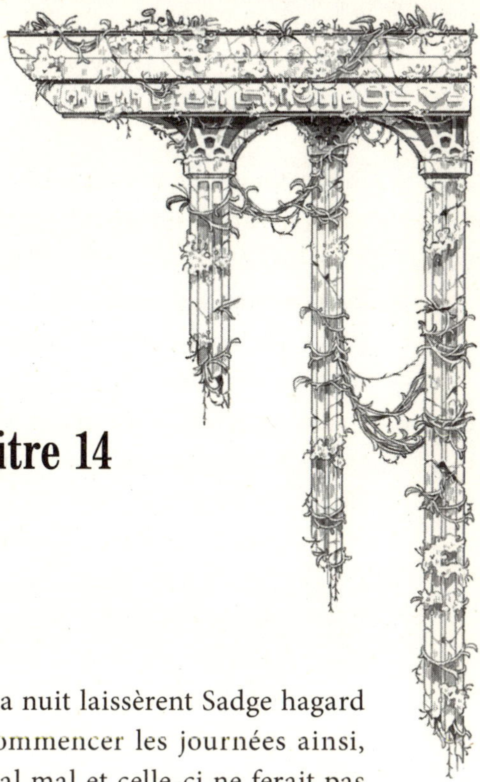

Chapitre 14

Les rêves compliqués de la nuit laissèrent Sadge hagard au matin. Il n'aimait pas commencer les journées ainsi, elles se déroulaient en général mal et celle-ci ne ferait pas exception à la règle. Il avait vite remarqué la silhouette de la commandante Mori tourner autour de lui. À force, il ne vit d'ailleurs plus qu'elle. Son agacement n'échappa pas à Diba puisqu'il augmentait insidieusement le sien, si bien que dans l'après-midi l'émotionnelle dut s'éloigner du maître-cartes. Sadge s'énerva de plus belle après une Mori aussi agaçante qu'un moustique affamé. Il aurait aimé sécher les cours jusqu'au départ des militaires mais fuir n'était pas la meilleure solution, sinon leur curiosité serait piquée par un comportement aussi suspect.

Il prit donc sur lui toute la journée. Malgré Mori, Sadge se rendit au département des ressources humaines et de la trésorerie où on lui fit savoir qu'un travail était incompatible avec des études à Puy-sur-Embruns. Monsieur Labec, quadragénaire guindé, s'apprêta à congédier le jeune homme lorsqu'un doute le retint. Il fouilla dans ses notes de service avant de lancer un regard peu amène à son interlocuteur.

— Je savais bien que votre nom me parlait, lâcha l'homme. Ça fait trois semaines que le courrier demande après vous parce que vous avez oublié de lier votre magie à nos grives messagères. Elles n'ont pas réussi à vous trouver.

Le courrier ? Il ne connaissait personne pour lui écrire puisque que personne ne savait qu'il se trouvait ici, sous un faux nom qui plus est.

— Il doit y avoir erreur sur la personne, répliqua le joueur.

— Sadge Bawen, c'est bien ça. Une lettre scellée vous attend. Dépêchez-vous ou dans une semaine elle repart à l'expéditeur. Filez, j'ai du travail.

Dans le couloir, le joueur incrédule se demanda si on lui avait fait une blague. Jugeant la probabilité faible, il se rendit au courrier où une femme aussi petite qu'Elcina, mais à la peau ambrée, lui confirma la réception d'un pli à son nom. Elle le lui confia contre signature. Sadge n'attendit pas d'être dehors pour casser le cachet en cire et parcourir le message envoyé par un bureau de banque de Vaulemur lui confirmant l'ouverture d'un compte à son nom, créditeur de six cents dauvan.

Effaré, Sadge s'adossa au mur dans le couloir sans quitter le document des yeux. Dans les conditions générales de l'établissement, il lut que six cents dauvan était la somme maximale qu'il était possible de retirer au guichet en une fois. La personne à l'origine de l'ouverture de ce compte savait que Sadge pouvait être amené à fuir d'un instant à l'autre.

La résolution de ses problèmes d'argent aurait dû le soulager, pourtant cela le contraria car cette opération traçait un chemin tangible en droite ligne jusqu'à Puy-sur-Embruns. Et il ne voyait qu'une personne capable de faire ça. Sadge se téléporta sans attendre devant les portes du bureau de Filairain où les figures de la serrure confirmèrent la présence de la directrice. Lorsqu'elles ouvrirent le passage, Filairain vit arriver le nouvel affrontement. Sadge balança la lettre sur son bureau devant elle.

— C'est à vous que je le dois ?

Filairain ferma un instant les yeux, désappointée. Elle se passa une main dans la longueur de ses cheveux verts avant de fixer le maître-cartes.

— Pacifia, lui répondit-elle.

— La preneuse de paris ? Vous vous foutez de moi ? Pourquoi elle ferait ça ?

Filairain se redressa sur son fauteuil lévitant. Comme à chaque fois avec Sadge, elle pesa ses mots avant de parler avec prudence.

— Elle m'a dit qu'elle avait une dette envers toi. Tu aurais aidé son fils.

— C'est n'importe quoi, tout le monde sait qu'elle n'en a pas !

— Te souviens-tu avoir empêché un jeune garçon simple d'esprit d'être agressé ?

Sadge avait vu tellement de misère qu'il ne se le rappela d'abord pas. Puis un souvenir, éclair apparu de nulle part, le frappa soudain. Pas plus de dix ans, le garçon parlait à un chat dans la ruelle qu'empruntait habituellement Sadge pour porter les paris de son tuteur de l'époque. Des hommes avinés avaient commencé à bousculer l'enfant, alors Sadge était intervenu. Le petit, choqué, avait confié sa frayeur au chat attentif, et Sadge avait été incapable de le faire bouger de la ruelle pour le ramener chez lui. « J'habite à côté, avait-il dit. Maman ne me voit pas, elle ne s'inquiète pas. »

Filairain vit les traits de Sadge gagner en dureté, et elle sut qu'il y avait dans cette anecdote une colère grondante.

— Au lieu de dépenser de la thune pour un type qu'elle ne connaît pas, elle ferait mieux de se barrer de son taudis pour offrir une vie décente à son gamin.

— Elle a une position à tenir tout comme une autorité à faire respecter, argumenta Filairain.

— Ça veut dire quoi ? Que si un de vos gosses ne correspond pas à l'image que vous voulez renvoyer, vous le reniez ? Vous êtes cruelle ou juste conne ?

Filairain tapa son poing sur le bureau.

— Reste à ta place ! tempêta-t-elle.

Les muscles gonflés par la haine, Sadge saisit les bras du fauteuil et approcha son visage si près de celui de la directrice qu'elle vit toutes les nuances de ses iris mordorés.

— À ma place, ou à celle que tu tentes par tous les moyens de me faire garder ?

Le fiel dans la voix chaude du joueur coupa le souffle de Filairain. La peur la prenait à la gorge.

— Je ne suis pas ton chien, Kathéride. Je ne suis pas non plus une poupée qui agit selon tes envies. Tout ce que ta copine a fait, c'est indiquer à tout le monde que je suis là. Quand les chasseurs de primes auront capté, tu vas pas comprendre la merde qui va te tomber dessus. Je te donne un conseil : trouve un moyen plausible de me virer de Puy-sur-Embruns et fais-le vite parce que, si t'attends que je parte, ça éveillera les soupçons et tu devras rendre des comptes.

Sadge s'approcha encore jusqu'à ce que sa bouche frôle l'oreille de Filairain.

Chapitre 14

— Y'a un truc que t'as pas capté du haut de ta tour d'ivoire : ceux qui m'hébergent sans me dénoncer sont promis à la peine de mort pour haute trahison.

Un frisson d'horreur électrisa Filairain. Sadge s'en délecta. Habituée aux privilèges de son statut, la directrice n'avait pas pris la peine de se renseigner avant d'accepter d'héberger le joueur. Il savait très bien pourquoi : parce que depuis le début elle pensait retourner l'affaire à son avantage.

Sadge se redressa.

— T'as accepté de m'accueillir uniquement pour faire parler de Puy-sur-Embruns, pas vrai ? Un maître-cartes à l'université, c'était une aubaine inespérée pour réveiller l'intérêt des gens. Et avec le duel qui se prépare, c'est la cerise sur le gâteau.

Le silence enragé de Filairain était éloquent.

— Pour toi je ne suis qu'un gamin ignorant avec une grande gueule et une haute estime de lui. Je prendrai mon pied le jour où tu comprendras que tu t'es plantée sur toute la ligne.

Sadge lui accorda un dernier regard dédaigneux avant de lui tourner le dos.

— Dis à ta copine de supprimer le compte et les traces des transactions. Et de faire adopter son gosse par des gens qui le considéreront comme un humain à part entière.

Il claqua la porte derrière lui.

Au final, la commandante Mori n'avait pas été un problème pour Sadge. Elle ne l'avait pas quitté des yeux un instant durant son séjour, mais elle était repartie comme prévu dès la fin des cours de pilotage.

Filairain était invisible depuis leur dernier tête-à-tête. Sadge ne savait pas si elle avait suivi ses conseils. En tout cas, il n'avait pas été renvoyé quand arrivèrent enfin les vacances avec le début de l'hiver.

Peu à peu, les couloirs se vidèrent. Les salles de classe aux portes closes devinrent silencieuses puis bientôt ce fut l'université entière. Comme quelques étudiants restaient au dortoir, il y avait toujours du personnel universitaire sur place, mais la ville était devenue village. Pour Sadge et Diba, c'était agréable. Leur départ pour Fontrasque aurait lieu le lundi suivant. Le joueur avait dû échafauder un mensonge pour expliquer à son amie pourquoi il voyagerait avec un faux visage. Il avait mis cette nécessité sur le dos de Filairain afin qu'on ne puisse pas lui rapporter avoir vu le maître-cartes en dehors de l'université alors qu'il avait interdiction d'en sortir, officiellement à cause d'une absence de décharge de ses parents. Mieux valait qu'elle en sache le moins possible, sinon elle finirait par en souffrir. Et ça, Sadge ne se le pardonnerait jamais.

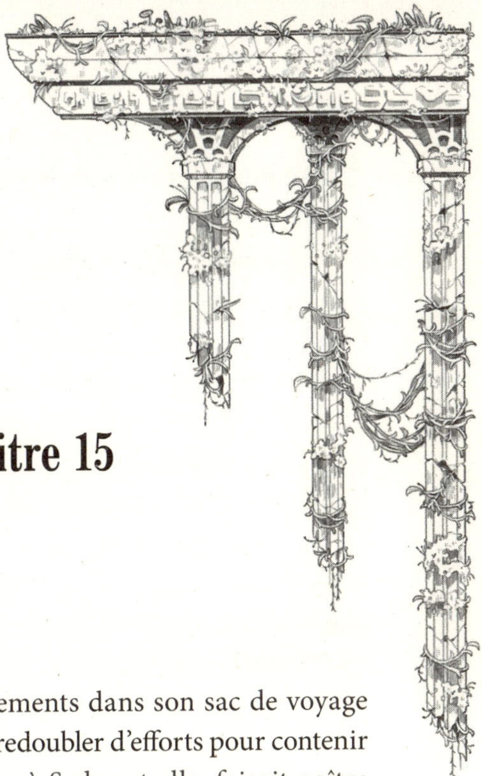

Chapitre 15

Diba jeta ses derniers vêtements dans son sac de voyage avant de le fermer. Il lui fallut redoubler d'efforts pour contenir l'excitation que leur escapade, à Sadge et elle, faisait naître au creux de son ventre. Peut-être n'apprendrait-elle rien sur l'ancienne civilisation ou la pièce manquante, mais la simple perspective de découvrir de nouvelles choses la rendait impatiente. Elle saisit son bagage avant de filer d'un pas pressé en direction des bureaux où elle signala son départ. La femme de l'administration lui rappela son obligation de porter l'uniforme de l'université en toutes circonstances, afin qu'au moindre problème au-dehors l'institution puisse être prévenue.

Une fois tout en ordre, Diba emprunta l'allée principale habituellement verdoyante qui descendait en pente douce. Face à elle, l'horizon s'arrêtait aux majestueux remparts de Puy-sur-Embruns dont la porte principale était gardée par deux dragons en fer étincelants sous la moindre caresse d'un rayon de soleil. De ce côté, la vue était époustouflante ; de l'autre, elle était indescriptible de grandeur.

Il fallut pas moins de vingt minutes de marche à Diba pour rejoindre le titanesque portail qui s'ouvrit seul sans la moindre peine. Au moment où elle en franchissait le seuil, une silhouette se glissa à côté d'elle. Diba dévisagea l'inconnu une fraction de seconde avant de comprendre que ce petit bonhomme blond aux lunettes rondes était en réalité Sadge, camouflé à l'aide de sa carte métamorphose.

— Tu connaissais le garçon à qui tu as emprunté cette apparence ? demanda-t-elle en s'immobilisant près de l'endroit où la diligence s'arrêterait bientôt.

— Vite fait, répondit-il d'une voix beaucoup plus fluette que son timbre habituel. Je l'ai rencontré à Connosque, il était menuisier. Ou plutôt, il l'est. Enfin, j'espère pour lui.

— Tu es sûr que personne ne le connaîtra à Oroganche ?

— On ne peut jamais être sûr. Par contre, je suis certain que personne ne le signalera en fugue.

Ça, c'était certain. Au final, c'était bien ce qui importait à son camarade. Sans doute.

Diba et Sadge restèrent silencieux un moment. Malgré le temps passé ensemble, chacun avait encore peur de la douleur de l'autre dont il ne mesurait pas le tranchant des rebords. Alors ils s'en tenaient à bonne distance. Pour autant, le silence ne les dérangeait pas. Il était confortable comme il l'est avec une personne dont la simple présence tranquillise.

Lorsque le cocher arrêta devant eux ses quatre chevaux tirant sa diligence lévitante et que Sadge lui ouvrit la porte, Diba pensa que les blessures de son compagnon étaient la vraie raison de son besoin d'anonymat lors de ce voyage. Par respect pour sa vie, elle ne formula pas ses réflexions à voix haute. Elle se contenta de s'installer à son aise sur la vieille banquette car les trois prochaines heures s'annonçaient longues.

Chapitre 15

Le paysage vallonné des forêts autour de Puy-sur-Embruns laissa place à des plaines, puis à des terres agricoles. Une futaie s'élevait sur les derniers kilomètres avant Fontrasque, ville dont le port excentré était la porte d'entrée la plus rapide pour atteindre Oroganche. Mais avant de penser à la capitale, les deux compagnons prirent une berline qui les conduisit à travers les sentiers forestiers jusqu'à un relief clairsemé piqué de tentes fermées pour protéger leurs occupants du froid de l'hiver. Diba et Sadge descendirent de voiture en fin de matinée et furent accueillis par l'agitation ordonnée qui régnait sur le chantier de fouilles, de l'autre côté de la pente. Diba devant, ils se présentèrent aux hommes surveillant l'accès au site et demandèrent à parler à Anathalie Cloris. Les gardiens n'eurent pas besoin de faire la moindre remarque, leur regard agacé parlait pour eux : ils n'étaient pas les seuls étrangers à être venus ici. Le plus jeune alla malgré tout porter le message. Il revint seul dans un mutisme qui rendit les étudiants incertains. Ils décidèrent d'attendre car, si la femme avait refusé de les voir, les hommes ne se seraient pas fait prier pour les chasser.

Une quadragénaire aux cheveux déjà grisonnants se montra un quart d'heure plus tard. Elle s'approcha de Diba, qui rabattit sa capuche en arrière.

— Roxille m'a prévenue de ta venue. Je crois que tu lui as fait forte impression. Venez, tous les deux, je vais vous faire visiter.

De l'autre côté du talus se dévoilèrent les neuf cents mètres carrés d'une ancienne ville mise au jour. Des restes de chemins et de murs laissaient deviner la configuration des lieux. Partout, des gens s'activaient, la plupart assis ou agenouillés pour examiner le sol avec autant de minutie que de rigueur, car tout devait être consigné. Les gens n'étaient pas là pour trouver des objets précieux ou des trésors enfouis, mais pour redonner vie à une civilisation oubliée afin d'en comprendre les mécanismes, les croyances et le mode de vie. Pour eux, les restes d'une jarre peinte ou quelques tesselles valaient tous les bijoux du monde.

Une chose était sûre, Anathalie Cloris était passionnée par son métier. Elle fit déambuler les étudiants au milieu des ruines, leur expliquant la configuration des habitations, émettant des hypothèses sur la vie quotidienne des habitants à partir des objets retrouvés. Elle leur présenta ses collaborateurs, leur parla un peu du rôle de chacun avant de les ramener vers sa tente, cinquante minutes plus tard. Un repas succinct leur fut apporté tandis qu'Anathalie déroulait sur une table le croquis d'une grande fresque trouvée une semaine plus tôt devant laquelle ils n'avaient fait que passer. Diba et Sadge mangèrent debout tout en écoutant l'archéologue leur expliquer ce qu'elle en comprenait.

— Ça ressemble à un conte, expliqua-t-elle entre deux bouchées de saucisson en croûte. Et c'est la première fois qu'on trouve une représentation entière d'une ARM.

Elle montra la silhouette imposante allongée derrière le couple du conte.

— Elle est super grande, non ? remarqua Sadge.

— Il se pourrait que l'auteur ou l'autrice du dessin ait exagéré la taille pour accentuer l'importance symbolique du robot.

— Mais il n'apparaît nulle part ailleurs sur la fresque, nota Diba.

— En effet. Le couple, d'abord seul, est près d'une sorte de butte dont la forme ne me dit rien. Puis là, il est avec un mage, devant l'ARM. Le mage semble lier les deux personnages pour l'éternité. En les mariant, peut-être ? Le sablier a en tout cas un rapport non seulement au temps qui passe mais à quelque chose qui se répète à l'infini.

— Comme quand on tourne le sablier, comprit Diba. On répète toujours le même geste pour mesurer le temps qui passe.

— En effet.

— Ça date de quand ?

— Mille deux cents ans.

Diba croqua dans une carotte crue tout en réfléchissant.

— Aussi ancien que Puy-sur-Embruns. C'est étrange de se dire qu'un tel bâtiment est toujours debout tandis que des villes entières ont été ensevelies par l'oubli.

— Puy-sur-Embruns a toujours été occupé, lui fit remarquer Anathalie. Quand un endroit est déserté, la nature le reprend. Si aucun travail de mémoire n'est fait, il disparaît pour de bon. Mais tant qu'il y aura des gens attachés au souvenir, les villes ensevelies ressortiront de terre pour nous raconter leur histoire. Et, parfois, le passé qu'elles dépeignent ressemble étrangement à notre présent, comme si l'être humain était pris au piège d'un cycle dont il nie l'existence parce qu'il se croit au-dessus de tout.

Un silence grave suivit les dernières paroles de l'archéologue. Les étudiants terminèrent de manger sans quitter des yeux le croquis. Après un instant, un détail anima Sadge.

— Ce symbole de plume près de la butte, là, il n'est pas d'ici. Il est behaqwina.

Diba se pencha pour voir une plume enfermée dans un cercle entouré de quatre points. Il se trouvait entre le relief et la tête de l'ARM allongée.

— En effet, approuva Anathalie sur un ton plus suspicieux qu'admiratif. Comment sais-tu ça ? Les tribus behaqwina vivent à l'ouest de l'autre côté de l'océan, il y a peu d'individus dans les Terres.

— J'ai dû lire un livre sur eux, répondit Sadge. Les Behaqwina auraient eu des ARM ?

— Non, affirma l'archéologue.

— Vous avez l'air sûre de vous, remarqua Diba.

— Les Behaqwina font partie des peuples qui n'oublient pas. Ils doivent cela à une tradition orale très forte. Étant donné que certaines de leurs légendes ont sans mal plus de cinq mille ans, les ARM apparaîtraient forcément dans les plus récentes, ce qui n'est pas le cas. Je ne sais pas pourquoi ce symbole est là, ni ce qu'il représente, mais je suis certaine que ces peuples n'ont rien à voir avec les robots.

Diba vit Sadge froncer les sourcils. Fausse apparence ou pas, cela ne changeait rien au fait qu'il n'était pas convaincu par les propos d'Anathalie, et cela la questionnait elle aussi. Comment un jeune homme issu de la classe pauvre avait-il pu avoir accès à autant de savoir ? Car les livres traitant des Behaqwina ne se trouvaient que dans une paire de bibliothèques. Même Puy-sur-Embruns n'en possédait pas. Plus le temps passait, plus elle s'interrogeait sur son camarade. Le côtoyer en dehors de l'université l'aiderait peut-être à mieux le connaître.

En attendant, elle ne devait pas oublier le but premier de sa visite ici.

— Il n'y aucun indice sur la pièce manquante des ARM ? questionna-t-elle.

— Par tous les dieux, heureusement non ! Sinon les chasseurs de primes n'en finiraient pas de défiler. Ce sont de vraies plaies !

Chapitre 15

C'était un cri du cœur. Le travail des gens sur place ne devait déjà pas être facile tous les jours, mais ce devait être infernal quand des inconnus tournaient autour du site comme des vautours autour d'une carcasse. Diba compatissait sincèrement.

La conversation dériva ensuite sur l'université, les changements depuis le départ d'Anathalie, les anecdotes et les spécialités. Puis ce fut l'heure pour les deux étudiants d'aller attraper une voiture qui les mena jusqu'au port de Fontrasque. Là-bas, un bateau leur fit traverser le bras de mer avant de longer le canal jusqu'aux quais bruyants d'Oroganche. Même la tombée de la nuit hivernale ne calma pas l'agitation dans les rues sinueuses de la capitale. Comme dans toutes les villes, la végétation ici était omniprésente. Il était habituel que les lampadaires coudoient des arbres et que les chats domestiques fassent le dos rond devant les renards sauvages ou les cerfs trop imposants, quand les seigneurs de la forêt quittaient leurs palais d'écorces pour quémander quelques friandises aux humains.

Fatigués par leur longue journée, les deux amis prirent sans tarder le chemin de leur hôtel. D'avenues pavées en chemins dallés, ils finirent par trouver l'endroit à la façade couverte de glycines que le froid avait privées de leurs grappes de fleurs. À l'intérieur, une odeur d'orange mêlée à celle d'un feu de bois accueillit les voyageurs, tout comme le fit un gros chat endormi sur le comptoir à côté de la réceptionniste. La femme enleva avec peine le félin de dessus le livre des réservations, puis elle donna à chacun la clé de sa chambre, leur expliqua où les trouver et les abandonna pour terminer son fruit venu du Sud.

Dans le couloir, les tapis étouffaient les bruits de pas afin de minimiser la nuisance des va-et-vient la nuit. Les amis se séparèrent sur le seuil de leur chambre respective en se promettant que le premier levé réveillerait l'autre.

Changée pour la nuit puis glissée dans les draps propres, Diba repensa aux éléments trouvés à Fontrasque. En dépit des explications dispensées par Anathalie, elle n'avait rien appris sur les ARM et se retrouvait sans nouvelle piste concernant la pièce manquante. Comme l'avait dit la commandante Mori, le site de fouille s'annonçait prometteur, mais il faudrait plusieurs mois, voire plusieurs années, avant qu'une information exploitable y soit découverte. D'ici là, l'émotionnelle serait sans doute morte, tuée par la puissance ravageuse qui dormait en elle.

Avant de s'endormir, Diba espéra que les recherches au centre national d'archéologie et d'anthropologie leur en diraient plus sur l'ancienne civilisation.

Le lendemain, Diba et Sadge, toujours sous son apparence d'emprunt, se présentèrent au centre dès l'ouverture des portes. Ils en ressortirent à la fermeture plus démunis que jamais. Avec l'aide des agents, ils avaient pourtant épluché tous les ouvrages sans trouver la moindre information. Pire, les premières conclusions des experts ne faisaient pas le moins du monde mention de l'avancée technologique de ce peuple mystérieux. C'était comme si les ARM étaient apparues comme par enchantement. Il n'y avait pas mieux placé qu'un mage pour savoir que c'était impossible car, si la magie ne s'expliquait pas, elle possédait néanmoins ses propres règles.

Dans la salle de restauration de l'hôtel, devant un repas chaud mérité aux saveurs aigres-douces, ils décidèrent de tenter une excursion le lendemain dans la plus grande bibliothèque du pays. L'espoir d'y trouver quelque chose était mince, bien plus que dans le centre spécialisé, mais ils devaient s'y rendre par acquit de conscience. Sadge s'égara durant quelques minutes du côté du comptoir, avant de revenir à table sans donner la moindre explication.

Il faisait comme si tout allait bien pourtant son regard n'avait jamais été aussi à l'affût que depuis leur départ de Puy-sur-Embruns, comme si le joueur s'attendait à tomber sur une personne indésirable d'un instant à l'autre. Diba en vint même à se demander si Filairain était la réelle raison de son attitude, et s'il n'y avait pas derrière toute cette histoire quelque chose de bien plus sérieux. En tout cas, Sadge ne semblait pas décidé à en parler puisqu'il revint sur leur frustration de n'avoir rien trouvé. Cela poussa Diba à revenir sur un détail :

— Tu as eu l'occasion d'étudier les Behaqwina, alors ?

Cette fois, Sadge ne s'empressa pas de répondre. S'était-il fait à l'idée qu'elle ait remarqué quelque chose ?

— J'ai eu l'occasion d'en croiser un, vite fait. C'est tout. Je n'avais pas envie de le mentionner devant Anathalie, elle aurait posé des questions, l'entretien se serait éternisé.

Son ton agacé dissuada également son amie de se montrer davantage curieuse. La fin du repas se déroula dans le silence car les deux jeunes gens commençaient à ressentir les effets de la fatigue. Aussi gagnèrent-ils leur lit aussitôt le repas terminé.

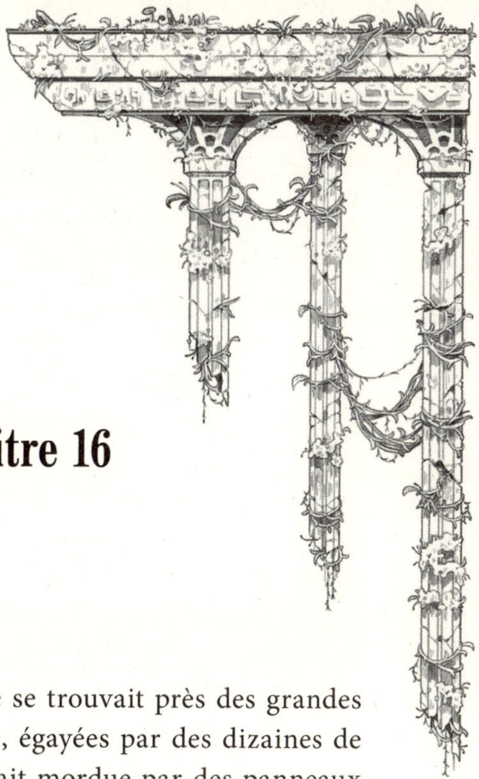

Chapitre 16

La bibliothèque nationale se trouvait près des grandes avenues pavées d'Oroganche, égayées par des dizaines de fontaines. L'une des voies était mordue par des panneaux signalant un rituel en cours. Deux femmes assises face à un bâtiment neuf étaient en train d'accomplir un sort pare-feu. Les yeux fermés, les mains tendues, paumes vers l'établissement, leurs concentrations étaient à leur comble.

Les rituels étaient la discipline la plus éprouvante car les sorts demandaient de longs jours de préparation et de longues heures d'exécution. Aussi tout le monde se taisait dès qu'il était amené à franchir la zone de calme nécessaire aux mageresses, matérialisée par les panneaux. Les rituels requéraient également une énorme quantité de magie, énergie omniprésente dans le vivant. Ce besoin d'accès rapide et durable à un vivier conséquent expliquait la présence massive en ville de végétations et d'animaux, même sauvages. Chacun d'eux était un intermédiaire entre les rituelleurs et la magie.

Diba et Sadge les dépassèrent non sans leur accorder une attention admirative. À Puy-sur-Embruns, les rituelleurs de troisième cycle étaient rares tant leur art était exigeant.

Un peu plus loin, une volée d'une trentaine de marches menait à l'entrée de l'imposante bibliothèque nationale. À l'intérieur, les camarades se séparèrent pour couvrir plus de terrain. Ils se donnèrent rendez-vous à l'entrée à l'heure de fermeture.

Les bras chargés de livres après plus d'une heure à déambuler dans les rayonnages, Diba s'installa à une table afin de se plonger dans sa lecture. Elle avait étendu ses recherches aux civilisations contemporaines des créateurs d'ARM dans l'espoir d'y trouver ne serait-ce que des allusions. Les informations essentielles n'étaient parfois pas là où on les attendait. En dépit de son acharnement, aucune piste ne se dessina au milieu des phrases qu'elle finit par ne même plus voir.

Elle s'affala presque contre le dossier de sa chaise et soupira sa lassitude au plafond en croisé d'ogive. Le désappointement qui naissait en elle l'obligea à fermer les yeux et à se plonger dans un état de méditation afin de ne pas lui donner l'occasion d'enfler. Car le moindre sentiment fugace pouvait vite se transformer en brasier sous l'influence de ses pouvoirs.

Doucement, la jeune femme s'apaisa. La raison lui fit prendre conscience que, depuis quinze ans, tous les chasseurs de primes et de trésors avaient dû écumer les livres, des plus généraux au plus techniques. La présence de gardiens sur les chantiers de fouille était une preuve supplémentaire qu'ils cherchaient aussi des informations à la source. Elle avait été naïve d'espérer être la seule à avoir eu l'idée.

Chapitre 16

Découragée, Diba jeta un coup d'œil à l'horloge au mur : treize heures dix. Elle décida de prendre une demi-heure pour aller s'aérer, le temps de regagner un peu de courage. Elle rangea les livres à leur place avant de retrouver l'air frais de l'hiver. L'odeur des châtaignes grillées et d'un étalage de crêpes la fit saliver d'envie. Son choix se porta sur le mets le plus sucré des deux.

Elle savoura sa crêpe en déambulant dans les rues d'Oroganche. Les gens s'écartaient de son passage, même dans les endroits les plus encombrés. La nacre de sa peau visible sur le haut de sa poitrine trahissait sa nature. Aussi les promeneurs évitaient-ils tout contact de peur qu'une interaction, aussi anodine soit-elle, déclenche par inadvertance la colère de l'émotionnelle. Diba avait vite appris à transformer le sentiment de rejet de ces instants en une bulle de paix au milieu du vacarme. Son caractère s'accommodait heureusement d'un nombre limité de contacts sociaux. Ce fut d'ailleurs ce qui la poussa à s'éloigner des grands axes pour s'imprégner de la sérénité des chemins annexes.

L'un d'eux la fit passer devant la cour d'une maréchale-ferrante en pleine discussion avec un cavalier. La singularité de l'homme de haute taille arrêta Diba malgré elle. Le teint cuivré de sa peau, ses hautes pommettes, ses lèvres pleines et son nez court et droit ne trompaient pas, tout comme ses longs cheveux noirs tressés portant sur le côté gauche une plume d'aigle : un Behaqwina. L'inconnu serra la main de son interlocutrice avant de lui confier son cheval boiteux au crin clair, puis il sortit de la cour, les mains glissées dans les poches de son blouson en cuir décoré de symboles géométriques. Lorsqu'il la salua d'un signe de la tête, Diba prit pleinement conscience de la beauté naturelle de l'homme ; elle avait rarement vu d'individus aussi magnétiques. Ce ne fut pourtant pas ce détail qui la poussa à l'interpeller.

— Excusez-moi !

L'inconnu se retourna, visiblement incertain quant à la réaction à adopter face à une émotionnelle. Avec autant de prudence que de méfiance, il vint à sa rencontre. Diba dut lever la tête pour le regarder dans les yeux.

— Je peux vous aider ? s'enquit-il d'une voix chaude.

— Peut-être. Je m'appelle Diba, j'étudie à Puy-sur-Embruns, se présenta-t-elle en lui tendant la main.

Il la lui serra, toujours attentif à ses réactions. Diba remarqua à cet instant deux étuis en cuir à la ceinture de son vis-à-vis : un maître-cartes qui semblait avoir gagné beaucoup de duels.

— J'avais reconnu l'uniforme, finit-il par dire. Je suis Ysha.

— Est-ce que vous auriez quelques minutes à m'accorder ? J'ai été amenée, à l'université, à tomber sur des symboles behaqwina sans trouver de sources qui me permettent de les comprendre.

Ysha jeta un regard à la boutique de la maréchale-ferrante, avant de reporter son attention sur la jeune femme. La perspective de répondre à ses questions semblait le contrarier.

— J'ai un rendez-vous à la banque dans vingt minutes.

— Ce ne sera pas long, assura-t-elle.

L'homme accepta l'entretien, sans doute par peur de déclencher le pouvoir de la mageresse. Personne ne voulait déplaire à une émotionnelle. Il lui proposa de se mettre au chaud dans un café, alors elle le suivit. À en juger par la manière dont il passait de rue en rue, il connaissait la ville. Il l'amena dans une échoppe réservée aux voyageurs où personne ne lui poserait de questions. Une fois installé puis servi, Ysha invita l'étudiante à poser ses questions.

Chapitre 16

— Que signifie une plume dans un cercle entouré de quatre points ?

— La maison. La plume représente le peuple behaqwina, le cercle l'unité et chaque point une des quatre tribus originelles.

— Vous appartenez à l'une d'elles ?

— Oui, celle du Renard.

— Que pourrait vouloir dire ce symbole apposé sur la retranscription ancienne d'un conte des Terres d'Auvanche ? demanda Diba.

— Ancienne comment ?

— Mille deux cents ans.

Ysha fut réellement surpris par l'information.

— Difficile à dire sans le contexte. Mon peuple ne navigue pas, donc l'un des vôtres est venu chercher l'un des miens ou les a côtoyés assez longtemps pour connaître leurs symboles. Le conte a quelque chose de spécial par rapport aux autres de l'époque ?

Mieux valait ne pas mentionner les ARM avant d'en savoir plus sur l'homme.

— Simplement l'histoire d'un couple qui demande à un mage de les marier. Maintenant que j'y pense, aucun des deux ne semble lié à votre peuple.

— J'ai peur de ne pas pouvoir vous aider plus que ça, se désola Ysha.

— Ne vous excusez pas, vous m'avez au contraire beaucoup aidée, je vous en remercie.

L'homme but son café coiffé d'un nuage de lait sans quitter Diba des yeux. Il semblait évaluer les risques à poser une question. Après un instant, il osa :

— J'ai entendu dire que Puy-sur-Embruns avait accueilli un maître-cartes récemment. C'est vrai ?

Loin des remparts de l'université, elle avait fini par oublier cette histoire de duel. Peut-être n'en avait-elle jamais vraiment été consciente, d'ailleurs. Elle en vint à plaindre Sadge de vivre avec la pression de devoir se battre chaque fois qu'il mettait un pied dehors. Au final, c'était peut-être ça la vraie raison de son voyage sous anonymat.

— En effet, confirma-t-elle.

Ysha sortit de son blouson un porte-documents en cuir souple qu'il déroula sur la table.

— C'est lui ? questionna l'homme.

Lorsque les yeux noirs inexpressifs de Diba se posèrent sur le portrait remarquablement exécuté de Sadge, elle prit d'un seul coup conscience de la portée des non-dits de son ami et de l'homme face à elle.

— Vous êtes un chasseur de primes ? demanda-t-elle sans que sa voix ne trahisse la moindre émotion.

— Par nécessité, je le suis devenu, en effet.

— Je peux comprendre. C'est un beau garçon, j'aurais aimé que le maître-cartes de l'université le soit autant. Le dessin est de vous ?

— Oui. Ce n'est pas lui, alors ?

— Non.

Ysha la fixa mais il aurait beau s'user les yeux, il ne trouverait aucun indice sur le visage de Diba. Cela faisait dix-neuf ans qu'on l'entraînait à ne rien ressentir, et donc à ne rien montrer. Sa peau nacrée ne frémit pas, et son regard resta planté dans celui de son interlocuteur sans esquisser la moindre tentative de fuite. Ce fut Ysha qui le détourna, gêné.

— Il est jeune, nota Diba. Pourquoi est-il recherché ?

Le chasseur s'assura qu'aucune oreille indiscrète ne traînait avant de répondre sur un ton bas :

Chapitre 16

— Il possède l'as de Mort et le joker, les deux seules cartes capables de mettre HS toutes les ARM en même temps.

Voilà quelles étaient les deux cartes que Sadge ne lui avait pas montrées lorsqu'il lui avait expliqué le fonctionnement de son jeu.

Tout s'expliquait, mais d'une manière qui laissait présager le pire pour son ami. À quel point l'affaire était-elle grosse ?

— Qui paie pour sa capture ? questionna encore Diba.

— Tous les pays du continent ont mis une prime.

— Depuis quand ?

— Dix ans.

Diba avala cul-sec la fin de son infusion.

— Comment se fait-il que personne ne l'ait capturé en une décennie ? reprit-elle.

— Il change régulièrement d'endroit, de tuteur et de nom. Il est difficile à suivre.

C'était donc ça, les blessures que Sadge avait à vif. Pas de maison ni de famille, pas même un nom. Savait-il au moins qui il était ?

— Pourtant votre portrait semble récent s'il est en âge d'être à l'université, rebondit Diba.

— Je suis sur ses traces depuis le début et je l'ai vu pour la dernière fois il y a six mois environ.

Diba posa sa tasse avant de fixer l'homme face à elle.

— Vous traquez un enfant avec moins de cœur qu'une bête, asséna-t-elle.

Son ton implacable donna un écho solennel à sa sentence. Ysha se redressa sur sa chaise, les sourcils froncés par l'insulte. Même s'il mourait d'envie de moucher la jeune femme, il prit sur lui pour répondre d'une voix posée :

— Je n'ai pas sacrifié dix années de ma vie loin de ma famille pour une prime, aussi grosse soit-elle, ni pour le plaisir de savoir qu'un gamin vit la peur au ventre de me voir débarquer. Seulement l'existence nous impose parfois des choix impossibles qu'il faut tout de même assumer. J'ai fait le mien.

La réponse ne parvint pas à satisfaire Diba, qui sentit monter la colère. Elle ferma alors les yeux, inspira à fond, puis expira, ceci à plusieurs reprises.

Une fois la tension redescendue, elle fixa à nouveau son interlocuteur.

— Comment s'appelle-t-il ? demanda-t-elle une fois calmée.

— Je ne sais pas encore.

— Son vrai nom.

— Eben. Eben Cadell.

C'était le prénom inscrit au dos du jeu de cartes de Sadge.

Le chasseur disait donc vrai.

— Pourquoi ça semble autant vous intéresser ? s'étonna le chasseur.

— Parce qu'il a mon âge et qu'il y a beaucoup de souffrance dans son regard.

Ysha parut ne pas comprendre, alors Diba ajouta :

— Il y en a tellement que c'est la seule image que vous avez gardée de lui.

L'homme tourna le portrait dans sa direction. Il sembla le voir pour la première fois.

— J'ai passé toute ma vie à être fuie par les autres, continua l'émotionnelle. Je sais ce que la solitude ouvre comme blessures.

— Sans doute des similaires à la séparation, laissa échapper Ysha.

Chapitre 16

La note de douleur dans sa voix poussa Diba à le reconsidérer. Il n'avait pas l'air d'une personne intéressée par l'argent, alors qu'est-ce qui pouvait le motiver à poursuivre cette traque ?

— Si vous détestez ça, pourquoi continuer la chasse ?

— C'est compliqué, et personnel. Et puis je préfère être celui qui trouvera Eben. Les autres ne le connaissent pas comme je le connais, ils ne savent rien.

— Comment ça ?

Ysha eut une hésitation durant laquelle il roula et rangea son porte-documents.

— Suivre sa trace implique d'interroger les gens qu'il a côtoyés, reprit-il, mais aussi le voisinage. Je sais ce qu'il a vécu avec chacun de ses tuteurs, dans chacun des endroits où il a habité. Je sais qu'il a l'injustice en horreur et que la soif de liberté de ce gamin ne souffre aucune limite.

Il semblait l'admirer.

— J'ai été élevé dans les valeurs de mon peuple : la loyauté, la fidélité, la justice et l'équité. Ce que je fais depuis dix ans, contrairement à ce que vous pensez, ne va pas totalement à leur encontre. C'est une question de moment. D'abord, je dois trouver et livrer Eben. Ensuite seulement j'aurai une chance de renouer avec ce qui fait de moi un être humain.

— Je ne comprends pas, concéda Diba.

— Parce que je ne le veux pas.

L'homme se leva.

— Maintenant excusez-moi, mais j'ai rendez-vous avec un informateur.

Il la salua, paya les boissons et s'en alla, laissant Diba dans un tel état de doute qu'il lui fallut prendre l'air pour l'apaiser.

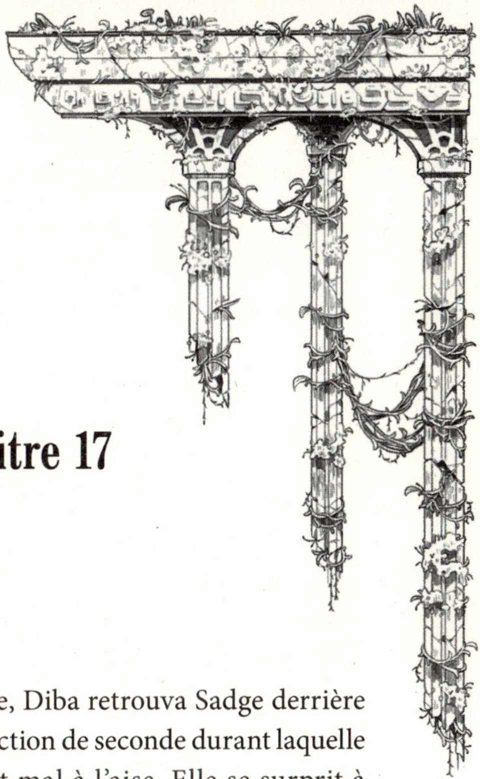

Chapitre 17

De retour à la bibliothèque, Diba retrouva Sadge derrière une montagne de livres. La fraction de seconde durant laquelle elle ne le reconnut pas la mit mal à l'aise. Elle se surprit à détester cette apparence d'emprunt. Sa seule preuve d'être face à Sadge se résumait au collier offert par Niamh que le jeune homme portait. Sans un mot, Diba s'assit à côté de lui.

— Rien trouvé ? demanda le joueur.

— Non. Et toi ?

— Sur les ARM, non. Du moins pas vraiment.

La réponse mit Diba en alerte. Elle se redressa malgré elle lorsqu'il lui glissa le livre qu'il consultait concernant l'architecture de Puy-sur-Embruns. L'ouvrage était ouvert à la partie traitant des vitraux, notamment ceux de la bibliothèque principale. Sur une page entière tenait la représentation fidèle du vitrail le plus haut de la tour : un sablier, le même que celui dessiné sur la serrure disjointe.

— Je savais que je l'avais déjà vu quelque part, laissa-t-elle échapper. On se tenait devant la première fois où on s'est rencontrés.

— C'est un des plus vieux vitraux de l'université, précisa Sadge. Il n'a pas bougé depuis la construction.

— Tu penses que la serrure disjointe a été posée à cette époque-là, comprit Diba.

— T'as pas l'impression que, peu importe où on regarde, tout nous ramène à il y a mille deux cents ans ?

— C'est vrai que ça commence à faire beaucoup de coïncidences. La serrure disjointe serait liée aux ARM, tu crois ?

— La piste est à envisager sérieusement, oui. Et si une personne cherche à ouvrir la porte maintenant, c'est que quelque chose de plus gros se prépare. Quelque chose qui implique les robots.

— Ça ne m'étonnerait pas qu'une guerre couve et qu'une personne tente de se mettre à l'abri, commenta Diba. C'est étonnant que nos dirigeants aient attendu aussi longtemps pour se taper dessus avec leurs nouveaux jouets.

Sadge ne semblait pas vraiment convaincu par son hypothèse. Ou bien pensait-il aux conséquences que la perspective d'une guerre aurait sur sa vie ? Car plus que jamais les différents royaumes du continent voudraient son as et son joker. Si la prime sur sa tête augmentait, combien de nouveaux chasseurs de primes se lanceraient encore à ses trousses ? Devrait-il quitter Puy-sur-Embruns ? Seul ? Car si Sadge avait encore un tuteur, ne serait-il pas chez lui en ce moment même ?

Diba aurait aimé lui poser toutes ces questions mais n'en avait pas le courage. À la place, elle revint sur sa première réflexion :

— Tu n'as pas l'air convaincu par l'idée d'une guerre, je me trompe ?

Chapitre 17

— Je pense plutôt à une guerre d'influence, répondit Sadge. Tu l'as dit, les ARM sont des armes dissuasives. Le pays qui en possédera le plus aura une supériorité inégalable sur les autres. Il pourra faire ce qu'il veut.

— Les Terres d'Auvanche comme Montcondor en possèdent trois, les Terres d'Alavande en ont deux, se souvint Diba. Valléevielle et les Raselandes n'en possèdent qu'une chacun. Pour que la donne change, il faut qu'il y ait soit achat soit nouvelle découverte, en sachant que la seconde option est bien trop incertaine. Montcondor est un pays riche, il pourrait sans mal supporter ce genre de transaction, tout comme les Terres d'Auvanche…

Le regard admiratif de Sadge la coupa dans son élan.

— Quoi ? demanda-t-elle.

— Je ne savais pas que tu maîtrisais autant les données politico-économiques du continent, avoua-t-il. Je suis bluffé !

Diba fut surprise d'être autant touchée par un compliment. Sans doute parce que Sadge n'en faisait pas beaucoup. S'il était bienveillant et prévenant dans sa manière d'être, il formulait rarement ses pensées, qui plus est avec autant de spontanéité. Le fait de le voir se comporter ainsi avec elle lui fit chaud au cœur car Diba savait que leur relation, à cet instant, venait de franchir un autre palier, un de ceux qui lui permettraient d'oser se montrer plus audacieuse à l'avenir. Pas maintenant, mais bientôt.

— Dis, reprit Sadge. Vu que tu sembles maîtriser le sujet, quelles seraient les conséquences possibles d'un rachat des ARM par Montcondor ?

Diba prit un instant pour réfléchir, se remémorant ses cours et ses différentes lectures, sans oublier ses connaissances sur les ARM.

— Ça donnerait à Montcondor la possibilité de négocier le niobium et l'iridium des Terres d'Auvanche.

— Les métaux rares qu'ils ont réussi à identifier dans la composition des robots ?

— Oui. Ce sont deux de ceux qui nous ont permis d'envoyer des engins dans l'espace, compléta Diba. Aux dernières nouvelles, les Terres d'Auvanche sont les seuls à en posséder en quantité suffisante pour fabriquer leur propre armure robotisée. C'est pour ça que les deux nations se sont associées pour le programme spatial.

— Avec une telle force de frappe en face, les Terres ne pourraient pas refuser d'entrer en négociation, comprit Sadge.

— Notre gouvernement serait obligé de céder, oui. Et si Montcondor se montrait par la suite de plus en plus gourmand, nous n'aurions pas les moyens d'arrêter leur progression, à moins de trouver une solution pour mettre hors d'état de nuire toutes leurs ARM.

Diba observa la réaction de Sadge à son sous-entendu : il ne laissa rien paraître.

Avait-il conscience d'avoir lui aussi appris à taire ses émotions ? Ou pensait-il qu'il était normal d'avoir peur du moindre signe physique trahissant ses sentiments ? Son impassibilité était-elle le résultat d'une vie passée avec des étrangers auxquels il n'avait jamais eu le temps de s'attacher ? Même si elle avait toujours été mise à l'écart, Diba avait toujours vécu avec une famille soucieuse de lui donner le meilleur. Depuis son arrivée à Puy-sur-Embruns, elle avait trouvé en Ardelave une figure aussi bienveillante que constante.

La solitude de Sadge était totale. Elle en était effrayante, car même Diba ne savait pas comment y mettre un terme. Elle en avait conscience, Sadge devrait fuir autre part, sans doute bientôt si Ysha trouvait sa piste. Aller dans une nouvelle ville, avec un nouveau nom, avoir à nouveau peur de tisser des liens. Sa vie se résumerait-elle toujours à ça ?

Ses pensées mélancoliques lui échappèrent lorsque Sadge attira à nouveau le livre vers lui avant de le fermer : ils ne trouveraient rien de plus à Oroganche. Découragés, ils rangèrent les ouvrages à leur place sur les rayonnages, sortirent manger avant de se rendre à l'hôtel pour y passer une dernière nuit.

Au bas des marches menant à leur étage, Sadge ne suivit pas Diba. Quand il prétexta vouloir se promener encore un peu, son amie devina la vraie raison de cette retraite : il n'avait personne pour veiller à son confort matériel. Sans doute avait-il rendu sa chambre par manque de moyens. Alors, avant qu'il ne tourne les talons, Diba le retint par le bras.

— J'aurais besoin de te parler en privé, lui confia-t-elle.

Comme elle s'y était attendu, Sadge la laissa le guider jusqu'à sa chambre dans laquelle il pénétra, visiblement mal à l'aise.

— Je ne vais pas te manger, le rassura-t-elle sur un ton amusé. Et toi ?

— Non plus, confirma-t-il.

Diba se déchaussa avant de s'asseoir en tailleur sur le lit. Sadge s'installa sur un coin de matelas. Il désactiva sa carte métamorphose, alors le blondinet filiforme laissa place à la haute carrure du joueur sculptée par son amour de la gymnastique, de l'escalade et de la natation.

— Tu dois te douter que j'ai remarqué des choses, introduisit Diba de but en blanc.

L'expression du joueur devint grave sans pour autant afficher la moindre surprise. Il soupira, un peu défait, avant de se laisser tomber sur le matelas, les mains croisées sous sa tête.

— Sadge, j'aimerais que tu sois honnête avec moi. J'en prends le risque, et tu sais pourquoi je précise ça.

— Je préfère te laisser en dehors de mes histoires.

Diba s'allongea de sorte à avoir son visage au même niveau que celui de Sadge.

— Pour être tout à fait franche avec toi, c'est trop tard. J'ai croisé un chasseur de primes behaqwina, tout à l'heure, et il avait un portrait de toi.

Sadge en perdit toutes ses couleurs.

— Plume d'aigle est en ville ? !

Diba devina la terreur dans chacun de ses traits. Elle s'empressa de lui raconter son échange avec le chasseur afin de lui assurer qu'elle n'avait laissé filtrer aucune information le concernant. Au fur et à mesure de son récit, l'expression de Sadge se détendit pour devenir songeuse. Quand Diba se tut, un long silence s'installa.

Le joueur fixait à présent le plafond. Diba douta qu'il veuille parler davantage, pourtant le jeune homme demanda d'une voix basse :

— S'il ne veut ni la prime ni mes cartes, pourquoi il est à mes trousses, à ton avis ?

— Je ne sais pas. Quoi que ce soit, il est prêt à tout pour l'avoir.

Sadge marqua une pause, avant de reprendre :

— Il paraît qu'il est doué en dessin, c'est vrai ?

— Très doué. Il arrive même à saisir des détails dont il n'a pas conscience. Tu étais magnifique sur ce portrait.

Sadge lui lança un regard taquin.

— C'est un compliment ? demanda-t-il.

— Je dirais plutôt que c'est une constatation.

La plaisanterie allégea un peu leur humeur. Malgré tout, le sourire de Sadge s'étiola.

Chapitre 17

— Ça veut dire qu'il faudra que je parte bientôt. J'ai conseillé à Filairain de me virer, mais elle n'a pas écouté. Je partirai pendant les vacances d'été.

— Pourquoi pas maintenant ?

— Si je m'éclipse avant le duel avec Priamus, tout le monde va trouver ça bizarre. Même à la bibliothèque nationale, les employés en parlaient. J'espère que Filairain ne va pas ouvrir les portes de l'université pour l'occasion… Elle en serait bien capable. Et puis mon squat dans les jardins interdits va sans doute nous aider à démasquer l'étudiant mystère et à voir ce que la porte disjointe cache avant qu'il ne le fasse. Je ne veux pas partir avant de savoir.

Diba sourit face à son enthousiasme.

— Tu sais, je suis désolé, ajouta-t-il.

— De quoi ? s'étonna-t-elle.

— Je voulais vraiment t'aider à contrôler tes pouvoirs et à retrouver la pièce manquante. C'est la première fois que j'avais une raison de rester quelque part, de m'attacher à quelqu'un. Je me rends compte à présent que l'idée de partir fait encore plus mal que je ne le pensais.

— Ça sonne comme une promesse.

— Une vieille promesse, oui. Celle de ne nouer aucun lien pour ne pas souffrir davantage. Si t'avais pas été là, j'aurais réussi à la tenir.

— Et ça, c'est un reproche ?

— Non. C'est un regret. Je vais te regretter, Diba. Plus que tout au monde, ton amitié va me manquer parce que c'est la seule chose de vraie que je possède dans ma vie.

Il avait dit ça en la fixant, et il y avait dans ses yeux l'éclat scintillant d'une affliction sincère. Lorsqu'une larme lui échappa, Sadge se redressa pour l'essuyer. L'empathie qui serra le cœur de Diba à cet instant agita la magie en elle si brusquement que l'émotionnelle ferma les paupières, les doigts crispés sur le couvre-lit. Il lui fallut se forcer à tout oublier du passé et de l'avenir pour se concentrer sur son présent : Sadge était encore là. Elle se répéta cette affirmation en boucle jusqu'à ce que la tristesse reflue. Lorsqu'elle ouvrit les yeux, Sadge l'observait avec attention. Il avait senti son trouble.

— Ça va, le rassura-t-elle. Je crois que moi non plus je n'avais pas soupçonné à quel point je m'étais attachée à toi.

— Tu arriveras à gérer mon départ ?

— J'ai plus de six mois pour m'y préparer, j'espère que ça sera suffisant.

— Et si ça ne l'est pas ?

— Les émotionnels instables sont plongés dans un état végétatif plus ou moins long. Si jamais je ne parviens pas à me contrôler, les consignes sont de me droguer.

Sadge s'accroupit à côté du lit, un air déterminé collé au visage.

— Ça veut aussi dire qu'on a plus de six mois pour poursuivre ton entraînement. Toujours partante ?

— Toujours !

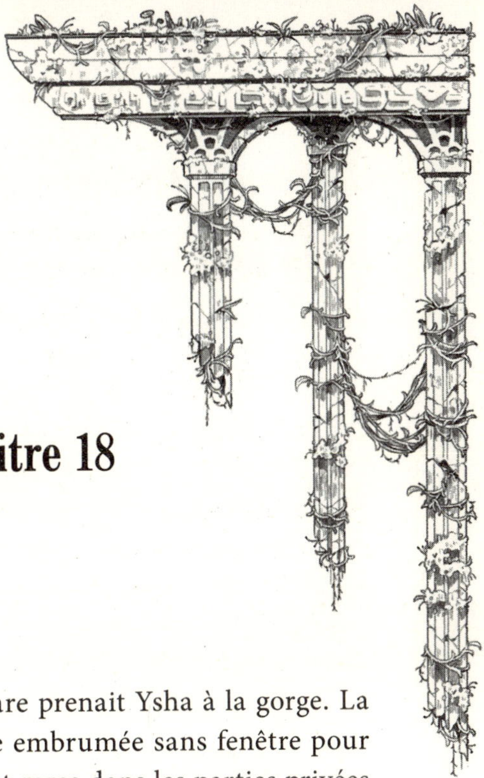

Chapitre 18

La fumée épaisse du cigare prenait Ysha à la gorge. La petite pièce close s'était vite embrumée sans fenêtre pour l'aérer. Les ouvertures étaient rares dans les parties privées d'une banque. Sur la table en bois au vernis impeccable, le chasseur de primes avait aligné les billets pour délier la langue de son indicateur. Ce dernier s'était subitement montré réticent à donner des informations afin de faire monter le prix initialement convenu. Ysha avait l'habitude, la plupart des gens agissaient ainsi. Cela ne le dérangeait pas puisque c'était l'argent du cabinet spécial du roi des Terres d'Auvanche.

Deux billets supplémentaires affichèrent une expression satisfaite sur le visage de l'indicateur. Il les examina pour juger de leur authenticité, puis il hocha le menton en signe d'accord conclu. En échange, il lui donna la copie d'un dossier client.

— Un compte ouvert pour un résident de Puy-sur-Embruns, puis fermé quelques semaines plus tard dans l'un de nos bureaux à Vaulemur.

— Par une personne tierce, nota Ysha en consultant les notes. Le bénéficiaire est Sadge Bawen. Vous avez déjà eu un compte à ce nom ?

— Aucun.

— Des informations sur cette Pacifia Quirine ?

— Bien sûr ! Après tout, vérifier les antécédents de nos clients, c'est mon métier. Ce qui est intéressant avec Quirine, ce n'est pas sa situation actuelle – preneuse de paris à Roncelongue – mais le fait que ses parents, lorsqu'elle était jeune, étaient domiciliés au manoir Filairain. Vu les rentrées d'argent mensuelles, je dirais qu'ils étaient domestiques.

— Donc on peut supposer que cette Quirine connaît la directrice de Puy-sur-Embruns.

De plus, Roncelongue était la ville où Ysha avait perdu la trace du maître aux cartes de Mort voilà quelques mois. Tout collait. C'était la première fois qu'il le retrouvait aussi vite. Sans l'ouverture de ce compte en banque, il chercherait encore. Cela signifiait qu'Eben, ou plutôt Sadge, ne devait pas s'attendre à le voir débarquer maintenant. Il avait donc l'avantage de la surprise. Malgré tout, Puy-sur-Embruns n'était pas le genre d'endroit où l'on rentrait facilement. Il lui faudrait se rendre sur place pour repérer les lieux, ce qui lui prendrait sans doute plusieurs semaines au mieux.

Un certain soulagement l'envahit à l'idée que cette traque qu'il abhorrait allait s'achever. En échange de Sadge, les hommes du cabinet du roi relâcheraient enfin sa mère. Dix ans qu'elle était prisonnière pour servir de moyen de pression afin que le Behaqwina capture le maître aux cartes de Mort. Leur calvaire à tous prendrait bientôt fin.

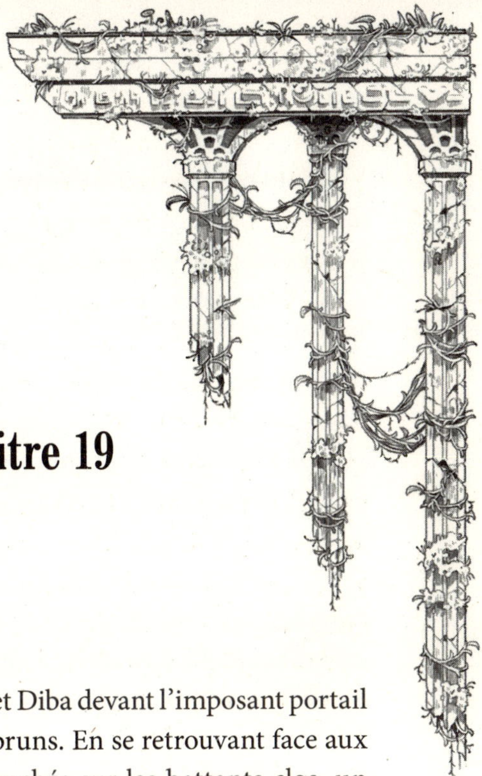

Chapitre 19

La diligence déposa Sadge et Diba devant l'imposant portail des murailles de Puy-sur-Embruns. En se retrouvant face aux deux dragons métalliques penchés sur les battants clos, un sentiment d'échec prit Sadge à la gorge tandis qu'il abandonnait son déguisement une fois la voiture repartie. Leur voyage à Fontrasque puis à Oroganche n'avait pas été vain grâce à la découverte d'un lien entre les ARM, un conte millénaire et les Behaqwina, ainsi que l'emplacement de la porte disjointe.

Les amis se présentèrent aux animaux légendaires immobiles qui s'animèrent pour ouvrir les lourds vantaux. Il était impossible de passer la porte sans parler aux créatures mythiques, gardiens immuables de Puy-sur-Embruns. Personne ne savait exactement ce qu'ils étaient. La majorité optait pour de très anciens artefacts façonnés au feu des derniers spécimens de dragons des Terres d'Auvanche. Les plus fantasques affirmaient que les sculptures étaient de vrais animaux. Qu'importait, car les gens étaient plus attachés au mystère les entourant qu'à trouver le fin mot de l'histoire.

Alors qu'il s'apprêtait à s'engager sur le chemin à présent dégagé, Sadge retint son pas. Il recula même de plusieurs foulées afin d'avoir les créatures dans son champ de vision.

— Dites, vous étiez là à la création de l'université ?

Diba le coudoya pour lui signifier que, si personne ne leur parlait, c'était parce que les représentations n'étaient pas douées de conscience. Argument auquel Sadge retourna un regard sceptique. Si personne n'avait essayé de leur parler, c'était plus sûrement parce que personne ne faisait attention à eux.

— Ta considération fait plaisir, maître-cartes, répondit l'une des voix métalliques.

Diba regarda la sculpture qui avait parlé, hébétée. Sadge se fit un plaisir de la coudoyer à son tour pour lui prouver qu'il avait raison.

— Je suis Merhiane, et il est Rhu'ys, reprit l'animal. Nous sommes là depuis la fin de la construction des remparts, il y a mille cent cinquante ans.

— L'université était déjà construite, alors ?

— Le château et ses jardins interdits, oui. À l'époque, il suffisait à accueillir tous les étudiants du pays.

— Est-ce que vous savez si quelque chose a été caché dans le château ?

— Plein de choses. Certaines qu'on peut toucher, d'autres intangibles. Certaines dans les murs, d'autres dans les livres, d'autres encore dans le reflet d'un bassin.

— Une porte disjointe dans un vitrail ?

— Je ne connais pas tous les secrets, regretta le dragon.

— Est-ce qu'il y avait des robots géants, à l'époque ? Comme ceux qui viennent régulièrement à l'université ?

— Des robots géants comme eux, non, je n'en ai jamais vu.

Chapitre 19

— OK, lâcha Sadge pour lui-même. Ça commence à devenir super bizarre qu'il n'existe absolument aucune trace de leur existence à l'époque. Si l'ancienne civilisation maîtrisait des métaux, parmi lesquels des rares, leurs constructions n'auraient pas disparu en seulement mille ans.

— Ils viennent bien de quelque part, commenta Diba. À moins qu'ils soient tombés du ciel ?

Sa raillerie ne fit pas rire Sadge.

— C'est improbable mais au moins ça serait logique.

— La solution la plus simple est souvent la bonne, Sadge. Et si on rentrait, maintenant ? J'aimerais bien me poser devant un bon roman, confessa Diba.

Sadge céda, salua les dragons, puis emboîta le pas à son amie. Il entendit les lourds battants se refermer doucement dans son dos, et un dernier murmure :

— Il est toujours bon de remonter à la source des choses, petit humain.

Le joueur fit volte-face au moment où la porte de bois et d'acier se scellait. Il leva les yeux pour voir les queues enroulées autour des tourelles de l'entrée. Les sculptures s'étaient à nouveaux immobilisées jusqu'à la prochaine visite.

Pourquoi Sadge avait-il l'impression de passer à côté d'une information capitale, là, à portée de main ? C'était comme si elle se trouvait devant lui, mais qu'il était incapable de la voir.

Dans ce cas, peut-être devrait-il faire confiance au temps pour lui éclaircir les idées. Il n'avait pas vraiment d'autre option pour l'instant. Il suivit Diba avec cette réflexion en tête.

Sadge laissa sa camarade signaler son retour tandis qu'il rejoignait sa chambre dans les jardins interdits. Avant de penser à la suite, il rassembla ses affaires sales, attrapa une tenue propre, puis se rendit jusqu'aux douches. Une fois propre et changé, il fit un détour par la blanchisserie avant de regagner son antre. Ses muscles se détendirent un à un lorsqu'il s'allongea sur son lit. De l'autre côté du dôme en verre, les nuages sombres alourdissaient le ciel.

Sous le feuillage du lierre grimpant apparut soudain la tête de Rheyi, qui s'enquit des résultats de leur expédition. Elle parut sincèrement attristée de leur échec relatif, mais promit à Sadge de surveiller l'étudiant mystérieux pour lui. À la moindre intrusion, il serait aussitôt tenu informé. Sadge l'en remercia avant d'être malgré lui happé par ses pensées dominées par la dernière phrase du dragon de fer.

Puis soudain, le souvenir du duel prochain avec Priamus s'imposa. Aucun membre du personnel universitaire n'avait encore prévenu Sadge de la tenue du combat. Peu importait, la priorité était de se tenir prêt, ce qu'il serait une fois le kelpie connecté à son énergie.

— Dis, Rheyi, tu saurais pas apprivoiser un kelpie, par hasard ?

— Non. Tu devrais demander à une ondine. Les créatures de l'eau parlent beaucoup entre elles.

Sadge regarda l'heure par réflexe : midi quinze. Il s'occuperait du cheval aquatique après le repas car son estomac grognait son mécontentement.

Les quelques pensionnaires présents pendant les vacances, tous niveaux confondus, recevaient l'autorisation de manger dans la salle du château afin de ne pas être esseulés dans celle de leur collège. Si la pièce était impressionnante de l'extérieur, l'intérieur coupait un instant le souffle par sa superbe, son raffinement et les détails de ses sculptures, de ses moulures et de ses peintures. Les tables en bois massif parées d'un vernis impeccable reflétaient la moindre source de lumière, le moindre reflet silencieux des étudiants attablés.

Sadge remarqua Diba dans un coin, à l'opposé d'une rituelleuse et d'une artefactrice de deuxième année du troisième cycle. On reconnaissait la première aux runes bleu-argenté tatouées sur sa peau noire et à ses longs cheveux crépus d'un blanc nivéen, et la seconde, à la peau sombre plus foncée, aux nombreux rajouts métalliques sur son corps. Ses jambes amputées avaient été remplacées par des membres en métal ciselé et évidé pour recevoir une série d'artefacts en tout genre, tandis qu'un exosquelette[1] artificiel s'enroulait autour de ses bras aux muscles galbés. Sans connaître les deux jeunes femmes, le maître-cartes fut certain de ne vouloir en contrarier aucune, car leur simple apparence trahissait une puissance digne des dernières années de Puy-sur-Embruns.

Sadge se glissa sur le banc face à l'émotionnelle. Une desserte en laiton et en bois arriva de nulle part. Comme poussée par une main invisible, elle s'immobilisa à côté du dernier convive qui vit son assiette, ses couverts et son verre sauter sur la table. L'assiette roula jusqu'à lui sur sa tranche avant de se mettre délicatement à plat, entourée de sa fourchette et de son couteau. Un chandelier apparut à sa droite et ouvrit ses six branches comme une fleur ouvre ses pétales. À chaque extrémité, une flamme apparut dans un crépitement agréable.

— Je trouve toujours ça aussi classe ! s'extasia Sadge. C'est vraiment dommage qu'on n'ait pas ça dans le réfectoire de notre collège.

---

1. Structure mécanique qui double celle du squelette humain pour l'assister dans la réalisation d'une tâche ou d'une activité.

Une serviette en lin s'envola de la desserte, puis tournoya pour se poser sur la table où elle s'enroula sur elle-même. Dans l'assiette, le menu se déploya comme une corolle. Sadge s'en saisit pour le lire. Son choix fait, il l'énuméra à haute voix, et tout ce qu'il avait demandé apparut sur la table. Il n'avait plus qu'à se régaler.

— Hé, Diba. C'est qui les filles derrière moi ?

Son amie leva à peine les yeux, mais cela suffit à lui faire croiser le regard des deux concernées. Puisqu'elles n'avaient pas entendu la question du joueur, elles se replongèrent aussitôt dans leur discussion.

— La rituelleuse lunaire c'est Izildée Tharsèle, et l'artefactrice c'est Thélie Rigberd, qui se destine à la chirurgie, comme son père. Il paraît que leur niveau est du rarement vu, même ici. Pourquoi tu me demandes ça ?

— On n'est pas la seule paire bien assortie, ça fait plaisir.

— C'est vrai. D'après ce que je sais, elles sont amies depuis leur première année ici. Pouvoir compter sur quelqu'un pendant huit ans, ça fait rêver.

L'évocation engendra une tristesse âpre que Sadge et Diba partagèrent dans leur silence commun. Le monde les renvoyait sans cesse à leur solitude anormale. Elle tuait à petit feu. Le pire, c'était qu'ils en avaient conscience. Ils savaient aussi que le moment de répit apporté par leur rencontre prendrait bientôt fin.

Des éclats de rire d'enfants explosèrent soudain dans la salle. La surprise poussa tous les étudiants présents à observer l'entrée où s'avancèrent deux garçonnets, une femme et Filairain. Sadge détourna la tête, réfractaire à l'idée de s'en imposer la vision.

— C'est qui avec la directrice ? demanda-t-il tout de même.

— Sa femme, et sans doute leurs enfants.

Chapitre 19

— C'est habituel ?

— Non. En temps normal, Filairain rentre chez elle pour les vacances. Elle arrive, glissa Diba.

Sadge posa ses couverts : la seule perspective de la discussion désagréable à venir lui coupa l'appétit. Filairain immobilisa son fauteuil lévitant à côté de lui.

— Diba, tu peux nous laisser ?

— C'est pas utile, intervint Sadge sans regarder la femme. Elle est au courant de tout.

— Oh… Je vois.

— Si c'est pour confirmer la tenue du duel, je suis déjà au courant. Par contre, ça serait sympa que j'ai au moins la date, histoire de me pointer.

— Le seize du mois prochain, à quinze heures.

Sadge daigna enfin la regarder en face.

— Rassure-moi, Kathéride, tu vas pas ouvrir les portes de l'université pour l'occasion ?

Le tutoiement choqua Diba autant qu'il blessa Filairain.

— Non, confirma-t-elle.

— Tant mieux, parce que Plume d'aigle est dans le coin. Tu as trouvé une raison valable de me virer ?

— Je reste persuadée que Puy-sur-Embruns est l'endroit le plus sûr pour toi en ce moment.

— Alors c'est que t'es naïve.

— Écoute, Sadge, commença Filairain en grattant machinalement la partie rasée de son crâne. Tu avais raison, si j'ai accepté de t'accueillir, c'était pour refaire parler de l'université. Et tu avais aussi raison en disant que je n'avais pas mesuré les conséquences de te cacher. Mais on peut te protéger.

— Qui « on » ? lui retourna-t-il sur un ton glacial. Si jamais ça venait à se savoir pour moi, tu crois que ce « on » va faire quoi ? La prime fait rêver même les nobles, et il n'y a pas une personne ici qui ne fasse pas partie de la famille des types qui veulent ma peau depuis dix ans. Alors qui, Kathéride ? Qui ici prendra le risque de se mettre à dos cinq pays ?

— Moi.

— Tu fais quoi de ton épouse et de tes fils ? répliqua-t-il en se levant. Si tu tiens vraiment à eux, tu finiras toi aussi par me lâcher.

Il prit le dernier morceau de poulet dans son assiette et s'en alla sans rien ajouter. Finalement, il avait encore un peu faim.

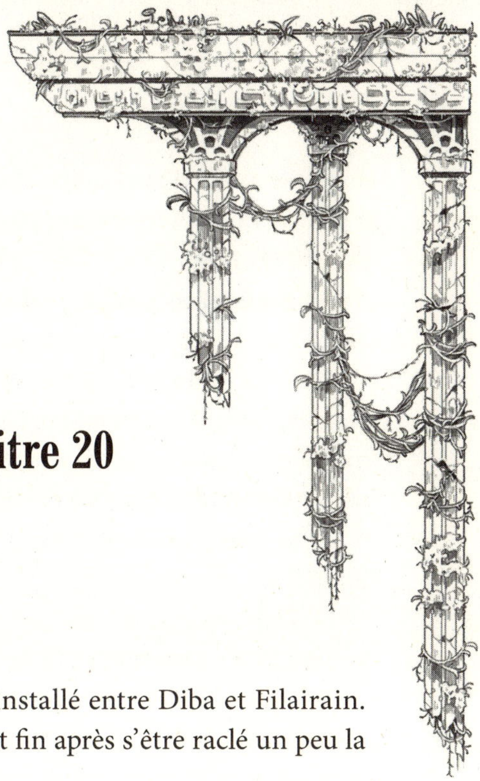

Chapitre 20

Un silence gênant s'était installé entre Diba et Filairain. Ce fut cette dernière qui y mit fin après s'être raclé un peu la gorge :

— Comment tu as su, pour Sadge ?

— Je ne suis pas bête, lui non plus. Quand le bon moment est arrivé, on en a parlé.

— Il t'a tout dit ?

— Seulement l'essentiel. Je ne lui en demande pas plus.

— Pourquoi ?

— Parce qu'évoquer ses blessures les rouvre. Plus elles sont profondes, plus y toucher de nouveau est effrayant. Sadge et moi avons juste besoin d'aller de l'avant.

Diba se redressa tout en amenant sa serviette à sa bouche. Puis elle la posa avant de reporter son attention sur la directrice.

— Vous ne le considérez toujours pas comme le jeune homme atypique qu'il est, constata-t-elle. Croire que le traiter comme les autres le fera devenir normal, c'est nier qu'il est en possession du seul moyen de mettre des royaumes entiers à genoux. La portée de son pouvoir vous échappe-t-elle à ce point ?

— Il ne serait pas le premier à être traqué parce que les autorités ont surestimé sa dangerosité, confia Filairain.

Pour la première fois, Diba vit la directrice comme elle était vraiment : une humaine faillible. Son jugement se fondait uniquement sur ce qu'elle avait vu et vécu. Autrement dit, elle pensait que Sadge exagérait sa situation par besoin d'attention.

Diba comprenait pourquoi le joueur avait perdu la foi en Filairain.

— Dans ce cas, vous mesurerez l'étendue de votre erreur lors du duel, conclut Diba en se levant.

Elle salua la directrice d'un discret signe de tête avant de s'en aller à son tour.

Lorsque Diba rejoignit Sadge dans les jardins interdits, elle le trouva assis près du plus grand bassin. Niamh observait depuis la margelle le maître-cartes plongé dans ses réflexions. Diba s'installa à côté de lui tout en jetant un œil à l'arcane du kelpie qu'il tenait.

— Qu'est-ce qui se passe ? s'enquit-elle.

— Niamh me disait qu'un kelpie éloigné trop longtemps de l'eau en perdait l'amour. Mes chances de parvenir à l'invoquer sont minces.

Le découragement transpirait dans l'aveu de son échec et la peur de ce que cela annonçait. Diba laissa passer un instant de silence. Le combat contre Priamus était encore trop loin pour dessiner une réalité dans son esprit. La scène qui venait d'opposer la directrice à son ami était en revanche tangible. Ce fut pourquoi elle revint dessus.

Chapitre 20

— Je pensais que tu t'entendais bien avec Filairain.

Sadge laissa échapper un claquement de langue méprisant.

— Elle me prend pour un con depuis le début, expliqua-t-il. Elle pense avoir vu assez de choses dans son existence pour être bon juge sans même se rendre compte que la vie est tellement complexe qu'elle en capte juste une infime partie.

— Elle manque d'humilité, résuma Diba.

Sadge se redressa alors, comme on le fait quand une évidence s'impose à nous. Il regarda son arcane, l'air songeur.

— Tu sais pourquoi je me tiens aussi loin du bassin pour invoquer le kelpie ? demanda-t-il.

— Non.

— Parce que je me sers de l'eau comme d'un appât. C'est sans doute la technique qu'aurait utilisée Filairain, et je viens de comprendre qu'agir ainsi avec Abhainn fait de moi un vrai connard.

Le joueur se releva avant de s'agenouiller plus loin au bord du bassin. Diba l'imita quand elle le vit plonger la carte dans l'eau.

— Qu'est-ce que tu fais ? s'enquit-elle.

— Je fais preuve de respect. Abhainn, tu es chez toi.

Sadge lâcha la carte qui s'enfonça dans l'obscurité des profondeurs.

— Tu vas la perdre, le prévint Diba.

— Si Abhainn veut revenir, il ramènera la carte. S'il ne veut pas être invoqué, il sera plus heureux dans son élément. Je n'ai pas le droit de le garder enfermé.

En appui sur ses deux bras, Diba se pencha franchement au-dessus de l'eau où l'arcane n'était plus qu'une silhouette sombre. Puis elle aperçut un corps imposant effectuer un mouvement ample. Lorsqu'elle voulut en parler à Sadge, elle le vit les yeux fermés, souriant.

— Ça a marché ? demanda-t-elle.

— Il puise mon énergie pour se matérialiser. Malheureusement, ça ne veut pas dire qu'il m'accepte. Pour ça, il va falloir que j'attende de voir s'il revient.

Même si rien n'était gagné, le succès du premier pas réussi soulagea Diba. Si quelqu'un pouvait se faire accepter par une invocation mythique, c'était bien Sadge. Et à en juger par l'air fier de Niamh, l'ondine pensait la même chose.

— Tu es quelqu'un de bien, Sadge, décréta-t-elle.

Aussitôt, elle plongea avant de disparaître dans les fonds profonds. Sadge se redressa. Diba l'imita par réflexe.

— Ça risque d'être long, l'informa-t-il.

— Dans ce cas je vais vaquer à mes occupations. Au pire, je viens te chercher pour le petit déjeuner demain matin ?

Sadge accepta la proposition avec plaisir, puis les amis se séparèrent pour le reste de la journée.

*

À la tombée de la nuit, Sadge était allé chercher une couverture pour se protéger du froid avant de s'étendre près du bassin. Abhainn n'était toujours pas revenu, mais le joueur sentait son énergie glisser doucement hors de son corps sans discontinuer. Il ne savait pas bien à quelle distance pouvait aller une invocation sans que le lien ne soit brisé. Sans doute plusieurs kilomètres. Ce n'était pas vraiment important. Tout ce qu'il espérait, c'était que le kelpie se fasse plaisir. Ce fut avec cette idée en tête, et affaibli par des heures de liaison, que Sadge s'endormit sans mal.

Chapitre 20

Un renâclement le réveilla en sursaut aux premières lueurs du jour. Les percussions sourdes de son cœur contre sa cage thoracique le sortirent vite des brumes du sommeil. Quand une goutte d'eau tomba sur sa joue, le joueur se retourna. Il vit d'abord des sabots et des jambes solides, puis un poitrail large et puissant, avant de plonger son regard dans celui, éburnéen[1], du cheval aquatique qui tenait sa carte entre ses lèvres. Ébahi, Sadge se leva avec précaution pour récupérer l'arcane. Le kelpie était d'une pureté éblouissante. Sa robe claire réfléchissait tant la lumière que même les timides rayons de l'aube suffisaient à la faire briller comme un velours soyeux.

— Je suis vraiment heureux que tu sois revenu, Abhainn. Merci.

Le kelpie hocha la tête, comme en confirmation qu'un accord tacite venait d'être conclu entre eux. À partir de maintenant, le cheval compterait parmi les infaillibles soutiens du joueur, ceux qui lui avaient toujours permis de rester libre.

---

1. Qui a l'aspect de l'ivoire.

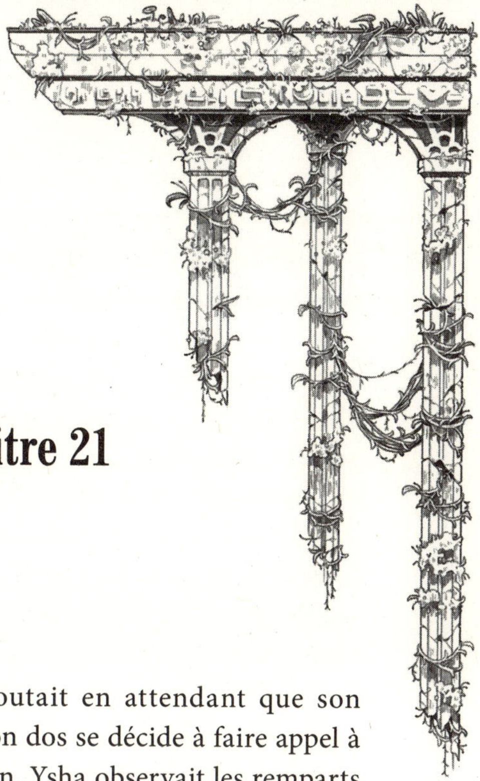

Chapitre 21

La jument palomino broutait en attendant que son cavalier à califourchon sur son dos se décide à faire appel à elle. Les rênes en cuir en main, Ysha observait les remparts de Puy-sur-Embruns. Cela faisait des jours qu'il se prêtait à l'exercice. Il en avait fait le tour deux fois sans dénicher la moindre brèche. L'université était mondialement connue pour ses fortifications. En revanche, seules les personnes tentant d'y pénétrer de force savaient que le domaine bénéficiait de la protection d'un bouclier magique. Impossible de rentrer sans la bénédiction des dragons. Sans connaître l'étendue de leurs pouvoirs, Ysha ne pouvait pas courir le risque de se présenter à eux, même sous sa forme d'emprunt d'étudiant à la peau pâle et aux cheveux blond platine. Il était aussi probable qu'ils préviennent la direction s'ils surprenaient un rôdeur.

— Je n'ai pas vraiment le choix, Ogoe. Je vais devoir innover.

La jument s'ébroua. Ysha délaissa la hauteur de son garrot afin de s'approcher des murs. À force de penser au bouclier magique, une idée un peu folle lui était venue. Parmi les capacités conférées par son jeu de cartes, son roi de liaison pourrait l'aider. Il le sortit de son étui avant de le poser contre la protection invisible.

— Liaison, prononça-t-il.

Sa carte déploya des arabesques lumineuses autour d'elle. Ysha sentit par son intermédiaire sa magie rencontrer celle du bouclier. Cette dernière la combattait.

— Doucement, murmura le joueur.

Le roi diminua son intensité au point de ne plus être identifié comme une menace par l'université. Si Ysha ne pouvait pas concentrer tout son pouvoir en un point, il devait l'étendre. Les arabesques grandirent, s'étirèrent, court-circuitant petit à petit la protection jusqu'à ce qu'elle considère le maître-cartes comme une partie d'elle-même. Alors, Ysha brisa le lien, satisfait. Quelques tentatives supplémentaires lui permettraient de maîtriser la procédure. Alors, il pourrait utiliser sa carte passe-muraille pour s'infiltrer.

Un jeu d'enfant.

Chapitre 22

Le reste des vacances d'hiver permit à Sadge de faire plus ample connaissance avec Abhainn, qui s'avéra être très joueur, au point que le cheval prenait un immense plaisir à dévoiler ses techniques, au grand dam de Sadge. Le maître-cartes avait fini par faire ses séances d'entraînement en short de bain car deux de ses tenues avaient terminé sur l'étendoir. Si la température n'était pas stabilisée à vingt-cinq degrés dans les jardins interdits, il serait déjà tombé malade.

Parfois, Diba assistait aux exercices de loin. De très loin, car Abhainn voyait en chaque individu un potentiel compagnon de jeu, et il n'avait que faire des états d'âme d'une émotionnelle.

Quand il ne s'entraînait pas avec le kelpie, Sadge l'invoquait en même temps que ses dix autres arcanes afin de tester son endurance. Il s'avéra qu'une carte supplémentaire diminuait son autonomie d'une heure et demie. Sans doute parce qu'Abhainn s'amusait à courir après les autres pour les arroser. Ce cheval était pire qu'un gamin mais, avec son aide, battre Priamus sans recourir à son joker s'avérerait bien plus facile.

Sadge aborda donc la rentrée d'hiver sereinement. Les cours reprirent dès les premières heures sur les chapeaux de roue en prévision des examens de fin d'année dont la réussite était indispensable pour intégrer le deuxième cycle et sa spécialisation. Même s'il quittait l'université cet été, Sadge continua les cours de soutien avec Roderic et Elcina car sa fierté l'empêchait de partir sur un échec.

Bien sûr, plus la date du duel approchait, plus il était sur toutes les lèvres, et plus les étudiants firent de Sadge leur centre d'intérêt. Cette popularité soudaine le poussa durant plus d'une semaine à limiter ses apparitions en public en dehors des cours et à passer par les toits pour se rendre d'un endroit à un autre, voire à se téléporter quand le courage lui manquait. Malgré tout, l'attention dont il était l'objet ne faiblissait pas. Il en vint à chérir plus que jamais la sérénité des jardins interdits. Il se plaisait à s'allonger dans l'herbe près du rosier lunaire pour écouter le chant des oiseaux qui se faufilaient entre les grilles. Le calme ambiant de son coin de paradis ne parvenait pourtant pas à chasser l'angoisse grandissante du combat. Il fallut pour la lui faire oublier qu'un événement singulier se produisit l'avant-veille au soir.

Alors qu'il lisait adossé à l'une des quatre statues de mageresse, Rheyi apparut près de lui, l'air affolé.

— L'étudiant à l'artefact, il est revenu, souffla-t-elle pour n'être entendue que de Sadge.

Ce dernier courut jusqu'à la serrure disjointe en abandonnant son roman sur place. Dissimulé derrière des arbustes, il avait une vue parfaite sur le mur de l'impasse et sur le profil de Dinh. Ce dernier sortit une ancienne clé ouvragée de sa poche. Lorsqu'il la fit tourner dans la serrure, Sadge se précipita dehors où il activa sa carte de téléportation qui l'amena dans la chambre de Diba. Cette dernière, allongée par terre, les jambes posées sur son matelas, ne leva même pas un sourcil de surprise.

— Dinh est en train d'ouvrir la porte disjointe !

Puisqu'elle était déverrouillée, le battant allait sans doute apparaître du côté du vitrail représentant le sablier, la serrure y étant reliée. Diba sauta sur ses jambes. Ils longèrent en courant les longs couloirs, descendirent les nombreux escaliers, en remontèrent d'autres et traversèrent deux passerelles avant d'arriver à la tour abritant la bibliothèque. Tout en haut, une échelle permettait d'accéder au dernier demi-étage. Les deux amis enjambèrent ensuite la balustrade et, avec prudence, avancèrent sur la poutre qui longeait le mur, autrefois utilisée pour nettoyer les vitraux.

— Ici, répondit finalement Diba en s'immobilisant.

Un vitrail de quatre fois sa taille, en forme de sablier, lui faisait face dans toute sa majesté. Éclairé par les rayons d'une pleine lune, il projetait sur les murs des myriades de couleurs pâles.

Sadge se pencha pour voir le sol, trente mètres plus bas. Une hauteur impressionnante qui expliquait pourquoi Diba ne s'était pas souvenue du vitrail. Seuls les cinq premiers niveaux de la bibliothèque étaient fréquentés par les étudiants. Heureusement qu'elle aimait sortir des sentiers battus.

— Et maintenant ? demanda le joueur.

— Je ne sais pas. Il faut peut-être le toucher ?

Le jeune homme haussa les épaules. Au point où ils en étaient, ils pouvaient bien le tenter. Centimètre après centimètre, les doigts de Diba s'approchèrent jusqu'à effleurer la vitre froide.

Rien ne se passa.

Diba attendit un peu avant d'enlever sa main.

— Dinh ne sait peut-être pas ouvrir une porte, hasarda Sadge. Vu qu'il en tient une couche, ça ne m'étonnerait pas.

L'étudiante lui lança un regard sceptique. Une lumière vive pointa alors à travers le vitrail. De la taille d'une bille, elle s'étendit pour dessiner les contours d'une porte. Sans qu'un geste fût fait, le pan glissa sur ses gonds invisibles et s'ouvrit dans un flash de lumière aveuglant qui fit fermer les yeux aux étudiants. Lorsqu'ils les rouvrirent, un sablier en or lévitait devant eux.

L'émotionnelle attrapa l'objet haut d'une vingtaine de centimètres avant d'emboîter le pas à son camarade. Ils devaient partir avant que Dinh n'arrive.

Dans les couloirs, Diba passa devant Sadge. De retour dans sa chambre, elle reprit son souffle. Leur course à travers le château l'avait éreintée. Elle se laissa tomber sur le lit sans lâcher son mystérieux chargement. Le sablier qui dormait au creux de ses mains diffusait un flux magique faible mais palpable. Plus étrange encore, qu'importait la position dans laquelle on le mettait, le sable doré s'égrainait toujours dans le même sens.

Diba examina l'objet avec attention, détaillant les symboles gravés sur le socle comme ceux cerclant les bulbes en verre.

— Donc, la porte disjointe avec un symbole de sablier cachait un sablier, analysa Sadge. Et maintenant ?

— Je ne sais pas. Il faudrait que je voie si je peux traduire ces runes grâce aux livres que je possède ici.

— Je te fais confiance. De mon côté, je vais retourner à la bibliothèque pour voir ce que fait Dinh. On se retrouve demain matin ici ?

Chapitre 22

— Je serai là.

Sadge ouvrit l'étui de son jeu, puis disparut en une fraction de seconde.

Enfin seule, Diba s'abîma de nouveau dans la contemplation de sa trouvaille. Elle effleura du doigt l'écriture étrange qui décorait l'objet, mélange probable de plusieurs dialectes dont certains ne lui étaient pas étrangers. Elle était certaine d'arriver à déchiffrer l'énigme grâce à ses livres. Demain, elle pourrait impressionner Sadge en lui faisant part de sa trouvaille.

Sans plus attendre, elle se mit au travail.

*

Sadge se matérialisa dans un coin obscur du dernier étage de la bibliothèque. Une lampe à la main, Dinh se tenait encore devant le vitrail à attendre que la porte s'ouvre. Bientôt, il comprit que quelque chose n'allait pas, et la constatation lui fit réciter son dictionnaire d'insultes. Furieux, Dinh rebroussa chemin. Sadge le suivit. Sa souplesse et son agilité lui permettaient de se déplacer en minimisant le bruit, de toute façon couvert par celui provoqué par Dinh.

Ce dernier marcha en droite ligne jusqu'à l'extérieur sans remarquer l'ombre dans ses pas. L'esprit bouillonnant de colère, il marmonna durant tout le trajet le menant à son dortoir. Si l'étudiant avait un complice, il ne le retrouverait pas ce soir car il se faufila dans sa chambre. Dommage. Le joueur aurait aimé connaître l'identité de la personne qui avait donné à Dinh l'artefact de l'archiphytomage avec lequel il avait pu pénétrer dans les jardins interdits. Sans doute la même qui lui avait également confié la clé de la porte disjointe.

L'instigateur de tout cela avait sans aucun doute accès à un savoir peu courant concernant l'université. Si elle était capable de dénicher la clé d'une serrure dissimulée dans un recoin perdu au milieu d'un endroit interdit, que savait-elle encore ?

Elcina avait laissé échapper la filiation de Dinh. Il était le petit-fils du second conseiller du roi. Mais qu'en était-il de son père ? L'un comme l'autre devaient sans doute connaître beaucoup de monde. Que cherchaient-ils ? La pièce manquante de deux centimètres ? Ou autre chose ? Si le sablier avait un rapport avec les ARM, cela voudrait donc dire que toutes les informations les concernant n'avaient pas disparu, qu'il en subsistait assez pour mettre quelqu'un sur la piste. L'idée que ce soit Dinh déplut à Sadge. Il avait été éduqué pour aimer le pouvoir, comme son grand-père, à n'en pas douter.

Par prudence, Sadge fit le guet devant la chambre de Dinh durant plus d'une heure. Personne n'en sortit ni n'y entra. Il céda donc à la fatigue et regagna son propre lit. Confortablement installé dans ses draps propres, il s'émerveilla devant le firmament offert par un ciel dégagé. Cette nuit, il gèlerait. Demain, le paysage serait recouvert d'un voile blanc avant qu'un soleil radieux ne le fasse disparaître. Et peut-être Diba aurait-elle une piste concernant le sablier d'or.

Au matin, Sadge se rendit comme convenu à la chambre de son amie. En frappant à sa porte, il se découvrit plus impatient qu'il ne l'avait soupçonné. Ce fut en trouvant le temps de réponse de Diba long qu'il en prit pleinement conscience. Sadge réitéra son geste sans plus de succès. C'était étrange. Diba dormait-elle encore ? Si elle avait fait des recherches toute la nuit, ce n'était pas impossible. Le joueur se hasarda à tourner la poignée et fut surpris de trouver la porte ouverte.

Chapitre 22

Il s'annonça, avant de passer la tête par l'entrebâillement. À l'intérieur, aucune trace de Diba. Un mauvais pressentiment le poussa à s'aventurer dans la chambre. Des dizaines de livres ouverts gisaient sur le matelas ainsi que sur le sol. Des feuilles volantes griffonnées de la main de son amie s'entassaient sur le bureau. À côté, il y avait le sablier dont le sable immobile avait pris les traits de Diba.

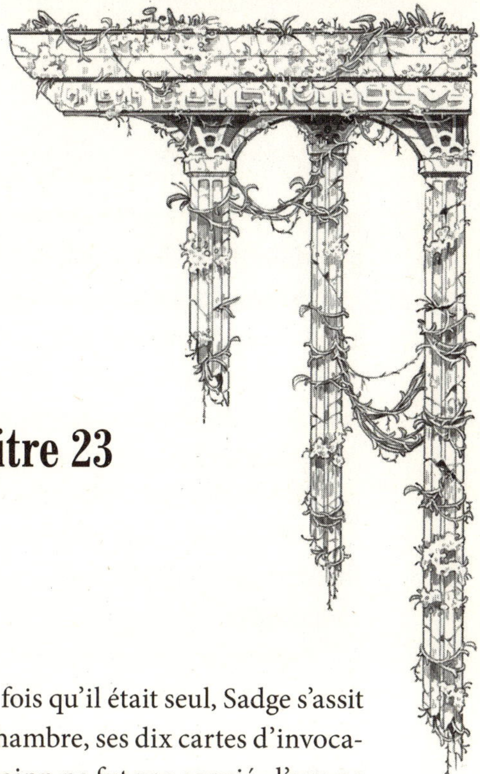

Chapitre 23

Comme il le faisait chaque fois qu'il était seul, Sadge s'assit à même le sol dans sa propre chambre, ses dix cartes d'invocation actives autour de lui. Abhainn ne fut pas convié : l'eau ne faisait pas bon ménage avec le papier. Ainsi, la dizaine d'entités magiques avaient elles aussi le regard posé sur le sablier.

Le laisser dans les quartiers de Diba aurait été trop risqué, un professeur aurait fini par l'y trouver. Sadge grimaça à cette idée : faire appel à l'aide du personnel universitaire n'était pas la perspective la plus réjouissante. Cela déclencherait un véritable interrogatoire qui, en prime, risquerait d'alerter Dinh. Qui savait ce qu'il était prêt à faire pour l'avoir ? Sans plus de détails, le lien entre Sadge, Diba et l'objet devait rester confidentiel.

— Quelqu'un a une idée ? lança-t-il après une nouvelle vague de réflexions stériles. Asharii ? Les secrets, c'est ton truc.

Les paupières perpétuellement closes de l'invocation ne frémirent même pas.

— OK… Ysdar, alors ? T'es lae spécialiste du Temps.

L'être, comme tous ses congénères, était incapable de parler. En temps normal, iel utilisait donc son corps afin de communiquer. Ce jour-là, pourtant, iel demeura immobile.

Sadge sentit le désespoir l'abattre.

— Sérieux, vous ne m'aidez pas, là.

Nassy, invocation de la Tempérance, serra le joueur contre elle. Sa douce chaleur lui remonta le moral.

— Merci. Mais vraiment, je ne sais pas comment tu peux combattre avec des câlins.

C'était sans doute pour ça qu'il n'avait jamais utilisé cette invocation lors de ses duels. Nassy était une boule de bonheur, rien d'autre.

Ysdar se tourna alors vers Sadge. Les deux mains levées, paumes vers le ciel, iel plia deux fois les doigts.

— Attendre ? Quoi ?

Iel montra le sablier, puis mima des pas avec son index et son majeur.

— Revenir… Je dois attendre que Diba revienne ?

Ysdar confirma d'un signe de tête.

— Dans combien de temps ?

Iel mima son ignorance par un haussement d'épaules.

— C'est pas dangereux, au moins ?

Cette fois, iel affirma que non, ça ne l'était pas, et cela ôta un poids immense des épaules de Sadge. Diba allait bien et pouvait revenir, c'était l'essentiel. De plus, le sablier était en sécurité ici car, même si Dinh pouvait tenir Rheyi à distance, il ne trouverait jamais l'accès à la terrasse. Les jardins étaient bien trop vastes et l'escalier trop bien caché pour tomber dessus autrement que par hasard.

Sadge consulta une fois encore toutes les notes prises par Diba qu'il avait rapportées dans son antre. Les livres de son amie qu'il n'avait pas emportés avaient été rangés afin que personne ne se doute du sujet sur lequel s'étaient portées les recherches de l'émotionnelle. Il n'était pas impossible qu'un ou plusieurs membres du personnel universitaire soient de mèche avec Dinh.

Cette nouvelle relecture ne donna rien non plus. Tout était décousu. Les éléments manquants, que seule Diba connaissait, avaient disparu avec elle, empêchant Sadge de pouvoir tenter quoi que ce soit.

C'était rageant !

Sadge jeta un coup d'œil à l'horloge : les cours allaient bientôt commencer. Il ne devait pas s'absenter au risque d'alerter Dinh, aussi se dépêcha-t-il de filer une fois ses dix invocations de retour dans son étui.

Lors de la première heure de cours, l'absence de Diba fut naturellement remarquée. Le professeur interrogea Sadge, qui nia avoir la moindre information sur l'état de santé de l'émotionnelle. L'interrogatoire s'arrêta là. Sans doute quelqu'un serait-il envoyé prendre de ses nouvelles à la pause, ce qui donna une idée au joueur.

À la seconde où il fut libéré de son cours, il s'éclipsa dans un coin avant de se téléporter dans la chambre de Diba. Sadge utilisa sa carte de métamorphose pour prendre l'apparence de son amie. Quand des pas se firent entendre dans le couloir, il se glissa sous les draps. On toqua à la porte, puis Ardelave entra.

— Diba, ça ne va pas ?

— Pas vraiment.

— Je vais demander au médecin de venir.

— Ce n'est pas la peine. Ça ira mieux demain.

— D'accord…

Ardelave ne semblait pas convaincue mais, malgré son lien privilégié avec Diba, elle n'insista pas de peur de la mettre en colère.

— Tu as besoin de quelque chose ?

— Non. Ce n'est pas la peine de repasser, j'appellerai si j'ai besoin.

— Bien… Dans ce cas, je te laisse te reposer.

Aussi doucement qu'elle était entrée, la professoresse s'en alla. Sadge retrouva son apparence en même temps qu'il s'asseyait dans le lit. L'entretien, même bref, lui avait fait prendre conscience d'une évidence à côté de laquelle il était passé : si Diba n'avait jamais eu personne pour la contredire, comment avait-elle réussi à apprendre à se remettre en question et à éviter la tentation du caprice ? Sa force de caractère expliquait le fait en partie. Il lui poserait la question à son retour. En attendant, sa journée de cours n'était pas terminée.

Après le sport en fin d'après-midi, Sadge revint sans détour à sa chambre. Le visage aux yeux clos de Diba apparaissait toujours au milieu d'un écoulement de sable suspendu, comme si la jeune femme avait arrêté le temps. Lequel ? C'était la question. Affalé sur son fauteuil de bureau, Sadge n'esquissa pas le moindre mouvement quand Rheyi rampa le long du garde-fou.

— Y'a rien qui a bougé ? demanda le joueur.

— Pas le moindre grain. L'énergie magique dégagée par le sablier n'a pas varié non plus, elle est toujours aussi forte.

Sadge bascula sa tête en arrière en laissant échapper un grognement d'agacement. Entre Diba et le duel du lendemain, il ne savait pas sur quoi se concentrer en premier. Devait-il passer la nuit à tenter de percer le mystère ou s'entraîner et se coucher tôt ?

Sadge s'avachit sur le bureau, le menton posé sur ses bras croisés, le regard fixé sur le visage d'or et de sable de Diba. Si Ysdar avait affirmé que la jeune femme allait bien, il pouvait lae croire sans réserve. Malgré tout, le doute persistait, l'inquiétude également.

— Il n'y a aucun danger autour du sablier, reprit la dryade. Ce ne sera pas le cas demain face à ton adversaire. Te miner le moral pour Diba va te fatiguer alors que tu as plus que jamais besoin de repos.

— Je sais, Rheyi. Mais c'est la première fois que je m'inquiète pour quelqu'un parce que c'est la première fois que j'ai une amie, alors j'ai du mal à l'abandonner, là.

Sadge pencha la tête en direction de la sylphe.

— Toi aussi je te considère comme une amie, avoua-t-il. Si jamais tu as besoin de quoi que ce soit, si je suis dans le coin, je t'aiderai.

Surprise par la spontanéité de la promesse et tout ce qu'elle impliquait, Rheyi resta stupéfaite un instant, avant d'esquisser un sourire sincèrement ému. Elle se pencha vers lui, le bras tendu pour effleurer son visage de ses doigts boisés.

— Si tu es mon ami, va manger, lis un roman et va dormir. Je veillerai sur Diba pour toi.

Sadge hésita encore une poignée de secondes, avant de céder à la raison. Que penserait Diba de lui s'il perdait son duel contre Priamus ? Il devait lui faire honneur. Avec cette promesse dans le cœur, il prit le chemin du réfectoire du château.

S'il était parvenu à vite trouver le sommeil au point de s'endormir avec son roman à la main, Sadge enchaîna les phases de somnolence et de réveil. Le stress agitait ses nuits, c'était habituel avant un duel. L'incertitude quant à ce qui arrivait à Diba aggrava son état de fatigue à un point qu'il n'avait pas soupçonné.

Le réveil au matin fut compliqué, toutefois moins que la journée de cours. Tandis que les étudiants le dévisageaient, il sembla à Sadge nager dans un océan de silence, comme si tout Puy-sur-Embruns retenait son souffle en ce jour si spécial. La seule agitation venait d'au-delà des bâtiments, dans le parc où les rituelleurs et rituelleuses étaient en train de préparer le bouclier qui protégerait les spectateurs des dégâts du combat. Les lithomages avaient déjà élevé les gradins où la foule prendrait place en milieu d'après-midi. Ils étaient tellement imposants qu'on les voyait depuis le château.

À l'heure du déjeuner, Sadge mangea une unique pomme avant de retrouver l'abri des jardins interdits et le confort de son matelas. Quitte à sécher les cours de l'après-midi, le joueur s'accorda une sieste méritée.

Sadge se réveilla en sursaut, le cœur battant à tout rompre dans sa poitrine. Son attention se porta aussitôt sur l'horloge dont les aiguilles affichaient quinze heures cinq. Il était en retard pour le duel ! Il se leva d'un bond, puis sauta par-dessus la rambarde en fer. Sa carte vol fit apparaître dans son dos deux grandes ailes noires qui le portèrent jusqu'à la grille des jardins interdits. Dès l'instant où il mit un pied dehors, il se téléporta près des gradins éphémères, dans un coin où il put rajuster sa tenue et tenter de dompter ses courts cheveux indisciplinés. Tout en essayant d'aplatir une mèche rebelle, il regarda la foule impressionnante s'engouffrer sous les arches d'accès à l'édifice. Il n'était en fin de compte pas si en retard que cela. Après tout, les cours venaient à peine de se terminer. Il décida de mettre à profit le temps d'installation de la foule pour repérer le terrain du haut du mur d'enceinte.

Le froid vif de cette mi-janvier lui mordit le visage, ici où le vent soufflait un peu plus fort. Ce ne fut pourtant pas ce détail qui le pétrifia, mais bien la taille de l'arène oblongue en contrebas dont les gradins s'étageaient pour accueillir toute l'université en sus de quelques invités de prestige. Les spectateurs affluaient sans discontinuer, c'en était vertigineux. À intervalles réguliers le long du mur intérieur, les rituelleuses et rituelleurs en charge du bouclier étaient assis en tailleur au sommet de colonnes moins hautes que la plus basse rangée de gradins. Les yeux clos, ils étaient dans un état de concentration tel que l'agitation ambiante ne les fit même pas sourciller. Pourtant, leur âge laissait deviner une formation encore en cours confirmée par le fourreau noir du troisième cycle.

Au centre de l'arène se tenait un petit groupe composé de Filairain, de Dessavac, de la commandante Mori et d'un quinquagénaire élégant avec son long manteau d'hiver gris assorti à son chapeau en feutre. Même de sa position, Sadge pouvait voir le carré de sa mâchoire sculptée par une barbe courte poivre et sel. Ce ne pouvait être que Priamus.

Le moment était venu de tâter le terrain.

Sadge se téléporta près de l'assemblée où il fut repéré par Filairain. Lorsqu'elle salua le joueur, Priamus se retourna et leva ses yeux d'un bleu limpide, qui se plissèrent de défiance en croisant le regard de l'étudiant. La directrice fit des présentations aussi brèves que la poignée de main échangée par les futurs adversaires. La tension palpable du face-à-face imposa le silence sur les gradins.

— Heureux de te rencontrer, Sadge, introduisit Priamus d'une voix de velours. Je peux t'appeler Sadge, n'est-ce pas ?

— C'est mon prénom, autant l'utiliser.

L'étudiant avait beau feinter la confiance en soi, son état de stress ne trompait pas un œil expérimenté comme celui de son challenger, d'autant plus que l'attitude de ce dernier était franchement hostile.

— Tu sais, Sadge, il n'y a pas beaucoup de maîtres-cartes. C'est étrange que je n'ai jamais entendu parler de toi.

— Les études pour intégrer Puy-sur-Embruns ne sont pas compatibles avec des duels à tour de bras. Moi en revanche, j'ai beaucoup entendu parler de vous.

— En pas trop mal, j'espère ?

Le ton comme le sourire de Priamus se voulaient légers sans pour autant dissimuler sa joie de savoir sa réputation si grande.

— Mal ? Je ne sais pas. Tout dépend sans doute de la valeur qu'on accorde à un tueur à gages, cingla Sadge.

L'expression exagérément enjouée de Priamus se changea en une grimace contrariée. L'homme était visiblement plus attaché aux circonlocutions[1] et aux ronds de jambe qu'à l'incisive sincérité. En cela, Sadge et lui étaient de stricts opposés. Priamus jeta un rapide regard gêné à Filairain et à la commandante Mori, dont l'air implacable le fit presque vaciller.

— Bien… Si nous commencions ? proposa l'homme. J'ai hâte de plier ça vite fait bien fait.

---

1. Manière d'exprimer sa pensée d'une façon indirecte.

Chapitre 23

Dessavac ouvrit une mallette. Dedans, en plus de deux oreillettes, se trouvaient deux laryngophones. Les dispositifs circulaires en argent engravés de runes, d'un diamètre d'un centimètre, se posaient à même la gorge contre laquelle ils demeuraient grâce à la magie. Compte tenu de la taille de l'arène, cela leur permettrait de se parler sans avoir à hurler et de maintenir entre eux une distance confortable pour le duel. Puis ils se mirent en place l'un en face de l'autre, à vingt mètres de distance, et allumèrent leur équipement.

— *Prêt à perdre ?* demanda la voix réverbérée de Priamus dans l'écouteur de Sadge.

— Je me tiens toujours prêt à tout.

— *Puisque tu as accepté mon invitation, c'est à toi de commencer.*

Priamus n'eut pas le temps de finir sa phrase que Sadge avait déjà activé sa première carte. Elle lévitait à quarante centimètres de l'étudiant, dos à son adversaire : une carte en dormance dont le pouvoir serait réveillé au moment opportun. La base de sa stratégie posée, le jeu pouvait commencer. Sadge lança une rafale de feu sur son adversaire. Naturellement, Priamus para l'attaque avec aisance grâce à son valet de bouclier.

— *Si c'est tout ce que tu sais faire, je risque de te tuer par inadvertance, gamin.*

Priamus avait abandonné son ton doucereux, détail qui alerta Sadge. Parce que son adversaire n'était pas là pour s'amuser, il dégaina son as de feu qui vomit un torrent ardent, soulevant dans la foule des exclamations choquées. Sadge pressentit l'attaque juste à temps pour se téléporter afin d'éviter le flux mortel. Il réapparut dans les airs, porté par deux ailes noires, mais fut violemment projeté à terre par Priamus et son invocation du Souffle.

Sadge percuta le sol de plein fouet, et son gémissement de douleur résonna dans l'arène médusée.

— *Je t'ai dit que ça serait vite plié*, exulta la voix de Priamus dans son oreille.

Étourdi, Sadge parvint à se redresser tout en essuyant un filet de sang perlant d'une entaille à la lèvre. Puisqu'il voulait la jouer comme ça, Priamus allait être servi.

Chapitre 24

Il sembla à Diba sortir de ténèbres si intenses que la lumière du jour lui brûla tout le nerf optique. Désorientée par la douleur, elle s'écroula sur le sol bien trop froid pour être du parquet. Elle tâtonna afin de trouver quelque chose pour s'aider à se relever et trouva le contact de doigts en bois.

— Rheyi, c'est toi ?

— Oui. Assieds-toi.

Diba se laissa guider jusqu'à un lit. Là, elle prit le temps de s'accoutumer à la luminosité tout en s'efforçant de ne pas oublier les informations qui lui échappaient déjà. Afin de limiter la perte, elle les confia à Rheyi :

— Dans le sablier, il y a un couple. Une ingénieure, elle connaît les ARM.

— Je ne comprends pas, concéda la dryade.

— Le mage du conte l'a cachée avec son conjoint dans le sablier, continua Diba avec empressement avant de tout oublier. Il emprisonne l'espace-temps. Un lieu et une période de vingt-quatre heures répétées à l'infini. Son atelier… Mais elle ne veut rien dire. Je dois d'abord la sortir du sablier. Ensuite elle parlera des ARM et de la pièce manquante.

Plus Diba reprenait pied, moins elle se souvenait. Lorsqu'elle fut totalement remise, il ne resta qu'une certitude :

— Je dois briser le sort du sablier. Rheyi, où est Sadge ?

Elle posa sa question tout en observant son environnement : elle n'était pas dans sa chambre mais sur la terrasse suspendue des jardins interdits.

— À son duel, répondit Rheyi. Tu as été absente plus d'une journée.

— Je dois le voir.

Elle ressentait une telle urgence qu'elle ne pouvait éprouver autre chose. Elle descendit les marches étroites sans garde-fou avec précaution, sous la surveillance de Rheyi qui la suivait de liane en liane. La dryade resta avec elle jusqu'aux grilles des jardins où elle la laissa filer.

Alors qu'elle courait vers l'imposante arène, Diba regretta de ne pas savoir se téléporter comme le joueur. Malgré tout, elle parvint à l'escalier de l'édifice dans lequel elle s'engagea dans un second souffle. En haut, elle sentit la brise mais pas le froid, protégée de lui par son tour d'oreille. Lorsque son regard se posa en contrebas, elle vit Sadge se relever avec peine.

*

Si Priamus voulait en finir vite, ce n'était pas le cas de Sadge. Plus un adversaire le méprisait, plus il avait envie de se payer sa tête. Le moment venait de voir si le quinquagénaire avait de l'humour. Le joueur réveilla sa carte en dormance, alors le sol de l'arène se retrouva sous trois centimètres d'eau.

Chapitre 24

— Pas de chance pour toi, Priamus, Abhainn et moi on est d'humeur joueuse.

L'arcane du kelpie sortie de l'étui en cuir se positionna à l'horizontale devant Sadge. Ce fut alors que l'impressionnant cheval aquatique en jaillit sous les cris approbateurs de la foule. Abhainn trotta avec joie dans l'eau, heureux de sentir son élément sous ses sabots car il augmenterait sa puissance.

La contre-attaque de Priamus arriva sous la forme d'un magnifique phénix couplé à un as de feu. Le brasier qui constituait l'animal mythique réchauffa tous les spectateurs abasourdis. L'oiseau fondit sur le cheval, et Sadge espéra qu'Abhainn ait le dessus en dépit du dix d'eau auquel il était associé.

Le kelpie vit arriver le phénix comme un trait. Loin d'en avoir peur, il s'élança au galop dans sa direction, effronté. La foule retint sa respiration durant sa course, se préparant à affronter un nuage de vapeur désagréable quand l'eau et le feu se percuteraient. Sauf qu'Abhainn attendit le dernier instant pour effectuer un demi-tour sur lui-même tel un matador face à un taureau. L'oiseau le dépassa sans le toucher, offrant son dos sans défense à la déferlante que le cheval lui envoya dessus de ses postérieurs. Submergé, le phénix s'évapora dans un *pschitt !* mouillé. Fier de lui, Abhainn fit face à Priamus et hennit pour le narguer. Des rires retenus échappèrent à la foule, remplissant de rage le duelliste humilié.

À cet instant, Sadge esquissa un sourire carnassier.

— À ton tour, Ysdar.

Iel apparut soudain au-dessus de son joueur, tenant entre ses mains le sablier du Temps qu'iel immobilisa. Priamus fut dès lors incapable de bouger et ne put éviter la vague qu'Abhainn lui envoya. L'homme fut emporté par le courant.

Il se releva dix mètres plus loin, quand l'effet du sort d'Ysdar s'estompa, trempé de la tête aux pieds.

La foule explosa de rire. Des sifflets de fierté montèrent, puis le nom de Sadge fut scandé. Le jeune homme en resta coi une poignée de secondes, le temps d'apprécier ce bref instant de considération, ce furtif moment d'appartenance. Pour la première fois, il faisait partie d'une famille, et cette sensation chaleureuse combla quelque chose en lui. Un manque auquel il s'était tant habitué qu'il en avait oublié l'existence.

— Reine de Mort !

Quand le cri de Priamus retentit, la foule se leva dans un bel ensemble, terrorisée par la ténébreuse reine squelettique apparue au-dessus du maître-cartes.

Sadge sentit l'horreur l'électriser : son bouclier était aussi une reine. Autrement dit, il avait une chance sur deux de survivre à l'attaque.

— Arrêtez le duel ! hurla Filairain.

Trop tard. La reine de Mort filait déjà vers Sadge, sa faux tenue ferme entre ses mains décharnées. Le joueur ne pouvait se détacher de la morbide vision. La main à son étui, il s'apprêta à dégainer son as de Mort quand une silhouette lévitant apparut face à l'invocation de Priamus.

Diba !

Son corps dégageait une telle quantité de magie pure qu'au moment où elle voulut contrer l'attaque, son pouvoir explosa en une lame de fond dévastatrice. Toutes les invocations furent balayées et les deux maîtres-cartes furent projetés contre le bouclier des rituelleurs avec tant de violence qu'ils en perdirent connaissance.

*

Chapitre 24

Filairain avait fixé avec appréhension la protection magique de ses étudiants. Elle aurait cédé si des professeurs ne l'avaient pas consolidée en pressentant le choc. Elle se redressa à la force de ses bras pour voir Sadge inconscient et Diba qui avait totalement perdu le contrôle. Bon sang ! Pourquoi était-elle venue voir ce foutu duel !

Malgré sa colère grondante, Filairain ne pouvait pas se laisser aller.

— Lithomages ! Éloignez les gradins, mettez les spectateurs à l'abri !

Filairain fit voler son fauteuil à travers la barrière magique qui vibrait sous la puissance de Diba, cette même puissance que la directrice se prit de plein fouet lorsqu'elle pénétra dans le champ de force de l'émotionnelle. La magie lui brûlait la peau. Elle crispa ses doigts sur les bras de son fauteuil avec l'espoir de contenir la douleur.

Ardelave la rejoignit bientôt, puis vint l'artefactrice Thélie Rigberd. Alourdie par ses jambes en métal et son exosquelette brachial, elle résistait mieux que les autres à la poussée des pouvoirs de Diba. Filairain vit également Roderic Izolias et Elcina Fodora passer la barrière pour porter secours à Sadge, toujours inconscient à l'autre bout de l'arène. La directrice fit un signe de la main, alors tous les lithomages de l'université se concentrèrent pour faire reculer les gradins en pierre. Ils s'éloignèrent rapidement, laissant la voie sûre à une intervention.

— Qu'est-ce qu'on fait ? hurla presque Thélie pour se faire entendre de la professoresse et de la directrice.

— Il faut l'endormir ! répondit Ardelave.

Filairain se proposa pour attirer l'attention de Diba afin que sa collègue et son étudiante aient une ouverture.

Elle apposa sur elle-même un enchantement de lévitation qui lui permit de quitter son fauteuil pour atteindre l'émotionnelle. Sa peau la brûlait tellement qu'elle l'imaginait prête à se détacher de ses membres. La femme n'avait aucun contrôle sur les gémissements de souffrance qui passaient ses lèvres. Quand elle vit le visage de Diba déformé par la fureur, au point de dessiner le contour de tous les muscles faciaux, elle sut qu'elle n'était plus qu'un corps baigné de haine. Comment pouvait-on raisonner un sentiment aussi négatif et destructeur ?

— Sadge va bien ! hurla-t-elle.

Les flux de pouvoir de Diba éloignèrent sa voix. Filairain l'entendit tourner autour d'elle avant d'être totalement repoussée. Elle n'arriverait à rien.

Thélie attrapa alors une fiole au milieu de sa jambe droite au métal évidé, contenant un anesthésiant fabriqué par Izildée, avant de la glisser dans un emplacement de son exosquelette brachial. Un mécanisme permettait de lancer un projectile à grande vitesse, capacité utile pour endormir les animaux sauvages à distance lorsqu'elle aidait sa mère dans son travail de vétérinaire. Des fragments de cristaux bleus fournissaient l'énergie nécessaire au lancer. Leur crépitement discret n'émergea pas du vacarme provoqué par les déplacements de la magie de l'émotionnelle.

*

À force d'acharnement, Roderic et Elcina parvinrent à ramener Sadge à la conscience. Il fut accueilli par des douleurs dans tout le corps à la suite de l'impact avec le bouclier et par l'horrible impression qu'il allait griller sur place. Il se redressa en gémissant car tout son environnement lui semblait fait de lave. Sonné par le choc, il mit un instant avant de se rappeler l'intervention de Diba. Lorsqu'il la vit face à Filairain, un mauvais pressentiment l'incita à se relever. Il doubla quand, en contrebas, Thélie visa son amie et tira.

Or, le pouvoir de Diba était si grand qu'il créait des courants redoutables qui dévièrent l'objet à l'autre bout de l'arène. Face à l'échec de la manœuvre, Filairain tenta d'apposer des runes d'apaisement sur Diba.

Sadge s'élança en pestant intérieurement. La tactique allait aggraver les choses.

Quand la directrice tendit une main vers l'émotionnelle, cette dernière l'imita comme un reflet parfait. Et, d'un geste à peine esquissé de l'index, elle précipita Filairain vers le sol à une telle vitesse que l'impact la tuerait. Sadge se téléporta, l'intercepta dans sa chute et disparut avant de réapparaître à côté d'Ardelave et de Thélie, Filairain dans ses bras.

— Attrape, intima-t-il à l'artefactrice en lui lançant presque la directrice choquée. Reculez, vous allez nous faire tuer.

Il les repoussa sans se soucier de leur réaction. Les yeux levés vers Diba, le joueur passait mentalement en revue toutes ses cartes pour trouver laquelle utiliser. Devait-il l'immobiliser avec Ysdar ? Ce serait temporaire. Nahasael pouvait-il la guérir ? Elle n'était ni malade ni blessée. Il devait trouver un moyen de tempérer ses émotions négatives afin de laisser à son amie l'occasion de reprendre le dessus.

Il avait sa réponse !

Sadge attrapa aussitôt la carte de la Tempérance. L'occasion se présentait enfin de l'utiliser dans un combat. Il la plaça au-dessus de sa tête.

— Nassy, à toi de jouer !

L’entité millénaire jaillit de son écrin dans un geyser de lumière. L’invocation se laissa porter par les flux qui la ramenèrent dans le dos de Diba. Là, elle passa ses bras autour de l’émotionnelle puis posa sa tête au creux de sa nuque.

Sadge fixait son amie avec appréhension, sentiment qui grandit quand il ne perçut pas de variation dans les pouvoirs de Diba.

— Allez, Nassy ! l’encouragea-t-il. Prends plus d’énergie si t’as besoin !

Le joueur sentit aussitôt ses forces l’abandonner tandis que Nassy dégageait une lumière apaisante. Au moment où Sadge tombait à genoux sur le sol, épuisé, la magie de Diba perdit enfin en puissance. Lentement, la jeune femme redescendit. Quand Sadge l’attrapa pour la serrer contre lui, elle avait perdu connaissance.

Il souffla, soulagé. Le pire avait été évité. Du moins le crut-il. Le corps de son amie se mit alors à convulser. La panique qui se déversa en Sadge le poussa à invoquer Nahasael, le Guérisseur. Le joueur allongea Diba par terre et l’immobilisa comme il put, le temps pour l’invocation de se glisser en elle afin de la guérir de l’intérieur. L’opération ôta ses dernières forces à Sadge. Il s’écroula inconscient sur son amie.

Chapitre 25

Sur demande de Kathéride Filairain, la commandante Roxille Mori se rendit au chevet du maître-cartes et de l'émotionnelle allongés dans des lits voisins. Contrairement aux deux étudiants, Priamus avait seulement hérité d'une belle bosse à la tête en plus d'un chapeau abîmé.

Dans l'infirmerie aux murs clairs et au sol carrelé, Roxille s'immobilisa au pied des lits des deux patients, les bras croisés sur son torse. Aucun des deux n'était perfusé. Ils avaient seulement besoin de repos, loin de l'agitation qui secouait encore l'université près d'une heure après la fin inattendue du duel. Occupée à ramener un semblant d'ordre, Filairain avait mandaté la commandante pour surveiller les étudiants : elle n'avait pas confiance en Priamus qui rôdait encore entre les murs de Puy-sur-Embruns. Jouer les garde-malades n'était d'ordinaire pas du goût de la cheffe d'escadron, mais si cela pouvait la tenir loin des étudiants surexcités, c'était un mal pour un bien.

Le regard de Roxille fut inévitablement attiré par l'étui en cuir posé sur la table de chevet du dénommé Sadge.

Le jeune homme dormait, ni l'infirmière ni le médecin n'étaient là : c'était une occasion rêvée de regarder le contenu du jeu. La commandante le fixa plusieurs secondes avant de s'en approcher. Sans un bruit, elle l'ouvrit, leva le pan de cuir, puis douta.

Personne ne pouvait la voir, pourtant l'idée de manquer de respect à un maître-cartes aussi combatif la remplit de remords. Celle de bafouer des règles centenaires également. Rares étaient les choses constantes dans la vie. Les lois évoluaient au gré des sociétés, naissaient, mutaient ou disparaissaient. Nombreux étaient ceux à les enfreindre, à différents niveaux. Malgré tout, chacun en ce bas monde n'avait jamais, au grand jamais, transgressé les règles inhérentes à chaque classe de mage. C'était étrange, mais c'était ainsi, et il y avait dans cette immuabilité universelle quelque chose de magnifique. Alors Roxille referma l'étui. Elle s'installa dans un fauteuil séparé de la porte par une armoire. De là, la vue sur les deux étudiants était parfaite.

Quarante minutes passèrent ainsi dans le silence au point que Roxille commença à battre des paupières. Rien n'était plus soporifique que l'attente. Difficile d'en vouloir à la directrice de prioriser le début d'un potentiel scandale. La femme se sentit partir quand un mouvement réveilla sa concentration : Priamus se tenait au chevet de Sadge, et ce n'était pas le jeune homme qu'il fixait avec insistance. Quand il amorça un geste pour se saisir de l'étui, Roxille plia son index et son majeur vers elle : le jeu vola jusqu'à sa main. Priamus fit volte-face. Il se figea devant l'expression granitique de la commandante des ARM des Terres d'Auvanche.

— Je ne vous avais pas vue, dans votre coin…

Chapitre 25

La voix mielleuse du quinquagénaire mourut sur la fin de sa phrase. Il faudrait plus qu'une politesse de façade pour amadouer la militaire.

— Tueur et voleur. Vous êtes immonde.

— Je me suis laissé emporter lors du duel, se justifia-t-il.

Roxille haussa un sourcil, sceptique.

— Face à un gamin de dix-neuf ans ?

— C'est un adversaire redoutable dont la technique est déstabilisante. Son temps de réaction est extrêmement court. C'est du jamais vu, vous savez.

— Non, je ne sais pas, et vos justifications vous rendent davantage pathétique.

Priamus se rembrunit.

— Que voulez-vous ? demanda franchement Roxille. Voir s'il a l'as de Mort ?

— Il l'a ?

— Je n'en sais rien, et vous n'en saurez pas plus que moi. Ces jeunes ont besoin de repos. Dehors.

Conscient de ne pas être dans sa zone d'accréditation, Priamus obéit à contrecœur. Roxille attendit qu'il soit loin avant de se réinstaller confortablement, prête à somnoler à nouveau.

— Commandante…

La militaire porta son attention sur Sadge. S'il était réveillé, il gardait les yeux fermés.

— Oui ?

— Vous avez une classe d'enfer !

La déclaration aussi inattendue que spontanée, même débitée sur un ton bas, laissa d'abord Roxille sans voix, avant de lui arracher un sourire flatté.

— Tu n'es pas mal non plus. Maintenant, arrête de parler et dors. Tu as cours demain.

Le maître-cartes n'ajouta rien. Roxille le crut rendormi jusqu'à ce qu'il demande :

— Comment va Diba ?

— Grâce à toi, bien. J'ai entendu dire que ta carte de Guérison avait fait des merveilles. Cette jeune femme a de la chance de pouvoir compter sur un ami d'une telle valeur.

— Moi aussi j'ai de la chance de l'avoir. Si elle n'avait pas été là, la dernière attaque de Priamus m'aurait tué.

La remarque mit Roxille mal à l'aise car elle soulevait un fait dérangeant : malgré tous les mages expérimentés présents lors du duel, aucun n'aurait pu intervenir à temps pour sauver le jeune maître-cartes.

Embarrassée bien qu'elle ne soit pas responsable des étudiants de l'université, Roxille n'ajouta rien. De toute façon, elle soupçonna le jeune homme de s'être rendormi cette fois. Filairain avait laissé deviner un caractère dur chez le maître-cartes ; après aujourd'hui, il n'allait pas se radoucir. Elle ne put s'empêcher de plaindre la directrice.

*

Kathéride Filairain avait passé la fin d'après-midi à rassurer parents d'élèves et investisseurs que l'incident avec l'émotionnelle était un fait isolé, le premier en trois ans, et qu'il avait eu lieu dans des conditions exceptionnelles. On lui fit bien comprendre que le prochain serait le dernier pour elle en tant que directrice.

Épuisée et migraineuse, elle rejoignit l'infirmerie où la commandante Mori veillait encore. Bien qu'elle semblât endormie, elle s'anima sans délai lorsque le fauteuil lévitant de Kathéride s'immobilisa près des lits. Diba et Sadge, reposés, s'assirent sur leur matelas. Face à leur regard, Filairain se sentit si misérable qu'elle eut envie de pleurer. Pourtant elle se ressaisit car le moment n'était pas à l'apitoiement.

— J'ai parlé au médecin. Diba, ton état est stable, tu peux sortir.

— Et moi ? demanda Sadge.

— Le choc contre le bouclier a été violent, il aimerait te garder sous observation cette nuit.

— Ce n'est pas la peine. Nahasael me guérira.

Il repoussa sa couverture et se leva en même temps que Diba et la commandante Mori. En dépit du sol gelé, son premier geste ne fut pas de se chausser, mais de récupérer son jeu de cartes auprès de la militaire. Il en vérifia le contenu par réflexe, l'accrocha à sa ceinture, puis enfila ses bottes. Diba l'attendait déjà près de la sortie.

— Vous ne voulez pas en parler ? demanda Filairain alors que Sadge rejoignait son amie.

— Pour dire quoi ? lui retourna-t-il. On sait tous ce qu'il s'est passé.

Le regard du joueur lourd de sous-entendus fit baisser les yeux à la directrice. En effet, tout le monde savait que si le duel avait dégénéré, c'était parce que Kathéride n'avait pas eu assez de considération envers Sadge pour prendre ses nombreux avertissements au sérieux. Les deux étudiants s'en allèrent. Kathéride avait besoin d'air.

Dehors, l'air froid du crépuscule lui redonna un peu de courage. Mori marchait à côté d'elle, silencieuse, comme le monde entre chien et loup. Les étudiants arpentaient encore les chemins et les allées sans que les événements de l'après-midi ne quittent leurs lèvres. Comme pour ne pas perturber le coucher du soleil, ils parlaient bas, cependant pas assez pour que Kathéride n'entende pas. Elle regardait, un peu perdue dans ses pensées, les va-et-vient des jeunes gens dont elle fut, à cet instant, incapable de reconnaître les visages. Même celui inconnu d'un jeune homme à la peau pâle et aux cheveux blond platine.

Kathéride immobilisa son fauteuil près d'une fontaine baignée dans le faisceau brumeux d'un lampadaire proche. L'humidité piquante eut le mérite de la tirer de sa léthargie.

— J'étais contre ce duel quand j'en ai reçu la demande, confia-t-elle à Mori. Je pensais que ma position comme mes relations joueraient en ma faveur.

— Priamus est un pion du gouvernement. Vous n'êtes qu'une directrice d'université.

— Vous avez l'art d'appuyer là où ça fait mal, Commandante.

— Mon père était médecin, je suppose que je tiens ça de lui.

Kathéride esquissa un sourire malgré elle.

— C'était un beau spectacle, reprit Mori. Dommage que Priamus ait tout gâché, j'aurais aimé le voir perdre. Sadge en faisait ce qu'il voulait. Ce gamin est impressionnant.

— Vous trouvez ?

— Même Priamus l'a reconnu. Il a pourtant trente ans d'expérience en plus.

La directrice tritura ses doigts car des pensées honteuses la submergeaient. Elle sentait le besoin d'en parler sans savoir si la commandante était la mieux placée pour l'écouter. Sans doute Mori perçut-elle son malaise car elle l'invita à se confier.

— Je ne sais pas comment m'y prendre avec Sadge, avoua-t-elle. Et j'ai tellement merdé qu'il ne pourra jamais plus me faire confiance.

Chapitre 25

— Le terme est fort, nota Mori.

— Je ne suis pas d'humeur à chercher des synonymes polis… Comment feriez-vous, avec l'un de vos soldats ?

Mori croisa les bras le temps de sa réflexion.

— Difficile à dire. Rentrer dans l'armée, c'est avoir conscience qu'on laissera son libre arbitre de côté pour gagner en efficacité sur le terrain. Les forts caractères comme Sadge ne prennent même pas la peine de songer à s'engager.

La réponse n'aidait guère Kathéride. Elle s'apprêta à rebondir quand Mori reprit :

— Mais si l'un de mes hommes venaient à douter de mes capacités à le diriger, ce serait à moi de lui prouver ma valeur, pas à lui de me croire sur parole. Peut-être oubliez-vous que certains de vos étudiants sont des adultes qui n'ont jamais connu ni le confort ni la sécurité ? La vie de Sadge, si elle l'a fait mûrir au point de saisir la réalité du monde mieux que ses aînés, a dû être éprouvante. Son caractère s'est forgé à son image, par mimétisme.

La commandante se tourna vers Kathéride dans un geste formel.

— Ce gamin a un potentiel énorme. Si vous foirez avec lui, je le prendrai en charge.

Le ton arrogant fit rire la directrice.

— Vous ne connaissez pas Sadge, comment savez-vous que vous ne foncerez pas dans le mur comme je l'ai fait ?

— Parce que je le vois comme il est : un survivant. Qu'en est-il de vous ?

Kathéride perdit son entrain. Comment le considérait-elle ? Elle ne le savait pas bien.

— Je vous ai posé une question, Filairain.

Le ton implacable de Mori trahissait une habitude de commandement sans faille, au point que Kathéride ne parvint pas à garder le silence.

— Je le vois comme un jeune homme qui a tout à apprendre.

Les mots étaient sortis sans qu'elle y pense réellement. Elle fut la première surprise de sa réponse. Diba avait raison : elle n'était jamais parvenue à considérer Sadge comme le jeune homme atypique qu'il était alors même qu'elle connaissait sa vie, au contraire de Mori.

— Si vous sortiez davantage de votre bureau, vous sauriez que l'aura qu'il dégage n'est pas de l'arrogance, mais de la méfiance. Et s'il n'a que ça pour ses aînés, c'est parce que ceux dont il a croisé la route ne méritaient pas sa confiance. Le mur auquel vous vous heurtez avec lui n'est pas du fait de Sadge : il est du vôtre. Vous n'êtes tout simplement pas à sa hauteur.

La vérité peu flatteuse serra la gorge de Kathéride dans un étau. La douleur lancinante l'empêcha d'articuler le moindre contre-argument. Lorsque Mori comprit qu'elle avait eu le dernier mot, elle prit congé.

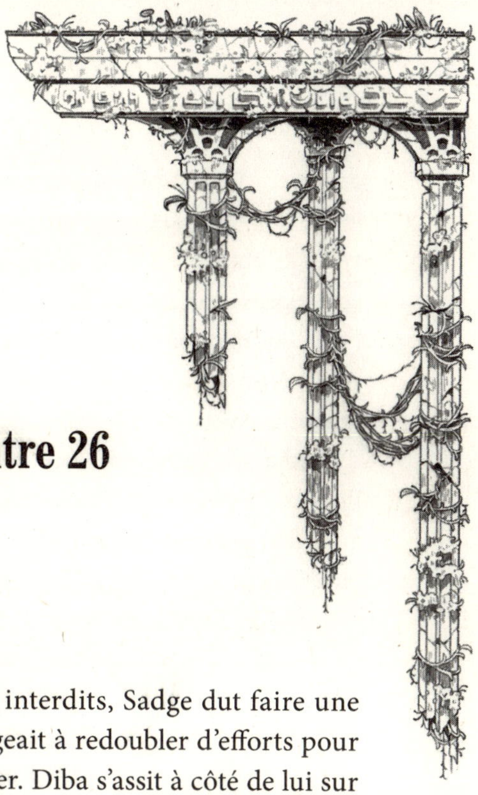

Chapitre 26

Sur le chemin des jardins interdits, Sadge dut faire une pause. Son corps blessé l'obligeait à redoubler d'efforts pour marcher au point de l'essouffler. Diba s'assit à côté de lui sur un banc. La lumière de l'éclairage nocturne du parc parvenait difficilement jusqu'à eux. Sadge prit un instant pour calmer les battements de son cœur, à défaut de pouvoir apaiser le feu qui incendiait tout son être.

— Quand est-ce que tu es sortie du sablier ? demanda-t-il.

— Euh… Je ne sais pas bien.

Diba garda un instant le silence le temps de se remémorer les événements.

— Le duel avait déjà commencé. Je voulais te parler.

— De ce que tu as trouvé ?

— Je crois…

L'émotionnelle fronça les sourcils de frustration.

— J'ai du mal à me souvenir. C'était important, alors je suis venue. Quand Priamus a sorti sa reine de Mort, un mélange de colère et de peur a explosé en moi. Ma seule idée, c'était de te protéger. Après je me souviens d'une sensation d'apaisement. Je me suis rappelé tout ce qu'on a vécu ensemble, j'étais sereine.

— C'était Nassy. Pour calmer une émotion négative, elle fait ressortir tout ce qu'il y a de joyeux en nous. Et du coup, il y avait quoi dans le sablier ? Tu ne te souviens de rien ?

— Non. Mais si j'ai réussi à y aller, je dois pouvoir recommencer.

Sadge n'ajouta rien. Il n'en avait de toute façon pas la force. Les deux amis restèrent assis là, au cœur de la nuit tranquille, quand une silhouette s'approcha par un sentier sur leur droite. Face au visiteur, Sadge et Diba se raidirent d'instinct. Priamus retira son chapeau en guise de levée de drapeau blanc.

— J'ai été minable avec toi, petit. Je suis désolé, pour ce que ça vaut.

— Qu'est-ce que tu veux ? demanda Sadge sans faire l'effort de la politesse.

— Le duel devait se tenir à la condition que je ne cause pas ta mort. J'ai enfreint la règle, ce qui fait de moi le perdant.

Priamus sembla attendre une réaction de la part de son pair. Face à son immobilisme, il ouvrit ses étuis car un seul ne suffisait pas à contenir tous ses arcanes gagnés. Ses cartes en sortirent, s'enroulant autour de lui en une spirale colorée, chacune faisant face à Sadge.

— Tu peux prendre les trois cartes qui te sont dues, l'invita Priamus.

Sadge chercha à déceler dans son regard bleu glacial le moindre piège, mais il n'y trouva qu'un calme étrangement rassurant. Alors le joueur tendit la main pour effleurer les représentations du bout des doigts avant de les faire défiler. Il y en avait beaucoup, l'équivalent de plus de vingt duels gagnés. Face à elles, Sadge se sentit mal à l'aise, jusqu'à ce qu'une carte capte son pouvoir. Le jeu s'immobilisa aussitôt. L'arcane présentant un bison blanc réagissait à sa magie comme si elle avait déjà créé un lien avec elle. Sadge la saisit. Priamus se pencha pour la voir.

— Biha'a, la Sincérité. Je n'ai jamais pu l'invoquer.

Peu étonnant.

— Je ne prendrai qu'elle. Après tout, je n'ai pas vraiment gagné non plus.

Priamus opina d'un signe de tête, remit son chapeau, puis s'en alla comme il était venu, laissant Sadge plongé dans l'étude de sa nouvelle carte. Derrière le bison blanc apparaissait le symbole de la tribu behaqwina du Renard. Sadge avait déjà entendu parler de cartes autochtones liées à des peuples précis, qui n'étaient capables de déployer leur pleine puissance qu'entre les mains d'un natif.

Dans ce cas, pourquoi le bison blanc l'avait-il choisi ?

— La sincérité, ça te va bien, commenta Diba. Je suis certaine qu'il répondra à ton appel plus vite qu'Abhainn.

— Peut-être… N'empêche, Abhainn a géré son duel ! Je crois qu'il a conquis toute l'université.

Sadge rangea Biha'a dans son étui avant de se lever. Il avait vraiment besoin de repos et d'un coup de main de Nahasael. Diba le soutint jusqu'à l'accès à l'escalier, puis marcha dans ses pas le temps de son ascension vers sa chambre. Une fois allongé, Sadge invoqua sa carte Guérison qui s'insinua en lui comme il l'avait fait avec Diba quelques heures plus tôt. La douleur ne tarda pas à diminuer d'intensité, au grand soulagement du joueur.

— Je suis désolée.

Sadge jeta un regard à Diba, pétrie de regrets.

— De m'avoir sauvé la vie ?

— De t'avoir blessé.

— Les blessures, ça se guérit. Ne t'inquiète pas pour ça. Rien que pour te voir écraser Filairain d'un doigt, je recommencerais sans hésiter !

Diba parut choquée par la révélation ; elle ne se souvenait de rien en dehors de Nassy. Alors Sadge lui raconta comment elle avait tenu en échec deux professoresses et une dernier-cycle. Il enchaîna en lui expliquant comment, durant son absence, il avait pris son apparence et s'était fait passer pour malade afin de ne pas éveiller les soupçons sur sa disparition. À cette évocation, le regard des deux étudiants se posa sur le sablier dont les grains dorés s'écoulaient à nouveau, toujours dans le même sens.

— Ma perte de mémoire est sans doute une protection, réfléchit Diba. Ce qui se cache là-dedans doit être déterminant.

— Une ingénieure d'ARM, glissa une voix aux sonorités boisées.

Sadge et Diba tournèrent la tête vers une Rheyi visiblement heureuse de les voir.

— J'ai entendu ce qu'il s'est passé, confia-t-elle. J'étais inquiète.

— On va bien, la rassura Sadge. C'est quoi cette histoire d'ingénieure d'ARM ?

La dryade leur répéta mot pour mot ce que Diba avait dit à son retour : le couple du conte, une ingénieure d'ARM prisonnière dans son atelier et sa condition d'être libérée du charme du sablier avant de parler à l'émotionnelle de la pièce manquante.

Sadge et Diba échangèrent un regard incrédule.

— Ça ne te dit vraiment rien ? insista le joueur.

— Non. Mais on avait raison, le sablier est bien lié aux ARM.

Chapitre 26

— Donc peut-être qu'on a aussi raison de penser que quelque chose les impliquant se prépare. Maintenant que le duel est passé, je vais pouvoir surveiller Dinh de plus près.

— N'oublie pas les examens. Je sais que les réussir te tient à cœur même si…

Diba ne termina pas sa phrase. Il y avait eu dans son intonation quelque chose de douloureux. Elle inspira profondément pour reprendre courage.

— Même si tu partiras cet été, compléta-t-elle.

Sadge décela chez son amie le même monstre de solitude que lors de leur rencontre, comme si tout ce qu'ils avaient vécu avait été balayé. Ce qu'il resterait de leur relation se résumerait-il à ça ? Un abyssal rien ?

— Je suis encore là, se contenta-t-il de dire. Et je suis claqué. Diba ?

— Quoi ?

— Ça te dérange de dormir ici ce soir ? Je faisais mon malin devant Filairain, mais je flippe un peu d'être parti alors que le médecin voulait me garder en observation.

— Tu ne préfères pas y retourner ? Si tu as des lésions internes, je ne pourrai rien faire.

— Nahasael s'en occupe. J'ai juste besoin d'un soutien psychologique.

Diba avait assez de respect pour la détresse de son ami pour ne pas rire de sa requête.

— OK. Je vais d'abord aller me chercher des affaires et à manger. Tu veux quelque chose ?

Sadge déclina. Avec tout ce qui lui était arrivé, il n'avait pas du tout d'appétit. Diba laissa son ami aux mains de Rheyi avant de quitter les jardins.

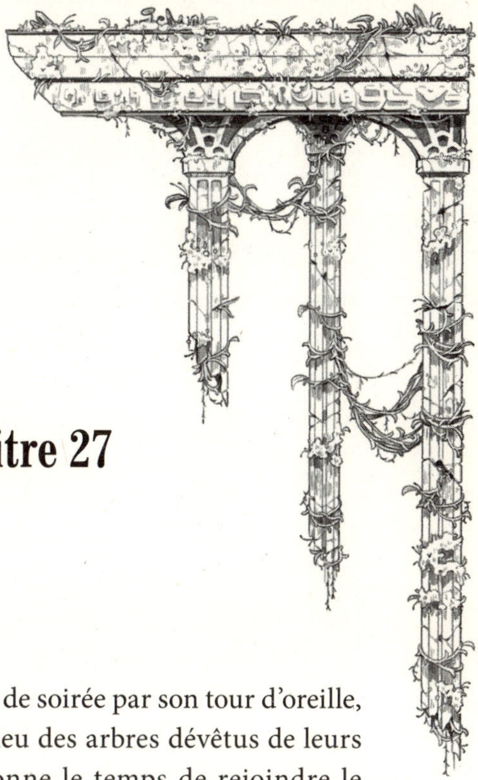

Chapitre 27

Protégée du froid du début de soirée par son tour d'oreille, Diba évolua sans mal au milieu des arbres dévêtus de leurs feuilles. Elle ne croisa personne le temps de rejoindre le réfectoire du collège des premiers cycles. L'esprit préoccupé par ce qu'avait révélé Rheyi, elle avait tout oublié du duel qui avait eu lieu cinq heures auparavant. Il lui revint en mémoire comme un éclair douloureux quand une chape de silence tomba sur les dizaines de mètres de tables occupées. Diba eut un instant de flottement face à tous les regards tournés vers elle, qui fuirent avant de provoquer un nouvel incident. L'émotionnelle fut plus vite ignorée qu'elle ne fut remarquée, ce qui lui porta un coup au cœur. Elle ferma les yeux, inspira pour se redonner une contenance, avant de fixer l'allée dans laquelle elle s'engagea. Aux employés du réfectoire, elle demanda quelque chose à emporter ; son statut particulier lui valut de ne recevoir aucune remarque et de repartir avec un récipient bien rempli de riz, de légumes et de poisson. Diba s'empressa de s'extirper de la salle où l'ambiance l'oppressait.

Par endroits, sa peau la brûlait. Il fallut l'air de l'hiver pour l'apaiser.

L'étudiante fit un dernier détour par sa chambre, attrapa des vêtements pour la nuit et le lendemain, avant de reprendre la direction des jardins interdits. Elle ne voulait pas être seule pour manger, tant pis si son repas refroidissait.

Diba arpentait un chemin esseulé quand un éclat de voix au timbre familier arrêta son pas. Attentive, elle attendit sans que rien d'autre ne se passe. Pourtant, il lui semblait bien avoir reconnu Dinh. Suspicieuse, elle se dirigea vers l'endroit où elle pensait l'avoir entendu, là-bas derrière les colonnades entre lesquelles la végétation, même en hiver, formait un rempart de branches entremêlées. Tapie dans l'ombre, elle avança jusqu'à percevoir des murmures : Dinh n'était pas seul. Elle s'apprêta à bifurquer sur sa droite quand la silhouette de Priamus se dessina. Elle recula vivement avec l'appréhension d'avoir été repérée. Tandis que les complices continuaient de parler, elle sut qu'il n'en était rien. Elle se servit de la végétation pour avancer assez près pour comprendre ce qu'ils se disaient.

— Je me demande comment tu as pu louper un truc aussi simple, disait Priamus sur un ton contrarié. Tu te démerderas avec ton grand-père, moi je ne veux plus rien savoir. Ça pue votre histoire.

Il s'en alla sur cette affirmation. Dinh resta immobile un moment. Diba osa se pencher un peu pour le voir : il tenait un objet dans sa main. Si elle n'en distinguait pas la forme, elle en ressentait l'énergie : de la phytomagie. C'était sans doute l'artefact qui lui permettait de tenir Rheyi à distance. À cette pensée, l'émotionnelle sentit l'énervement la gagner. Afin de lui couper l'herbe sous le pied, elle s'extirpa de sa cachette, feintant d'arriver par le chemin perpendiculaire. En la voyant, Dinh se raidit de méfiance.

— Qu'est-ce que tu fais là ? demanda-t-il.

— Je marche.

Il s'apprêta à ranger l'artefact quand Diba appela l'objet à elle d'un simple signe de main. Quand il fut prisonnier entre ses doigts, elle sentit la vivacité de la magie comme jamais auparavant.

— Ce n'est pas à toi, grogna Dinh.

— La dryade est mon amie, cet artefact lui fait peur. Je ne le laisserai pas entre les mains d'un inconséquent comme toi.

— Ce bijou appartient à ma famille.

— Alors que ta famille vienne le récupérer, tacla Diba en rangeant le médaillon dans sa poche.

Quand elle s'approcha de lui, Dinh se raidit davantage, mais de crainte cette fois, car en plus de faire sa taille Diba ne semblait pas d'humeur aimable.

— Je te le rendrai le jour où tu feras taire ton écœurante soif de destruction. D'ici-là reste loin de moi, ou même un maître-cartes ne pourra pas te tirer d'affaire.

Le jeune homme fronça les sourcils. Diba parlait-elle de Sadge ou de Priamus ? Il ne le sut pas car le visage impénétrable de l'émotionnelle ne laissa absolument rien paraître. Pour les autres, Diba apparaissait comme un vide immense, un trou noir qui aspirait tout ce qui s'approchait trop près. La sensation de danger permanent était terrifiante, au point de pousser Dinh à battre en retraite sans insister. Satisfaite, Diba reprit la direction des jardins interdits : elle commençait à avoir très faim.

Quand Nahasael en eut terminé avec ses soins, Sadge ne ressentit plus les effets des événements de l'après-midi. Puisque les mages n'étaient qu'un conducteur de la magie présente autour d'eux, les invocations pouvaient agir sur le corps de Sadge sans dégrader sa forme physique. Le seul effet de leur intervention était une immense fatigue menant parfois à l'inconscience, rien de plus. Ainsi, tant que Sadge n'était pas mourant, et qu'il était conscient, Nahasael pouvait le guérir sans risque d'aggraver son état.

Tandis que Diba terminait de manger en compagnie de Rheyi, le joueur réfléchissait à ce qu'elle venait de lui raconter concernant Dinh et Priamus.

Le lien entre Priamus et le second conseiller du roi était maintenant évident. Le maître-cartes avait-il été envoyé ici pour tenter d'aider Dinh à trouver le sablier ou pour s'assurer que Sadge ne possédait pas les cartes de Mort ? Les deux, peut-être. Restait également à savoir pourquoi le grand-père Damer en avait après le sablier ? Savait-il ce qu'il renfermait ? Si oui, comment ? Comptait-il s'en servir pour créer ses propres ARM afin de contrer les plans de Montcondor ? Ce n'était pas impossible, tout comme le fait qu'il veuille fabriquer ses propres ARM pour prendre le contrôle des Terres d'Auvanche.

Sadge avait au fil de ses voyages tenté de récolter des informations sur les gens à sa poursuite, en particulier sur les membres du gouvernement des Terres. Le second conseiller Damer était un homme discret et sans aucun doute très prudent. Deux qualités indispensables pour une personne dévorée par l'ambition. Peu importait ce que l'homme comptait faire avec l'ingénieure d'ARM, ce ne serait bon pour personne.

Chapitre 27

Sadge se redressa sur son lit quand une idée lui vint. Diba avala son dernier morceau de poisson tout en le dévisageant.

— Qu'est-ce qu'il y a ? demanda-t-elle.

— Comment Dinh a su pour le sablier ? Je veux dire, depuis vingt ans, tout le monde galère à trouver des infos sur les ARM.

— Les textes les concernant n'ont peut-être pas tous disparu, émit Diba. Ça expliquerait comment Dinh et sa famille connaissaient la cachette du sablier et la clé.

— Tu sais quelque chose sur les Damer ?

— Néréas, le père de Dinh, est un financier notoire. Il a créé un empire dans le secteur du textile. Entre autres. Par contre, je ne sais rien sur Mésaric Damer, son grand-père.

— Y'a pas de femmes dans leur famille ? s'étonna Sadge.

Diba avoua son ignorance par un haussement d'épaules. Le joueur s'assit sur le bord de son lit comme si le geste pouvait l'aider à mieux réfléchir, mais il avait trop peu d'éléments pour y parvenir correctement.

— Au fait, reprit Diba en fouillant dans sa poche. J'ai pris ça à Dinh.

Elle lança le médaillon à Sadge qui le rattrapa avant de l'examiner. Rheyi glissa jusqu'au joueur pour observer l'objet en même temps que lui.

— C'est l'artefact grâce auquel Dinh m'a repoussée, expliqua la dryade.

L'objet en laiton finement ciselé était un artefact personnel destiné à servir un individu. Sadge le retourna dans tous les sens jusqu'à trouver une inscription qu'il déchiffra tant bien que mal tant le temps l'avait altérée : *Loty Sanrell*, l'un des fondateurs de Puy-sur-Embruns. Se pourrait-il que les Damer aient un lien de parenté avec les Sanrell ? Ou les Damer étaient-ils entrés en possession de l'artefact par un autre moyen ?

Un souvenir lui revint soudain en mémoire. Le dragon avait parlé de remonter à la source pour en savoir davantage. S'il parlait de Loty Sanrell ? Dans ce cas…

Sadge se leva d'un bond, surprenant Rheyi et Diba, et débarrassa la table de chevet proche de lui à laquelle il ôta sa nappe improvisée pour dévoiler une caisse fermée par des clous rouillés.

— Si la famille de Dinh, qui semble en savoir beaucoup sur les ARM, était liée à Sanrell, alors peut-être que Sanrell lui-même savait quelque chose sur les ARM, non ?

Diba abandonna son récipient vide sur le bureau avant de rejoindre son camarade.

— Je ne sais pas, avoua son amie. Mais puisque nous avons ses affaires sous la main, autant y jeter un coup d'œil par acquit de conscience.

Les deux complices tombèrent d'accord, mais aucun n'esquissa le moindre mouvement pour ouvrir la caisse scellée depuis un millénaire. Après quelques secondes de silence, Rheyi le brisa :

— Vous n'ouvrez pas ?

— En fait, je me sens super mal à l'aise de fouiller dans les affaires de quelqu'un d'autre, avoua Sadge.

— Pareil, confirma Diba. Et si Sanrell n'avait pas…

Rheyi attrapa le couvercle qu'elle arracha d'un coup sec, les clous rouillés ne tenant plus vraiment dans le bois fatigué. Les étudiants la dévisagèrent, interloqués.

— Sanrell est mort il y a plus de mille ans, il se moque de ce que vous faites de ses affaires, argumenta Rheyi.

Le fait ainsi énoncé ôta tout sentiment de culpabilité aux jeunes gens, qui portèrent enfin leur attention sur le contenu de la caisse : beaucoup de carnets, quelques parchemins, une plume en cuivre sertie de diamants et des correspondances, le tout dans un état impeccable grâce à un rituel de conservation. Tandis que Sadge commençait la lecture d'un carnet, Diba rapporta la seconde caisse que Rheyi ouvrit avec autant de facilité que la première.

Durant de longues minutes, Sadge et Diba lurent en diagonale tous les documents, à l'exception des correspondances qui furent laissées à la discrétion de leur écrin de papier. Loty Sanrell se révéla avoir été un homme pragmatique qui conservait uniquement des écrits importants à ses yeux. Dommage qu'ils ne le fussent pas également à ceux des deux curieux. La majorité des informations avaient trait aux dryades ainsi qu'à la flore des jardins interdits, ce qui était logique compte tenu de son sujet d'étude et de l'endroit où il l'avait mené. Un doute commença à assaillir Sadge et Diba : et si le savoir de Sanrell concernant les ARM ne se trouvait pas ici ?

— S'il n'est pas ici, alors quelqu'un de sa famille y a sans doute eu accès, réfléchit Diba sans quitter des yeux les parchemins entre ses mains.

Sadge ne répliqua rien. Il avait au fur et à mesure de ses lectures posé tout à côté de lui, si bien que le fond de la caisse apparut bientôt. Le joueur souffla de dépit, lorsqu'il sentit un peu de sa magie glisser hors de lui, signe annonciateur de l'apparition d'une invocation. Asharii se matérialisa devant Sadge, entouré de sa perpétuelle aura de mystère, puis se pencha sur la caisse dont il toucha le fond.

— Il n'y a pas de place pour un compartiment caché, nota Sadge.

Asharii lui sourit avant de réitérer son geste. Le joueur plongea la main jusqu'à toucher le bois. Il inspecta chacune des lattes jusqu'à ce que le changement de texture l'alerte. Ce sur quoi étaient posés ses doigts avait bien l'aspect du bois, pourtant la matière était souple. Après quelques secondes de peine, Sadge attrapa ce qui, une fois sorti de la caisse, se révéla être des parchemins. Diba abandonna ses propres recherches pour se rapprocher de son ami lorsqu'il les déplia avec soin.

— C'est… commença l'émotionnelle.

— Du behaqwina, confirma Sadge. Un sort leur donnait l'apparence du bois, sans Asharii je serais passé à côté.

Sadge le remercia d'un signe de tête, qu'il lui rendit avant de retourner se rendormir dans l'étui.

— Tu sais le déchiffrer ? s'enquit Diba.

— Non, je ne connais que les principaux symboles. Je ne savais même pas qu'ils avaient un alphabet. Si on veut savoir ce que ça raconte, il nous faut un Behaqwina.

Sadge examina les parchemins un à un, recto et verso, jusqu'au dernier, le seul écrit dans leur langue. Diba le lui prit des mains lorsqu'elle reconnut le dessin du sablier, toujours posé sur le bureau.

— C'est quoi ? demanda Sadge, frustré de s'être fait dépouiller de sa découverte.

Diba le fixa, et il vit pour la première fois sur son visage un réel étonnement.

— C'est le rituel pour briser le sort du sablier.

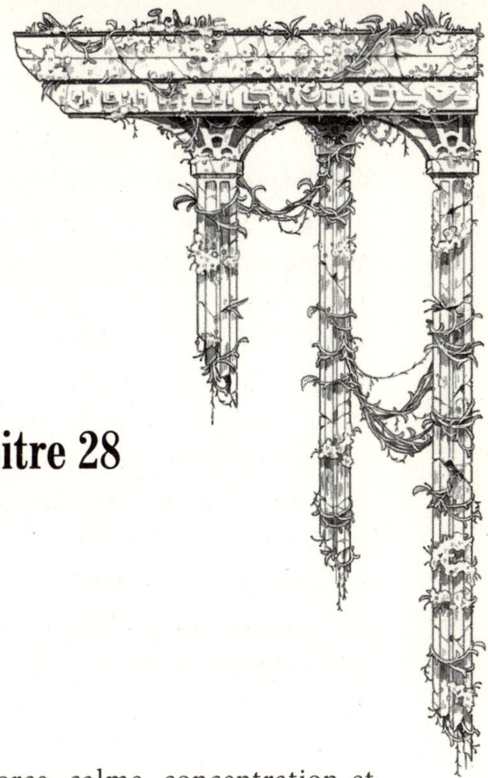

Chapitre 28

Les rituels.

L'art le plus exigeant.

Patience, obstination, force, calme, concentration et sagesse. Autant de qualités à maîtriser, sans quoi mener un rituel était impossible.

Autant de qualités si rares à rassembler que les rituelleurs et les rituelleuses étaient presque vénérés.

À Puy-sur-Embruns, ceux de dernier cycle étaient au nombre de neuf : cinq en première année, trois en deuxième et une en dernière.

Afin de savoir si Diba serait en mesure de briser le sort du sablier par ses propres moyens, même si la possibilité était infime, elle devait comprendre ce à quoi elle faisait face. Pour cette raison, il lui fallait les conseils d'une rituelleuse expérimentée. Diba jeta son dévolu sur Izildée Tharsèle qui, malgré son grade de deuxième année, était de loin la plus douée des neuf. La moins proche du pouvoir également, car elle était la fille de deux sorcières suprêmes de l'île d'Aulnecœur dont le nom incarnait dans le monde entier la neutralité la plus parfaite. Autrement dit, même si Izildée comprenait ce qu'était réellement le sablier, elle ne le dirait à personne.

Après son repas de midi, Diba abandonna Sadge afin de tenter une première approche. Comme tous les jours et durant le moindre de ses moments de pause, Izildée passait son temps en compagnie de sa meilleure amie Thélie, l'artefactrice qui avait prêté main-forte à Filairain et Ardelave la veille, lorsque l'émotionnelle avait perdu le contrôle. Diba se présenta devant les deux étudiantes qui firent silence. Ses premiers mots furent un remerciement adressé à Thélie.

— Tu vas mieux ? s'enquit l'artefactrice sur un ton sincèrement soucieux.

— Grâce à tout le monde, beaucoup mieux, oui.

— Ton pouvoir est impressionnant, avoua Izildée. Nous avions beau être plusieurs dizaines de rituelleurs à maintenir le bouclier, il aurait cédé si nous n'avions pas eu l'aide des professeurs.

— Je suis désolée, sincèrement.

— Ce n'était pas un reproche, la détrompa Izildée. C'était de l'admiration.

La simplicité avec laquelle lui parlait la rituelleuse conforta Diba dans son choix de lui demander de l'aide. Elle attrapa un document dans la poche intérieure de son manteau.

— Izildée, si je suis là c'est parce que j'ai besoin d'aide.

— Dis-moi.

— À quel point ce rituel est-il compliqué à réaliser ? demanda Diba en lui tendant le parchemin.

Izildée l'attrapa et le parcourut avec un intérêt croissant.

— Où as-tu eu ça ? s'enquit-elle.

— Je ne peux rien dire. Même à toi, ajouta Diba.

Chapitre 28

La précision fit sens pour la rituelleuse d'Aulnecœur. Elle savait mieux que quiconque l'importance de passer sous silence certaines informations.

— C'est un rituel digne d'un archimage, révéla finalement Izildée. Un archiphytomage, d'après les termes techniques.

— Je ne comprends pas, concéda Diba. Si la personne était un phytomage, comment a-t-il pu réaliser un rituel ?

— La classification actuelle des mages a été inventée en rapport avec les affinités du plus grand nombre. Cela permettait de faciliter l'enseignement et l'orientation. Mais en pratique, la magie ne possède pas de frontières aussi marquées, ce qui permet aux mages ayant une prédisposition de se diriger vers une autre discipline. L'apprentissage sera plus compliqué mais bel et bien possible. Beaucoup de gens savent que cela se fait durant les années scolaires. Peu savent, en revanche, qu'un archimage peut changer de voie ou la compléter.

— Donc un phytomage peut réaliser un rituel, résuma Diba.

— En effet.

— Je pourrais y arriver ?

— En termes de puissance, sans aucun doute, affirma Izildée. Ton problème, c'est le lien direct entre ta magie et tes émotions. Si la magie était de l'eau, alors la plupart des mages posséderaient une valve qu'ils pourraient ouvrir et fermer à loisir afin de laisser passer la quantité de pouvoir dont ils ont besoin. Chez toi, la magie est un perpétuel torrent en crue dès que tu y fais appel.

— Il n'existe pas un moyen de… je ne sais pas : activer cette valve ? émit Diba.

— Je ne suis même pas sûre que la tienne existe, répondit prudemment Izildée.

— Il en faudrait une artificielle, intervint Thélie. Un artefact capable de s'interposer entre les émotions et la magie.

— Dans ce cas, comment l'artefact identifierait-il les intentions du mage ? lui demanda Izildée. Comment saurait-il quand le mage veut utiliser ses émotions ou pas ? Et dans quelle mesure ?

Thélie hocha la tête tandis qu'elle réfléchissait.

— Tu as raison, ce serait compliqué. Il faudrait alors un artefact qui les stabiliserait.

— Ça diminuerait *de facto* sa puissance, opposa Izildée.

— Sauf si l'artefact est réglé assez haut pour qu'elle ait le contrôle de ses émotions et assez bas pour qu'elle conserve le maximum de puissance. Ça demanderait des ajustements jusqu'à trouver le point d'équilibre, mais c'est faisable.

— Dans ce cas, pourquoi personne ne l'a déjà fabriqué ? demanda Izildée.

— Parce qu'il n'y a jamais plus de dix émotionnels dans le monde en même temps, et que personne ne s'en soucie, intervint Diba.

Izildée et Thélie baissèrent la tête, coupables sans trop savoir pourquoi. Sans doute parce qu'elles-mêmes n'avaient jamais songé à un moyen d'aider des mages dont l'espérance de vie ne dépassait pas trente ans ? Pourtant, à elles deux, elles en avaient les moyens. Mais comment les blâmer de ne pas voir des individus que la société s'échinait à invisibiliser ?

Durant le temps de sa réflexion, aucune émotion ne passa sur le visage de Diba, si bien que ses deux interlocutrices eurent un doute sur la manière de rebondir à la dernière affirmation de leur camarade.

— Je peux réaliser le rituel pour toi, proposa alors Izildée.

Chapitre 28

Si tu as le sablier dont il est question et si tu m'aides pour les termes de phytomagie.

La proposition était tentante car le sort serait vite brisé avec la rituelleuse, mais c'était également trop dangereux de l'impliquer dans une histoire dont Diba ne connaissait pas tous les tenants et aboutissants. Si le sablier renfermait réellement une ingénieure d'ARM, des gens tueraient sans hésiter pour mettre la main dessus. Ce fut donc à contrecœur que l'émotionnelle refusa sa proposition, prétextant ne pas avoir l'objet en question. Mieux valait que le sablier ne livre jamais son secret que de le voir tomber entre de mauvaises mains.

Diba remercia ses deux camarades. Lorsqu'elle s'éloigna, elle fut certaine que son enquête pour trouver le Deux-centimètres se terminait ici, dans une impasse, et cela la remplit de tant d'amertume qu'elle dut se trouver un coin isolé car son pouvoir commençait à gronder en elle. Elle s'assit à même le sol derrière un prunier, ferma les yeux et inspira profondément à plusieurs reprises. Malgré ses efforts, sa magie continuait de vibrer au point de lui donner la nausée. Quand elle sentit le torrent prêt à déborder, hors de contrôle, elle sut que rejoindre Sadge était impossible avant le gros de la crise. Alors elle activa son bracelet d'obsidienne afin d'alerter Ardelave. Mais son corps tremblait de plus en plus, sa peau la brûlait à tel point que la chaleur s'évacua en éclairs. Sa vision mélangea les formes, son ouïe les sons. Au milieu du maelström, son cœur se mit d'un coup à lui faire horriblement mal. Un gémissement de douleur resta bloqué dans sa gorge.

Puis soudain, plus rien.

Diba émergea dans un océan de coton, prisonnière d'un corps lourd comme le plomb. Les résidus d'une douleur intense traînaient encore dans sa poitrine, mais son cœur battait à un rythme régulier. Elle se sentait vidée, incroyablement lasse. Elle se serait d'ailleurs rendormie si le médecin n'était pas entré dans la chambre à cet instant. Il vérifia ses fonctions vitales, satisfaisantes, et lui expliqua qu'elle avait été amenée ici par la professoresse Ardelave. De justesse, précisa-t-il.

— J'aimerais vous garder ici jusqu'à demain, vous seriez d'accord ? demanda le docteur.

— Vous avez l'air inquiet, nota-t-elle.

— Vous avez fait deux crises en deux jours. C'étaient les premières depuis votre arrivée ici, hormis celles déclenchées par le heaume. Ça a commencé depuis que vous fréquentez le maître-cartes…

Le sous-entendu déplut à Diba, et la manière dont elle fixa le médecin sans ciller le mit en alerte. L'agacement fit reculer la fatigue. L'étudiante s'assit dans le lit, l'homme recula.

— J'aspire à bien plus que de m'amouracher d'un garçon, Docteur.

Elle se leva, un peu chancelante, puis attrapa son manteau dans la poche duquel le parchemin se trouvait encore à l'abri.

— Je n'attendrai pas la mort comme un pantin sans émotions, ajouta-t-elle en enfilant ses bottes. Tant que je ne blesse personne, mon choix est légitime.

Diba avait dit ça sur un ton posé, dénué de la moindre émotion, comme à son habitude. Du moins à celle qu'on lui avait fait prendre depuis l'enfance. Elle ne pouvait pas en vouloir à ses parents d'avoir tout mis en œuvre pour la garder en vie le plus longtemps possible. S'ils ne savaient pas comment agir avec leur fille aînée, ils l'aimaient malgré leur maladresse, c'était indéniable. Cette certitude lui avait permis de tenir toutes ces années. Aujourd'hui, elle ne suffisait plus.

Il était temps pour Diba de s'émanciper de l'autorité parentale pour prendre ses propres décisions, avec leur lot d'échecs et de réussites.

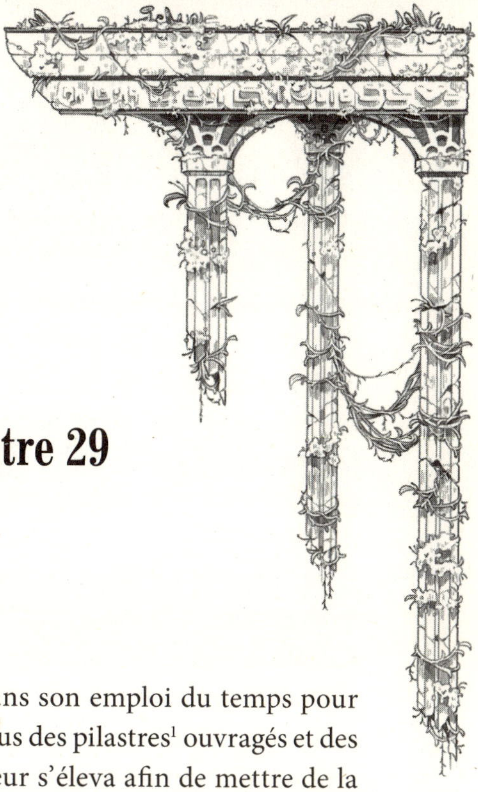

Chapitre 29

Sadge profita d'un trou dans son emploi du temps pour prendre de la hauteur. Au-dessus des pilastres[1] ouvragés et des cariatides[2] colorées, le grimpeur s'éleva afin de mettre de la distance entre le monde et lui. Avoir la tête dans les nuages était le meilleur moyen de s'aérer l'esprit. Avec tout ce qu'il s'était passé en deux jours, il en avait besoin. Le duel avec Priamus lui avait laissé un goût d'inachevé dans la bouche que l'acquisition d'une nouvelle carte n'avait pas chassé. Puis il y avait eu la crise de Diba d'après combat qui lui avait foutu la trouille, et toutes les révélations concernant le sablier. Il espérait que sa camarade avait trouvé de l'aide auprès d'une rituelleuse, sans quoi leur enquête s'arrêterait là.

Une brise gelée poussa Sadge à s'emmitoufler dans son manteau rouge qui revêtait pour l'hiver sa doublure de

1. Colonne plate formant une légère saillie.

2. Statue de femme, plus rarement d'homme, tenant lieu de colonne.

fourrure blanche. Il la reperdrait dès l'arrivée des beaux jours, avant d'être remplacé par une simple chemise rouge durant l'été.

Le froid de l'altitude, au début revigorant, devint vite piquant. Sadge abandonna son perchoir au sommet des toits du château pour redescendre plus près du sol quand un attroupement attira son attention. Perché sur les colonnades, il s'avança jusqu'à surplomber un prunier et un cercle d'herbes calcinés sur une terre ébréchée.

Diba.

Si elle avait dû perdre le contrôle, ça ne pouvait signifier qu'une chose : elle n'avait pas trouvé d'aide pour briser le sort du sablier. Sadge fila sans attendre à l'infirmerie, mais ne vit pas sa camarade. Il se rendit alors à sa chambre où personne ne lui ouvrit, puis aux jardins interdits. Il trouva Diba assise à son bureau, les yeux rivés sur le sablier. Quand il demanda de ses nouvelles, elle ne prit même pas la peine de le regarder en débitant une réponse laconique à peine rassurante. Sadge eut l'impression de se retrouver devant la Diba d'il y avait trois mois, lorsque la jeune femme n'avait comme relation avec elle-même que la peur et le déni.

— Je vais y retourner, annonça-t-elle après un long silence. Le sort d'amnésie aura peut-être moins d'effet la prochaine fois.

Sadge ne dit rien, son amie n'attendait de toute façon pas de permission ou d'objection. Sa décision était prise. Si cela pouvait lui redonner un second souffle, c'était le plus important.

— Et toi, tu as trouvé quelque chose ? lui demanda-t-elle.

— Non. J'ai tout épluché, pourtant. À part les correspondances.

Chapitre 29

Il s'était approché de la caisse les contenant. Il attrapa le paquet, dénoua la ficelle qui les retenait et examina les dizaines d'enveloppes. Peut-être l'un des expéditeurs lui serait-il familier ? Il en doutait, jusqu'à ce qu'un pli suspende son geste : Sanrell n'en était pas le destinataire, mais l'émetteur. À en juger par l'absence d'affranchissement, cette lettre n'était jamais partie d'ici. Pourquoi ?

Sadge s'assit en silence sur son lit tout en dépliant le papier épais de belle facture. Tandis qu'il commençait à lire, Diba prit place à côté de lui pour en faire autant :

Ma Lotylie, chère sœur,

Je t'écris cette lettre qui ne te parviendra jamais pour me vider le cœur d'un lourd secret que je garde depuis bien trop longtemps. L'hiver de ma vie a gelé mon courage à l'approche de la mort ; j'ai besoin de soulager mon âme.

Te souviens-tu de la clé flanquée d'un sablier que je t'ai fait parvenir voilà trente ans de cela ? Elle ouvre une porte disjointe, t'ai-je dit, dissimulée dans l'impasse de mes jardins préservés. Une porte qui protège un sablier, lui-même protecteur d'une femme ingénieure un peu étrange. Elle a fabriqué des robots géants, dont certains sont disséminés un peu partout. Tant pis s'ils sont retrouvés, ils ne sont pas bien dangereux puisque leur clé n'existe pas dans ce monde.

Ce que je ne t'ai jamais avoué, ce qui me pèse aujourd'hui, est l'existence de deux autres robots, plus grands, plus puissants, et possédant leur clé fonctionnelle. Il y a autre chose, encore, mais cela paraît tellement fou que je n'ose l'écrire même dans cette lettre qui ne partira pourtant jamais vers toi. Mais, en premier lieu, laisse-moi te parler encore des deux robots. Pour cela, il me faut revenir sur ce qui me poussa à bâtir le château de Puy-sur-Embruns à son emplacement actuel.

Lorsque j'écumais le pays à la recherche de l'endroit idéal pour abriter les dernières dryades des Terres d'Auvanche, je découvris la présence d'ondines dans la région dont les sous-sols sont troués de centaines de galeries sous-marines et de grottes souvent immergées. Outre offrir des compagnes de choix aux dryades, en la personne de leurs cousines aquatiques, cela m'offrait en sus une excellente cachette pour les deux robots. Tandis que le château était construit, je les cachais dans ses profondeurs. La crainte de les en voir un jour sortir me poussa à condamner l'entrée de la grotte. Cette peur n'est pas partie, puisqu'elle m'incite aujourd'hui à faire bâtir tout autour du domaine des remparts que j'espère infranchissables.

Ma sémillante Lotylie, je sais ce que tu te dis. Non, personne ici bas n'est en mesure de construire pareilles machines capables de s'immerger dans l'eau, de fonctionner plusieurs jours, de voler plusieurs heures.

Oui, de voler.

Ce sont des miracles, ai-je cru, mais point de divin ici. C'est humain. D'autres humains, d'un autre endroit dont je ne dirai rien, car je doute aujourd'hui que ce soit vrai tant cela me paraît insensé. Nous sommes tellement petits, mon aimée sœur. Nous qui nous pensons des milliards, nous ne sommes qu'une poignée de grains sur cette planète. Un jour, peut-être, serons-nous capables de lever les yeux vers le ciel et d'y voir tout ce que les étoiles dissimulent.

Si je me suis tu toutes ces années, c'est parce que je fis à cette ingénieure le serment de n'en jamais rien dévoiler. Elle fuyait. Elle avait peur, j'avais une cache sûre. Lorsqu'elle vint me trouver, je perçus son empressement à les mettre, ses créations et elle, à l'abri des regards de gens tout-puissants. Bien plus que nous.

Mon discours doit te sembler abscons[1]*. Tant pis, puisque tu ne le liras de toute manière jamais. J'avais besoin de mettre mes pensées en mots pour me rappeler la véracité de tout ceci au moment où mes certitudes me font défaut. La mort approche, et plus rien n'a de sens.*

Ton éternel admirateur,
Ton frère,
Loty

Un instant de flottement suivit la lecture de la lettre. Sadge et Diba finirent par échanger un regard dubitatif.

— Loty Sanrell a vécu jusqu'à cent vingt-trois ans, renseigna Diba. Il a sans doute eu quelques problèmes de lucidité sur la fin. Tu ne crois pas ? Ou suis-je insultante ?

— Disons que le doute est légitime, répondit son ami. Je n'ai compris que deux choses : sa sœur possédait la clé que Dinh a utilisée pour ouvrir la porte disjointe, et il y a deux robots cachés quelque part sous l'université.

Le dire à voix haute rendit le fait encore plus étrange car la dissonance était flagrante. Cela voulait également dire que les robots n'avaient probablement pas de liens avec une mystérieuse civilisation ancienne puisque leur conception semblait être attribuable à cette seule ingénieure. Il était pourtant peu probable qu'elle ait réussi à les construire sans aide. En revanche, peut-être venaient-ils d'un autre continent puisque Sanrell faisait dans sa lettre mention

---

1. Obscur, mystérieux.

d'« autres humains, d'un autre endroit ». Les Behaqwina ? Cela expliquerait pourquoi le symbole de leur peuple se trouvait sur la fresque mise au jour à Fontrasque. Sadge n'avait jamais entendu dire que les Behaqwina possédaient une telle technologie. Ils prônaient l'évolution dans le respect de leur environnement, chose incompatible avec le fait d'éventrer le sol pour trouver des terres rares.

L'idée que les Behaqwina aient oublié leurs croyances pour construire des machines de guerre peina Sadge. Si même eux renonçaient au respect sans condition, qui en montrerait encore, et pour combien de temps ?

Diba le sortit soudain de ses pensées en lui prenant la lettre des mains afin de la relire. Un détail la perturbait.

— Si personne ne trouve le Deux-centimètres c'est parce qu'il n'existe pas, formula-t-elle. Sanrell le dit noir sur blanc. En revanche, il existe pour les deux autres robots.

— Tu veux trouver celui des super ARM ?

Diba ne répondit pas tout de suite. Elle prit de longues secondes pour réfléchir, avant de se laisser tomber en arrière sur le matelas tout en soupirant de lassitude.

— Je ne sais pas. Quel intérêt de trouver le Deux-centimètres sans le robot qui va avec ? Pour que la découverte reste dans les mémoires, il faudrait déterrer aussi l'ARM, mais je ne suis pas prête à fournir une arme aussi redoutable à notre civilisation. La balance des forces serait déséquilibrée, la guerre éclaterait.

— Tu renonces, alors ?

Elle hésita.

— C'est le plus sage, répondit-elle du bout des lèvres.

La décision lui crevait le cœur, c'était flagrant. Sadge s'allongea à côté d'elle.

Chapitre 29

— Rien ne nous empêche de chercher les deux ARM, suggéra-t-il. Juste pour l'aventure.

— Et si on les trouve ?

— On sera les maîtres du monde. On sera juste les seuls à le savoir.

L'idée de quitter Puy-sur-Embruns en possession d'une connaissance pour laquelle tout le monde tuerait, et pour laquelle personne ne le pourchasserait, fit naître en Sadge une certaine satisfaction. Chez Diba aussi, puisqu'elle accepta. Au préalable, elle voulait tout de même retourner dans le sablier pour voir l'ingénieure, en espérant qu'à son retour elle ait le temps de noter tout ce qu'elles se seraient dit. Sadge lui fit part de sa théorie sur l'origine behaqwina de la femme ; Diba promit de faire attention à ce détail. S'il s'avérait, ils seraient fixés sur la provenance véritable des ARM. Mais tout ceci attendrait le lendemain, car l'heure arrivait de se rendre à leur dernier cours. Ensuite, Sadge comme Diba comptaient bien passer une soirée sans penser aux récents événements ou à leurs dernières trouvailles, car les deux jours écoulés avaient été éprouvants. Un peu de repos serait le bienvenu.

Le lendemain, Sadge se rendit à l'aube aux remparts de l'université. Par précaution, il changea d'apparence avant de sortir. Aux pieds des dragons d'acier, il se sentit petit. Étrangement, la sensation s'envola quand les deux animaux mythiques s'animèrent.

La découverte de l'existence de deux supers ARM avait remis en mémoire à Sadge la conversation avec Merhiane. La créature savait plus de choses qu'elle en disait.

— Merhiane, quand je t'ai demandé si tu avais vu des robots comme ceux que l'armée amène ici, tu as répondu que non, tu n'en avais jamais vu des comme eux. Ça veut dire que tu en as vu d'autres ?

Le dragon amena sa tête près du sol dans un cliquetis métallique reconnaissable, et fixa Sadge d'un œil aussi haut que l'étudiant.

— Peu d'humains sont aussi attentifs, en particulier face à un non humain. Je suis impressionnée.

— J'ai bien compris, alors ?

— En effet.

— Comment étaient-ils ?

— Deux fois plus grands que ceux déjà en votre possession. Plus élancés, plus complexes, plus beaux.

— Je ne comprends pas, avoua Sadge. Quand Sanrell les a cachés, Rhu'ys et toi n'étiez pas encore là. Les remparts n'étaient pas construits.

Merhiane garda le silence un instant.

— Monte sur ma tête, l'invita-t-elle finalement.

Sadge ne se le fit pas répéter, trop heureux de grimper là où personne n'était jamais allé. En cette heure matinale, les écailles métalliques étaient gelées. Sadge s'agrippa comme il le put quand le dragon se redressa, là-haut, au sommet de son rempart. La brise algide[1] cingla son visage exposé à la grandeur du ciel, et ses yeux découvrirent ébahis le château bien petit et son vaste domaine au bout duquel se dressaient des pics rocheux effilés.

— Nous étions là-bas, avant, avec une vue parfaite sur la construction du château, expliqua Merhiane. Nous avons vu Sanrell cacher les robots dans les profondeurs de la terre, sur le domaine des ondines.

1. Froide.

Chapitre 29

— Tu sais où, exactement ? demanda Sadge en haussant le ton pour se faire entendre à cause du vent.

— Non. Je sais qu'il a fait condamner l'unique chemin praticable pour des humains. Du moins était-il le seul à l'époque.

— Comment ça ?

— Le niveau de l'eau a baissé. Peut-être cela a-t-il ouvert d'autres voies. As-tu déjà exploré le domaine ?

— Seulement les bâtiments.

— Ils sont là pour attirer les regards. Va là où les yeux ne se posent jamais. Alors, Puy-sur-Embruns te révélera tous ses secrets.

Chapitre 30

Au milieu des somptueux couloirs du château, Diba se faufila par une petite porte dissimulée dans un recoin, le genre d'endroit devant lequel tout le monde passait sans le voir. Un étroit escalier en pierre éclairé par des torches éternellement allumées la mena jusqu'à un corridor à peine moins exigu. Elle se dirigea d'un pas habitué vers la seconde porte sur la gauche donnant sur la salle où reposait le heaume du chevalier empathique. Ardelave était déjà là, elle sourit à la nouvelle arrivante.

— Comment tu te sens ? s'enquit la professoresse.

— Bien.

— Tu es sûre de vouloir le faire ? Ta dernière crise n'a même pas une semaine.

Diba s'assit sur la chaise en guise de réponse.

— Ça va mieux, assura-t-elle devant l'hésitation d'Ardelave.

Cette dernière la jaugea un moment, puis abdiqua. Elle attrapa le heaume qu'elle posa sur les genoux de l'émotionnelle. Avant de le passer, Diba devait s'entraîner à lui résister. Pour cela, elle posa ses mains sur le métal ouvragé, gelé comme les sous-sols du château. La magie de l'artefact électrisa ses doigts avant de remonter le long de ses bras. Elle se logea au bas de sa nuque où naquit une indicible douleur. Diba ferma les yeux. Ce n'était que le début, elle le savait.

La boule brûlante se dispersa dans son cou, jusqu'à son cerveau. Les premiers effets se firent sentir. L'appréhension de l'entraînement enfla dans sa poitrine, menaçant de devenir une peur sincère et, si elle n'était pas contrée, une phobie irrationnelle.

Le sentiment grossit, prit toute la place dans son esprit, au point que Diba le crut prêt à déborder quand l'écho de la voix de Sadge émergea des tréfonds de sa mémoire. Leurs moments passés ensemble s'enchaînèrent, diminuant ses ressentis négatifs. Puis l'émotionnelle sentit des bras rassurants l'enlacer, et une vague de bien-être, de joie et de sérénité l'envahir : Nassy. Même une semaine après, l'intervention de l'invocation demeurait lovée dans un coin de son âme comme une gardienne discrète.

La douleur dans sa nuque perdit en intensité. La brûlure s'estompa, le calme revint. Diba reprit conscience de son environnement et d'Ardelave, dont la mine abasourdie témoignait de son franc étonnement.

— Ça fait à peine deux minutes, informa-t-elle. Comment tu te sens ?

— Bien.

Diba retira ses mains du heaume et les fixa comme si elles détenaient un quelconque pouvoir.

— Ça commence à fonctionner, comprit-elle.

— Quoi ? demanda Ardelave.

— Ma décision de chercher à être sereine. Je pensais que ça ne fonctionnait pas, que Sadge avait tort. En fait, j'avais seulement besoin de temps. Il me fallait le temps de changer.

Ardelave hésita, avant de s'accroupir devant Diba.

— Tu veux m'expliquer ?

— Ça vous intéresse réellement ? lui retourna l'étudiante.

— Bien sûr. Tu n'es pas une corvée pour moi, Diba. Tu es une fille brillante, généreuse et courageuse que j'apprécie sincèrement. Je veux vraiment t'aider.

Diba la dévisagea un long moment, incertaine quant à ce qu'elle pouvait dire ou non à la professoresse. Mieux valait éviter de donner trop de détails. Alors elle s'en tint à un résumé de la conversation que Sadge et elle avaient eue peu de temps après leur rencontre, dans sa chambre, quand il avait proposé à Diba un nouvel angle d'approche pour tenter de tempérer ses pouvoirs.

— Avant Sadge, je n'avais éprouvé que la solitude, le rejet, la crainte.

— Que des sentiments négatifs, résuma Ardelave.

— Oui. Maintenant j'ai un ami qui tient à moi, qui s'inquiète quand il ne me voit pas, qui a envie de me faire plaisir, de m'aider. Je viens de comprendre que les moments passés ensemble, petit à petit, m'ont offert des souvenirs heureux.

— Ce sont eux que le heaume vient de faire ressortir ?

— Oui.

— Est-ce que tu veux essayer de le passer ? s'enquit Ardelave.

Diba baissa les yeux vers la pièce d'armure brillante, signe d'un entretien régulier. C'était un artefact unique, donc précieux. Malgré les tourments qu'il avait fait naître en elle, Diba ne l'avait pas en horreur. Le problème ne venait pas du casque, il venait d'elle, de sa nature et de son existence.

L'émotionnelle manifesta son accord d'un signe de tête. Ardelave saisit le heaume en se redressant, attendit que Diba soit prête, puis le lui posa doucement sur la tête.

L'enchantement attira d'un coup tous les sentiments de Diba vers la surface en un geyser incontrôlable. Elle s'agrippa à sa chaise afin de résister à l'afflux de souvenirs, mais elle assista, impuissante, à la déferlante. Les réminiscences heureuses furent balayées par les vieilles peurs qui explosèrent en elle. La fulgurance de la manifestation de son pouvoir arrêta net son cœur.

Un contact chaleureux enveloppait sa main. Ce fut la première sensation qu'elle perçut à son réveil. Puis il y eut le « bip » régulier d'un moniteur, la lourde couverture sur son corps et la douleur qui labourait sa poitrine à chaque battement de cœur. Son corps sursauta, ses doigts se crispèrent, animant quelque chose près d'elle. La pression sur sa main augmenta.

— Diba ?

Sadge. Sa voix chevrotante trahissait son inquiétude. Qu'est-ce qui se passait ? Diba n'arrivait pas à visualiser son environnement, comme si elle était étrangère à son corps, que tout était sens dessus dessous. Elle n'avait même pas conscience d'avoir ouvert les yeux.

— J'ai… mal.

Sa voix était saccadée. Pourquoi tout était-il si lancinant ?

— Nahasael.

L'invocation lui parut lointaine, comme un cri poussé depuis l'horizon. Un instant plus tard, une sensation agréable se répandit dans son corps, assourdissant lentement la douleur. Bientôt, Diba recouvra ses sens, assez pour parvenir à se concentrer sur Sadge, assis près de son lit d'hôpital.

Chapitre 30

— Qu'est-ce qui s'est passé ? chuchota Diba.

— L'entraînement du heaume a mal tourné. Tu as fait une crise cardiaque… il y a quatre jours.

Les paupières de Diba papillotèrent. Elle ne comprenait pas. Son corps devenait de plus en plus léger au fur et à mesure que la souffrance disparaissait. Elle reconnaissait cette sensation : Nahasael. Si Sadge l'avait invoqué, la situation devait être grave.

— Qu'est-ce qui m'arrive ? demanda Diba.

— Tu as fait une crise cardiaque, répéta Sadge.

Cette fois, l'émotionnelle comprit l'information. Elle porta une main à sa poitrine.

— Ardelave a réussi à faire repartir ton cœur en moins de deux minutes. Tu as besoin de beaucoup de repos. Tu comprends ?

Diba hocha la tête malgré un air hagard.

— Ça commençait à fonctionner, soupira-t-elle.

Elle se sentit soudain lasse, sans doute à cause de Nahasael. Ses paupières se fermèrent malgré sa volonté. Une large main caressa ses cheveux avant que Diba s'endorme.

Lorsqu'elle se réveilla une nouvelle fois, la nuit était tombée. Sadge était avachi sur un coin du matelas, sa main toujours nouée à la sienne. Diba ne sut pas combien de temps passa avant que l'infirmière vienne la voir. Leur conversation réveilla Sadge, visiblement soulagé de voir son amie en meilleure forme. Quand l'infirmière quitta la chambre après les vérifications d'usage, Sadge rapprocha sa chaise de Diba afin qu'elle n'ait pas à élever la voix pour se faire entendre, car elle était encore faible.

— Comment je vais ? questionna-t-elle. Le docteur t'a parlé ?

— Non, il a parlé à Filairain et à Ardelave.

— Tu n'as pas écouté aux portes ?

— Bien sûr que si, tu me connais.

Il avait dit ça sur un ton naturel, accompagné de son sourire adorable.

— Tu ne préfères pas attendre demain ? s'assura Sadge.

— Je vais mieux. Puis, venant de toi, même les mauvaises nouvelles passent mieux.

— Filairain et Ardelave se sont mises d'accord pour annuler définitivement ton entraînement au heaume. Le médecin estime que ta dernière crise a fait chuter la durée de vie de ton cœur de six ans. Personne ne veut prendre le risque d'augmenter le nombre.

Diba prit un instant pour assimiler la nouvelle. Elle ne savait pas encore si c'était une bonne ou une mauvaise chose. C'était ainsi, voilà ce qui importait.

— Autre chose ? demanda-t-elle.

— Ardelave s'en veut. Elle s'estime responsable.

— Elle m'a demandé, j'ai dit « oui ». Je suis assez grande pour prendre mes décisions et assumer leurs conséquences. Je sais qu'elle s'inquiète mais je déteste sa manière de m'infantiliser.

Malgré la dureté du discours, le ton de Diba n'avait pas varié. Elle avait retrouvé la parfaite maîtrise de ses émotions.

— Je veux chercher les ARM avec toi, ajouta-t-elle. Avec l'impossibilité de trouver le Deux-centimètres et de faire sortir la femme de sa prison, il ne me restera que ça pour maintenir un intérêt à ma vie.

— Et ensuite ? s'enquit Sadge.

— J'attendrai la mort.

— Dis pas ça…

Chapitre 30

— C'est pourtant ce qui arrivera. Cet été tu partiras. Une fois seule je retrouverai ma vie dénuée de tout. Avec six ans de vie en moins, je mourrai à vingt-cinq ans. Dans le meilleur des cas. Je suis une morte en sursis.

La vérité accabla Sadge. Il baissa la tête tandis que sa main se resserrait sur celle de son amie.

— Je ne regrette pas.

Le maître-cartes releva la tête.

— Quoi ?

— Tout ce qu'on a fait ensemble. En trois mois, j'ai vécu plus de choses qu'en dix-neuf ans.

Diba trouva son regard.

— Je suis contente d'avoir croisé ta route, Sadge. Si c'était à refaire, je n'hésiterais pas une seule seconde. Alors, avant que ça s'arrête, nous deux, promets-moi qu'on ira chercher les ARM dès que je sortirai d'ici.

Sadge esquissa un sourire triste. Les yeux un peu trop humides, il lui promit que non seulement ils les chercheraient ensemble, mais qu'ils les trouveraient.

Chapitre 31

Diba reprit les cours le premier lundi de février. Son absence n'était pas passée inaperçue, pourtant personne ne lui demanda de ses nouvelles en dehors d'Elcina, qui posa toutefois ses questions avec précaution.

Ses professeurs se montrèrent bienveillants à son égard. Tous lui remirent un résumé des points importants vus dans les précédents cours afin que Diba puisse rattraper son retard.

L'émotionnelle évolua dans son environnement comme un fantôme, ce qu'elle aurait cru être si Sadge ne s'était pas perpétuellement tenu à ses côtés. Son repère dans la tempête, c'était lui.

Durant la pause déjeuner, les deux amis s'isolèrent dans leur coin habituel, près de la rivière. Ils mangèrent dans le calme avant de profiter de la quiétude de l'endroit, comme ils aimaient tant le faire, sans parler, juste l'un à côté de l'autre dans un silence confortable.

Le cliquetis et le pas lourd de jambes mécaniques attirèrent l'attention des deux amis vers le sentier menant au château :

Thélie et Izildée arrivaient. Diba et Sadge se redressèrent par réflexe, et parce qu'il émanait des deux femmes tant de puissance que leur simple présence incitait à la prudence. Elles demandèrent à les rejoindre et en reçurent l'autorisation. Une fois assises, elles introduisirent tout de go l'objet de leur visite.

— Izildée et moi avons repensé à ton pouvoir, commença Thélie.

Cette dernière posa sur le bois de la table un artefact composé de pièces semblables à des vertèbres aplaties.

— Ça fait deux semaines qu'on travaille dessus. Après plusieurs échecs, on est parvenues à produire un stabilisateur d'émotions fonctionnel.

— Il aura besoin d'être réglé pour s'adapter au mieux à tes pouvoirs, compléta Izildée.

Diba attrapa l'objet entre ses doigts. Il semblait être conçu pour se fixer sur quelque chose.

— Pour qu'il fonctionne, je vais devoir le faire fusionner avec toi, annonça doucement Izildée. Le rituel sera long mais indolore.

— Réversible ? demanda Diba.

— Difficilement.

— Quand il sera posé, Izildée et moi devrons le régler, poursuivit l'artefactrice. Pour ça, il te faudra utiliser tes pouvoirs. On…

Thélie semblait gênée. Elle reprit tout de même :

— On ne peut pas pratiquer une telle intervention sur un étudiant sans demander son accord et celui de la direction de l'université.

— Filairain nous a informées de ton dernier entraînement, confessa Izildée. De fait, elle s'oppose à l'intervention. Pour elle, les risques lors des différents réglages sont trop élevés.

Chapitre 31

— Filairain s'oppose à tout ce qui comporte un tant soit peu de risques, cingla Sadge. Elle ne veut pas d'emmerdes. Elle s'en fout de savoir si ça nous pénalise ou non.

La sortie fielleuse du maître-cartes surprit l'artefactrice et la rituelleuse. Diba coupa court au moment de flottement en se levant.

— Où tu vas ? questionna Sadge.

— Voir Filairain. Les filles, je vous donne ma réponse ce soir.

Izildée et Thélie hochèrent la tête avant de regarder Diba s'éloigner, plus apathique que jamais. La fatigue de son cœur se ressentait dans tout son corps. Il ne fonctionnait plus aussi bien qu'avant. Sans doute ses muscles cardiaques n'avaient-ils pas été les seuls à souffrir du surplus de pouvoir. La perte d'énergie se faisait sentir dans tout son organisme. Même ses tendons peinaient à fonctionner correctement. La vie lui échappait, elle le savait. Pourtant, en toquant à la porte du bureau de Filairain, sa décision était prise.

La directrice abandonna son entreprise lorsque l'émotionnelle s'immobilisa devant son bureau, toujours encombré de montagnes de documents. Comme Izildée et Thélie avant elle, Diba ne passa pas par quatre chemins. Elle montra l'artefact à Filairain, dont le visage afficha aussitôt une sincère inquiétude.

— On m'a signifié votre refus. J'en prends note mais je m'en moque. Avec ou sans votre accord, les filles pratiqueront l'intervention.

— J'ai peur que ce ne soit pas aussi facile, répliqua Filairain. Si elles le font, elles seront renvoyées de l'université, alors personne ne voudra leur donner d'emploi par la suite. Ruiner leur carrière, et sans doute leur vie, c'est ce que tu veux vraiment ?

Choquée par la virulence de ces propos, Diba laissa retomber son bras le long de son corps. Son pouvoir s'agita au creux d'elle.

— Vous n'êtes personne pour décider de nos vies, tacla l'émotionnelle. Faites attention, Directrice. N'oubliez pas qu'un doigt me suffit pour régler le problème.

La menace poussa Filairain à se redresser sur son fauteuil lévitant.

— Je te déconseille d'emprunter la même voie que Sadge, répliqua la femme.

— Sinon quoi ?

Des éclairs crépitèrent sur la peau nacrée de Diba. Filairain les regarda avec terreur, imprégnée des souvenirs de sa dernière confrontation avec la magie de l'émotionnelle.

— Vous n'avez toujours pas compris, n'est-ce pas ? demanda Diba. Il y a des choses qui vous dépassent, des situations que vous ne savez pas gérer, mais, au lieu de le reconnaître, vous agissez sans réfléchir pour que tout rentre dans votre champ de compréhension. Ça ne fonctionne pas comme ça. Notre réaction, à Sadge et à moi, est proportionnelle aux efforts que vous faites pour nous museler.

Les éclairs commencèrent à échapper à Diba. Filairain recula. La pression dans la pièce augmenta, mettant la directrice mal à l'aise. L'inconfort lui fit inspecter sa peau par peur de la voir se déchirer tant l'air s'épaississait. La femme recula quand les cheveux de l'étudiante furent soulevés par les flux d'énergie pure.

— Vous ne saisissez pas à quel point nous sommes des monstres.

L'émotionnelle sentit son cœur en souffrance sous l'effet de l'augmentation de l'adrénaline. Avant qu'il ne lâche, elle ferma les yeux, puis inspira et expira plusieurs fois.

Le feu sur sa peau se calma, les éclairs disparurent.

Chapitre 31

Rassérénée, Diba ouvrit les yeux.

— Izildée et Thélie vont le faire, reprit-elle.

— Chaque acte a ses conséquences, lui retourna Filairain.

— Ça vaut aussi pour vous. Je suis peut-être encore à l'école, mais je suis adulte. Ce simple fait vous ôte toute raison, si tant est qu'elle ait jamais été valable, de vous croire supérieure à moi.

Puis Diba s'en alla.

Le soir même, elle résuma son entretien avec Filairain à Izildée et à Thélie. La rituelleuse, fille d'Aulnecœur, sous immunité diplomatique, accepta tout de suite d'aider l'émotionnelle. Thélie hésita plus longtemps, avant d'abonder dans le sens de sa meilleure amie. Après tout, sa réputation hors les murs était déjà faite. Diplômée ou non, elle trouverait aisément un travail. Si elle réussissait l'opération, son nom rentrerait même dans l'Histoire.

Compte tenu des ressources demandées par le rituel, Izildée le planifia le vendredi soir afin que Diba puisse récupérer durant le week-end. Cela laissait également le temps à la rituelleuse de se préparer avec l'aide de Thélie, car les deux jeunes femmes devraient être en phase pour le mener à bien. Les sorts combinant deux classes de mages n'étaient pas légion car difficiles à exécuter. Le défi donna davantage d'entrain aux deux étudiantes de troisième cycle.

Diba était tranquille. La rituelleuse et l'artefactrice lui inspiraient autant de confiance que d'admiration. Elle n'aurait pu espérer meilleures maîtresses de cérémonie que ces deux-là. De plus, il lui tardait d'assister à un vrai rituel, privilège réservé à peu de personnes. Sadge serait là aussi, comme toujours. Elle n'avait rien à craindre.

Le maître-cartes et elle avaient décidé de commencer leurs recherches des super ARM une fois Diba remise de ce rituel. En attendant, Sadge essaierait de dégoter une carte du domaine. Même approximative, elle serait une aide précieuse. D'ici là, ils avaient une semaine de cours chargée en perspective.

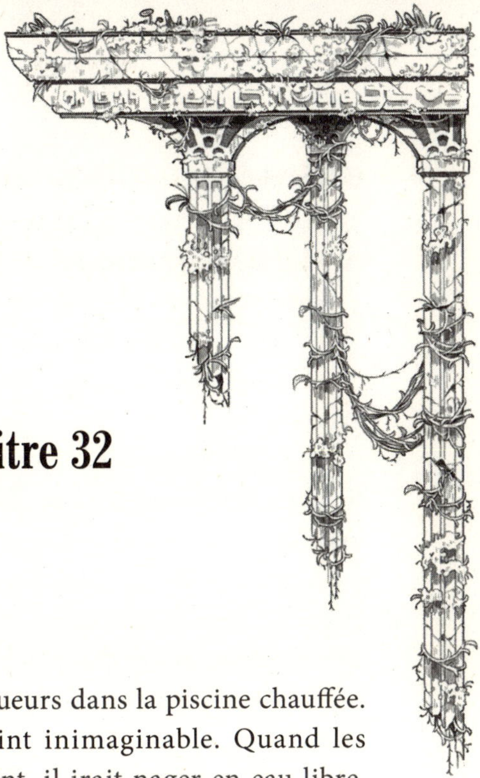

Chapitre 32

Sadge enchaînait les longueurs dans la piscine chauffée. L'eau le détendait à un point inimaginable. Quand les températures le permettraient, il irait nager en eau libre. Peut-être Abhainn et Niamh l'accompagneraient-ils ? Le jeune homme s'en réjouit d'avance.

Sa séance d'entraînement terminée et sa douche prise, Sadge s'engagea sur le chemin des jardins interdits. Il fut arrêté par une grive qui se posa sur son épaule pour l'informer que le bureau des ressources humaines le demandait dès que possible. Puis le passereau s'envola. Sadge rebroussa chemin jusqu'à la partie du château abritant les bureaux administratifs. Chaque fois qu'il y pénétrait, la saisissante odeur d'encre et de papier le surprenait toujours ; elle n'était pourtant pas désagréable. Monsieur Labec, celui-là même qui l'avait envoyé promener lorsqu'il était venu demander du travail deux mois auparavant, repéra Sadge dès qu'il mit un pied dans son bureau.

— Monsieur Bawen, merci d'être venu aussi vite, débita l'homme. L'une de nos jardinières en chef cherche quelqu'un pour l'aider dès le mois prochain en prévision du printemps et de la floraison. Le travail se fera sur votre temps libre et sera rémunéré à la semaine.

— Je prends.

— Bien. Rendez-vous dès que possible au pavillon qui jouxte les serres. Madame Taliar vous y attend pour tout vous expliquer.

Sadge s'en alla après l'avoir remercié. Son sac de sport toujours sur l'épaule, il se rendit sans détour jusqu'au pavillon bucolique qui devait être somptueux aux beaux jours. Il toqua à la porte ouverte avant d'entrer. Au milieu des outils et des engrais se tenait une quadragénaire aux cheveux bruns cachés sous un épais bonnet, signe que la femme passait la majeure partie de son temps dehors. La jardinière ne semblait pas l'avoir entendu.

— Excusez-moi. Vous êtes madame Taliar ?

La femme se retourna, puis se figea. Il se peignit sur son visage à la peau burinée marquée par des rides naissantes une expression indescriptible qui mit Sadge mal à l'aise. Après quelques secondes, elle le gêna carrément.

— Les ressources humaines m'envoient en renfort, annonça-t-il pour mettre fin au moment de flottement. Si vous voulez de mon aide. Je n'y connais rien en plantes mais j'apprends vite.

La jardinière sortit soudain de sa léthargie avant de combler la distance qui la séparait de l'étudiant. Sadge dut baisser la tête pour trouver son regard car la femme avait bien vingt centimètres de moins que lui.

— Oui, bien sûr que je veux ton aide, assura-t-elle en ôtant ses gants. Je suis Heren Taliar mais tu peux m'appeler Heren. Après tout, je ne suis pas une de tes profs.

Chapitre 32

Sadge serra la main qu'elle lui tendit. Dès qu'elle s'était mise à parler, il avait reconnu le caractère de la classe populaire dont lui-même était issu, celle qui tutoyait sa jeunesse, étrange contraste avec l'élitisme dans lequel il baignait depuis trois mois. Cela suffit à chasser la sensation particulière ressentie à son arrivée dans le pavillon vis-à-vis de la jardinière. En fin de compte, elle lui faisait excellente impression.

— Je suis désolée de ma réaction, reprit Heren. Je ne m'attendais pas à voir arriver un étudiant de premier cycle. Je ne suis pas là depuis longtemps mais je ne pensais pas que Puy-sur-Embruns était le genre d'université à tolérer qu'un élève si jeune ait un travail à côté.

— Je leur casse tellement les pieds qu'ils ont fait une exception pour moi.

— Ah ?

— Ne vous inquiétez pas, je ne deviens invivable que si on me manque de respect.

— Dans ce cas, on va bien s'entendre !

L'allégresse d'Heren contamina Sadge. Il prit plaisir à faire le tour des jardins avec elle, à l'écouter lui expliquer le travail qu'il aurait à faire dès début mars, deux heures après les cours en semaine et six heures le week-end. La tâche serait parfois ingrate, mais elle payait.

— On m'a demandé de te notifier que si tes notes baissaient à cause de cet emploi, je serai dans l'obligation de diminuer tes heures de travail.

— Il ne devrait pas y avoir de souci de ce côté-là.

Ils longèrent les allées qui verraient bientôt fleurir les cerisiers. Sadge avait hâte d'admirer le domaine en fleurs.

— Ce n'est pas trop dur ? demanda Heren.

— Quoi donc ?

— L'enseignement, ici ?

— Si. Heureusement, j'ai des camarades de classe doués qui m'aident à rattraper mon retard. Je m'accroche et ça fonctionne.

Heren sembla vouloir poser d'autres questions mais se ravisa : ils avaient terminé le tour. Sadge pivota pour se tenir face à elle.

— Est-ce qu'on sera amenés à faire l'entretien d'autres parties du domaine ? se renseigna-t-il.

— Occasionnellement. Pourquoi ?

— Je suis arrivé cette année, je ne connais pas bien sa configuration. Vous auriez une carte ?

— Je dois pouvoir te trouver ça. Repasse demain soir.

— Ça marche. Merci !

Cette fois, Sadge ne fit aucun détour avant de retrouver le calme des jardins interdits. Après avoir rangé ses affaires, il relut encore la lettre de Sanrell à sa sœur, espérant y trouver un indice sur l'endroit où commencer ses recherches. Malheureusement, comme pour chaque lecture précédente, il ne trouva rien, et une phrase plus obscure que les autres l'intriguait chaque fois un peu plus. *Un jour, peut-être, serons-nous capables de lever les yeux vers le ciel et d'y voir tout ce que les étoiles dissimulent.* Sanrell ne pouvait pas l'avoir écrite par hasard. Sadge était sûr qu'elle avait un sens caché. Le plus dur serait de trouver lequel. Peut-être y parviendrait-il lorsqu'il en saurait plus sur les super ARM ? Peut-être, oui…

Le maître-cartes rangea avec précaution la lettre dans son enveloppe avant de redescendre près des bassins. Lorsqu'il ouvrit l'étui de son jeu, Abhainn en jaillit avant de plonger dans l'eau.

Sadge attrapa l'arcane de Biha'a dont il détailla les couleurs chaudes comme les dorures. Au dos, le prénom *Ysha* se dessinait en lettres blanches sur un fond noir mat. Il sentit soudain un peu de son énergie lui échapper quand l'invocation se matérialisa sous les traits d'un magnifique bison blanc aussi haut que lui. Il se dégageait de la bête massive un calme absolu qui sembla plonger Sadge dans un autre monde. L'animal expulsa de l'air par ses naseaux avant de faire un pas vers l'humain. Il appuya son imposante tête sur le torse de Sadge, qui sentit monter en lui des sentiments étranges. Peur, lassitude, confiance… La sensation qu'ils appartenaient à un autre le déstabilisa. Là, contre l'incarnation de la Sincérité, il dut se rendre à l'évidence : ce qui s'agitait en lui n'appartenait qu'à lui. Cette peur chevillée au corps de devoir encore abandonner ce semblant de vie du jour au lendemain, de ne pas savoir où aller, de n'avoir personne vers qui se tourner, auprès de qui se reposer ; la lassitude de s'enfuir, de se rappeler tous les gens sortis de sa vie ; la confiance apprise auprès de Diba, cette certitude viscérale qu'elle ne le trahirait jamais, qu'elle ne l'abandonnerait encore moins.

Pourtant lui, dès cet été, la laisserait derrière comme un lâche. Tandis qu'elle attendrait seule la mort, il s'enfuirait. Il n'était pas un héros prêt à tous les sacrifices pour tenir son as de Mort et son joker loin de puissants sans cœur ; il était un gamin de dix-neuf ans terrifié à l'idée d'être torturé ou tué pour des cartes qu'il n'avait jamais demandées. Il était effrayé de n'avoir aucun endroit sûr où vivre, apeuré à l'idée que le monde entier était son ennemi, de passer le reste de son existence seul.

Quand il reprit pied dans sa réalité au milieu des jardins verdoyants, il pleurait. Sous le poids de tout ce qu'il craignait tant, il tomba à genoux et baissa la tête pour cacher ses larmes par honte de l'impuissance qu'elles avouaient. Cette pression sur sa poitrine, qui la compressait à l'excès, c'était celle qui reposait en temps normal sur ses épaules, celle d'une responsabilité qui n'aurait jamais dû être sienne. Les joues ruisselantes de larmes, le souffle saccadé jusqu'à l'asphyxie, Sadge crispa ses doigts sur l'herbe grasse, serra les poings jusqu'à s'enfoncer les ongles dans la chair de ses paumes.

Dans ces moments de détresse absolue où il n'y avait pas un regard compatissant pour se poser sur lui, il espérait de tout son cœur qu'une personne capable de l'aimer arriverait. Même sans l'avoir jamais vue, il la reconnaîtrait, il en était certain.

Mais personne ne vint.

Personne n'était jamais venu.

Au-dessus de lui, Biha'a l'observait avec une tranquille bienveillance, conscient que des sentiments aussi corrosifs devaient être évacués. Gardés en soi, ils rongeaient, déchiraient, lacéraient. Après avoir pleuré, l'humain irait mieux.

Les sanglots de Sadge finirent par se calmer, ses larmes par se tarir. Vidé, il prit le temps de respirer, de laisser ses joues sécher et le poids sur son cœur s'envoler.

Rien n'avait changé, pourtant il se sentait plus léger. Peut-être plus lucide.

Il se redressa un peu sans toutefois se lever.

— Parfois, j'aimerais me livrer aux autorités pour que tout s'arrête, confessa-t-il au bison. J'aimerais me débarrasser de mes deux cartes. Mais je ne sais même pas si je saurais vivre comme les autres, rester longtemps au même endroit, exercer un métier, aimer… Comment quelqu'un pourrait avoir confiance en moi ? Je ne sais rien du quotidien des gens normaux.

Chapitre 32

Sadge inspira profondément.

— Il n'y a pas de place pour moi dans ce monde.

Le maître-cartes se leva avant de poser une main sur la tête du bison blanc.

— Je ne pense pas pouvoir trouver ton joueur. En revanche, je me débrouillerai pour te rendre à ton peuple cet été. Ensuite, je partirai très loin. Je suis assez âgé maintenant pour quitter le continent. Et si Diba en a envie, elle viendra avec moi.

Sadge retourna au pavillon le lendemain après son entraînement à l'escalade afin de récupérer la carte promise par Taliar. Cette dernière sembla enchantée de revoir son futur assistant, elle lui dégagea même un bout d'établi pour lui permettre de déplier l'encombrant plan du domaine.

— L'administration m'a dégoté une vieille carte poussiéreuse, expliqua la jardinière. D'après eux, elle a au bas mot quatre-vingts ans. Il y manque les bâtiments les plus récents, mais ça donne une bonne vue d'ensemble du domaine. Je dois t'avouer que je ne le voyais pas aussi grand.

Sa dernière phrase fut prononcée sur un ton mi-admiratif mi-découragé. Après tout, plus les terrains étaient vastes, plus l'équipe de jardiniers aurait du travail.

— Je peux faire une croix sur mes jours de repos cet été, soupira Taliar. Tu rentres chez toi ?

Sadge la dévisagea, incertain.

— Comment ça ?

— Cet été, tu rentres chez toi ?

— Je partirai début juillet, ouais.

— Tu vis loin ?

Cette fois, Sadge ne répondit pas. Il se contenta de ranger le plan, de remercier la femme, puis de s'en aller. L'étude minutieuse de la carte attendrait un peu. La priorité restait Diba et le rituel toujours prévu le lendemain soir. En regagnant les jardins interdits, Sadge fut certain de très mal dormir cette nuit.

Chapitre 33

En deuxième année de dernier cycle, les cours se raréfiaient au profit de travaux pratiques toujours plus exigeants. Izildée ne s'en plaignait pas, elle avait toujours eu peu d'intérêt pour la théorie. De plus, l'entraînement demeurait le seul moyen d'augmenter son endurance à la magie, la précision de ses rituels ainsi que son savoir-faire. Cela faisait des années qu'elle attendait de pouvoir enfin réaliser un rituel en dehors des travaux de l'université. Ce moment arriverait dans la soirée.

Izildée ne passait pas inaperçue à Puy-sur-Embruns. Sa peau noire et ses longs cheveux crépus nivéens laissés libres la détachaient du décor. La rituelleuse faisait partie des personnes ayant eu conscience très jeune de leur affinité magique. Elle s'était engagée sur cette voie avant même ses dix ans. La pratique des rituels lunaires avait fait blanchir ses cheveux autrefois d'un noir de jais. À lui seul, ce détail témoignait de sa grande expérience en dépit de ses vingt-quatre ans.

La rituelleuse passa à la réserve, lieu exclusivement accessible aux étudiants de troisième cycle, aux professeurs et à la directrice. Elle y prit de la poudre de prêle et d'achillée. Avant de quitter la salle aux nombreuses étagères encombrées, elle signa un registre indiquant son nom, la date du jour et les ingrédients empruntés, ainsi que leur quantité et leur utilisation. Certains pouvant servir à des rituels très dangereux, chaque entrée et sortie était étroitement surveillée.

À peine Izildée mit-elle un pied dans le couloir qu'elle fut interceptée par Filairain. La femme n'était pas rituelleuse, mais avait assez de culture magique pour connaître les ingrédients de base nécessaires au sort approchant. Il lui avait été facile de prévoir la venue d'Izildée ici, et cette dernière connaissait très bien le motif de cette interpellation.

— J'espère que votre visite n'a pas pour but de me faire dédire la promesse faite à Diba ? introduisit la rituelleuse.

À l'air contrarié de la directrice, elle comprit qu'il y avait de ça.

— Je viens surtout m'assurer que vous savez ce que vous faites, répondit Filairain. S'il arrive quoi que ce soit à Diba, toutes les décharges du monde ne m'éviteront pas un procès de la part de sa famille.

— Il s'agit d'une fusion d'artefact réalisée sous anesthésie générale, un jeu d'enfant. Thélie et moi sommes des adultes. Si des responsables devaient être désignés en cas de problème, ce serait nous, pas vous. Ne vous inquiétez pas.

— Bien sûr que je m'inquiète. C'est un rituel que peu de personnes maîtrisent, avec un artefact inédit. Vous savez très bien qu'associer deux classes durant un même sort est compliqué.

— Pour des étrangers, peut-être. Thélie et moi travaillons ensemble depuis huit ans, nous connaissons nos pouvoirs, nos capacités ainsi que nos limites. Si des mages peuvent réussir ce rituel, c'est bien nous. Maintenant, excusez-moi, je dois me préparer.

Elle s'éloigna sans laisser le temps à Filairain de répliquer. Izildée se rendit sans détour jusqu'à sa chambre, privative pour les troisièmes cycles. Elle mit dans un sac les ingrédients récupérés à la réserve, ainsi que les pétales de roses lunaires apportés par Diba. Elle y ajouta un anesthésiant puis des cristaux de roche lunaire. Ce dernier élément n'apparaissait pas dans la liste des ingrédients officiels nécessaires au rituel. C'était à Aulnecœur qu'Izildée avait appris son existence. Il permettait d'augmenter ses pouvoirs. Ce soir, cela lui serait pour la première fois utile.

Ses affaires prêtes, la rituelleuse s'assit en tailleur sur son lit et plongea dans un profond état de méditation qui durerait jusqu'à la tombée de la nuit.

Izildée marchait d'un pas sûr à travers les sentiers forestiers du domaine de Puy-sur-Embruns. La lumière cotonneuse de l'heure bleue n'était perturbée que par la lanterne qu'elle tenait devant elle. Derrière l'horizon des troncs et des branches parfois nues, la lune se levait. La mageresse sentait déjà son pouvoir.

Au bout d'un sentier sinueux, à trente minutes à pied du château, caché au cœur du domaine, se dressait un petit bâtiment en pierre surmonté d'un dôme en verre. À l'intérieur, un sol en marbre autour d'un bain à l'eau transparente, miroitante sous la lumière de la lune. Izildée y jeta les pétales de rose. Un bref reflet argenté glissa sur la surface. Elle vida une bourse entière de cristaux qui se mirent à briller d'un vif éclat, comme s'ils absorbaient les rayons de l'astre. Ensuite, elle se déshabilla puis pénétra dans l'eau. Immergée jusqu'aux épaules, elle plongea la tête afin que la purification soit complète. Lorsqu'elle se redressa, les milliers de cristaux s'étaient posés en constellations scintillantes sur sa peau, et s'étaient glissés dans le nuage crépu de ses albes[1] cheveux. La mageresse répéta une série d'ablutions destinées à achever le rituel de purification. Ceci fait, elle se sécha puis se vêtit d'une simple robe blanche en lin. Une cordelette nouée à sa taille, la rituelleuse prit un sentier ombrageux qui s'enfonçait plus encore dans la partie du domaine la moins connue.

De longues minutes plus tard, le bruit d'une cascade annonça l'arrivée à destination. Par-delà un enchevêtrement de troncs apparut une formation rocheuse soigneusement nivelée et polie, dessinant un large disque de pierre gravé de runes et de symboles. Tout autour, à intervalles réguliers, s'élevaient des monolithes d'un mètre à peine, eux aussi gravés de runes. Au centre du cercle, un autel en pierre se dressait, entouré de braseros qu'Izildée alluma d'une formule afin de chasser le froid de cette nuit de février. Ni Thélie ni Diba n'étaient encore là, alors la rituelleuse contourna l'édifice central et s'arrêta à l'extrémité de la formation rocheuse, là où une impressionnante falaise ouvrait la vue sur une haute chute d'eau en contrebas, et sur la mer au loin.

Ce lieu sacré, seuls les rituelleurs du troisième cycle en connaissaient l'existence et l'emplacement exact. Pour les autres, il n'était qu'un bruit de couloir, une des nombreuses légendes trimballées sous les voûtes de Puy-sur-Embruns. La grande majorité des étudiants et du personnel universitaire ne quittait jamais les alentours des bâtiments principaux. Même les jardiniers s'aventuraient rarement au-delà. Izildée

1. De couleur blanche ou claire.

doutait qu'il existe ne serait-ce qu'une personne connaissant les moindres recoins du domaine. Les jardins interdits à eux seuls rendaient la chose impossible.

Des branches craquèrent soudain, puis des pas lourds se firent entendre. Izildée vint à la rencontre des nouveaux arrivants. Diba, elle aussi vêtue d'une simple robe blanche, avait été guidée ici par Thélie. Sadge n'avait pu s'empêcher d'accompagner son amie. Ce n'était pas plus mal d'avoir la sécurité du guérisseur Nahasael.

— Tu t'es purifiée ? demanda la rituelleuse à Diba.

— Un bain avec des pétales de roses lunaires, oui.

— Bien. Assieds-toi sur l'autel, face à la falaise, et enlève ton collier.

Diba obéit. Elle confia le bijou au joueur.

— Sadge, l'interpella Izildée, je te demande d'attendre en dehors du cercle de pierre. Quoi qu'il arrive, tu ne dois pas y entrer avant que je t'y invite.

Lorsqu'elle obtint l'approbation du maître-cartes, elle rejoignit Diba, qui regarda Thélie couvrir l'autel d'un linge blanc avant de s'asseoir dessus. Grâce à son tour d'oreille incrusté d'un œil de tigre, l'émotionnelle ne souffrait pas du froid. Sur ordre des maîtresses de cérémonie, Diba ôta le haut de sa robe puis s'allongea sur le côté, offrant son dos nu à la vue de Thélie. Ce serait à l'artefactrice de positionner les différentes pièces de sa création. Izildée, elle, s'occuperait de les fusionner avec Diba. Cette dernière replia ses bras sur sa poitrine dénudée quand la rituelleuse se pencha vers elle, une fiole à la main.

— C'est un anesthésiant, expliqua Izildée. Le rituel commencera quand tu seras endormie.

— D'accord.

— Comment tu te sens ?

— Bien, confia Diba. Je sais qu'avec vous ça ira.

Touchée par sa confiance, Izildée ne put retenir une caresse affective sur ses longs cheveux noirs remontés sur sa tête en un chignon serré. Pour le bien du rituel, la colonne vertébrale devait être dégagée du cervelet jusqu'aux vertèbres lombaires.

— Allons-y, annonça Izildée en débouchant la fiole près du nez de Diba.

Le liquide volatile fut vite inspiré. Diba somnolait déjà. La rituelleuse s'assit en tailleur dans le vide comme elle se serait assise sur son lit. La facilité avec laquelle elle lévitait avait de quoi impressionner. Elle le savait, elle en était fière. Elle glissa sa main droite dans celle de Diba, posa la gauche sur l'autel, ferma les yeux, puis ne bougea plus.

Thélie disposa sur le linge blanc les sept parties de son artefact – une partie pour chaque émotion. Elle posa ensuite un sondeur sur la tête de Diba, qui afficha une représentation holographique de son cerveau. Ses signes vitaux indiquaient qu'elle dormait profondément. Thélie désinfecta l'épiderme de sa patiente grâce aux plantes apportées par Izildée.

— Je suis prête, annonça-t-elle à sa partenaire.

Cette dernière, sans desceller ses paupières, entonna une mélopée murmurée dont les sons roulèrent sur le sol, illuminant sur leur passage les symboles gravés dans la pierre. Thélie attendit que la dernière rune du dernier monolithe se soit mise à briller d'un bleu envoûtant pour poser la première pièce de son artefact. Sans quitter l'hologramme des yeux, elle le positionna à la base du cervelet de Diba en veillant toutefois à ce que le métal de l'objet ne touche pas la peau, sans quoi cette dernière fusionnerait avec en raison du rituel d'Izildée. Thélie devrait le poser au dernier moment.

Chapitre 33

Avant, elle guida de sa main gauche une armée de filaments métalliques aussi fins que la soie d'une araignée, qui percèrent la peau de sa patiente. Des liserés écarlates coulèrent le long de sa nuque. Les fils apparurent sur l'hologramme, alors Thélie n'eut qu'à guider chacun d'entre eux vers la région du cerveau adéquate. L'opération était délicate car la moindre erreur aurait de graves conséquences, pourtant l'artefactrice n'hésitait pas. Son geste sûr et sa parfaite connaissance de l'anatomie humaine firent que chaque connecteur trouva sa place sans créer de dégât. Thélie les vérifia un par un, testa leur réactivité, puis posa enfin l'artefact sur la peau de Diba.

D'abord, des crochets s'enfoncèrent dans la chair. Le sang ne coulait plus en liserés mais en filets. L'artefact referma ses griffes sur une vertèbre, et l'épiderme nacré de Diba l'emprisonna à moitié dans ses tissus, ne laissant apparente que sa surface argentée gravée de runes. Cette pièce était la plus importante, ce serait elle qui connecterait les autres aux différentes parties du cerveau.

Les fonctions vitales de Diba étaient bonnes, pourtant Thélie ne se précipitait pas. Toujours avec prudence, elle répéta l'opération six fois, liant au fur et à mesure chaque composant au précédent. Quand le dernier eut fusionné, elle se redressa en laissant échapper un soupir de soulagement. Elle prit alors conscience de la transpiration couvrant son front et sa nuque malgré le froid vif de la nuit. Elle s'en occuperait plus tard.

Sans qu'Izildée n'interrompe son rituel malgré l'heure passée, Thélie nettoya le dos de Diba pour en ôter le sang, avant de le badigeonner de produit désinfectant.

— J'ai terminé, lança-t-elle à la nuit.

La voix de la rituelleuse mourut, la lumière envoûtante des symboles tomba. Izildée ouvrit les yeux. Son regard se porta sur l'hologramme toujours accroché dans l'air.

— Tous les connecteurs fonctionnent, renseigna Thélie.

Izildée quitta sa position assise en lévitation pour se tenir debout près de Diba. Les deux amies surveillèrent l'activité cérébrale de leur patiente durant de longues minutes encore, redoutant de voir un capteur monter dans le rouge. Le corps pouvait encore faire un rejet.

— Qu'est-ce qui se passe ? demanda Sadge depuis l'extérieur du cercle.

— Pour l'instant, rien, répondit Thélie. On observe les réactions de son organisme.

— Y'a besoin de Nahasael ?

— Son pouvoir ne servirait à rien. Il faut juste être patient.

Plusieurs dizaines de minutes passèrent avant que Thélie récupère son sondeur, mettant ainsi officiellement fin au rituel. Sadge attendit au loin le temps qu'elles rhabillent Diba et brûlent le linge blanc taché de sang afin que rien ne puisse perturber leur jeune camarade à son réveil. Alors, le maître-cartes les rejoignit, toujours inquiet. Il resta près de Diba le temps qu'Izildée passe des vêtements chauds.

Il leur fallut attendre une heure supplémentaire avant que leur camarade se réveille enfin. Émerger fut difficile pour elle, mais après un long moment Thélie et Izildée purent l'asseoir. Elles s'empressèrent de la rassurer sur le déroulé et le succès de l'opération.

— Et maintenant ? demanda Diba d'une voix vacillante.

— Tu vas te reposer pendant quelques semaines, l'informa Thélie. Ensuite on commencera les réglages.

Chapitre 33

— En attendant, l'artefact va quand même tempérer mes émotions ?

— Je ne sais pas à quel degré, donc sois très vigilante.

Thélie avait dit ça en jetant un regard au maître-cartes.

— Ne faites rien qui puisse déclencher ton pouvoir. Compris ?

Diba et Sadge approuvèrent, puis ce fut le temps du retour. Ils reprirent ensemble le chemin des collèges dans un silence que le rituel récent rendait étrange. Quelque chose venait de changer, ils le savaient. Mais pas à quel point. Ce qu'ils ignoraient plus que tout, c'était dans quelle mesure cela allait influencer leurs vies.

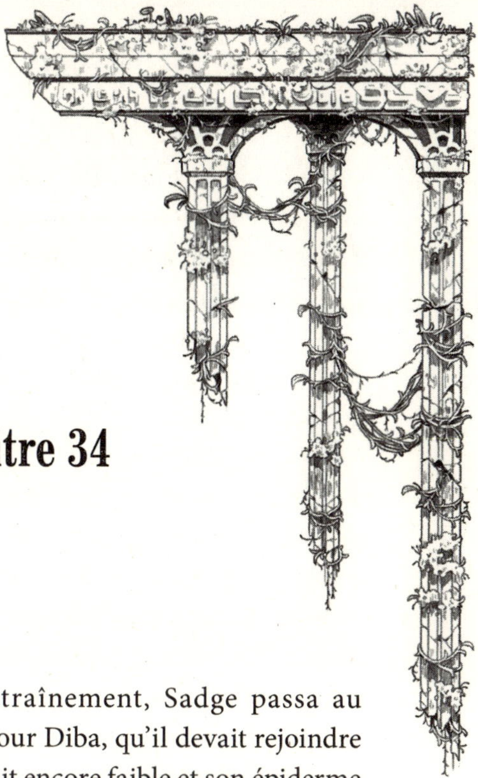

Chapitre 34

Après une matinée d'entraînement, Sadge passa au réfectoire prendre à manger pour Diba, qu'il devait rejoindre dans sa chambre. Son amie était encore faible et son épiderme autour de l'artefact toujours rouge. Même accélérée par le rituel et les plantes, la cicatrisation prenait du temps. Diba portait uniquement des hauts dos nu afin qu'aucun tissu n'irrite les plaies, chose rendue possible par son tour d'oreille. Elle avait même été incapable de remettre le collier offert par Niamh. Si rien ne l'empêchait de sortir, Diba préférait rester dans sa chambre durant le week-end. Le contrecoup du rituel était épuisant, elle voulait récupérer avant la reprise des cours le lundi suivant.

— Tu as ton cours particulier avec Elcina aujourd'hui ? demanda Diba.

— En début d'après-midi, ouais. Ensuite, j'irai explorer le domaine pour essayer de repérer les grottes.

— Tu vas commencer par où ?

— Je vais survoler la rivière jusqu'à la mer.

La réponse étonna Diba. Sadge dut lui rappeler l'existence de sa carte vol. L'émotionnelle oubliait sans cesse les capacités de son jeu, pourtant elles avaient aussi leur importance.

— Et si tu ne trouves rien près de la rivière ?

— Je demanderai aux ondines. Je vois mal comment deux robots géants pourraient squatter une de leurs grottes sans qu'elles le sachent.

— C'est pertinent.

Les deux amis passèrent tout de même presque une heure à observer la carte donnée par Heren, au cas où le survol du cours d'eau et les ondines ne donneraient rien. Des endroits comme le cercle de pierre des rituelleurs, il devait y en avoir d'autres à Puy-sur-Embruns. En toute logique, chaque classe possédait le sien, mais qui savait ce que l'immense université cachait au cœur de sa forêt, au sommet des pics rocheux et par-delà eux. Aucun membre du personnel universitaire n'interdisait aux étudiants d'explorer les alentours. Pourtant personne ne le faisait jamais, principalement par manque de temps. Entre les cours théoriques, pratiques et les activités annexes, c'était une denrée rare. Il fallait un esprit aventureux comme celui de Sadge pour le perdre en explorations hasardeuses.

Le moment de se séparer arriva. Le maître-cartes se rendit sans attendre dans la salle commune de leur collège où il repéra sans mal la petite silhouette de la mageresse enchanteresse. Elcina et lui passèrent l'heure suivante à réviser toutes les notions de géologie et de minéralogie indispensables à la pratique de la lithomagie, art que Sadge cernait de mieux en mieux grâce à sa camarade. Lorsqu'il la quitta ce jour-là, ce fut la première fois qu'il se sentit capable de passer les examens, dans quatre mois. Il ne voulait pas partir sur un échec.

Chapitre 34

Porté par deux immenses ailes noires, Sadge suivait la rivière depuis l'entrée du domaine en direction de la mer. Sur les premiers kilomètres, le cours d'eau, large de quatre à sept mètres, était tranquille. C'était au-delà du château et de leur coin déjeuner, à Diba et à lui, que le courant gagnait en puissance et que les dénivelés du terrain créaient les premières cascades. De plus en plus encaissée, la rivière courait à présent au pied de hautes falaises. Sadge reconnut au sommet le cercle de pierre où avait eu lieu le rituel d'Izildée. Ici la roche était parfois percée, obligeant plus d'une fois le maître-cartes à troquer sa capacité de voler contre la force de ses muscles pour se faufiler entre les crevasses étroites. Lorsque les passages étaient trop exigus, il ne tentait même pas de s'y glisser. La prudence était de mise.

Sadge suivit ainsi la rivière. Le paysage s'aplanissait à l'approche de son embouchure où les embruns lui donnèrent, durant une fraction de seconde, l'envie de s'enfuir au-delà des flots, dans un pays où personne ne saurait rien de lui. Il chassa pourtant vite cette pensée et fit demi-tour avant de geler sur place dans le ciel d'hiver. L'heure viendrait bientôt de partir. S'il avait été raisonnable, sans doute l'aurait-il fait bien plus tôt. Le fait d'avoir trouvé une amie ainsi qu'un lieu sûr pour le moment le faisait flancher. Dans ces instants, son envie d'être un étudiant de dix-neuf ans comme un autre, sans autre souci que ses examens, prenait le dessus. Il était normal de privilégier la routine à la fuite. Sadge voulait en profiter tant que cela durerait.

Le maître-cartes sortit soudain de ses réflexions quand du mouvement en contrebas attira son attention : des formes efflanquées jouaient dans les rapides. Il plongea vers elles. À peine s'approcha-t-il de l'eau que les ondines disparurent comme des ombres chassées par la lumière. Sadge attendit sur un atterrissement[1] dans l'espoir de voir apparaître Niamh. Il finit par se convaincre qu'il aurait plus de chance de la rencontrer près des bassins des jardins interdits où il se rendit sans attendre.

Au deuxième niveau, là où l'épaisse frondaison des arbres coupait en grande partie la lumière qui tombait des dômes en verre, Sadge fit jouer ses doigts dans l'eau nimbée de bleu phosphorescent. Cette fois, il n'eut pas à attendre longtemps avant l'arrivée de l'ondine, qui ne prenait plus la peine de dissimuler sa véritable apparence à laquelle le maître-cartes s'était habitué. Sadge exposa son problème à la créature aquatique.

— Tu as raison, les miennes savent où se trouvent les robots dont tu parles.

— Ils sont accessibles ?

— Pour qui peut respirer dans l'eau.

Sadge maugréa : il ne connaissait aucune magie capable de lui donner cette capacité. Il n'y avait guère que les vivemages pour développer ce genre d'aptitude. Il réglerait ce détail plus tard. Avant, il devait parvenir à les localiser plus précisément, raison pour laquelle il déplia la carte devant Niamh.

— Tu saurais me dire à peu près où ils se trouvent ?

— J'en doute. Je ne connais rien du sol.

— Et par rapport aux bassins du domaine ?

— Je ne les vois pas.

Sadge tourna la carte vers lui : la majorité des points d'eau n'étaient en effet pas notés. Il fit patienter l'ondine le temps de se rendre jusqu'à sa chambre et d'en revenir avec un crayon.

---

1. Dépôt de terre que la mer et les cours d'eau accumulent sur les bords.

Chapitre 34

Il ajouta ensuite les bassins de manière approximative, mais assez juste pour avoir une idée correcte de leur localisation. Grâce à eux, Niamh put indiquer l'emplacement des deux super ARM, sous le lac artificiel construit soixante ans auparavant.

— Tu les as vus ? demanda Sadge à la créature aquatique avec un soupçon d'impatience dans la voix.

Niamh plissa ses yeux exorbités. Il y avait un brin de malice dans son regard quand elle tarda à répondre.

— Tu aimerais savoir comment ils sont ?

— Bien sûr !

— Tu aimerais les trouver ?

— À ton avis ? lui retourna le maître-cartes.

— Pourquoi ? Qu'en feras-tu ? Tuer ceux qui te poursuivent ?

Sadge resta coi. Si une ARM valait cent mages, combien en valait une super ? Il n'y avait pas réfléchi puisque tuer ses poursuivants ne lui avait jamais traversé l'esprit.

— Je ne suis pas un assassin.

Sa réponse était destinée autant à Niamh qu'à lui-même. Il avait assez l'expérience du malheur pour ne pas vouloir en causer aux autres.

— Alors pourquoi les chercher ?

Question légitime.

— Je vais être obligé de partir cet été. Disons que savoir où se trouvent deux armes surpuissantes serait ma revanche sur tous ceux qui me poursuivent.

Sadge détourna la tête, songeur.

— Je n'ai pas grand-chose, mais j'aurai au moins ça.

— Que se passerait-il si tes poursuivants découvraient les robots ? émit Niamh.

— Ils s'en serviraient pour faire la guerre.

— Que se passerait-il s'ils les trouvaient alors que tu es encore ici ?

L'étudiant la fixa, interloqué par son insistance.

— Je suis prudent, répondit-il comme une évidence. Ils ne les trouveront pas grâce à moi. Je ferai tout pour que ça n'arrive jamais.

Son affirmation réveilla une étrange détermination à ne pas laisser pareilles armes entre les mains de n'importe qui, dût-il pour cela piloter lui-même les robots pour les mettre à l'abri loin d'ici.

Niamh s'immergea dans le bassin sans dire un mot, puis sa tête réapparut, déchirant le voile aqueux.

— Trouve un moyen de respirer sous l'eau et je te conduirai.

Cette promesse remplit Sadge de tant d'entrain qu'il se leva sous le coup de l'excitation. Même s'il n'avait absolument aucune idée de l'endroit où trouver un tel sort, il y parviendrait avant les examens !

Chapitre 35

Entre les cours, ses entraînements, ses révisions et son nouveau travail d'assistant jardinier, Sadge peinait à se dégager du temps pour chercher efficacement un vivemage capable de l'aider à respirer sous l'eau. Trouver un rythme prenait du temps, ce qu'il n'avait pas en quantité suffisante pour être tout à fait serein. Avec l'approche de la fin mars, l'été arrivait à grands pas.

La bonne nouvelle, c'était que Diba s'était parfaitement remise du rituel. Son corps avait accueilli l'artefact de Thélie sans aucun problème. Les parties visibles de l'objet l'indisposaient un peu pour le moment, au point de la pousser à laisser sa longue chevelure en liberté tous les jours afin de les dissimuler à la vue des autres. Elle n'avait ni besoin ni envie d'attirer l'attention sur elle. En dehors du maître-cartes, seules Izildée, Thélie et Filairain savaient pour l'artefact, et c'était très bien ainsi.

Sadge songea au premier test du stabilisateur d'émotions prévu dans la soirée tout en préparant des semis sous abri.

Heren était une excellente professoresse en matière de jardinage, le jeune homme avait beaucoup appris en deux semaines. Il appréciait passer du temps en sa compagnie. Cela semblait réciproque vu la manière dont elle se montrait curieuse de la vie de l'étudiant. Elle lui avait confié son regret de n'avoir jamais poursuivi d'études elle-même. Sadge s'était retenu de lui avouer que, s'il n'était pas l'homme le plus recherché de cette partie du monde, lui non plus n'aurait sans doute jamais eu l'occasion d'en mener.

Quand arriva la fin de son temps de travail, Sadge fit l'habituel inventaire des outils tout en les rangeant. L'esprit ailleurs à cause de Diba, la pelle lui échappa des mains et tomba sur des sceaux en ferraille qui firent un bruit assourdissant. Sadge sursauta même, avant de se fustiger de son inattention heureusement sans conséquence. Heren déboula dans l'établi, attirée par le vacarme, et s'empressa de rejoindre Sadge qu'elle examina sous toutes les coutures à la recherche de la moindre égratignure. Le maître-cartes avait du mal à s'accommoder de cette facette surprotectrice d'Heren.

— Je n'ai rien, la rassura-t-il. Ça a fait du bruit, c'est tout.

— Tu es sûr ? Laisse-moi regarder mieux.

— Non, c'est bon.

Le ton un peu sec fit reprendre une contenance à Heren. Elle retrouva son attitude professionnelle en une fraction de seconde.

— Pardon. Tu es sous ma responsabilité, je ne veux pas qu'il t'arrive quelque chose. Les parents ne s'en remettent jamais…

Le regard qu'elle posa sur lui à ce moment-là était celui d'une mère pour son enfant, ce qui laissait penser que la quadragénaire avait peut-être vécu un drame dans son passé.

Chapitre 35

Sadge regretta de s'être agacé si vite et s'en excusa, mais Heren ne lui en tint pas rigueur. Elle savait que sa tendance à s'inquiéter pour rien pouvait énerver.

— Ma tendance à tenir les gens à distance agace aussi, confia Sadge. On est quittes.

Malgré le ton léger de la réplique, Heren ne sourit pas, sans doute parce que le sous-entendu était terrible pour un jeune homme de son âge. Elle ne dit rien et se contenta d'aider son assistant à terminer le rangement, après quoi il prit congé.

Comme il l'avait promis à Diba, il lui tint compagnie lorsqu'elle se rendit dans l'atelier personnel de Thélie. À Puy-sur-Embruns, il fallait, pour obtenir une salle réservée, faire partie des vingt meilleurs élèves de l'université. Dès lors, une pièce dont vous étiez seul possesseur de la clé vous était attribuée jusqu'à votre départ.

L'atelier de Thélie se trouvait dans un bâtiment situé derrière le collège des troisièmes cycles. La vaste salle articulée autour d'un bas fourneau était remplie de minerais, d'artefacts de toutes tailles brillant sous la lumière vive des flammes, de pièces détachées et, sur un immense bureau, de dizaines de schémas, d'éclatés et de plans d'assemblage. Il faisait chaud, si bien que les nouveaux arrivants eurent tôt fait d'ôter leur manteau. Izildée avait elle aussi tenu à assister à ce premier test de l'artefact.

Tandis que Thélie attirait Diba à l'écart afin de lui expliquer la manière dont ce test allait se dérouler, Sadge en profita pour demander à Izildée si elle comptait parmi des personnes de confiance un vivemage spécialisé dans les animaux aquatiques. La requête précise la surprit évidemment, mais, en digne héritière des valeurs d'Aulnecœur, elle ne posa aucune question indiscrète et se contenta de répondre par la négative. Les étudiants de troisième cycle avaient beau être peu nombreux, cela ne signifiait pas qu'ils se connaissaient tous. Sadge pesta intérieurement face à cette nouvelle impasse.

— On va commencer, annonça Thélie.

Cette simple affirmation suffit à capter toute l'attention du maître-cartes, qui ne vit plus que Diba assise sur un fauteuil en bois. Elle était reliée par des câbles à un autre type de sondeur que celui utilisé par l'artefactrice lors du rituel. Une multitude de données s'affichaient dessus sans que Sadge parvienne à les comprendre. Qu'importait, il avait toute confiance en Thélie pour ça. Cette dernière demanda à Diba de se concentrer sur la tristesse jusqu'à ce que les premières douleurs apparaissent. Ce serait le signal pour poser la limite du régulateur. En effet, selon ce que Diba ressentait, son corps avait plus ou moins de résistance. La puissance des positives montait par exemple plus haut sans dégâts. Pour les négatives, c'était le contraire : chaque pic de magie affaiblissait l'organisme de la jeune femme.

Malgré cinq mois passés à la côtoyer, Sadge parvenait difficilement à déchiffrer les attitudes de son amie, en majorité à cause de son manque d'expressivité. Durant une fraction de seconde, il se mit à la place de tous les autres, ceux qui ne connaissaient de Diba qu'un visage figé, reflet fantasmé d'un cœur gelé, et il comprit pourquoi elle leur apparaissait comme un trou noir. Cette image fut vite chassée de son esprit quand son amie le fixa un bref instant avant de fermer les yeux ; il crut y déceler une inquiétude sincère, et il se surprit à avoir peur. Tandis que les pouvoirs de Diba commençaient à se manifester, le maître-cartes ouvrit l'étui de son jeu dans lequel il attrapa les cartes de Nassy et de Nahasael, au cas où. Ce fut pourtant inutile car, au premier signe physique de douleur, Thélie plaça un verrou qui, une fois activé, rendormit aussitôt la magie de l'émotionnelle. Ses cartes toujours en main, Sadge la rejoignit pour s'enquérir de son état. Elle le rassura avant de se tourner vers Thélie.

— Ce verrou est trop bas, je ne pourrai exécuter que des sorts mineurs.

— Si tu veux épargner ton corps au maximum, on doit verrouiller bas les émotions négatives. Grâce à ça, tu auras plus de facilité à faire appel de manière optimale aux positives.

Après un instant de réflexion, Diba acquiesça. Thélie et elle programmèrent le second test pour la semaine suivante, sans garantie d'arriver à un résultat immédiat car la prochaine émotion bridée serait la peur. Et l'émotionnelle n'était pas facile à effrayer. Qu'à cela ne tienne, l'artefactrice avait aussi une solution pour régler ce problème si la première tentative ne donnait rien. Solution de secours qu'elle refusa de révéler aussi bien à Diba qu'à Sadge, prétextant une envie de ne pas leur gâcher la surprise. Les deux camarades échangèrent un regard dubitatif : pourquoi Thélie semblait autant impatiente de leur montrer comment avoir peur ? À certains égards, l'artefactrice était bien plus étrange qu'Izildée. Ce fait ne rassura pas vraiment Diba, qui décida pourtant de lui faire confiance comme elle l'avait fait jusqu'à présent. Après tout, elle était allée beaucoup plus loin dans la maîtrise de ses pouvoirs avec Thélie et Izildée en quelques semaines qu'avec une bardée de professionnels et d'experts en plusieurs années.

Durant tout le week-end, Sadge fureta dans l'université à la recherche d'un étudiant susceptible de l'aider. Du haut de tout ce qui pouvait lui servir de perchoir, il observait les deuxièmes cycles, les troisièmes étant souvent cachés dans un recoin afin de parfaire la pratique de leur magie.

Lorsqu'il se rendit à son travail, il tenta de se renseigner auprès d'Heren, en vain : elle était à Puy-sur-Embruns depuis trois mois à peine, elle connaissait ses collègues, quelques employées de ménage mais aucun étudiant, du moins pas suffisamment pour savoir si l'un d'eux était un vivemage aquatique.

Les derniers jours de cours précédant les vacances de la semaine du printemps n'apportèrent aucune piste. Avant que Thélie et Izildée rejoignent leur famille respective, le nouveau test de l'artefact de Diba eut lieu en soirée. N'ayant jamais été en danger ou soumise au stress, l'émotionnelle ne connaissait pas la peur pure. Lorsque Priamus avait été sur le point de tuer Sadge, cette émotion avait aussitôt laissé place à de la colère, puis à de la haine. Sans le heaume du chevalier empathique, il lui était impossible de se plonger seule dans un tel état. Thélie décida alors de jouer sa dernière carte. Pour cela, elle quitta son atelier et n'y revint que quinze minutes plus tard en compagnie d'un jeune homme porteur des insignes des deuxièmes années de troisième cycle.

Le nouvel arrivant captait sans mal toute l'attention. Du moins, le demi-masque qui mangeait toute la partie gauche de son visage l'attirait-il. En argent ciselé, massif, il représentait la moitié d'un visage de dragon d'eau qui tenait entre les crocs de sa gueule entrouverte une perle à l'éclat envoûtant. Le masque n'était visiblement pas le fruit d'une étrange lubie : c'était un artefact fusionné avec le visage de l'étudiant. La vision était à la fois fascinante et terrifiante, en particulier quand l'œil du dragon, indépendant de celui de l'humain, fixa Sadge avant de revenir sur Thélie lorsqu'elle prit la parole :

Chapitre 35

— Je vous présente Naphtam Remenar, runomage.

L'instant d'hésitation qui suivit poussa le nouveau venu à faire entendre sa voix claire pour ôter tout doute de l'esprit de ses deux jeunes camarades :

— En dépit de mon singulier compagnon, je ne suis pas artefacteur.

Loin d'éclaircir la situation, Naphtam l'épaissit davantage par toutes les questions que son début d'explication soulevait. Qui pouvait fusionner un masque si spécifique, destiné à augmenter les pouvoirs d'un artefacteur, avec un runomage, et surtout, pourquoi ? Mais plus important demeurait cette interrogation : comment un runomage pouvait-il aider Diba à éprouver de la peur ? À cela aussi, Naphtam fournit une réponse – le jeune homme semblait toujours aller droit au but :

— À la différence des runologues qui étudient les runes et leurs pouvoirs, les runomages créent de nouvelles runes. Du moins, nous essayons. Thélie a fait appel à mes services afin que j'en dessine une pour toi, Diba.

— Une rune de peur ? s'étonna cette dernière. Tu peux vraiment le faire ?

— En théorie, oui. En pratique, ça ne devrait pas poser trop de problème.

Direct et orgueilleux ; Naphtam ne devait pas avoir beaucoup d'amis. L'affirmation du runomage ne parut pourtant pas convaincre Diba.

— Sans accès au heaume, intervint Thélie, nous n'avons pas beaucoup de choix. L'aide de Naph nous sera également utile pour les autres émotions, car certaines sont dures à déclencher sur demande, en particulier chez toi.

L'intervention décida Diba à suivre Naphtam dans un coin afin que ce dernier puisse en apprendre plus sur elle, ceci dans le but d'optimiser le pouvoir de la future rune de peur. Sadge en profita pour interroger Thélie sur le runomage. S'il était capable de créer artificiellement une émotion, la possibilité qu'il puisse fabriquer la faculté de respirer sous l'eau n'était pas à exclure.

— Tu le connais depuis longtemps ? demanda-t-il à l'artefactrice.

— Assez pour savoir que Diba ne risque rien.

La méprise de Thélie fit intérieurement sourire Sadge car, en plus de montrer que personne ne soupçonnait ses agissements, cela signifiait que son amitié avec Diba était un fait connu et établi. Pour lui, c'était une première, et elle avait quelque chose de bouleversant. Il se reprit pourtant dans l'instant :

— C'est bon à savoir. Tu penses qu'il est digne de confiance ?

Le regard de Thélie passa du runomage à Sadge.

— Pourquoi ?

— J'ai besoin d'un service et d'une personne discrète pour me le rendre. Tu penses qu'il ferait l'affaire ?

L'hésitation de Thélie n'annonçait pas une réponse satisfaisante.

— Je connais Naph depuis cinq ans, je ne l'ai jamais vu trahir une promesse.

Peut-être pas si insatisfaisante que ça, finalement. Sadge s'en réjouissait quand Thélie compléta :

— À dire vrai, je ne l'ai jamais vu rendre service gratuitement. Tu peux tenter ta chance, mais n'aie pas trop d'espoir.

La révélation freina net les ardeurs du maître-cartes. Ayant peu d'options à sa disposition, il tenta sa chance malgré tout.

Chapitre 35

Il attendit donc patiemment la fin de l'entretien entre Diba et Naphtam, lequel survint presque dix minutes plus tard.

— J'ai ce qu'il me faut, annonça Naphtam. On se revoit après les cours de pilotage de la rentrée.

Et il s'en alla. Sadge dit à Diba de partir en premier, avant de courir après le runomage qu'il rattrapa près du collège des troisièmes cycles. Dans l'ombre pâle du bâtiment, sous la lumière du crépuscule naissant, le maître-cartes accusa le regard de reproche de Naphtam comme celui suspicieux de l'artefact draconique. Ni l'un ni l'autre ne le mettaient à l'aise.

— Qu'est-ce tu veux ? aboya presque Naphtam.

— Savoir si tu serais disposé à m'aider. Je dois trouver un moyen de respirer sous l'eau.

— Qu'est-ce que j'y gagne ?

La question laissa Sadge pantois. Le runomage orgueilleux et direct était aussi agressif. Bien trop agressif. L'impression d'être face à un animal sauvage poussa Sadge à la retraite stratégique, de peur de s'attirer les foudres définitives de son camarade.

— Je n'ai rien à t'offrir en échange, confirma-t-il tout de même.

— Ça, je le sais. Tu as beau être une bête de foire, tu n'es rattaché à rien ni personne, donc inintéressant. J'ai autre chose à faire que perdre mon temps.

La réplique cinglante conclut la conversation. Naphtam s'en alla sans un regard en arrière, laissant Sadge chamboulé par le court échange. En quelques secondes, le runomage avait réussi à faire remonter à la surface ce qui faisait le limon[1] du maître-cartes : la solitude, le déracinement et l'inutilité.

---

1. Terre fertile transportée par les eaux courantes.

Il reprit alors pleinement conscience de son temps limité à Puy-sur-Embruns, de la fin programmée de ce moment d'accalmie. Bientôt, son monde s'effondrerait encore, il lui faudrait une nouvelle fois déployer une énergie colossale pour se construire un simulacre autre part. Seulement, l'envie et la force lui échappaient. Petit à petit, il le savait, il abandonnerait.

Jusqu'au jour où il s'écroulerait.

Chapitre 36

La semaine de printemps arriva et avec elle ses sept jours de vacances durant lesquels les heures de travail de Sadge doublèrent. À défaut de pouvoir passer du temps avec lui pour réviser, Diba s'occupait en étudiant dans les moindres détails la formule destinée à briser le sort du sablier, tout en préparant sa prochaine excursion en son sein. Le faire pendant les vacances n'éveillerait pas les soupçons puisque son absence ne serait pas remarquée. En plus, Sadge serait sans doute là à son retour, il pourrait noter les informations que Diba obtiendrait de l'ingénieure d'ARM prisonnière dans l'objet.

Le passage se fit un début d'après-midi, le second jour des vacances, dans la chambre de Sadge au cœur des jardins interdits. Curieuse, Rheyi s'enroula autour de la balustrade près du bureau où trônait le sablier. Face à ce dernier, Diba et Sadge le fixaient dans un silence parfait. Les grains dorés s'écoulaient toujours dans le même sens, invariablement, empêchant de ce fait les jeunes gens de mesurer le temps. Après un court instant, le sentiment mit le maître-cartes tellement mal à l'aise qu'il se racla la gorge pour se redonner une contenance.

— C'est une magie active, alors ? demanda-t-il.

— En effet, sinon je n'aurais jamais pu y aller une première fois.

Contrairement à la magie passive nécessitant l'intervention d'un mage pour devenir active, la magie nativement active répondait à l'appel du mage. Autrement dit, Diba devait demander au sablier l'autorisation d'entrer. La magie active était en général utilisée pour conserver des savoirs ou des informations sensibles ; comme une ingénieure d'ARM.

Diba fit un pas vers le sablier, effleura les inscriptions du bout des doigts tout en prononçant une formule dans le langage didactique des phytomages, langage enseigné au deuxième cycle. L'assiduité autant que la curiosité de Diba, ainsi que ses recherches précédant le premier passage, lui avaient permis de le maîtriser suffisamment pour communiquer avec l'artefact.

Ce dernier se mit à pulser discrètement, puis les runes gravées sur les bulbes en verre s'illuminèrent. Bientôt, il s'en échappa des filets de sable qui s'enroulèrent autour de Diba jusqu'à la dissimuler à la vue de Sadge.

— À tout à l'heure.

La voix de l'émotionnelle tomba en même temps que le sable, puis les grains furent comme aspirés par le sablier vers lequel ils glissèrent. Apparut bientôt le visage figé de Diba.

Elle glissa sans pour autant bouger dans des ténèbres où haut et bas se confondaient. Lorsque ses pieds touchèrent enfin un sol dur, son poids pesa à nouveau d'un seul coup. Ses jambes flanchèrent. L'étudiante s'écroula sur de l'acier froid. Tout autour d'elle était sens dessus dessous au point qu'il lui fallut plusieurs minutes pour parvenir à distinguer les détails de l'endroit : un bureau d'étude. Elle se releva, fébrile, et dut s'appuyer contre un plan de travail encombré de pièces détachées pour ne pas s'effondrer encore. Quelques profondes respirations lui furent nécessaires afin de chasser le goût de bile dans sa bouche. Elle esquissa même une furtive grimace de dégoût, émotion trop brève pour déclencher son pouvoir.

Quand elle fut parfaitement maîtresse d'elle-même, Diba observa son environnement sombre. La seule lumière de l'endroit provenait d'une porte ouverte sur sa droite, par laquelle se déversait un doux éclat rosé. De l'autre côté de l'encadrement se trouvait un salon pourvu d'une baie vitrée ouvrant la vue sur une aube flamboyante.

— Tu me fais prodigieusement chier, Philippe !

Le cri de rage aurait surpris Diba si le souvenir de sa première visite ne commençait pas à émerger, lui chuchotant que la situation était normale. Du moins, normale pour le couple. Une femme d'une cinquantaine d'années déboula dans le salon depuis une autre pièce, son époux rouge comme une tomate sur ses talons. Un détail alerta Diba : l'homme tenait un couteau de cuisine et son regard venimeux n'augurait rien de bon. Avant que l'étudiante ait pu esquisser le moindre geste ni même émettre le moindre son, l'ingénieure attrapa un objet sous un coussin du canapé, se tourna vers son mari, le bras tendu, la main fermement cramponnée à un revolver.

La détonation explosa dans le calme du matin.

Diba détourna la tête, les yeux fermés afin de garder le contrôle sur le maelström de ses émotions face au meurtre qui venait d'avoir lieu.

— Pfiou ! Ça fait du bien, soupira l'ingénieure soulagée. Ah, tiens, tu es revenue, Diba ?

À l'entente de son prénom, la susnommée rouvrit les yeux. L'ingénieure se tenait devant elle, l'air satisfait.

— Puisque tu dois avoir du mal à te souvenir de ta première visite, je précise que la cervelle de ce truc qui me sert de mari sera intacte dans moins de vingt-quatre heures.

Elle se pencha vers sa visiteuse.

— En attendant, ne regarde pas, glissa-t-elle, taquine.

— Je n'en ai pas l'intention, confia Diba. Vous êtes bien l'ingénieure d'ARM…

— Arya Vijay. Tu te souviens de ta promesse de me faire sortir d'ici ?

Diba ne put répondre car Arya lui coupa tout élan :

— Franchement, on nous serine toute notre vie avec le grand amour, mais je vais te confier une chose : le grand amour ne résiste pas à une boucle temporelle de mille ans. Je voulais passer ma vie avec Philippe, aujourd'hui je prends plaisir à lui tirer une balle dans la tête chaque matin… du moins quand ce n'est pas moi qui me fais descendre. Je n'en peux plus ! Je suis obligée de faire preuve de malice pour trouver de nouvelles cachettes pour mon revolver…

— Je sais pour les deux super ARM.

L'affirmation fit ravaler sa langue à Arya et modifia son regard pour y laisser voir une pointe de contrariété. Arya se tendit.

— Comment ? Je sais que Sanrell n'en aurait jamais parlé. Il les craignait plus que tout.

— Il l'a écrit dans une lettre destinée à sa sœur. Une lettre qu'il a conservée à défaut de l'envoyer. Il semble que l'approche de la mort l'a poussé à se confier. Pourquoi en avait-il si peur ?

Chapitre 36

Sans prendre la peine de répondre, Arya prit la direction de son atelier. Lorsque Diba l'y rejoignit, les lumières s'allumèrent en réponse au claquement des mains de la maîtresse des lieux. Il sembla à Diba s'être déjà étonnée de cette technologie sans magie. L'impression de déjà-vu était déstabilisante.

— Ketu, allume l'ordinateur principal.

Un vrombissement discret se fit entendre durant quelques secondes, puis un écran holographique en trois dimensions apparut au milieu de la vaste pièce aux murs épais.

— Nous avons un marché, reprit Arya à l'attention de Diba. Je te dirai tout ce que je sais si tu me fais sortir d'ici.

— Vous avez pourtant l'intention de me montrer quelque chose, n'est-ce pas ?

Arya darda sur elle un regard insondable.

— Ketu, affiche le modèle des mecha Skyflown et Soulflown.

Les représentations apparurent, laissant Diba hébétée.

Les deux robots avaient un design si fin que les autres ARM apparaissaient en comparaison comme de grossiers brouillons. L'aérodynamisme des engins élancés frôlait la perfection et l'exécution des finitions, à l'image des aérations sur les flancs, étaient du pur génie… ou plus sûrement des années de travail acharné. Ces « mecha », comme les appelait Arya, étaient visiblement conçus pour se mouvoir vite et aisément. Ils semblaient être capables de voler, à en juger par les réacteurs dorsaux et les propulseurs aux extrémités de chaque membre. La carlingue était partout gravée des mêmes symboles inconnus que ceux sur les ARM des Terres d'Auvanche.

Passée la stupéfaction, Diba remarqua que la mécanique complexe, de ce qu'elle pouvait en distinguer, ne servait pas qu'à la mobilité du mecha. Chacun d'eux était lourdement armé. Bien plus que les ARM déjà découvertes. Alors, le déclic se fit dans son esprit.

— Sanrell les craignait pour leur puissance, formula Diba.

— Il avait raison. Même pour ma civilisation, ces deux mecha ont une force de frappe inégalée, et convoitée. Alors imagine pour la tienne.

Diba dévisagea l'ingénieure.

— Quelle est votre civilisation ?

— Fais-moi sortir d'ici et je te le dirai. Même si je doute que tu sois prête à entendre la vérité. En attendant… veux-tu du thé ?

Le changement soudain de conversation déstabilisa Diba, qui finit par accepter par dépit, à condition qu'elle ne soit pas obligée de s'installer dans le salon à côté du cadavre. Et puis, cela semblait faire plaisir à Arya de discuter avec une autre personne qu'un mari dont elle ne supportait plus la vision.

Tandis que son hôtesse alla préparer leur boisson chaude, Diba tenta de décoder les données affichées à côté des mecha.

Sans succès.

Cette langue ne ressemblait à rien de ce qu'elle connaissait. Résignée, la jeune femme explora l'atelier, mais entre les pièces et les outils qu'elle ne connaissait pas, et les plans qu'elle peinait à déchiffrer, elle renonça à trouver le moindre indice. Elle revint vers l'écran holographique. Là, un nouvel espoir germa.

— Ketu, d'où vient Arya ?

Durant une seconde, rien ne se passa. Puisque Arya parlait la même langue que Diba, la machine la comprenait sans aucun doute. Ce fut alors que la voix électronique répondit :

Chapitre 36

— *Échec de la reconnaissance vocale.*

À bien y réfléchir, c'était logique. L'ingénieure ne l'aurait pas laissée seule ici si son travail n'avait pas été protégé. Sans comprendre la technologie utilisée, Diba n'avait aucune chance d'apprendre quoi que ce soit.

Elle fureta encore un peu sans rien trouver de probant. Lorsqu'Arya la rejoignit avec un plateau garni de thé fumant, de biscuits et de gâteaux, Diba détaillait les représentations des deux mecha. Elle s'assit à un plan de travail quand son hôtesse l'y invita, après avoir repoussé des schémas complexes pour faire de la place.

— Tu sais comment me faire sortir d'ici ? se renseigna Arya en donnant sa tasse à son invitée.

— Sanrell a noté la formule, je suis en train de l'étudier.

— Tu as le niveau ?

— En termes de puissance, oui.

Arya trempa un biscuit dans son thé, puis hocha la tête comme si un détail lui revenait.

— C'est vrai, tu m'as dit la dernière fois que tes pouvoirs étaient directement liés à tes émotions. Il faudra que tu trouves une personne de confiance à qui faire réaliser le sort, alors.

— Je le ferai moi-même, la détrompa Diba qui n'avait toujours rien avalé.

— Comment ?

Le regard sévère d'Arya laissait deviner son scepticisme face à cette affirmation. Diba la jaugea tandis qu'elle croquait dans son biscuit sans savoir si elle pouvait ou non lui faire confiance. Tant que l'ingénieure était prisonnière du sablier, elle ne pourrait parler à personne du régulateur d'émotions. Mais une fois sortie, ne vendrait-elle pas la mèche aux mauvaises personnes – volontairement ou non ? La vie avait appris la prudence à Diba, elle répondit donc que des personnes étaient en train de l'aider à régler ce problème, et qu'elle espérait pouvoir briser le sort d'ici la fin du printemps. La notion apparut tellement abstraite à Arya, bloquée dans une journée se répétant sans fin, que Diba prit le temps de griffonner un calendrier afin d'offrir à l'ingénieure un repère temporel de l'extérieur.

Cela fait et le thé terminé, un silence s'abattit sur la pièce. Diba admira les mecha miniatures, fascinants dans leur complexité, terrifiants dans la puissance qu'ils laissaient deviner. Elle comprenait pourquoi Sanrell en avait eu peur, mais également pourquoi Arya avait voulu disparaître avec le savoir nécessaire pour en fabriquer de nouveaux. Que la femme ait été prête à se laisser prendre au piège dans une boucle temporelle la rendait admirative, car peu de personnes prendraient un tel risque…

À moins que le plan d'origine eût été autre ?

Diba fit de nouveau face à l'ingénieure.

— Pourquoi avoir choisi de vous enfermer ici ? Vous auriez pu fuir sur un autre continent.

— Dans ce cas je serais morte il y a mille ans. Or, j'avais des projets à terminer.

— Pourquoi une boucle temporelle de laquelle vous n'avez aucun moyen de vous échapper ?

— Pour être sûre qu'en cas de perte de ma capacité de raisonnement due à l'enfermement prolongé, je ne puisse pas sortir et livrer mes recherches à n'importe qui. Tu sais, j'ai beau être partie de chez moi il y a mille ans, les personnes à qui j'ai soustrait les mecha me cherchent encore.

Chapitre 36

— Impossible. Votre civilisation s'est éteinte depuis. On peine à en trouver des traces archéologiques.

Arya ne put retenir un rire.

— Non, ma civilisation n'est pas éteinte. De toute façon, vous n'auriez aucun moyen de le savoir sauf si vous avez développé des sondes spatiales.

— Des sondes spatiales ? répéta Diba, étonnée. Quel intérêt de sonder l'espace quand ce qu'on cherche est sur notre planète ?

— Ta question confirme ma déduction. Donc je réitère : les miens cherchent encore les mecha Flown.

— Qui les cherche, exactement ?

— Ceux qui me finançaient. Mais ça ne te concerne pas. Pour répondre à ta vraie question, Sanrell devait initier un mage, qui devait en initier un autre, ainsi de suite, afin de me faire sortir le moment venu. Seulement, je ne sais pas à quel moment ça a foiré.

Voilà qui tendait à expliquer comment quelqu'un s'était retrouvé en possession des informations concernant le sablier. Puisque cela ne concernait pas directement les mecha, Diba avait bon espoir qu'Arya soit plus loquace – ou moins méfiante.

— Est-ce que vous connaissez le nom de la personne que Sanrell devait initier ?

— Ça fait tellement longtemps… songea l'ingénieure.

Pourtant elle fit un réel effort pour s'en souvenir, formulant à voix haute tout ce qu'elle se rappelait des sonorités qui lui revenaient en mémoire. Sous l'insistance de Diba, l'exercice dura plusieurs minutes, en vain. En revanche, l'impatience de l'étudiante éveilla la curiosité d'Arya.

— Pourquoi cela t'intéresse-t-il autant ? finit-elle par demander.

— Parce que c'est une autre personne qui a trouvé la cachette du sablier grâce à la clé de Sanrell. Le problème est que cette personne est liée à mon gouvernement et que cette trouvaille arrive au moment où des frictions naissent sur le continent à causes des autres mecha.

— La série Shield. Je vois. Ces mecha sont certes équipés de quelques armes offensives, mais leur conception initiale les destine à la protection. Ils sont moins dangereux que tu ne le penses… ou que certains l'espèrent, je suppose. Toutefois, je comprends tes préoccupations.

Arya tenta encore de se souvenir du nom du premier disciple de Sanrell sans plus de succès que la première fois. Diba n'insista pas. Elle se leva pour admirer une fois encore les deux super mecha. Arya la rejoignit.

— Tu as dit que tu connaissais l'existence des deux Flown, lui dit-elle. Tu sais également où ils se trouvent, n'est-ce pas ?

Diba la fixa, et la surprise fit gronder le monstre de magie en elle. Elle ferma les yeux, inspira et expira doucement, avant de fixer son interlocutrice.

— Comment le savez-vous ?

— Ça fait partie des choses que je te dirai une fois sortie d'ici. À présent, il est temps pour toi de t'en aller.

Diba hésita un instant durant lequel elle chercha d'autres questions à poser à l'ingénieure. Aucune pertinente ne lui vint. Elle fit durer son indécision tant qu'elle put, avant de hocher la tête en signe d'assentiment. Arya attrapa un pendentif dissimulé sous sa chemise. Entre ses doigts, Diba vit du sable doré prisonnier d'un minuscule bulbe en verre. C'était l'artefact qui lui permettait de faire entrer et sortir ses visiteurs. Avant de l'activer, Arya crut bon de préciser un point :

— Je ne t'inviterai plus. Si tu veux me revoir, fais-moi sortir.

L'affirmation, à mi-chemin entre l'encouragement et la menace, agaça Diba. Mais avant que la moindre pensée ne lui vienne, Diba eut l'impression de glisser sans pour autant bouger.

Chapitre 37

Du haut des remparts des jardins interdits, la vue sur l'ARM était sans commune mesure. Immobile dans le parc, elle attendait sans impatience que les cours de pilotage de la journée débutent. Il était encore tôt, assez pour que dans le ciel le soleil n'ait pas encore totalement chassé la nuit. Les matins frais de mars dissuadaient les promeneurs ; aussi Sadge descendit-il de son perchoir pour approcher des cordons de sécurité entourant le robot géant et sa zone de manœuvre. La brise hivernale lui gelait le cou, mais qu'importait. Voir l'aube inonder de ses rayons rosés le métal brillant était un moment d'une telle poésie qu'il était prêt à mourir de froid pour savourer l'instant jusqu'à la dernière seconde.

Quelque part derrière lui, l'herbe gelée craqua sous des pas. Avant, Sadge aurait déjà fait volte-face. Là, il hésita une fraction de seconde. L'illusion d'être en sécurité à Puy-sur-Embruns lui faisait inconsciemment perdre ses réflexes, ceux-là même qui l'avaient gardé en vie jusqu'à aujourd'hui. Il dut se raisonner pour se retourner. À la vue de la femme en uniforme, sa méfiance coutumière le gagna. La commandante Mori s'était montrée avenante lors de leur dernière rencontre après le duel contre Priamus. Sadge n'oubliait cependant pas que, la première fois qu'il avait vu la militaire, elle l'avait observé sans discontinuer car elle le soupçonnait de posséder l'as de Mort et le joker. La loyauté envers son pays dont semblait faire preuve Mori n'en faisait pas une alliée. Sadge ne devait pas l'oublier.

Malgré tout, la femme était respectable. Admirable même, et Sadge lui rendit son salut avec bonne humeur.

— Quand j'ai fait la connaissance de Diba, elle regardait aussi l'ARM, se remémora Mori. Tout comme toi, il n'y avait pas âme qui vive autour d'elle. Vous aimez la solitude ?

— Disons plutôt qu'on la préfère à une mauvaise compagnie.

Il y eut un silence. Sadge comprit alors l'ambivalence de sa réponse et l'orgueil que celle-ci laissait deviner. Aussi reformula-t-il :

— Pour être exact, ce sont surtout les autres qui évitent notre mauvaise compagnie.

— À cause de Diba ?

— Essentiellement.

Les paroles de Naphtam surgirent comme un monstre des abîmes de sa mémoire. Elles pesèrent tant sur son cœur que Sadge dut les en faire sortir.

— On m'a dit il n'y a pas longtemps que j'étais une bête de foire inintéressante parce qu'inutile.

L'air grave de Mori fut à la hauteur du ton affecté avec lequel le jeune homme avait formulé sa confidence. Elle pivota en direction de l'ARM, géant d'albâtre sous la lumière pâle. Le gel accroché au métal couvrait le robot d'un manteau brasillant comme un océan d'argent.

Chapitre 37

— Ton existence n'est pas conditionnée à ton utilité, confia Mori. Tu existes par et pour toi-même avant tout. Tu as raison de tenir à distance ceux qui ne voient en toi que des opportunités.

— C'est ce que je fais. C'est pour ça qu'il ne reste que Diba.

Mori hocha la tête d'un geste entendu, même si personne n'attendait rien d'elle.

— Vous aussi, vous attendez quelque chose de moi.

La réplique de Sadge surprit son interlocutrice. Elle ne cilla pas, mais elle hésita.

— Que veux-tu dire ?

La manœuvre qui allait suivre était peut-être risquée, pourtant elle était jouable. Sadge avait besoin de tâter réellement le terrain avec la commandante.

— Vous voulez savoir si j'ai l'as de Mort.

L'affirmation directe la déstabilisa. Elle croisa les mains dans son dos et se redressa.

— Tu connais cette histoire, constata-t-elle.

— Apparemment j'ai le même âge que le maître-cartes recherché, j'ai eu droit à cette suspicion toute ma vie.

Sadge se serait attendu à l'entendre nier. À la place, elle garda les yeux rivés sur l'ARM.

— Connais-tu le point commun entre toutes les magies ?

— Non, avoua Sadge sans savoir où voulait en venir Mori.

Cette dernière pivota vers lui.

— L'humain. La magie, aussi puissante soit-elle, n'est rien si elle est manipulée par n'importe qui.

Sadge fronça les sourcils d'incompréhension. Suivre le raisonnement de la commandante s'avérait parfois ardu.

— J'avais des doutes sur le contenu de ton jeu de cartes. J'en ai encore, pourtant le connaître ne m'intéresse plus.

— Pourquoi ?

— Parce que j'ai trouvé quelque chose de plus précieux. L'intelligence dont tu as fait montre durant ton duel, ainsi que ta persévérance et ta combativité sont des qualités rares chez une personne.

— Je ne vous suis pas.

— Je n'attends rien de toi. Je l'espère. Tu as un potentiel formidable qui vaut bien plus qu'un as de Mort.

— Un potentiel pour quoi, exactement ?

— Pour piloter une ARM au-delà de ce qui a déjà été fait.

Un claquement de doigts de la commandante désactiva le cordon de sécurité le plus proche sous les yeux d'un Sadge surpris. Il n'osa pas pénétrer le périmètre de la machine sur les traces de Mori, et attendit un signe de cette dernière pour chasser son immobilisme. Il s'approcha de l'ARM, béat d'admiration, et sa respiration se coupa lorsqu'aux pieds de l'engin il leva la tête vers son immensité.

Mori releva un peu la manche de son uniforme, dévoilant son poignet autour duquel un étrange artefact était accroché. Elle le passa devant une rune particulière qui s'illumina, avant d'embraser à sa suite toutes les autres runes. Il y eut une seconde de silence avant que la carlingue s'abaisse au son du soupir discret des vérins. Le ventre métallique à présent ouvert laissait entrevoir un espace où se faufiler. Sadge mit ses pas dans ceux de Mori quand celle-ci se hissa jusqu'au poste de pilotage aménagé dans le buste de l'ARM. Il s'y glissa avec autant d'impatience que d'appréhension en suivant à la lettre les directives de son instructrice.

Le siège était conçu pour maintenir le pilote proche d'une position debout afin de lui permettre d'utiliser sans entrave l'exosquelette destiné aux bras et aux jambes. C'était grâce à lui que le pilote pourrait mouvoir l'ARM. Malgré l'étroitesse de l'habitacle, il était pensé pour accueillir deux passagers occasionnels qui n'avaient pour se mettre à leur aise qu'une poignée et un harnais de sécurité chacun. Mori ne passa pas le sien, sans quoi elle aurait été incapable de guider correctement Sadge.

Ce dernier prit le temps de détailler les cadrans et boutons du cockpit avant que Mori lui explique ce qu'elle comprenait des données affichées sur les écrans. L'incapacité des différents pays à traduire la langue avait été – et était encore – leur plus grand obstacle, celui à cause duquel il leur avait fallu cinq ans pour ne serait-ce que mettre en marche la première ARM. Six mois de plus furent nécessaires pour exécuter son premier mouvement. Les graphiques, en revanche, étaient plus faciles à déchiffrer. La présentation des commandes fut rapide, et cela interrogea Sadge.

— Pourquoi vous venez à chaque fois ici alors que c'est votre instructeur qui forme les étudiants ?

— Il y a des connaissances sur les ARM que l'armée des Terres d'Auvanche garde confidentielles, des informations qui ont un impact sur les capacités de la machine. Je suis là pour juger qui, parmi les apprentis, sera apte à piloter une ARM en situation réelle.

— C'est pour ça qu'en dépit du taux de diplômes validant l'option l'armée ne recrute qu'exceptionnellement, même à Puy-sur-Embruns.

— Parce que la plupart des admis ne tiendraient pas cinq minutes sur le terrain, oui.

Mori vérifia la bonne mise de l'exosquelette avant d'ordonner à Sadge de mettre l'ARM en position debout. Le maître-cartes, malgré un sérieux indéniable, gesticula dans tous les sens sans parvenir à faire frémir le monstre d'acier. Au bout d'un quart d'heure d'acharnement vain, il abdiqua dans un soupir à fendre l'âme.

— OK. Je suis nul.

— Tu es juste inexpérimenté.

— Je ne vois pas trop la différence, tout de suite.

— Le poste de pilotage est conçu pour te permettre de faire les mêmes mouvements que l'ARM. Une fois le robot debout, cela vient intuitivement. En revanche au début, il faut penser à sa position et à ta manière de bouger.

À la position du robot ? Il avait un genou et une main à terre, donc…

Sadge plia ses jambes à l'identique. Quand il se pencha en avant pour mimer un bras appuyé sur le sol, un câble reliant son harnais au siège se déroula. Au moindre mouvement brusque, le filin se bloquait aussi sec. Il ne répondait qu'à des tensions dosées.

La bonne position trouvée, Sadge poussa sur ses jambes. Le mecha l'imita. Mais se lever avec un robot de douze mètres revenait à se lever pour la première fois. Une méconnaissance de l'effet de la gravité sur une telle masse couplée à une ignorance du point d'équilibre le fit basculer en avant. Sadge paniqua. Il posa sa main libre sur le sol dans un geste réflexe, évitant à l'ARM de piquer du nez.

Son cœur affolé lui fit prendre conscience de la frayeur qu'il venait d'avoir. De son côté, Mori avait dès le début de la manœuvre assuré ses appuis. L'habitude.

Sadge laissa échapper un juron.

— Tu es un adulte qui sait se mettre debout par lui-même, mais avec une ARM tu es un bébé qui doit tout apprendre. Aucun ne se dresse sur ses jambes du premier coup.

Chapitre 37

— J'aurais aimé me souvenir de ma technique de l'époque.

— Inutile de te souvenir. Tente, tombe et tente encore jusqu'à y arriver.

Sadge se concentra à nouveau, inspira, puis bougea. Doucement, attentif à la réaction du mecha. Il le sentait pesant, alourdi par son propre épuisement. Il ne l'estimait que maintenant, la quantité de pouvoir drainée par l'ARM. Il le sentit aussi, le déséquilibre entre technologie et magie, étrange chez un tel chef-d'œuvre d'ingénierie. Quelque chose clochait. Ou manquait.

Le Deux-centimètres.

S'il pouvait mesurer les conséquences de son absence en seulement dix minutes, pas étonnant que tous les pays cherchaient l'artefact à n'importe quel prix. Rheyi et Niamh avaient raison : en retrouvant le Deux-centimètres, Diba et lui mettraient entre les mains des gouvernements des armes que rien ne pourrait arrêter.

Rien, en dehors de son as de Mort et de son joker.

L'horreur de sa propre situation le submergea et couvrit sa peau de chair de poule. La conscience de son destin fut plus aiguë que jamais : on continuerait de le chercher. Et si la situation avec Montcondor se dégradait, la traque s'intensifierait.

— On arrête là.

L'affirmation de Mori surprit Sadge. La commandante le dévisageait d'un air insondable. Cette femme savait beaucoup plus de choses sur lui qu'elle ne le laissait paraître. Malgré le risque de passer du temps en sa compagnie, Sadge avait envie d'apprendre le pilotage.

— Je commence enfin à comprendre comment ça fonctionne, c'est dommage. J'ai encore du jus.

Mori déverrouilla le cockpit pour toute réponse.

— Reviens demain à l'aube.

Sadge ôta son harnais et l'exosquelette à contrecœur. Lorsqu'il mit le nez en dehors des entrailles de l'ARM, les allées de Puy-sur-Embruns grouillaient de vie. Près des cordons de sécurité, le second de Mori et instructeur officiel faisait en sorte de tenir les quelques curieux à distance. Pour éviter les rumeurs malvenues à son sujet au sein de l'université, Sadge se téléporta loin de tous.

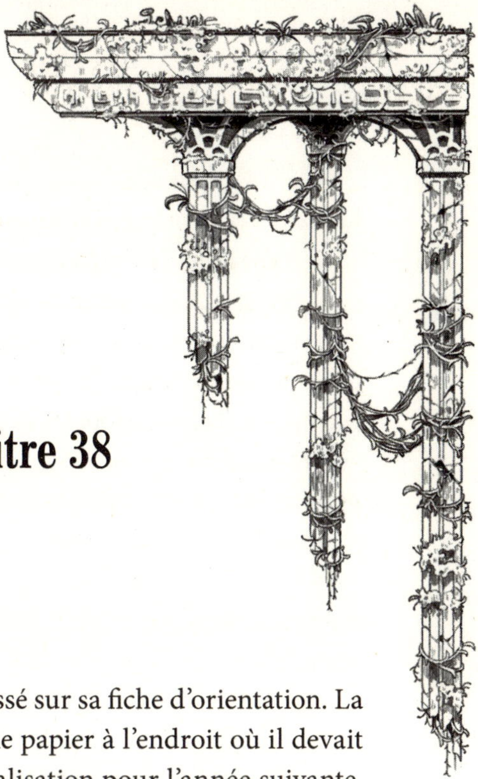

Chapitre 38

Sadge gardait le regard baissé sur sa fiche d'orientation. La pointe de son stylo effleurait le papier à l'endroit où il devait renseigner son choix de spécialisation pour l'année suivante, pourtant son cerveau refusait de formuler la moindre pensée claire. Devait-il prendre la peine de remplir ce formulaire même s'il partirait au début de l'été ? D'un autre côté, ne pas le rendre attirerait l'attention.

Face à lui, Diba hésitait aussi. Pourtant aucune requête ne lui serait refusée par l'université. Était-elle tracassée par autre chose ?

À sa sortie du sablier, Sadge avait été là pour l'accueillir et noter ses souvenirs avant leur disparition. Se pourrait-il qu'elle en ait gardé de plus précis que la fois précédente et qu'ils prennent le pas sur le reste ? Quoi de plus normal, compte tenu des révélations faites par l'ingénieure sur les « mecha ».

Cette histoire était de plus en plus étrange.

Diba releva soudain la tête, captant par ce simple geste toute l'attention de son camarade.

— Tu crois vraiment que les ARM seront dangereuses une fois le Deux-centimètres retrouvé ?

— De ce que j'en ai vu ce matin, oui.

— Pourtant l'ingénieure dit le contraire.

— Tout dépend de ses critères de dangerosité, je suppose. Vu que son boulot c'était de concevoir des super armes de guerre, elle ne doit pas avoir tout à fait les mêmes que les nôtres.

Diba hocha la tête. Sadge commençait à la connaître assez pour savoir qu'elle était contrariée par sa réponse. Il posa une main amicale sur la sienne.

— Grâce à ton stabilisateur d'émotions, tu pourras faire bien plus pour marquer les esprits que retrouver une pièce manquante.

— Peut-être. Au fait, Naphtam a fixé le prochain réglage vendredi soir.

— Tu as hâte ou tu redoutes ?

— J'ai hâte que ce soit terminé car, au rythme où ça va, je ne pourrai pas briser le sort du sablier avant l'été.

— Ce n'est pas grave, la rassura Sadge.

— Je ne sais pas. Je ne sais pas si je vais prendre le risque de libérer l'ingénieure si tu n'es pas là. Après tout, on ne sait rien de ses intentions. Je devrais peut-être jeter le sablier au fond de l'océan et oublier toute cette histoire.

Comme d'habitude, aucune émotion n'avait fait trembler la voix de Diba, pourtant son affliction était palpable. La perspective de réaliser quelque chose de grand se muait en crainte d'ouvrir la porte à tous les maux du monde. Heureusement, Diba avait encore le temps d'y réfléchir.

Le lendemain à l'aube, Sadge se retrouva une nouvelle fois aux commandes de l'ARM sous la supervision de Mori. La

Chapitre 38

question de Diba sur la réelle dangerosité du robot tournait en boucle dans sa tête, au point qu'il se décida à y trouver une réponse plus précise durant son entraînement. L'étonnement de la nouveauté avait peut-être biaisé son jugement la veille. Il n'était pas impossible que la surprise passée, l'ARM montre ses limites assez rapidement.

Cette fois, Sadge parvint à redresser le robot sur ses deux jambes, à le faire marcher et à attraper des troncs d'arbres acheminés là pour l'entraînement, le tout en moins d'un quart d'heure. L'endurance hors du commun du maître-cartes était à peine entamée, ce qui n'échappa pas à l'œil expert de la commandante Mori. Au bout de cinq minutes supplémentaires, Sadge osa entrer dans le vif du sujet :

— De quel genre d'armes est équipée l'ARM ?

— Un canon automatique à projectiles d'une cadence de tir de dix mille par minutes, d'un canon ionique et d'une épée à plasma.

— Elle a une arme de défense ?

— Un bouclier plasma léger, partiel, intégré à chaque bras, et un bouclier lourd, intégral. C'est tout pour les fonctions que nous connaissons.

— Il y en a d'autres ?

— Nous en sommes pratiquement sûrs.

— Offensives ou défensives ?

— Aucune des deux.

Mori se pencha en avant pour manipuler le tableau de commande.

— Essaie d'activer le bouclier lourd, ordonna-t-elle.

Elle lui montra la manipulation à faire. Sadge l'imita, croisa les bras devant son torse, enclenchant ainsi un bouton sur chacun d'eux. Un vrombissement léger inonda le cockpit.

Sadge ne sentit d'abord rien. Puis il eut l'impression que ses forces lui échappaient, que ses membres s'engourdissaient : l'ARM jaugeait ses capacités magiques.

D'un seul coup, un dôme parfait apparut autour du robot. Un champ de force si dense qu'il poussa les arbres alentour jusqu'à en déraciner certains.

La quantité d'énergie demandée par la manœuvre était telle qu'après vingt secondes à peine Sadge commença à trembler. Des gouttes de sueur se formèrent sur sa nuque et son front. Quand sa tête commença à tourner, il lâcha prise dans un ahanement bruyant. Il prit un long moment pour calmer son souffle et les battements affolés de son cœur. Il avait terriblement chaud. Malgré son immense fatigue, l'ARM ne s'était pas éteinte et continuait de puiser dans son énergie. L'idée que même un robot géant gourmant en magie ne puisse tarir son pouvoir plut à Sadge.

— On arrête, annonça Mori.

Son ton était encore plus tranchant qu'à l'accoutumée, faisant retomber l'enthousiasme du maître-cartes. Il obéit sans protester, remit l'ARM sur son genou et coupa les moteurs. Une fois le cockpit ouvert, Sadge attendit un instant les commentaires de Mori sur sa performance. Rien. Elle s'extirpa du robot d'un bond et disparut au-delà des cordons de sécurité avant que Sadge ne se soit téléporté pour éviter les autres étudiants.

Sur le chemin de sa première heure de cours, Sadge prit conscience de son état de fatigue car, par moments, la tête lui tournait. S'il voulait suivre les enseignements de la journée et le rythme d'Heren ce soir, il lui faudrait sacrifier son repas du midi pour dormir. Préparer la décoration du bal de la

Chapitre 38

Floraison, dans deux semaines, la surexcitait. Sadge, lui, s'en moquait. Il n'avait jamais participé à un tel événement. Il ne savait même pas danser.

Au bout d'un chemin où les cerisiers préparaient leurs bourgeons, une silhouette vaguement familière barra la route de Sadge. Son instinct le prépara à riposter en cas d'attaque. Quand l'autre s'avança, le soleil du matin fit briller le demi-faciès du dragon d'un éclat irréel. Sadge se détendit à peine. Naphtam s'arrêta à moins d'une foulée. Ce qu'il s'apprêtait à dire ne devait visiblement pas être entendu de certaines oreilles.

— J'ai un marché à te proposer, annonça-t-il.

Sa voix réduite à un murmure conservait sa morgue habituelle. Ce type était-il capable de respecter quelqu'un ?

Sadge fit abstraction de son ressenti car la phrase du runomage avait éveillé sa curiosité. Il hocha la tête pour l'inviter à poursuivre.

— Je te ferai respirer sous l'eau si tu me vantes auprès de la commandante Mori.

La demande aussi inattendue qu'irréalisable fit sourire Sadge. La légèreté du maître-cartes jeta un voile de désapprobation sur les traits délicats de Naphtam. L'œil du dragon surveillait les alentours.

— Je ne sais pas ce qui t'a mis cette idée dans la tête, mais je n'ai pas le moindre poids pour te recommander, et encore moins pour te *vanter.*

— Tu intéresses Mori. En huit ans je ne l'ai jamais vue faire piloter un premier cycle. Si elle le pouvait, elle te ferait sortir d'ici maintenant pour t'intégrer à son escadron, c'est flagrant. Alors, convaincs-la pour moi.

L'offre paraissait tentante de prime abord. Quelques mots à Mori lui permettraient de trouver les mecha Flown. Pourtant, c'était injouable. Si elle désapprouvait, Sadge se la mettrait à dos pour le reste de l'année. Qui savait, alors, ce qu'elle serait capable de faire ? La militaire avait bien compris que Sadge n'était pas comme les autres. Il était même certain qu'elle se doutait pour l'as de Mort et le joker, et si elle n'insistait pas en ce sens c'était bien parce qu'elle avait trouvé chez lui quelque chose de plus intéressant que sa capacité de destruction. Lui déplaire était trop risqué. Il préférait laisser les Flown au fond de l'eau que faire basculer l'opinion favorable de Mori à son égard.

— Je ne suis pas sûr que la commandante apprécie la manœuvre. Tu veux rentrer dans ses bonnes grâces ? Va la voir en personne.

Sadge amorça un mouvement pour le contourner. Naphtam le retint par le bras. Le soleil jetait des éclats rosés dans ses cheveux nivéens.

— L'armée est ma dernière chance.

— De quoi ?

— D'échapper à la personne qui a fusionné un artefact et mon visage. Sans mon consentement.

Sadge imagina sans mal ce qu'avait dû ressentir Naphtam quand des adultes s'étaient octroyé tous les droits sur son corps, en le justifiant sans doute par une excuse lamentable qu'un enfant « ne peut pas comprendre ». La révélation de son camarade chauffa le sang de Sadge, remuant la vase immonde de sa propre existence dont l'équilibre actuel était plus que précaire. Son silence prolongé trompa Naphtam, qui crut le maître-cartes hostile à sa requête.

— Le seul endroit où elle n'a pas de pouvoir, ajouta-t-il, c'est dans l'armée. En particulier dans l'escadron des ARM. C'est ma dernière chance.

Chapitre 38

La détresse dans l'œil du runomage paralysa Sadge par sa familiarité. Ne pas l'aider, c'était jouer le jeu de tous ceux qui l'avaient lui-même abandonné dans un monde où chacun rêvait de la prime sur sa tête.

La résignation lui arracha un soupir. Il l'aiderait, mais à ses propres conditions. Il écrasa un index impérieux sur le torse de Naphtam.

— Montre-moi ce que tu sais faire avec Diba, fais-moi respirer sous l'eau, et je parlerai à Mori.

— Tu en demandes beaucoup…

Naphtam avait délaissé son ton de confidence au profit de son mépris coutumier.

— Dans ce cas tu n'es pas prêt pour Mori.

Sadge abandonna un Naphtam vexé par cette conclusion. S'il s'agissait pour le runomage d'une situation aussi inextricable qu'il le prétendait, il accepterait le marché. Sadge en était si sûr que lorsque Naphtam revint vers lui dans la journée pour accepter ses conditions, il ne put réprimer un sourire orgueilleux.

Chapitre 39

La quiétude dans l'office de la directrice était rythmée par le crépitement du feu dans l'âtre. Filairain aimait les matins calmes. Le soleil hésitant se déversait en rayons vaporeux dans la chaleur boisée du bureau. Elle souffla machinalement sur la boisson brûlante entre ses mains, et la fumée enroula ses volutes autour de cette brise tiède dont la course effleura les carreaux gelés de la fenêtre proche. La vue sur le parc embrumé coupait le souffle, mais Filairain n'aurait quitté son écrin de papiers et d'encre pour rien au monde.

Trois coups puissants heurtèrent la porte du bureau. Filairain sursauta, renversant au passage une partie du contenu de sa tasse. Elle retint d'abord un juron, puis un soupir fataliste quand la serrure annonça la commandante Mori. L'entrée de cette dernière emplit la vaste pièce de sa présence écrasante. Filairain ne put poser la moindre question, son invitée ne lui en laissa pas le temps.

— Qui-est-Sadge-Bawen ?

Elle détacha bien chaque mot malgré la crispation de ses mâchoires.

— Personne.

— Ne me mentez pas !

L'éclat de voix de Mori roula comme l'orage tandis qu'elle s'approchait, semblant grandir de pas en pas.

— A-t-il l'as de Mort et le joker ?

Filairain ouvrit la bouche avec l'intention de répliquer…

— Le cacher est une haute trahison passible de la peine de mort, la devança Mori. Je vous conseille de faire très attention à la réponse que vous vous apprêtez à donner à un haut gradé de votre armée.

Filairain scella ses lèvres pour un instant. Son fauteuil lévita en silence jusqu'à son bureau de directrice de la plus prestigieuse université de magie du monde. Elle croisa les mains sur son espace de travail et fixa la militaire d'un air de défi.

— Sadge Bawen est né et a grandi à Saulebui, d'un père postier et d'une mère relieuse. Il a rejoint mon université grâce à une bourse de mérite, et je ne connais pas la nature de son jeu de cartes car les lois de sa caste m'interdisent de le voir sans son consentement. Autre chose ?

— Ne me prenez pas pour une conne, Filairain !

Un poing tapé sur le bois solide du bureau accompagna son éructation.

— J'ai consulté son dossier et votre comptabilité…

— Vous n'avez pas le droit !

— Je suis responsable de la sécurité de mon pays, bien sûr que j'ai le droit tant que cela concerne un Auvanchien. Les notes de Sadge à son arrivée étaient loin du niveau exigé pour la bourse dont il n'existe par ailleurs aucune trace comptable.

Chapitre 39

Vous savez pourquoi vous ne lui versez rien ? Parce que Sadge Bawen n'est pas son vrai nom !

Filairain pesta intérieurement d'avoir incité Pacifia à fermer le compte en banque de Sadge à la demande de ce dernier. Hors de question qu'après cela ce gamin vienne encore lui faire des leçons de morale !

Mori se redressa de toute sa hauteur. Son visage ne portait plus trace de colère, cependant on y lisait une implacable détermination.

— Je vous le demande une dernière fois : qui est Sadge Bawen ?

Filairain leva un sourcil quand elle refusa de faire l'effort de répondre. Mori tapota ses doigts nerveux sur le chêne patiné. Le duel muet dura une minute, jusqu'à ce que la commandante verrouille les bras sur son torse. La sérénité de la pièce eut malgré tout raison de son hostilité et l'invita, elle aussi, à admirer la vue depuis la fenêtre. Le bureau ne donnait pas sur la zone d'entraînement de l'ARM. On n'apercevait d'ici que les jardins et les collèges fantasmagoriques dans leur jupe de brume.

— Si Sadge est bien le maître-cartes à l'as de Mort, je comprends pourquoi vous n'êtes pas de taille, cingla Mori.

Piquée, Filairain esquissa une furtive grimace de mépris.

— Je ne sais même pas si je le serais moi-même, ajouta la commandante en s'installant dans un fauteuil au cuir souple. Il a activé le bouclier intégral.

La confidence étonna Filairain autant qu'elle la laissa perplexe. Elle rejoignit son invitée.

— Quel bouclier ?

— Celui de l'ARM. Quel autre, à votre avis ?

La révélation figea Filairain.

— Vous avez fait piloter un premier cycle ? croassa-t-elle.

Le regard assassin de Mori lui gela l'air dans les poumons. Tant que l'étudiant majeur était consentant, elle en avait en effet le droit. Filairain se massa une tempe, abattue.

— Et alors ? demanda-t-elle.

— Personne ne l'avait activé avant lui, pas même moi. Il ne l'a tenu que vingt secondes, mais sur un champ de bataille ces secondes peuvent décider du cours d'une guerre. Laisser échapper un pilote comme lui serait criminel.

— Pourtant, s'il a l'as de Mort, vous vous ferez criminelle en le cachant à votre hiérarchie.

— Nous sommes gouvernés par des bureaucrates pour qui la guerre n'est que des chiffres ; ils n'ont aucune idée de la réalité du terrain. Si je leur livrais Sadge, ils ne verraient dans son as qu'un moyen d'arriver plus vite à leurs fins, qu'importe si cela doit mener leurs soldats au combat. Si je parviens à enrôler Sadge, ses capacités tiendraient tout le monde tranquille, y compris ma hiérarchie. Le choix se pose.

Filairain pianota des doigts sur le bras de son fauteuil tout en réfléchissant à la manière dont un gamin aussi revêche que Sadge avait pu susciter l'admiration d'une femme de la trempe de Mori. Pourquoi elle-même s'était-elle heurtée à un mur ? Cela la dépassait.

— Sadge a rattrapé son retard en seulement cinq mois, lâcha soudain Mori.

— Il est travailleur, c'est indéniable. À côté de cela, il aide aussi l'une de nos cheffes jardinières après les cours.

— Sans compter son entraînement, ajouta Mori. Quotidien, à en juger par son physique.

Mori redressa la tête comme si un éclair venait de la frapper.

Chapitre 39

— C'est provisoire, murmura-t-elle.

— Pardon ?

— Il ne compte pas rester ici, sinon il ne se surchargerait pas de travail. Il vous a parlé de quelque chose ?

— Non.

Mori se leva prestement et atteignit la porte en une fraction de seconde.

— Où allez-vous ?

— Demander à une personne qui le connaît bien.

— N'allez pas trop loin avec Diba ou vous serez le prochain Priamus.

La pique ne trouva qu'un battant clos sur lequel s'abattre.

Mori attendit la fin de la matinée pour cueillir Diba en vol et l'attirer dans un endroit à l'écart, près d'une immense fontaine dont le grondement des chutes d'eau couvrait leurs voix. Malgré la prudence dont fit montre la commandante durant l'interrogatoire, Diba se ferma vite quand elle jugea les questions de Mori au sujet de Sadge trop indiscrètes. Lorsque Mori abandonna l'espoir de lui soutirer des informations, Diba reprit la conversation en main.

— Je me trompe peut-être, commença-t-elle, mais vous ne semblez pas être une personne qui s'intéresse aux autres sans arrière-pensée. Qu'est-ce que vous attendez de Sadge, au juste ? Qu'il possède l'as de Mort, pour l'arrêter, ou vous souhaitez en faire votre atout personnel ?

La dernière question vexa un brin Mori, qui s'était efforcée, durant vingt ans, d'œuvrer pour le bien commun.

— J'ai énormément de défauts, mais je ne suis pas égoïste. Quand une gamine de seize ans entre dans les rangs, elle commence en se farcissant toutes les corvées détestables. J'ai supporté ça pendant quatre ans pour permettre à mes camarades de se dévouer à leur boulot. Aujourd'hui, je commande mille deux cents soldats qui acceptent de suivre mes ordres car ils savent qu'ils n'auront qu'un objectif : la protection de notre pays, de nos familles. Il faut être stupide pour croire qu'on survit à trois champs de bataille en étant égoïste.

L'insulte de sa dernière phrase chargea l'air d'électricité. Il fallut une fraction de seconde à Mori pour comprendre que ce n'était pas une impression, mais l'effet des pouvoirs de l'émotionnelle dont la raideur des membres trahissait le combat qu'elle menait pour rester maîtresse d'elle-même. Quand sa peau commença à la brûler, Mori recula sans pour autant détacher son regard du fascinant spectacle offert par la lutte intérieure de Diba. La puissance de sa magie était telle que la commandante dut raffermir ses appuis au sol. Mori revécut la fin du duel entre Sadge et Priamus. Elle se souvint de la terreur inspirée par les traits déformés de haine de Diba à ce moment-là. Le sang figé dans ses veines, elle fut incapable d'esquisser le moindre mouvement de fuite.

Heureusement, Diba parvint à contenir ses pouvoirs au prix d'un effort qui couvrit sa peau nacrée d'une fine pellicule de transpiration. Elle remit ses longs cheveux noirs en place, cependant que son souffle affolé s'apaisait doucement.

— Si Sadge vous intéresse, faites-lui savoir que votre porte est ouverte.

La voix de Diba raclait sa gorge, chaque mot était difficile à prononcer.

— Il viendra ? s'enquit Mori.

— Seulement s'il a confiance en vous.

Diba soupira de fatigue avant de contourner Mori avec l'intention de mettre fin à l'entrevue.

Chapitre 39

— Il me fera confiance ?

— Sadge ne fait confiance à personne.

Diba lança sa vérité au vent avant de disparaître derrière un bosquet. Mori croisa les bras sur son torse, dubitative quant à toute cette histoire. À défaut de faire confiance aux autres, Sadge semblait capable de la susciter avec facilité. Ce genre de qualité trop rare était recherché dans l'armée, car il était plus facile de mettre un pied dans l'horreur aux côtés d'hommes et de femmes de valeur.

Le matin suivant vit se dérouler le dernier jour d'entraînement. Mori ne commit pas l'erreur de repousser les limites de Sadge une nouvelle fois car elle était incapable de connaître les conséquences d'un tel surmenage magique. Elle se contenta de revoir les bases avec lui et de lui faire activer les boucliers brachiaux qu'il maintint, comme elle l'avait deviné, deux fois plus longtemps qu'elle-même ne le pouvait.

À la fin de la séance, le souffle court de Sadge incita Mori à garder le silence un instant. Quand le jeune homme s'apprêta à ouvrir le cockpit, elle arrêta son geste. Elle vit instantanément Sadge se tendre et l'observer en quête du moindre signe de menace. Sa main gauche glissa doucement vers son étui de cartes.

— Détends-toi, je veux juste te parler.

L'affirmation n'eut aucun effet.

— Je sais que tu ne comptes pas rester à Puy-sur-Embruns, relança Mori. En revanche, je ne sais pas ce que tu comptes faire ensuite, ni si tu le sais toi-même, mais je veux que tu saches que tu seras toujours le bienvenu dans mon escadron. Ta gestion de tes pouvoirs, ton endurance autant que ta capacité à obtenir la fidélité de ton entourage sont des qualités inestimables pour un pilote d'ARM, surtout avec ce qu'il se prépare.

— C'est-à-dire ?

Mori s'adossa à la paroi en laissant échapper un soupir discret. Sans doute en avait-elle déjà trop dit. La situation tendue avec Montcondor n'était pas de la responsabilité de Sadge et n'avait pas à le devenir. D'un autre côté, lui ferait-il confiance s'il la soupçonnait de le traiter comme un enfant ? À son âge, elle était déjà une sous-lieutenante active. Et elle était certaine d'une chose : Sadge était bien plus capable qu'elle ne l'avait été. De plus, s'il s'avérait être en possession de l'as de Mort, connaître l'état de la situation lui permettrait d'en anticiper l'évolution et les conséquences pour lui.

— Montcondor est parvenu à acheter l'ARM des Raselandes en échange d'un traité de paix inaltérable.

— Ils ont donc cinq ARM, contre quatre pour nous.

— En effet. D'après nos renseignements, ils ont aussi les pilotes.

— Formés ici ?

— Oui. Mais nous couvrons nos arrières en n'enseignant que les bases, toutes les découvertes importantes étant classées secret défense et connues uniquement d'une poignée d'hommes et de femmes.

— Dont vous.

— Évidemment.

— Ça ne va pas contre le traité passé avec les autres nations détentrices d'ARM ? Faire part de toutes les découvertes, c'était la condition pour que les Terres d'Auvanche aient le monopole de la formation.

— Comme je l'ai dit, nous sommes une poignée à connaître les nouvelles découvertes, donc à savoir que l'accord est violé.

Chapitre 39

— Montcondor ne se doute de rien ?

— Il y a une différence entre avoir des doutes et avoir des preuves. Cela ne les empêche pourtant pas de couvrir leurs arrières par l'achat d'ARM.

— Supériorité numérique, comprit Sadge.

— Qui serait caduque avec un pilote de ta trempe et…

L'hésitation de Mori fit tiquer Sadge tant cela ne correspondait pas à son caractère.

— Et quoi ?

— Toutes les forces seraient mises à mal par le maître aux cartes de Mort, c'est pour ça qu'il est activement recherché. Connaissant nos gouvernants, une fois les arcanes obtenus, ils les refourgueront à un maître docile et peu regardant sur les conséquences de ses actes.

— En quoi ça me concerne ?

Mori le dévisagea un instant.

— En rien, peut-être. Les maîtres-cartes ne pilotent pas. Mais si *lui* savait piloter, il ferait de son escadron une arme dissuasive pour les pays du continent. Personne ne pourrait le forcer à exécuter un ordre.

Sadge pivota franchement vers Mori et darda sur elle un regard noir qu'elle ne lui avait jamais vu.

— Si mon pays m'avait traqué pendant dix ans, me privant d'un foyer, d'une famille, d'amis et d'une vie normale, je pense que rentrer à son service pour une obscure raison de stabilité serait la dernière de mes envies.

Le commentaire fit grimacer Mori de mécontentement. Pour la première fois, elle se heurtait au mur que Filairain s'était déjà pris. Elle refusa malgré tout d'abandonner.

— Pourtant, l'armée offre une vie où il n'est pas nécessaire de se cacher.

— Sauf que pour servir il faut aimer son pays, ce qui n'est sans doute pas *son* cas.

L'affirmation heurta Mori dans ses convictions patriotiques. L'armée et les Terres d'Auvanche étaient tout pour elle, elle ne comprenait pas qu'on puisse refuser l'honneur de se battre en leur nom.

— Une fois rentrés dans l'escadron, les hommes et les femmes qui le composent deviennent notre famille, et la patrie notre mère.

— La patrie ? Celle qui vous envoie vous faire tuer pour des ressources superflues ? Qui peut ordonner à votre « famille » de vous laisser tomber si elle le désire ?

Le sang de Mori s'échauffa dans ses veines face à l'absurde résistance de Sadge et à son discours antimilitariste.

— C'est une belle histoire que vous vous racontez, mais ne comptez pas sur un maître-cartes pour la gober.

Le poing de Mori heurta violemment la paroi du cockpit sans parvenir à détendre les traits de colère de son visage. Sadge lui opposa un silence calme avant de disparaître, laissant Mori seule au milieu de ses certitudes insultées.

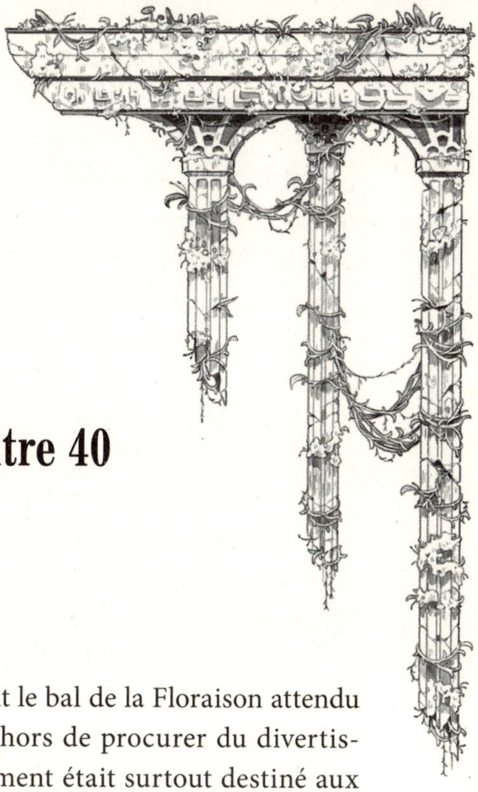

Chapitre 40

Avec le mois d'avril arrivait le bal de la Floraison attendu par tous les étudiants. En dehors de procurer du divertissement à la jeunesse, l'événement était surtout destiné aux parents conviés : autrement dit, aux personnes parmi les plus influentes du continent. Pour cette raison, toutes les équipes de jardiniers étaient mobilisées afin de mettre au point la décoration florale dont le but était d'exhiber le faste de Puy-sur-Embruns. Comme tous les autres aides-jardiniers, Sadge passait son temps de travail à confectionner les supports qui recevraient les arrangements finaux. Tandis qu'il rabotait des planches en bois, la conversation avec Mori passa dans son esprit, et il ne put retenir un claquement de langue méprisant.

— Tu pestes contre qui ?

Diba s'approcha, les bras chargés d'un panier de pique-nique. L'allonge des jours et la hausse des températures ramenaient peu à peu la vie étudiante dans le parc de l'université.

— Contre une chose que m'a dite Mori.

Sadge abandonna son œuvre avant d'accompagner Diba dans un coin désert.

— C'est au sujet de rejoindre l'armée ?

— Plutôt le fait qu'elle considère sa patrie comme une mère. Quelqu'un qui t'envoie te faire massacrer, j'appelle pas ça une mère.

Il termina d'ajuster la couverture sur le sol et aida son amie à sortir nourriture et couverts du panier.

— Tu te souviens de la tienne ? osa Diba du bout des lèvres.

Les quelques souvenirs de cette époque remontèrent en lui comme des images évanescentes dont il inventait les sons et les odeurs.

— Je ne me souviens pas bien de son visage ou de sa voix. Quand j'essaie de m'en souvenir, j'entends des échos déformés. Mais je me rappelle quand la prime sur ma tête est tombée, un matin. Elle est venue me chercher à l'école, en plein cours, avec deux sacs sur le dos. Elle m'a pris par la main, on a marché plusieurs jours loin des routes et des villages pour que personne ne nous voie. Dans la nuit du dernier jour, elle a volé une barque et m'a emmené sur l'île d'Aulnecœur où j'ai été pris en charge par les sorcières. C'est la dernière fois que j'ai vu ma mère…

L'émotion serra la gorge de Sadge. Il se la racla avant de reprendre :

— Deux jours plus tard, je débarquai à Ausigneu avec un nouveau nom et ma première tutrice.

Une rafale de vent aux senteurs d'herbe fraîche emporta la fin de sa phrase dans la cime des frênes. Sadge rattrapa au vol sa serviette de lin emportée par le souffle.

— Les sorcières ne sont pas connues pour aider le sexe masculin, confia Diba en attachant sa longue chevelure noire.

Chapitre 40

Ta mère devait avoir de forts liens avec elles pour qu'elles acceptent.

— Peut-être…

— Tu te souviens d'Aulnecœur ?

— Pas bien. Je me souviens avoir eu peur des falaises noires de l'île quand on a débarqué, puis de beaucoup de végétation, mais sinon rien. Je crois avoir passé deux jours enfermé dans une chambre en attendant mon départ.

Diba ne poursuivit pas l'interrogatoire, cela ne servait à rien de maintenir Sadge dans cette partie douloureuse de son passé. Il leur restait trois mois ensemble avant la séparation définitive, aucun des deux ne voulait les passer à chasser les démons. Il fallait avancer.

— Je ne sais pas à quel point faire confiance à la commandante, reprit-elle, mais elle ne tient pas en haute estime les gouvernants. Je la pense capable de leur désobéir pour une cause qu'elle estimerait juste.

— Tout comme elle serait capable de sacrifier l'un de ses soldats pour la même raison. De toute façon ses supérieurs trouveront un moyen de l'écarter le jour où elle posera trop de problèmes. Ils ont le vice dans le cul et la patience qui va avec.

Sa sentence clôtura le sujet. Diba enchaîna avec la date du prochain réglage de son stabilisateur d'émotions, le surlendemain au soir. La perspective de revoir Naph n'enchanta pas Sadge.

De retour à son travail, Sadge eut à peine le temps de se saisir de son rabot qu'Heren le rejoignit pour s'enquérir de son avancement. Après un bref échange concernant le bal, sa supérieure garda le silence sans toutefois vaquer à d'autres occupations. Elle hésitait.

— Autre chose ? l'encouragea Sadge que son mutisme inquiétait.

— Je t'ai entendu parler de la commandante Mori.

— Ce ne sont pas vos affaires.

Le tacle acide de son apprenti blessa Heren au point de lui faire perdre un peu de son assurance, comme si l'attaque avait été personnelle. Elle y accordait plus d'importance qu'elle n'en avait en réalité.

— Reste loin d'elle, conseilla-t-elle tout de même. Cette femme est dangereuse pour toi.

La dernière phrase suspendit le geste entamé de Sadge. Quand il accorda enfin toute son attention à Heren, elle s'en était allée. L'habitude lui chuchota que le moment de partir se rapprochait. Il avait toujours su que l'accalmie ne durerait pas. Il était tellement différent des autres dans son comportement que cela finissait toujours par éveiller les soupçons. Seulement, il ne savait pas être autrement au risque d'y laisser sa liberté, et peut-être sa vie. Être lui-même était à la fois son meilleur atout et son pire défaut sans qu'il existe un juste milieu. Sadge baissa la tête vers sa planche à moitié travaillée quand une amertume corrosive le submergea.

Les trois derniers mois demanderaient une vigilance de tous les instants.

Sadge et Diba se retrouvèrent une nouvelle fois dans l'atelier de Thélie, elle-même accompagnée d'Izildée. Naphtam, quant à lui, arriva en retard non sans fierté, comme si faire attendre son monde était son plaisir coupable. Si Sadge en croyait ce que le runomage lui avait confié à demi-mot, alors sans doute faisait-il payer aux autres ce qu'il avait vécu dans son enfance. Bien qu'il ne cautionne pas la manière qu'avait le jeune homme de gérer ses traumatismes, il ne parvenait pas non plus à lui en vouloir. Du moins, pas tout le temps. Chacun vivait les épreuves de son existence comme il le pouvait.

Fidèle à lui-même, le runomage fit sans tarder asseoir Diba, lui ôta le tour d'oreille pare-froid afin que la magie de l'artefact n'interfère pas avec celle des runes, et se positionna devant sa patiente, le dos légèrement fléchi avec l'intention de trouver son regard. Diba frissonna ; nul ne sut si c'était de froid ou d'appréhension.

— Ne t'inquiète pas, je gère.

— Si tu gérais vraiment, tu n'aurais pas besoin de me le dire.

Le sourire ambigu de Naph fut son seul commentaire. Il se redressa avant d'inviter Sadge et Izildée à reculer de quatre pas. Il fit ensuite signe à Thélie de se tenir prête. L'artefactrice brancha son écran de contrôle au stabilisateur d'émotions, puis attendit la suite des instructions.

— Sois attentive, ça va aller vite, la prévint-il.

Il sortit de l'une de ses poches un coffret en bois sombre patiné. À l'intérieur reposait sur de la soie blanche un pinceau au manche engravé de runes et aux poils souples d'une étrange couleur bleuâtre, comme s'ils avaient été teints. Mal teints.

— C'est parti, annonça-t-il en rangeant son coffret.

Son œil et celui du dragon s'illuminèrent d'un bleu électrique envoûtant. Les poils du pinceau se mirent à onduler comme des filaments d'eau dont ils prirent vite l'aspect aqueux. L'artefact facial se couvrit de liserés lumineux, puis un bouclier sphérique apparut soudain autour du runomage, de Diba et de Thélie. Sa surface ressemblait aux vagues d'un océan vues du ciel, mais sa translucidité permettait à Sadge et Izildée de voir ce qu'il se passait de l'autre côté.

La runomagie était un art où écrits et sons formaient un équilibre parfait pour donner naissance à l'idée que le runomage souhaitait invoquer. Il ne s'agissait alors plus de restituer ce qui existait déjà comme le faisaient les runologues, mais de créer, d'assembler, de modeler, de peaufiner. Chaque trait était unique dans sa longueur et son inclinaison, et les combinaisons innombrables rendaient la maîtrise de l'art particulièrement difficile, à moins de posséder une affinité avec les images de l'esprit. Pourtant, à voir Naphtam tracer sur la peau de Diba la rune à l'eau de son pinceau, la tâche semblait aisée autant que les sons s'échappant de sa bouche sonnaient évidents. Naphtam offrait une musicalité à la peur, si bien qu'à l'instant où il acheva son dernier trait l'émotion dilata les pupilles de Diba. Thélie se fit surprendre par la rapidité d'effet de la rune et plaça le verrou avec un temps de retard ; les éclairs avaient déjà crépité dans l'air. Ils s'évanouirent quand le bouclier de Naphtam tomba. Thélie pesta. Naph sourit en coin.

— Je t'avais pré…

— Ferme-la, le coupa Thélie.

L'artefactrice n'aimait pas qu'on insiste sur ses ratés. Elle vérifia les données sur son écran avant de se pencher vers Diba, un peu groggy, pour lui expliquer ce qu'il venait de se passer.

— On va devoir refaire une séance ? s'inquiéta cette dernière.

— Non. Le verrou est assez bas pour ne pas te mettre en danger, et la peur reste l'une des émotions les plus difficiles à déclencher. Ça ira pour le moment.

Diba se leva pour récupérer son artefact pare-froid auprès de Naph, qui planifia la prochaine séance pour le mercredi suivant, puisque tout le week-end prochain serait consacré au bal de la Floraison. Puis le runomage se tourna vers Sadge dont l'instinct banda les muscles en une fraction de seconde. Ils ne se détendirent pas quand Naph le frôla en lui demandant de l'accompagner. Sadge le suivit en silence jusque dans le collège des troisièmes cycles. Au premier étage, il découvrit la chambre de son insaisissable camarade, tapissée de milliers d'esquisses de runes diverses, preuve d'un travail proche de l'acharnement. Rien d'étonnant : les troisièmes cycles visaient tous l'excellence.

— Mets-toi torse nu, ordonna Naph.

— Pardon ?

La surprise de Sadge fit sourire son hôte. Il s'était visiblement attendu à ce genre de réaction.

— Je n'ai jamais posé cette rune, je dois chercher le meilleur endroit pour obtenir un effet optimum.

Malgré l'explication, Sadge eut une nouvelle hésitation avant d'obtempérer. Il ôta harnais, manteau léger et haut à manches longues. Il faisait bon dans la chambre, et le calme avait quelque chose de solennel tant il était profond. Naph observa son nouveau patient avec intérêt.

— Joli collier, lâcha distraitement le runomage.

Son attention fut ensuite attirée par la brûlure sur le flanc gauche du maître-cartes. Naph la suivit des yeux quand il le fit tourner sur lui-même, prenant pleinement conscience de la douleur qu'avait dû ressentir Sadge quand les flammes avaient léché sa peau de la hanche jusqu'aux reins, et quand un impact l'avait brûlé entre les omoplates.

— Apparemment, je ne suis pas le seul à avoir eu affaire au sadisme d'autrui. Je comprends mieux pourquoi tu n'es pas comme les autres. On ne porte pas ce genre de marque sans avoir un passé singulier.

Naph lui fit à nouveau face. Il tendit les mains vers son torse.

— Je peux ?

Sadge acquiesça. Les doigts frais du runomage le firent frissonner lorsqu'ils se posèrent sur la naissance de sa ligne blanche, avant de remonter entre ses pectoraux dessinés, puis le long de son cou.

— Tu te destines à une carrière sportive ou militaire ?

— Aucune des deux. Pourquoi ?

— En dehors de ces deux catégories, c'est très rare de voir un corps comme le tien. Les gens imaginent mal à quel point faire prendre du volume à certains muscles est long et exigeant.

— Au moins autant que la maîtrise des cartes.

— Je n'en doute pas. Mais cela reste tout de même rare…

Naph n'était pas le genre de personne à se satisfaire des explications simples. Pourtant il n'aurait rien d'autre. Les mains du runomage s'immobilisèrent sur la cage thoracique du maître-cartes.

— Tu nages ?

— Oui.

Un silence suivit la réponse de Sadge. Le regard de Naph descendit le long des reliefs de ses abdominaux jusqu'à son bas-ventre où il s'attarda.

— Tu t'égares.

Le rappel à l'ordre sec surprit Naph.

— Un peu, oui, avoua-t-il sans la moindre gêne. Une rune doit s'apposer là où elle sera utile. Pour toi, c'est le long du système respiratoire. J'ai travaillé sur une rune capable de te faire respirer sous l'eau, mais je n'en suis pas satisfait. En revanche, je peux augmenter ton apnée.

Chapitre 40

— Jusqu'à combien ?

— Vingt minutes. Ce serait suffisant ?

— Il faudra que je teste. Tu pourras la reposer si besoin ?

— Pas avant deux semaines, le temps pour ton organisme de se remettre. Augmenter des capacités n'est pas sans conséquence.

— Alors pose-la.

Naph réitéra donc le rituel mené quelques minutes plus tôt, à la différence que les traits et les sons étaient différents, plus aériens. Sadge sentit l'eau froide déposée par le pinceau sur sa cage thoracique au niveau des poumons.

Le rituel terminé, le bouclier aqueux disparut. Sadge baissa les yeux sur le dessin translucide dont il apprécia la discrétion.

— La durée de vie active de la rune est de vingt minutes sous l'eau. Si tu en sors au bout de dix, il te restera dix minutes de réserve. Par contre, elle disparaîtra dans vingt-quatre heures, que tu t'en serves ou non. Quoi que tu aies à faire, ne traîne pas.

Sadge en avait bien l'intention. Il se rhabilla sans attendre et prit la direction de la sortie. Là, il s'immobilisa.

— Je ferai mon possible pour parler de toi à Mori la prochaine fois.

Naph ne répondit rien, comme s'il n'y croyait pas. C'était la réaction qu'avaient ceux habitués à être déçus.

Il y avait décidément beaucoup trop de solitude à Puy-sur-Embruns.

Chapitre 41

Il faisait nuit noire depuis plusieurs heures lorsque Sadge retrouva l'intimité des jardins interdits avec l'intention de tester la rune sans tarder. Puisque le faire maintenant ou attendre l'aube prochaine ne changerait rien ni à la température de l'eau ni à la luminosité dans les cavités souterraines, autant faire taire rapidement son excitation comme son impatience, sentiments dominants auxquels Abhainn réagit. Sadge sentit une infime partie de sa magie s'échapper de son corps lorsque le kelpie se matérialisa. Il lui flatta l'encolure d'un geste reconnaissant pour être à ses côtés. Le cheval répondit à sa confession muette par un hochement de tête entendu.

Avant de plonger, Sadge alla passer une combinaison qui le protégerait un peu du froid mordant de l'eau et s'équipa d'une montre-torche. Une fois prêt, il s'immergea à la suite d'Abhainn dans le plus grand bassin des jardins. Les flots gelés l'enserrèrent jusqu'à l'oppression, sensation à laquelle il était certain de ne jamais s'habituer. Il en fit pourtant abstraction lorsqu'il lui fallut ralentir les battements de son cœur afin d'augmenter son apnée. Il inspira puis expira profondément durant un instant, avant de plonger dans les entrailles sombres et profondes du bassin. Abhainn tournait autour de son joueur, s'amusant dans le courant tout en gardant un œil sur sa progression. Sadge le savait : au moindre problème, le kelpie l'aiderait.

La lumière prodiguée par le cristal incandescent serti dans sa montre créait un halo de lumière pâle autour de lui, toutefois trop faible pour éclairer le chemin à plus d'un mètre. Ici, l'environnement se résumait à un unique boyau de roche mais, bientôt, ils furent des dizaines à partir dans toutes les directions. Le carrefour était exigu, Abhainn et Sadge y tenaient à peine à deux. Le joueur pivota vers le cheval afin de lui demander de l'aide. Ce dernier se rapprocha, permettant à Sadge de s'accrocher à sa crinière. Quand sa prise fut assurée, le cheval s'élança dans une venelle sans que la densité de l'eau n'entrave la fluidité de ses mouvements. La complexité du lacis empêcha Sadge de mémoriser le chemin, si bien qu'une angoisse sourde commença à naître dans sa poitrine à l'idée qu'il manque d'air sans savoir comment regagner la surface. Pour focaliser ses pensées sur autre chose, il consulta sa montre : il plongeait depuis quatre minutes à peine. Autrement dit, il lui restait six minutes avant de devoir faire demi-tour.

Plus d'une fois, Abhainn s'arrêta à des embranchements, hésita, puis repartit.

Déjà sept minutes.

Les regards de Sadge à sa montre se faisaient de plus en plus fréquents, et le désespoir devint plus grand à chacun d'entre eux : il ne trouverait pas les mecha Flown ce soir.

Chapitre 41

Au bout de huit minutes, Sadge et Abhainn pénétrèrent dans une immense grotte immergée. Le plongeur en mesura la taille gigantesque grâce aux milliers de paires d'yeux phosphorescents qui se braquèrent sur lui. Les plus proches se révélèrent être rattachées à des corps décharnés moitié humains, moitié poissons ; il venait de faire irruption sur le territoire des ondines, et elles ne semblaient pas ravies de voir un inconnu envahir ainsi leur espace de vie. Face à la menace, Abhainn fit rempart de son corps massif, défiant de ses crocs dévoilés les ondines d'attaquer son joueur. Avant que la situation s'envenime, une ondine se détacha de la colonie avec empressement. Sadge reconnut Niamh lorsqu'elle le saisit par le bras et l'entraîna sans prévenir derrière elle. Pris par surprise, Sadge lâcha la crinière d'Abhainn. En une fraction de seconde, la lumière pâle de sa montre-torche n'éclaira plus le cheval.

Sadge était malmené par la vitesse de Niamh. Ses virages serrés l'envoyèrent plus d'une fois heurter la paroi rocheuse. Confus, il sentit l'air lui manquer. Pour éviter la panique, il vérifia son temps de plongée : onze minutes. À peine leva-t-il les yeux de sa montre que la surface du bassin lui apparut nimbée de sa lumière bleu féerique. Lorsque sa tête perça la surface, Niamh le lâcha enfin.

— Je t'avais dit de me prévenir, lui reprocha-t-elle tout de go.

— Désolé. Je ne pensais pas qu'Abhainn me conduirait en plein milieu de votre repaire.

Dans la pénombre de l'endroit, le visage décharné de Niamh avait quelque chose d'horrifique. La colère qu'elle affichait participait de cette impression. Sadge se sentit fautif et le lui fit savoir, apaisant par cette confession les sentiments négatifs de l'ondine à son égard.

— Les humains sont trop pressés. Je vais parler aux miens. En attendant, ne replonge plus. Quand la situation sera calmée, je t'aiderai comme je te l'ai promis.

Une masse imposante se déplaça soudain sous eux. Sadge et Niamh baissèrent la tête au moment où les yeux blancs d'Abhainn perçaient l'obscurité, farouches, et même Sadge se surprit à avoir peur de la bête carnivore contrariée. Elle sortit des flots sans délicatesse, repoussant brusquement l'ondine contre la margelle du bassin dans un hennissement de rage tout en protégeant Sadge de son corps comme elle l'avait fait plus tôt. Abhainn n'appréciait pas que l'ondine se soit permis de lui subtiliser son joueur. Avant que le kelpie s'énerve davantage, Sadge s'empressa de le calmer. À force de paroles douces et de caresses, la fureur du cheval se tempéra au point qu'il ne réagit pas lorsque Niamh s'en alla comme un trait.

Désorienté par ce qu'il venait de se passer, Sadge resta un moment accroché à Abhainn, le temps de reprendre ses esprits et de constater son échec à trouver les mecha Flown. Cela voulait dire qu'il lui faudrait encore demander l'aide de Naph pour la rune.

La perspective ne l'enchantait pas le moins du monde.

Sadge vécut les jours suivants avec ce sentiment d'échec collé à la peau. Si les ondines ne lui pardonnaient pas son intrusion, c'en serait fini de sa recherche. Il pensait encore à ça, perché à plus de dix mètres du sol dans la salle à manger du château où étaient installés les derniers décors du bal de la Floraison. Le joueur mettait son expérience de l'escalade au service de l'organisation afin d'installer les arches qui accueilleraient les grappes de glycines et les sphères armillaires lumineuses. Lorsque les structures en bois furent posées puis attachées, il descendit en rappel, mais s'arrêta à mi-chemin. En bas, Diba aidait en exécutant les dernières retouches des tissus qui recouvriraient les chaises. Le périmètre de sécurité qui se formait toujours près d'elle avait l'avantage de dégager la vue autour de l'émotionnelle, sans quoi Sadge n'aurait jamais vu la silhouette immobile derrière elle : Dinh.

Avec les récents événements, le petit-fils du second conseiller du roi lui était complètement sorti de la tête. Qu'est-ce qu'il voulait à Diba ? Récupérer auprès d'elle l'artefact de l'archiphytomage Sanrell qu'elle avait réquisitionné ? Ou l'observait-il avec l'espoir de lui faire un coup bas ? Connaissant le bonhomme, cela n'augurait rien de bon.

Dissimulé par les structures en bois, Sadge profita de son point de vue unique pour continuer l'observation quand, après plus d'une minute, une autre hypothèse lui sauta au visage. Il était de notoriété publique que Diba traînait souvent dans les derniers étages de la tour de la bibliothèque. Dinh avait-il fait le lien entre l'émotionnelle et la disparition du sablier ? Peut-être même soupçonnait-il Sadge d'être mêlé à l'affaire ? Si c'était le cas, la piste finirait sans doute par mener le jeune Damer aux jardins interdits. Heureusement, il ne possédait plus l'artefact pour pouvoir y pénétrer.

Malgré tout, Sadge n'était pas tranquille. Ce type avait de la ressource pour parvenir à ses fins.

La surveillance dura quelques minutes supplémentaires avant qu'Heren n'appelle Sadge en renfort. Le jeune homme acheva sa descente et ôta son équipement avant de rejoindre sa supérieure pour l'aider à raboter le pied d'une table d'appoint. Une fois l'œuvre accomplie, ils la mirent en place.

— Tu as une cavalière pour le bal ? osa Heren tandis que Sadge rangeait le rabot.

— Non. De toute façon je ne sais pas danser.

— Je peux t'apprendre, si tu veux ?

— C'est gentil mais je n'en vois pas l'intérêt. Je vais être obligé de me montrer au bal, ça ne veut pas dire que j'ai l'intention de m'y éterniser.

— Pourquoi tu y es obligé ?

— L'une des conséquences d'être une rareté, c'est que tout le monde veut vous voir. Si je ne me montre pas, les invités vont se vexer. J'ai pas envie d'emmerdes supplémentaires.

— Tu as des problèmes ?

Sadge se redressa en lançant un regard désapprobateur à Heren dont l'attention lui apparaissait toujours indiscrète. La femme le comprit puisqu'elle s'excusa de sa maladresse. Si elle se montrait curieuse à son sujet, elle semblait aussi vouloir rester dans ses bonnes grâces, comme si l'opinion qu'il avait d'elle lui importait. Elle était étrange, très loin des gens qu'il avait croisés jusqu'ici, que ce soit à Puy-sur-Embruns ou en dehors.

La discussion tourna court quand un autre chef jardinier appela Heren. Sadge termina de ranger les outils avant de s'en aller, ses heures de travail étant terminées. Diba l'attendait déjà dans une allée, adossée à une arche ouvragée. Sadge l'attira loin de l'effervescence du château pour lui parler de l'étrange comportement de Dinh. L'information ne sembla pas la surprendre.

— Dinh est un jeune homme intelligent, trop pour se faire subtiliser l'artefact d'un archiphytomage, expliqua-t-elle.

— Il aurait fait exprès de se montrer avec ?

— Ça ne m'étonnerait pas. Il lui aurait suffi de me suivre pour me voir régulièrement me rendre aux jardins interdits. Ajoutées à cela mon affinité avec la phytomagie et mon hostilité envers son utilisation de l'artefact étaient faciles à prédire.

— Où est-il ?

— Caché. Tu veux savoir où ?

— Non, refusa Sadge. Moins il y a de personnes au courant, mieux c'est. Avec toi il est en sécurité. Pourquoi Dinh aurait fait ça ?

— Il a peut-être enchanté l'artefact pour m'écouter ou me traquer dans l'espoir que je le mène au sablier.

Sadge esquissa un sourire. Bien sûr que Diba avait déjà envisagé le fait que Dinh la soupçonne de posséder le sablier. C'était pour cette raison qu'elle avait caché l'artefact au lieu de le garder sur elle, afin que Dinh n'ait aucun moyen d'établir un lien entre Diba, Sadge, le sablier et les jardins interdits.

— J'ai été prudente, mais ça ne suffira pas. Il se doute peut-être que tu as trouvé refuge dans les jardins. Il ne t'a pas suivi ?

— Non.

— Tu es bien sûr de toi.

Il faillit répliquer que l'habitude lui avait appris à repérer les gens qui le suivaient, mais depuis son arrivée à l'université ses réflexes s'étaient grandement amenuisés. Ce constat le mit mal à l'aise.

— Dinh n'est pas assez expérimenté pour parvenir à me filer sans que je m'en rende compte.

Du moins l'espérait-il. L'incertitude le prit à la gorge. Il se jura de faire plus attention que jamais en cherchant les mecha Flown.

Chapitre 42

Le mercredi suivant arriva vite. Diba n'appréhendait pas le prochain réglage de son stabilisateur d'émotions prévu le soir même ; elle se savait bien entourée. En revanche, la présence discrète de Dinh dans son dos depuis plusieurs jours la dérangeait, heureusement pas au point de la mettre en colère.

Pourquoi le jeune homme se faisait-il plus insistant que durant les mois précédents ? Avait-il des plans dont l'échéance se rapprochait ? Peut-être devaient-ils être menés à bien avant l'été ? C'était probable. D'après ce que Sadge avait appris de la commandante Mori, la situation avec Montcondor évoluait plus vite que prévu. Si son ambition était politique – ce dont Diba ne doutait pas –, alors Dinh était pressé par le temps, d'où son audace récente. Il n'y avait guère que la peur des pouvoirs de l'émotionnelle pour le garder à distance. Elle devrait donc veiller à ce que la nouvelle concernant son stabilisateur d'émotions s'ébruite le moins possible.

Après les cours, Diba se rendit sans détour à sa chambre où l'attendait Sadge. Afin que Dinh ne puisse la suivre jusqu'à la salle privée de Thélie, le joueur s'était proposé d'y amener son amie grâce à sa carte de téléportation. Au début réticente, Diba avait fini par accepter par prudence. Cette expérience-ci, en revanche, la rendait nerveuse, car Sadge avait été incapable de lui décrire la sensation. Le maître-cartes lui prit la main. Quand Diba lui assura être prête, il activa sa carte.

Diba perdit pied. Il lui sembla s'éparpiller dans les airs avant de se compresser. La sensation fut déstabilisante mais pas douloureuse, et Diba n'en prit pleinement conscience que plusieurs secondes après s'être matérialisée dans l'antre de Thélie tant l'expérience avait été brève. L'artefactrice, toujours en compagnie d'Izildée, fut surprise par cette entrée en scène inattendue. Diba décela même chez elle une pointe d'admiration car, si la téléportation était une capacité d'ordinaire difficile et longue à maîtriser, téléporter une autre personne en plus de soi relevait du miracle.

La porte de l'atelier s'ouvrit soudain, surprenant toute l'assemblée, qui se retourna dans un bel ensemble vers le nouvel arrivant.

*

Sadge fut autant surpris que ses amies de voir Naph si tôt. Ce dernier accusa les mines hébétées de ses camarades non sans esquisser un sourire de satisfaction : il aimait surprendre son monde.

— Tu es en avance, nota Thélie.

— C'est que j'y ai un intérêt, répliqua le runomage. Tenez-vous prêtes, j'arrive dans une minute.

Tout en disant ça, il attrapa Sadge par le bras pour l'entraîner dans un coin sous le regard suspicieux des femmes.

Chapitre 42

— Tu as testé la rune ? s'enquit Naph sur un ton bas.

— Oui. Elle a fonctionné, mais je n'ai pas eu le temps de trouver ce que je cherchais. Mori ne reviendra qu'en mai. Une fois que je lui aurai parlé, tu pourras la reposer ?

— Pourquoi pas avant ?

La question surprit Sadge. Naph avait-il oublié ?

— On a un accord. Tu devais aider Diba et me faire respirer sous l'eau pour que je parle de toi à Mori. Tu l'as fait. C'est à mon tour de tenir mon engagement.

— Je sais que tu le feras, donc inutile d'attendre aussi longtemps. Viens me voir quand tu voudras retenter.

Sur cette étrange proposition, Naph s'apprêta à rejoindre les autres quand une pensée le retint.

— Je suppose que tu ne vas pas couper au bal ? demanda-t-il.

— Tu supposes bien.

— Tu préfères une cavalière ou un cavalier ?

Pourquoi tout le monde se sentait-il obligé de faire de ce bal une affaire d'État ? Plus on lui parlait de l'événement, moins il avait envie de faire l'effort de s'y montrer. Ce fut donc sur un ton un peu revêche qu'il répondit :

— Je n'ai pas l'intention d'y rester plus de quelques minutes.

— Ce n'est pas ce que j'ai demandé.

La réplique laissa Sadge sans voix. Pourquoi insistait-il autant ? Préparait-il un mauvais coup, lui aussi ?

Non. Naph était arrogant et manquait de délicatesse, mais il n'était pas méchant. Désagréable par moments, mais pas dangereux.

— Cavalier.

Une lueur intrigante passa dans l'œil bleu de Naph. Sadge en oublia sa contrariété tant le comportement du garçon lui paraissait étrange.

— Parfait. J'espère que tu sais danser, lâcha-t-il avant de rejoindre Diba.

Qu'avait-il derrière la tête, à la fin ?

Sadge rejoignit le groupe sans parvenir à s'ôter toutes ses questions de l'esprit, même quand Naph apposa la rune de colère sur Diba. Cette fois, Thélie ne se fit pas surprendre par la rapidité du sort et posa le verrou de l'émotion au bon niveau. Si un ajustement était nécessaire, il ne serait pas décisif. Elle avait eu raison de commencer par verrouiller la peur avant la colère, cela lui avait permis de mieux anticiper.

Diba prit le temps de se remettre du sort avant d'oser se lever, soutenue par Sadge. Il était inquiet des effets de la téléportation sur son amie affaiblie. Diba le rassura : elle tiendrait le coup. Le joueur s'apprêta à activer sa carte quand il remarqua le regard insistant de Naph, à l'écart, qui ne détourna pas les yeux aussitôt ceux de Sadge sur lui. Ce fut ce dernier qui brisa le contact visuel lorsque Thélie s'approcha.

— Je ne sais pas ce qu'il s'est passé avec Naph, chuchota-t-elle à Sadge, mais tu lui as tapé dans l'œil.

— Comment ça ?

— Il est amoureux de Sadge ? demanda Diba à l'artefactrice sur le même ton.

— Non, Naph est aromantique. Sadge l'attire physiquement. Ce qui est un exploit en soi.

Thélie adressa un sourire de connivence au joueur avant d'aller ranger son atelier. L'instant de flottement qui s'installa entre Diba et Sadge rendit ce dernier nerveux. Il coupa court à la situation gênante en se téléportant avec l'émotionnelle dans la chambre de cette dernière. Elle s'affala sur son lit en poussant un soupir d'aise.

Chapitre 42

Sadge porta son attention sur la fenêtre sans parvenir à oublier la manière dont Naph l'avait regardé.

— Sadge.

Il se tourna vers Diba, toujours allongée sur le ventre. Elle croisa ses bras sous son menton avant de reprendre :

— Tu devrais peut-être aller au bal avec Naph ?

— Je ne crois pas que ce soit une bonne idée.

— Pourquoi ? Il ne s'attachera pas.

— Moi je n'ai pas cette faculté-là, et les choses sont déjà assez compliquées sans que je prenne le risque de tomber amoureux d'un type qui ne ressentira jamais rien à mon égard.

— Tu pourrais réellement l'aimer ?

— Juste pour ne plus avoir à porter seul mon fardeau, je pourrais en avoir l'impression, oui. Une impression si forte qu'elle me ferait hésiter à partir le moment venu.

— Mais il t'attire, pas vrai ?

Sadge garda un instant le silence, le temps de peser sa réponse.

— Étrangement, oui.

Diba soupira. Elle était un peu fatiguée.

— Juste une soirée, Sadge.

Il ne répliqua pas car Diba s'était endormie. Sadge lui enleva ses chaussures avant de la couvrir avec précaution. La voir aussi paisible lui fit chaud au cœur. Grâce à Thélie, Izildée et Naph, elle pourrait bientôt réaliser son rêve de piloter une ARM, il en était certain. L'idée de ne plus être là pour voir ça lui serra le cœur. Sous le poids de ses émotions, il s'éclipsa.

De retour dans sa propre chambre, il tourna en rond une bonne partie de la soirée. Son agitation attira Rheyi, qui tenta de savoir ce qui arrivait au jeune humain, sans succès.

Une fois ses humeurs calmées, Sadge s'accouda à la rambarde en fer. La nymphe apparut au milieu du lierre qui y pendait.

— Pourquoi tu es toute seule ici ? lui demanda-t-il.

— Les frênes pleureurs sont rares sur le continent.

— Je ne comprends pas le rapport, avoua Sadge.

— Je suis une dryade frêne pleureur, j'ai donc besoin d'un frêne pleureur pour me reproduire.

— C'est une dryade mâle ?

— Non, c'est un arbre, répondit Rheyi sur le ton de l'évidence. Je ne suis pas un mammifère, tu sais.

L'affirmation fit sourire Sadge, avant d'amener une autre question :

— Si c'est un arbre, alors tu seras quand même seule. Il ne pourra pas t'aimer.

— Il existe d'autres liens que l'amour romantique, même chez les humains. L'amitié, la sororité, la fraternité, l'amour parental en sont aussi. Ils ne sont pas moins forts que l'amour romantique. Ils sont juste différents. Entre les dryades et les arbres, c'est pareil. Nous ne tombons pas amoureux, mais nous créons des liens intimes qui nous unissent pour toujours.

— Tu n'as jamais eu peur que ça ne te suffise pas ?

— Non. Mais si cela devait arriver, je suppose que j'irais chercher ce qu'il me manque autre part. Faire avec ce qui se présente à nous maintenant ne fige pas notre futur, ni dans un lieu ni dans un temps.

— Tu as sans doute raison.

La nouveauté lui faisait faire une montagne de rien du tout. Rheyi et Diba avaient raison, il ne perdait pas grand-chose à vivre l'instant présent. Au mieux, il passerait un bon moment. Au pire, il partirait bientôt en laissant tout derrière lui. Ce ne devait pas être aussi terrible, une danse ou deux.

Chapitre 42

Le pied de Sadge devança le tempo et écrasa le pied de sa professoresse. Heren grimaça.

— On devrait laisser tomber, se résigna Sadge. Je suis nul pour ça.

— Je ne pensais pas que tu étais du genre à renoncer aussi vite, le provoqua Heren. Un peu de courage ! Ce n'est pas parce qu'on ne t'a jamais appris à danser jusqu'à aujourd'hui que tu n'y arriveras pas. Reprends ta position.

Sadge obéit. Heren relança la musique avant de revenir vers son élève. Ce dernier saisit sa main droite tandis qu'il posait l'autre sur sa taille.

— On y va. Un, deux, trois…

La voix d'Heren aida Sadge à rester concentré. À force de répétition, il commençait à trouver son rythme. En plus de se souvenir des pas et de les enchaîner dans les temps, il dut apprendre à conduire et à se laisser conduire, ne sachant pas ce que préférerait son partenaire lors du bal du lendemain soir.

Tandis qu'il valsait avec plus ou moins de grâce, il se demanda ce qu'il était en train de faire. Tout ceci en valait-il la peine alors qu'il partirait dans trois mois ? En passant sa vie à fuir des chasseurs de primes, il n'aurait plus jamais l'occasion de danser ni même de se permettre un coup de cœur pour un garçon. Et s'il était en train de faire une énorme bêtise ?

La somme de ses doutes lui fit si peur qu'il lâcha brusquement Heren avant de reculer. C'était n'importe quoi ! Tout ceci était du grand n'importe quoi !

Heren s'approcha avec prudence du joueur dont la respiration était saccadée en raison d'une panique naissante. Elle posa une main compatissante sur son bras afin de capter son attention.

— Respire profondément, lui conseilla-t-elle.

Sadge obéit. Il recommença sous ses encouragements jusqu'à ce que la crise reflue en totalité. Elle le laissa vidé de ses forces au point de le pousser à s'asseoir sur un coin de table. La tête dans les mains, il s'excusa auprès d'Heren de ce qu'il venait de se passer. La femme hésita un instant, avant de s'asseoir à côté de lui.

— Tu sais que tu peux me parler, Sadge. Rien de ce que tu me diras ne sortira d'ici.

— Je sais. Merci, mais ça va aller. Laissez-moi juste cinq minutes.

Heren laissa passer quelques secondes de silence.

— Tu n'es pas obligé de te mettre autant de pression pour apprendre à danser.

En d'autres circonstances, la méprise aurait fait rire Sadge. Ce qui l'avait mis dans cet état n'était pas le bal, mais la perspective de perdre le contrôle sur la seule chose qui lui appartenait : ses sentiments. Durant des années il les avait enfouis sous une montagne de rationalité et de pragmatisme afin que rien ne le fasse douter au moment de faire des choix cruciaux.

Même s'il savait que Naph ne tomberait pas amoureux de lui, Sadge avait peur de sa propre réaction face à une relation intime. Et si y goûter lui donnait envie de tout abandonner ? Déjà sans cela, continuer à fuir était éprouvant. Y parviendrait-il encore s'il avait une personne aux côtés de laquelle il voudrait rester ? Il n'en savait rien, et c'était bien cela, entre tout, qui le terrifiait. Car abandonner, c'était offrir à ses poursuivants ses cartes, et sans doute sa liberté. C'était offrir des armes de destruction massive à des gens pour qui la vie n'avait de valeur que s'il s'agissait de la leur. Combien de gens mourraient s'il perdait la force de fuir encore ? Combien d'existences détruites s'il préférait à la solitude la chaleur d'un corps alangui ?

— Sadge, regarde-moi, chuchota Heren.

Il le fit par réflexe. Les yeux de la femme lui semblèrent sortis du passé.

— Certains moments de la vie nous font peur, c'est ainsi pour tout le monde. Dans ces cas-là il faut prendre une grande inspiration, foncer et voir ce que ça donne. Rien ne se fait ou ne se lie pour l'éternité. Tu as le droit de faire des erreurs tout comme tu as le droit de changer d'avis, de voie ou d'existence. Les autres feront avec, ou sans, et le monde continuera de tourner. C'est aussi simple que cela.

Le recul que les paroles d'Heren lui firent prendre sur sa vie à cet instant soulagea Sadge au-delà de ses espérances. Elle avait raison. Anticiper les réactions sentimentales était impossible, alors autant laisser faire. Il improviserait ensuite.

Il improvisait toujours.

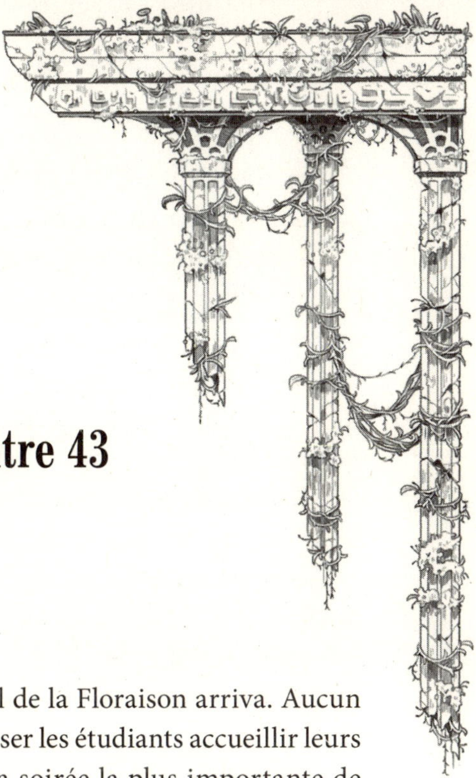

Chapitre 43

Le jour tant attendu du bal de la Floraison arriva. Aucun cours n'était assuré afin de laisser les étudiants accueillir leurs parents et se préparer pour la soirée la plus importante de l'année. Sadge passa sa journée à aider aux derniers préparatifs dans le réfectoire du château, qui bientôt se couvrit de fleurs colorées aux parfums renversants. Lorsqu'il eut terminé, le désarroi le poussa à battre en retraite loin de l'effervescence ambiante. Il trouva un calme impérial dans la chambre de Diba, occupée à hésiter entre deux robes. Un vêtement dans chaque main, elle se tourna vers son ami afin d'obtenir son aide.

— La noire ou la violette ?

— Violette, répondit Sadge depuis le lit où il était assis.

Diba hocha la tête d'un geste entendu avant d'abandonner la robe noire dans son armoire.

— Tu as un costume pour la soirée ? s'enquit-elle.

— L'uniforme de l'université fera très bien l'affaire.

— Tu as pris une décision… pour Naph ?

Son ton avait été prudent. Sadge soupira pourtant avant de se laisser tomber en arrière sur le matelas.

— Une danse ou deux, pas plus. Je n'ai pas envie de rester trop longtemps dans la même pièce que ceux qui veulent mes cartes.

— Et après ?

— J'irai me coucher. Demain je me lève tôt pour aider à nettoyer le réfectoire.

— Une danse ou deux, c'est déjà bien, conclut Diba. De toute façon, il reste du temps avant la fin de l'année.

Sadge se redressa sur ses avant-bras pour observer son amie.

— Ça veut dire quoi ?

Diba se tourna vers lui avec des accessoires pour les cheveux dans les mains.

— Les plumes ou les perles ?

Le joueur esquissa un sourire. Cette fille était décidément la meilleure chose qui lui soit arrivée dans la vie.

— Je ne pensais pas te voir autant enthousiasmée par la soirée, avoua Sadge.

— Je ne l'étais pas les fois précédentes. Cette année, tu es là.

Cette vérité lui fit chaud au cœur. La sensation resta lovée au creux de sa poitrine même dans le silence qui se fit tandis que Diba, concentrée sur ses accessoires, les présenta sur ses cheveux avant d'opter pour des perles dont la nacre rappelait sa peau particulière. Dans l'intimité de sa chambre, Diba relevait ses longs cheveux en un chignon négligé dévoilant sur sa nuque les premières parties de son stabilisateur d'émotions. Avec la fin de la cicatrisation, la peau auparavant rougie avait retrouvé son teint si singulier, conférant à l'artefact en argent l'allure d'un bijou scintillant qu'un orfèvre aurait ciselé dans l'unique but d'ajouter à l'aura fascinante de la jeune femme. Soudain, Sadge se souvint de sa mort programmée, et son cœur se serra à l'en faire suffoquer.

Le jeune homme s'assit sur le lit.

— Je peux te poser une question délicate ?

Diba se désintéressa de son entreprise pour pivoter vers son ami.

— Oui.

— Qu'est-ce qu'il faudrait faire pour te sauver ?

Elle resta hébétée un instant, avant de baisser les yeux le temps de sa réflexion. Quand elle reporta son attention sur Sadge, ce fut pour répondre d'une voix faible :

— Il me faudrait un nouveau cœur. Malheureusement, ceux compatibles avec les émotionnels sont rares. On en trouvera peut-être un, un jour, mais ce sera déjà trop tard pour moi.

Son regard fuit avec ses derniers mots, alors Sadge s'en voulut d'avoir entaché l'humeur joyeuse de Diba. Il se leva afin de la rejoindre.

— Tu sais danser, toi ?

— Pas bien.

— On en est au même point, alors.

Son sourire parvint à entraîner celui de son amie.

C'était mieux.

— Je vais te laisser te préparer, jeta-t-il en s'éloignant. On se voit à midi ?

Quand Diba se retourna, Sadge était accroupi sur le rebord de sa fenêtre ouverte.

— Tu vas où ? s'enquit-elle.

— L'université grouille d'enflures qui veulent me capturer, je vais faire du repérage, histoire de savoir de qui rester loin ce soir.

Sans rien ajouter, il se laissa tomber dans le vide. Diba entendit deux immenses ailes battre, puis le silence.

Quand Sadge ne pouvait pas se dissimuler à l'abri d'un renfoncement haut perché, il utilisait sa carte d'invisibilité pour approcher ses cibles : Auvanchiens, Montcondorois, Raslandiens, Alavandois et Valléeviellois. Tous étaient passés au crible de son regard sans pitié, le but étant de mettre un nom sur tous les visages pour identifier les personnes les plus activement à sa recherche. Seulement parfois, l'association était ardue, par manque d'informations.

À la pause de midi, qu'il passa avec Diba dans leur coin de verdure près de la rivière, le joueur s'en ouvrit à son amie. Elle lui conseilla de se trouver un guide pour l'aider à la tâche.

— Tu ne peux pas m'aider, toi ? se renseigna Sadge.

— Ma famille a beau faire partie de la petite bourgeoisie, elle n'a jamais pris le risque de me faire sortir en société. Donc non, je ne peux pas t'aider.

— Izildée ou Thélie ?

— Elles travaillent beaucoup trop et depuis trop longtemps pour fréquenter les soirées mondaines. En revanche, je pense qu'Elcina pourra t'aider.

— Pourquoi elle ?

— Elle est très proche de son père, qui travaille pour le gouvernement.

— Il fait quoi ?

— Je ne sais pas, donc sa fonction doit être importante si l'information n'a jamais tourné. À force de traîner de bâtiments officiels en lieux officieux, Elcina doit connaître du monde.

Chapitre 43

Sadge avait peut-être effectivement une carte à jouer avec l'apprentie enchanteresse. La bonne relation qu'il avait avec elle l'aiderait sans doute à la convaincre. Dès la fin du repas, le joueur se mit donc à la recherche de sa camarade, qu'il trouva sur l'allée descendant du château jusqu'aux remparts de l'université.

— Tu viens aussi accueillir tes parents ? questionna-t-elle.

— Ils sont trop loin pour venir. Je te cherchais, en fait.

La révélation étonna Elcina, alors Sadge ajouta :

— Je viens d'un milieu pauvre et je pense à mon avenir. Une fois diplômé, je compte obtenir un bon poste mais je ne connais personne dans les hautes sphères. Du coup je cherche un guide pour m'apprendre qui est qui, histoire de ne pas commettre d'impair plus tard.

Comme tous les étudiants de Puy-sur-Embruns, Elcina était sensible à l'ambition ; il en fallait pour supporter l'exigence d'études aussi prestigieuses. La logique de la démarche de Sadge lui apparut évidente, si bien que la demoiselle, toujours prête à rendre service, se fit une joie d'accepter d'aider celui qui n'avait pas détourné les yeux lorsqu'elle-même avait eu besoin de soutien.

— Tu veux juste que je t'aide à les identifier ou tu veux que je te les présente ?

— Choix un, pour l'instant. Pour le second, on verra ça pendant le bal, je suppose.

La mine déconfite de Sadge à la pensée de la corvée que serait l'événement fit sourire Elcina. Si elle aimait les soirées mondaines, elle comprenait que l'exercice puisse être ardu pour d'autres. Quoi de plus normal pour un jeune homme étranger à ce milieu si particulier.

Enjouée par la compagnie du joueur, Elcina accéléra le pas afin de rejoindre les immenses portes du domaine.

Les employés de l'université y accueillaient les premiers arrivants, dont les souliers impeccables s'enfonçaient dans le moelleux d'un interminable tapis violet brodé d'or. Le tissu au milieu de son défilé de fleurs odorantes menait les invités jusqu'à des cabs[1] lévitants tirés, chacun, par un magnifique cheval blanc harnaché de cuir et de diamants. Les véhicules avaient pour fonction d'épargner les vingt minutes de marche entre l'entrée du domaine et celle du château. Puy-sur-Embruns ne lésinait pas sur les moyens de rappeler au monde son statut millénaire.

Elcina s'immobilisa dans un coin, Sadge l'imita comme une ombre. Elle commença sa mission sans attendre, bien que l'arrivante ne soit pas étrangère au joueur.

— Elenice Arce épouse Filairain, la femme de notre directrice, avec leur deux fils, Jurian et Mathilien.

— Je les ai vus pendant les vacances.

— Ce que tu ne sais peut-être pas, c'est que les Arce sont une prestigieuse famille de Montcondor.

— La directrice fricote avec l'adversaire… Intéressant.

Selon l'évolution de la situation avec le royaume voisin, ce mariage pourrait desservir Kathéride. Cette pensée s'envola lorsqu'un couple d'hommes fit son entrée.

— Hidas Ruveth et Harvel Rigberd, les pères de Thélie. Le premier est un joaillier fortuné, propriétaire de deux mines, et le second un brillant chirurgien. C'est avec lui que Thélie travaille.

Sadge n'accorda que peu d'intérêt au couple qui, bien que fréquentant sans doute les hautes sphères, était loin de participer de près ou de loin à sa traque.

1. Voiture hippomobile à deux places.

Chapitre 43

Plusieurs minutes s'écoulèrent dans un calme immobile. Puis les personnes présentes se réanimèrent lorsqu'une femme à l'uniforme au haut bleu royal, au bas bleu clair et à la taille ceinte d'un tissu rose fit son entrée : Roxille Mori. La première personne que la commandante remarqua fut Sadge, vers qui elle se dirigea. Fidèle à elle-même, Mori se planta devant le joueur sans la moindre hésitation en dépit de la manière désagréable dont s'était terminé leur dernier échange. La femme n'afficha aucune hostilité. Sa présence, impressionnante pour n'importe qui, poussa Elcina à baisser légèrement la tête.

— Est-ce que je peux te parler en privé ? demanda Mori à Sadge.

Si la proposition formulée sur un ton avenant l'étonna, il accepta, car lui aussi avait des choses à lui dire. Sadge prit congé de sa camarade avant de s'éloigner aux côtés de la militaire. Tandis qu'ils empruntaient le tapis violet, Mori prit la parole sans détour :

— Je tenais à m'excuser pour la dernière fois. Je n'aurais pas dû insister autant.

Passé l'étonnement, Sadge se sentit flatté d'être autant estimé par une femme de la trempe de Mori. Sinon, elle l'aurait simplement ignoré.

— Le tort est partagé, répondit-il. Je comprends que l'armée soit votre famille, mais nos histoires sont différentes, et la mienne ne me permet pas d'adhérer à votre point de vue.

— Ça a été dur à encaisser. À présent, je l'accepte. Je suppose que la singularité de ta vie a dû te rendre hermétique aux différents groupes sociaux si tu en as toujours été exclu.

Se l'entendre dire porta un coup au cœur à Sadge, rappelant à son bon souvenir à quel point il avait été un fantôme dans ce monde. Il n'y avait eu que Diba pour le voir. Et Mori. En dépit de ses sentiments, il ne répondit pas, afin de ne pas confirmer ce que Mori ne faisait que soupçonner faute de preuves.

— Le plus triste, reprit la militaire, c'est que je ne vois pas comment les choses pourraient changer, à moins de fournir au continent une arme plus puissante que des cartes létales.

— Une arme ?

— Une ARM. Après tout, les machines résistent mieux à la mort que les humains.

L'idée d'échanger les mecha Flown contre sa tranquillité lui effleura l'esprit une fraction de seconde. Ce serait pourtant inutile. Les dirigeants aimaient tant le pouvoir que, même ainsi armés, ils convoiteraient toujours ses arcanes pour la bonne raison qu'il y aurait encore un mortel aux commandes des engins.

— Il faudrait une ARM sans pilote, dans ce cas, réfléchit Sadge. Sinon, cela ne servirait à rien.

— J'en ai bien conscience. Montcondor aussi. D'après mes informations, leur but est d'en créer une pilotable à distance.

— C'est faisable ? s'étonna le joueur.

— En théorie, oui. Entre l'avancée technologique permise par les armures et certains types de magie comme l'enchantement, il y a des pistes à creuser.

— La situation devient bordélique.

— En effet.

— Comment ça va se passer, ce soir, avec les dignitaires de Montcondor ? se renseigna Sadge.

— Comme si de rien n'était.

Mori marqua une pause.

— Tout ce que je te dis là est confidentiel. Pour Montcondor, les Terres d'Auvanche ne sont au courant de rien.

Chapitre 43

— Je comprends.

Ils arrivèrent enfin au bout de l'interminable tapis violet. Le cocher du cab à la capote relevée, assis à l'arrière de la voiture, tenait son cheval tranquille. Mori fit face à Sadge.

— Mon offre tient toujours. Si tu veux rejoindre mon escadron, tu seras le bienvenu. Tu peux l'intégrer à la fin de cette année scolaire. Je te formerai sur le tas.

— Merci, mais cela me paraît improbable.

— Tes options sont limitées. Tu as d'autres projets en tête ?

— Je suis majeur maintenant, je peux quitter le continent.

— Pour aller où ?

Sadge haussa les épaules avec désinvolture.

— Je ne sais pas. Chez les Behaqwina, peut-être.

La réponse fit sourire Mori, chose assez inhabituelle pour rendre Sadge curieux.

— Qu'est-ce qu'il y a ?

— Aucun habitant du continent ne va chez eux parce que leurs frontières sont gardées par d'immenses oiseaux-tonnerres.

La révélation laissa Sadge hébété.

— Pardon ?

Mori leva la tête vers le ciel dégagé. Sadge l'imita par réflexe.

— Imagine une nue déchaînée, et deux yeux si grands qu'ils tiennent à peine dans ton champ de vision.

Sadge se représenta la taille de l'animal. Il en eut peur. Il baissa la tête, imité par Mori.

— Seuls les Behaqwina peuvent passer. Les autres sont électrocutés sur place à moins d'être accompagnés d'un natif.

— Comment ça se fait que les frontières soient autant protégées ?

— Parce qu'il y a presque un siècle, nous avons tenté de les envahir. Le continent n'en est pas fier, alors il passe la tentative échouée sous silence, au point de l'avoir effacée des livres d'Histoire. Depuis, les Behaqwina se sont alliés aux oiseaux mythiques. Les rares contacts que nous avons avec eux se déroulent lorsque des natifs viennent ici, ce qui s'est raréfié depuis dix ans.

— Pourquoi ?

— Je n'ai pas tous les détails. Il me semble que l'ambassadrice behaqwina de l'époque a été emprisonnée sur les Terres. D'après les rumeurs, les raisons de cette incarcération étaient louches.

— Elle a été relâchée, depuis ?

— Je ne sais pas.

L'aveu imposa un silence tranquille. Sadge songea à lui parler de Naph mais renonça, préférant attendre le bal où il n'aurait de toute façon pas grand-chose de mieux à faire. Après quelques secondes, Mori monta dans le cab qui la conduirait au château. Avant que le cocher mette sa monture en mouvement, la commandante se pencha un peu vers le joueur.

— Si tu as besoin de quitter la soirée plus tôt, n'hésite pas à venir me voir, je te servirai d'alibi.

Sadge la quitta sur cette proposition. Il rejoignit Elcina quand le cab s'en fut allé. Mori ne pourrait sans doute rien pour arranger sa situation, mais la sensation d'avoir gagné une alliée de son importance lui redonna un peu d'espoir.

Lorsqu'il s'immobilisa à côté de sa camarade, il la devina curieuse quant à sa relation avec la commandante des ARM. Par respect pour le joueur, elle ne posa pourtant aucune question, ce que Sadge apprécia.

Chapitre 43

— Tu sais quelque chose d'intéressant sur la commandante Mori ? demanda-t-il.

— Elle s'est engagée à seize ans, ce qui n'était jamais arrivé. C'est tellement jeune qu'aucune information n'a fuité puisque tous les corps d'armée la considèrent comme « l'enfant prodige de la Nation ». La seule rumeur à son sujet dit qu'elle vient d'une famille fortunée, chose impossible à confirmer. En tout cas, il n'existe aucune grande famille Mori.

— Si elle a rejoint l'armée en étant mineure, c'était sans doute pour échapper à ses proches, émit Sadge. Ça paraît logique qu'elle ait changé de nom.

Elcina leva la tête vers Sadge, étonnée.

— Je n'avais jamais pensé à la possibilité qu'elle ait pu changer de nom, avoua Elcina. C'est d'ordinaire une pratique associée aux hors-la-loi, pas aux nobles ni aux militaires.

Autrement dit, la logique du joueur ne l'était que pour lui, car la dissimulation de ses origines faisait partie de sa vie, contrairement aux gens normaux. En dépit de sa surprise, Elcina ne rebondit pas sur la conclusion, préférant jeter un regard à sa montre.

— Mon père ne devrait plus tarder, annonça-t-elle.

— Je peux te demander le métier qu'il exerce ?

— Il travaille pour le cabinet spécial du roi. C'est tout ce que je peux te dire.

— Pas étonnant que tu connaisses autant de monde, commenta Sadge sur un ton léger auquel Elcina lui répondit par un sourire amusé.

— Et encore, tu n'as rien vu !

Le joueur garda le silence quelques secondes, laissant sa concentration dériver au gré de ses pensées qui revinrent inévitablement vers le bal. L'image de Dinh espionnant Diba s'imposa à lui. Il se souvint que la dernière confrontation entre le jeune homme et Elcina s'était mal terminée.

— J'y pense, mais Dinh t'a enfin lâché la grappe ?

— Oui, confirma-t-elle. Il a l'air préoccupé ces derniers temps, assez pour m'ignorer. Il a dû se trouver une nouvelle âme à tourmenter, ou alors son grand-père lui a donné plus de responsabilités. Impossible de savoir.

— Dinh est proche de lui ?

— Bien plus qu'il ne l'est de son paternel, en tout cas. Dinh a des ambitions politiques de la taille des attentes de son grand-père.

— Du genre ?

— De celles qui obligent à frôler les pratiques douteuses. Les Damer, c'est encore un autre niveau que la haute noblesse. S'ils pouvaient eux-mêmes se couronner rois, ils tueraient pour le faire.

— Et la royauté les garde près d'elle ?

— Oui, car malgré tout ce sont de brillants tacticiens et d'habiles manipulateurs. C'est utile pour garder une longueur d'avance sur les autres pays, même s'il semblerait que Montcondor ait enfin réussi à les duper. Si les tensions s'intensifient, cela pourrait menacer leur statut.

Sadge s'apprêta à enchaîner quand un homme guère plus grand que sa camarade franchit les portes de l'université. Elcina se fit violence pour ne pas sauter dans les bras de son père. Il la serra chaleureusement contre lui sans parvenir à réprimer son alacrité communicative. Difficile de croire que l'homme soit au plus proche du pouvoir tant il transpirait la bonhomie. Après ces retrouvailles, Elcina s'empressa de présenter les deux hommes :

— Sadge, voici mon père, Drapagor.

Chapitre 43

Le joueur fut le premier à tendre la main. Le nouvel arrivant la lui serra avec trop d'enthousiasme pour ne pas cacher quelque chose.

— Le si célèbre maître-cartes qui a défendu ma fille face à ce petit merdeux de Damer.

Donc Elcina avait parlé de l'incident. C'était inattendu. Au moins, il était assuré que père et fille étaient complices.

— Jeune homme, je me ferai un plaisir de discuter avec toi ce soir mais, si tu me permets, je vais aller me reposer un peu, le voyage a été long.

— Je comprends.

— Tu es aimable, répliqua Drapagor en passant son bras sous celui de sa fille. Je te dis à ce soir, dans ce cas.

Il entraîna Elcina le long du splendide tapis qu'un enchantement nettoyait après chaque passage. Sadge regarda leur cab s'en aller avant de disparaître grâce à sa carte. Même s'il n'en avait pas envie, il devait se préparer pour le bal.

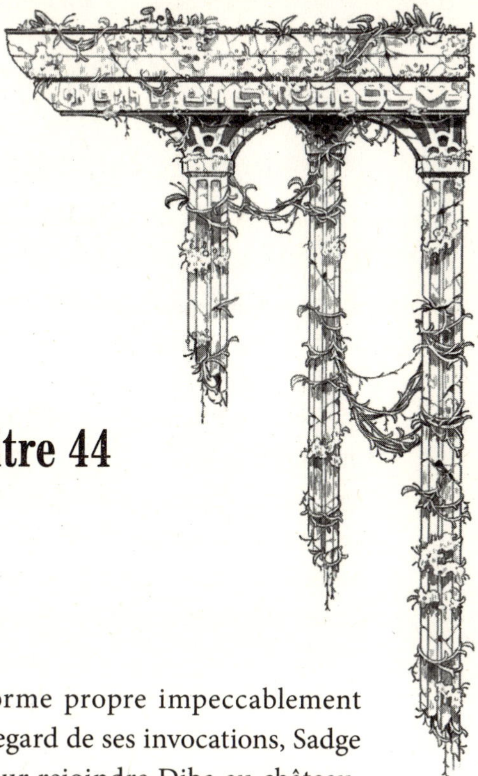

Chapitre 44

Une fois vêtu d'un uniforme propre impeccablement repassé par ses soins sous le regard de ses invocations, Sadge quitta les jardins interdits pour rejoindre Diba au château. Partout dans le parc et dans les couloirs, les conversations animées, les exclamations enjouées et les rires résonnaient, feutrés ou vifs, sur le passage du joueur. Par réflexe, il se tint loin de la foule en se dirigeant vers la chambre de son amie, redoutant comme jamais le moment où il lui faudrait faire le grand saut.

Il toqua à la porte, puis entra quand il y fut invité. Il s'immobilisa sur le seuil, la poignée toujours emprisonnée dans sa main. La vision de Diba de dos, dans sa robe violette de soie et de mousseline aérienne, aux longs cheveux ondulés décorés de perles, lui coupa le souffle. Quand elle se retourna en lui souriant, il respira de nouveau. Les talons de la jeune femme ajoutaient à sa stature déjà haute si bien que, quand Sadge combla la distance entre eux, il n'eut pas besoin de baisser les yeux vers les siens.

— Personne ne va te reconnaître dans cette tenue.

— Personne ne va te louper dans ton uniforme, répliqua Diba.

— L'avantage, c'est qu'une fois habillé normalement je passerai inaperçu.

— L'espoir fait vivre. Tu es prêt ?

L'absence de réponse de Sadge en disait long. La situation aurait fait sourire Diba si elle ne cachait pas un contexte aussi dangereux qu'une traque humaine sur fond de conflit. Pourvu que cela ne dégénère pas en guerre. Diba enroula son bras autour de celui de son ami, invitation muette à affronter l'avenir ensemble. Pour quelques heures. Pour encore quelques mois.

Le duo approcha des hautes portes closes du réfectoire du château. Les rires et la musique faisaient vibrer l'air. Sadge vit les employés saisir les poignées des battants comme au ralenti. Quand ils ouvrirent, le monde explosa. L'onde de choc arrêta même le cœur de Sadge un instant. Il fallut une impulsion de Diba pour le remettre en mouvement, lorsque l'émotionnelle fit un pas déterminé dans la gueule du loup. Les personnes les plus proches des jeunes gens arrêtèrent de parler tout en les dévisageant, puis la vague de stupéfaction déferla sur les milliers d'individus présents. Si les étudiants fixaient avec défiance Diba, les adultes n'avaient d'yeux que pour Sadge, qu'ils soient auvanchiens, montcondoriens, raslandiens, alavandois ou valléeviellois. Tous se demandaient sans doute s'il était le joueur aux cartes de Mort.

Au pas suivant de Diba, la foule frémit d'appréhension avant de retrouver sa voix. Mais si le désintérêt engendré par la peur de la contrarier entoura désormais l'émotionnelle, le maître-cartes restait la cible de faciès suspicieux. Il prit sur lui pour dissimuler au mieux la tension qui parcourait tous ses muscles, se donnant l'air autant que possible d'un jeune homme ordinaire. Son regard identifia vite les mines les plus hostiles, comme celle d'un homme âgé qui, à côté de Dinh, ne pouvait nier leur lien de parenté : Mésaric Damer, fameux second conseiller du roi. Sadge ne commit pas l'erreur de le regarder trop longtemps, préférant observer les visages les plus proches de lui tandis que Diba l'amenait vers une table à moitié occupée. Elle fut libre en totalité dès qu'elle s'y installa. Sadge hésita avant de s'asseoir à son tour. Il entraperçut Mori, les pères de Thélie en compagnie de leur fille, ainsi que Drapagor et Elcina.

Le temps détourna l'attention des convives du duo singulier. Malgré la musique entraînante, l'ennui guetta vite le joueur. Il se pencha vers sa camarade.

— Tes parents sont arrivés ?

— Non, sinon mes sœurs ne les lâcheraient pas.

Le manque de réaction de son ami alerta Diba. Elle le dévisagea jusqu'à ce qu'il se souvienne de s'exprimer.

— Tu as des sœurs ?

— En première année de premier cycle, oui. Jaiya et Helna, les jumelles.

Diba tendit le cou afin de les dénicher, puis elle les montra d'un signe de tête. Les deux adolescentes laissaient apercevoir comment aurait été Diba si sa particularité ne lui avait pas fait hériter d'une peau nacrée. Si leurs cheveux étaient aussi noirs que ceux de leur aînée, leurs yeux, en revanche, étaient plus clairs, tirant sur le marron-vert. Pour le reste, elles étaient le portrait craché de leur aînée.

— Je ne te l'ai pas dit car je n'ai pas l'habitude d'en parler, reprit son amie. Afin qu'aucune association fâcheuse ne soit faite. Elles n'ont pas à payer le prix de ma monstruosité.

— Eh bien, tu parles d'une révélation !

— Il se pourrait que ce ne soit pas la dernière de la soirée. Ce genre d'événement est toujours propice à la révélation de secrets gênants. En parlant de secret…

D'un signe du menton, elle attira l'attention de Sadge vers l'entrée de la salle où le commandant des ARM de Montcondor, reconnaissable dans son uniforme fauve et noir, s'avançait en compagnie de sa femme et de leur fils, étudiant à Puy-sur-Embruns. La plupart des invités ne firent pas attention à eux. Ses compatriotes militaires se mirent au garde-à-vous, les autres lui serrèrent simplement la main. Sadge vit les Damer esquisser une moue mécontente à l'approche de l'homme, peut-être venimeuse, tandis que Mori ne leva même pas un sourcil lorsque son homologue lui adressa un salut parfait qu'elle lui rendit avec respect.

Le militaire salua ensuite Filairain et Dessavac, puis s'en alla goûter le buffet. La directrice jeta un regard en coin au joueur, avant de retourner à ses conversations de convenance avec les parents.

Sadge observa encore l'assemblée, jaugeant la dynamique des forces en action, oubliant totalement que la soirée était un bal. Heren, vêtue d'une longue robe noire simple laissant ses épaules dénudées, approcha de son apprenti, les deux mains tendues devant elle. Sadge loucha dessus.

— Debout ! On va répéter une dernière fois. Sauf si tu veux réduire en compote les pieds de ton cavalier ?

L'argument le convainquit. Il attrapa ses mains, puis se laissa guider sur la piste de danse. Il était tôt, seuls les danseurs les plus enthousiastes se laissaient entraîner par la musique. Le reste des convives faisait honneur aux mets délicieux, au fond du réfectoire. Les tables et les chaises étaient quant à elles positionnées le long des murs, laissant le centre de l'impressionnante salle libre pour les danseurs dont Sadge faisait à présent partie. Le départ fut compliqué, mais bien vite son rythme s'améliora au point qu'il n'écrasa les chaussures d'Heren que trois fois en tout.

— Tu es tendu, remarqua la femme.

Il y avait de quoi.

— Je redoute la danse avec mon cavalier.

C'était un sujet d'inquiétude parmi tant d'autres.

— Ça ira, le rassura-t-elle. On pardonne facilement les erreurs aux jolis minois.

Heren lui adressa un clin d'œil malicieux. Sadge se détendit aussitôt. Depuis qu'il s'était habitué à elle, la femme se montrait capable de l'apaiser. L'amour d'une mère ressemblait peut-être à ça ? Un jour, il lui demanderait de lui parler de sa vie. Elle aussi devait avoir besoin, parfois, de soulager son cœur. Mais ce soir, il voulait seulement danser.

Entraîné par l'orchestre, Sadge se perdit un instant dans l'euphorie des mouvements synchronisés, jusqu'à ce que les notes tombent, le ramenant à la réalité. Heren semblait enchantée.

— Tu progresses vite. Rassure-toi, ça se passera bien !

Elle pivota avec grâce, faisant voler sa longue robe, avec l'intention de se retirer quand quelque chose lui fit avoir un mouvement de recul discret. Sadge la vit fixer une femme noire d'une cinquantaine d'années portant les couleurs des sorcières d'Aulnecœur. L'inconnue fronçait les sourcils en dévisageant Heren, puis Sadge. Quand Heren s'en alla, la sorcière détourna la tête comme si rien ne s'était passé.

La scène, qui avait duré cinq secondes, laissa Sadge perplexe. Heren n'avait aucun pouvoir. Comment une sorcière avait pu entendre parler d'une jardinière, aussi douée fût-elle ?

Il aurait aimé y songer davantage mais l'irruption de Naph dans son champ de vision occulta tout et le paralysa. Le sourire en coin du nouvel arrivant montra que le trouble du joueur ne lui avait pas échappé. Sadge déglutit avec peine en accrochant l'œil bleu du runomage.

— Je ne savais pas que les maîtres-cartes étaient si facilement déstabilisés, se moqua-t-il gentiment.

Son ton n'avait plus rien à voir avec celui qu'il employait d'ordinaire.

— Si je veux être tout à fait honnête avec toi, j'ai appris à danser hier, répliqua Sadge.

— Et tu as l'habitude de t'angoisser pour si peu ? Ça m'étonne.

— Non. C'est que… C'est la première fois…

— Qu'on te drague ?

La franchise de Naph était déroutante, plus encore quand il parlait si simplement de choses intimes. Sadge sentit le rouge lui monter aux joues. Sans doute virèrent-elles à l'écarlate lorsque le runomage saisit ses mains avec délicatesse pour le ramener sur la piste de danse encore clairsemée. Si près de son cavalier, le joueur fut enveloppé par son parfum aux senteurs d'océan comme par la chaleur rassurante de son corps. Dépourvu de ses moyens, il laissa Naph le guider au son des cordes sans parvenir à détacher son regard du sien. Il s'y égara au point de perdre la notion du temps.

L'œil de l'artefact draconique du runomage, au contraire, guettait les environs, mettant mal à l'aise les personnes sur qui il se posait. Sadge le remarqua quand il se braqua sur une quadragénaire, visiblement furieuse, accompagnée de quatre jeunes femmes ; toutes les cinq portaient des artefacts semblables à celui de Naph. On pouvait reconnaître un dragon de feu, de terre, sans doute d'air, et de métal pour la matriarche, qui observait le dos de Naph avec un air tellement mauvais que Sadge n'osa pas croire qu'il pouvait s'agir de sa mère. Laquelle regarderait son fils ainsi ?

Le joueur reporta son attention sur son cavalier, tout trouble envolé. Il ne savait rien sur celui avec qui il partageait une danse. Était-ce cette femme qui avait fusionné l'artefact et le visage de Naph ? Est-ce elle qu'il voulait fuir ? Pourquoi l'escadron de Mori était le seul endroit où la femme n'avait pas d'emprise ? Toutes ces questions n'obtiendraient sans doute jamais de réponse. Cette perspective attrista Sadge.

— Je retrouve enfin le maître-cartes à qui j'ai posé la rune, commenta Naph. Celui à qui rien n'échappe.

L'ambigüité de son habituel sourire en coin donna à Sadge l'envie subite de l'embrasser. Face à ses pensées volages, le joueur ne se reconnaissait pas. C'était la première fois qu'il n'avait aucun contrôle sur ce qui lui passait par la tête. C'était aussi déstabilisant qu'effrayant car cela revenait à perdre le contrôle de lui-même.

— Tu te demandes pourquoi quelqu'un me regarde avec autant de méchanceté ?

Naph, toujours direct. Inutile de lui mentir.

— En effet.

— C'est ma mère, accompagnée de mes sœurs. Toutes adoptives. C'est courant chez les Remenar.

— Pourquoi ?

— Seules les femmes ont le droit d'hériter des artefacts draconiques. Comme il est impossible de prévoir le sexe ou le nombre d'enfants qu'une Remenar aura, elle adopte pour transmettre.

— Pourquoi l'escadron de Mori ?

La question parut réellement étonner Naph une fraction de seconde.

— Honnêtement ?

— Tu sais mentir ?

La réplique fit sourire le runomage. Sadge marquait un point.

— Je ne sais pas pourquoi ma mère hait et craint la commandante Mori. Je sais juste que ça me mettra à l'abri de son influence.

— Qu'est-ce qui s'est passé entre vous pour qu'elle en vienne à greffer sur toi un artefact destiné à l'une de tes sœurs ?

— Ça ne te regarde pas.

La douceur du ton ne parvint pas à dissimuler la sécheresse du propos. Même la musique se tut. Proches l'un de l'autre, les cavaliers s'immobilisèrent sur la piste malgré eux.

— Je t'ai blessé ? demanda Naph.

— Un peu. Je crois.

— Pourquoi ? Toi non plus tu ne parles pas de toi.

— Je ne sais pas. Je crois que je ne m'aime pas l'idée qu'on ne puisse pas me faire confiance.

La réponse sembla soulager Naph.

— C'est par rapport à toi. Bien. Ça veut dire que tu n'es pas en train de tomber amoureux de moi.

Sadge hésita entre sourire ou laisser échapper une exclamation dépitée.

— Je ne sais pas si ta franchise est rassurante ou détestable, confia-t-il à la place.

Chapitre 44

Toujours cette expression ambiguë du runomage quand il fit un pas en arrière.

— Je m'éclipse pour un moment. J'aimerais retarder au maximum le moment où ma mère me pourrira la fête. Elle ne pourra pas s'en empêcher.

Il salua son cavalier, lui fit promettre une seconde danse, puis disparut parmi les convives. Sadge resta planté là, jusqu'à ce que la réalité se rappelle à lui : on le regardait avec suspicion de tous côtés. Il battit en retraite dans le seul endroit sûr au milieu du bal. Non seulement il s'assit à côté de Diba, mais il rapprocha sa chaise de la sienne. L'aura menaçante de l'émotionnelle, réelle uniquement dans l'esprit des autres, érigea un bouclier sur lequel l'attention des indésirables glissa.

Diba n'avait pas choisi cette place pour rien. Elle était parmi celles offrant l'une des meilleures vues sur la salle. Le nombre important d'invités, grandissant de minute en minute, compliquait la tâche de l'observation. Pourtant la jeune femme n'avait rien raté des interactions intéressantes, y compris celle entre Sadge et Naph.

— Tu penses quoi de la soirée ? demanda le joueur.

— Il y a beaucoup de tensions sous-jacentes. Je ne serais pas étonnée si on assistait à deux ou trois drames avant la fin.

— Naph et sa mère en feront sans doute partie.

— Il se pourrait que ça monte plus haut dans la hiérarchie. Le second conseiller Damer, quand il n'est pas occupé à t'observer, dévisage le commandant montcondorois que cela commence à irriter. Dinh ne me lâche pas une seconde, et Filairain est si inquiète quand elle jette un œil sur toi qu'elle est au bord du malaise.

— Mori ?

— Elle a fait honneur à tous les plats du buffet. Son appétit est impressionnant ! Mais je la soupçonne d'en avoir profité pour écouter les conversations.

Sadge pianota des doigts sur la table, soudain nerveux. Il espérait pouvoir s'éclipser avant l'arrivée de l'orage.

Chapitre 45

Presque une heure passa dans la bonne humeur. La piste de danse se remplissait, la musique gagnait en vivacité, les convives se détendaient tandis que Sadge et Diba étaient plongés dans une passionnante conversation concernant leurs dernières lectures. Hors de question de parler des mecha Flown ou du sablier ici. N'importe qui pouvait entendre.

Passionné par ses échanges avec sa camarade, Sadge finit par oublier l'événement que l'entrée d'un maître-cartes à Puy-sur-Embruns représentait. Il s'en souvint lorsque Filairain l'apostropha. Sadge sursauta légèrement, surpris de ne pas l'avoir entendue ni vue arriver. Il se pencha vers elle lorsqu'elle lui en fit le signe.

— Tous les hauts dignitaires demandent à t'être présentés.

L'expression granitique de Sadge affichait un sous-entendu clair quant à la précarité de la situation. Au moindre faux pas, tout leur échapperait. Sadge se leva sans quitter Filairain des yeux, avant de les fixer sur l'endroit où se trouvaient les personnages importants du continent, qu'il devinait à peine derrière le mouvement incessant de la foule. Le moment était venu, plus que jamais, de se comporter comme un étudiant ordinaire. Cela passait par feindre l'obéissance envers la directrice de l'université. Il la suivit docilement, gardant ancrée en lui la certitude que Diba veillait, puis s'engouffra à la suite du fauteuil lévitant de Filairain. Il ouvrit un passage parmi les invités jusqu'à un groupe hétéroclite que seule une rareté comme un maître-cartes pouvait réunir en dépit des divergences politiques et idéologiques.

Quand Sadge s'immobilisa face à ceux qui le traquaient depuis une décennie, le monde sembla s'arrêter. Au fil des ans, de chaque fuite la peur au ventre, il avait imaginé ses poursuivants comme des monstres, leur refusant un visage humain de crainte d'avoir un jour à leur ressembler. Aujourd'hui, il devait se rendre à l'évidence : ces gens-là étaient faits de chair et de sang. Leur hideur résidait entièrement dans leur égoïsme crasse qu'ils habillaient de grandeur pour se donner bonne conscience, ignorants volontaires de ce que leurs actes infligeaient aux plus faibles qu'eux.

La rancœur d'une vie entière remonta dangereusement le long de la colonne vertébrale de Sadge. La tension dans ses muscles devint si dense qu'elle le brûla vif lorsqu'il serra la main tendue par Mésaric Damer, auquel Dinh restait collé comme un suppôt l'est au démon. Sadge se contint quand un désir fugace d'écraser les phalanges du vieil homme le saisit. À la place, il desserra ses doigts avec peine tandis que Filairain faisait les présentations en bonne et due forme.

— Je ne pense pas me tromper en disant que nous avons tous été surpris de vous savoir ici, articula Mésaric d'une voix dont l'usure accentuait la sournoiserie. Personne ne vous connaissait. Vous êtes sorti de nulle part.

Chapitre 45

— Pas de nulle part, juste d'un milieu pauvre, répliqua le joueur sur un ton neutre bien que tranchant.

Mésaric perçut l'agacement latent de son interlocuteur, plus grand d'une tête et demie.

— Ce qui rend votre ascension prodigieuse. Votre parcours force le respect.

— Merci, Second Conseiller.

L'homme ne fit aucune mention de l'incident survenu en novembre entre Sadge et Dinh ni sur la subtilisation par Diba de l'artefact de l'archiphytomage. Le petit-fils avait donc ses propres secrets. Intéressant, quoique peu surprenant.

Filairain intervint pour présenter Sadge à un homme qu'il connaissait déjà.

— Sadge, je te présente Drapagor Fodora, membre du cabinet spécial de notre roi.

— Nous avons déjà été présentés, l'informa le joueur.

— Depuis, Elcina n'a pas tari d'éloges à ton égard, jeune homme. Je suis ravi qu'elle se soit fait un ami de ta qualité.

L'homme avait jeté un regard en coin à Dinh en disant cela. Ce dernier avait détourné la tête, au déplaisir de son grand-père.

Diba avait raison, l'ambiance était tendue.

La main suivante que Sadge serra fut celle d'Alastar Elriot, commandant des ARM de Montcondor. L'homme aux courts cheveux blonds possédait une prestance semblable à celle de Mori. Une assurance développée au fil des conflits dont chaque sortie avait laissé une marque. L'âme de ces gens-là était parsemée de cicatrices innombrables. Ils devaient en avoir du courage pour remettre un pied dans l'enfer après chaque répit.

Le commandant Elriot ne décocha pas un mot. Son silence n'était pas le signe d'un désintérêt mais bien d'une observation accrue. Sadge en vint à se demander quelle image il renvoyait aux autres. Décelaient-ils ses blessures intérieures ? À quel point avaient-elles façonné sa manière d'être ?

Diba et Naph avaient tout de suite noté la singularité du maître-cartes. Filairain, non. Sans doute ne perçoit-on pas tous les mêmes détails chez autrui.

Quand Sadge eut terminé de faire le tour des dignitaires, qu'ils soient des Terres d'Auvanche ou d'ailleurs, il espéra pouvoir s'éclipser. Mais prisonnier entre Filairain, Dessavac et tous ceux qui rêvaient de le capturer, il comprit qu'il n'avait aucune échappatoire. L'impression d'avoir foncé tête baissée dans un piège le fit enrager.

— J'ai entendu dire, reprit Mésaric Damer, que votre âge similaire avec le maître aux cartes de Mort vous avait valu de mauvaises rencontres.

Le second conseiller n'aimait pas perdre de temps, et la technique d'approche que Sadge devinait lui déplaisait déjà.

— Seulement de nombreuses méprises, rien de grave, répondit le joueur avec tout le calme dont il était capable à la vue des circonstances.

— Vous venez de Saulebui, c'est bien ça ? intervint Drapagor.

— En effet.

— Où est-ce ?

— Dans la vallée des Deux Rivières.

— Vous avez déjà participé à des duels ? reprit Damer, coupant l'élan à Drapagor quand il s'apprêta à poser d'autres questions.

Sadge n'aimait décidément pas le ton chafouin du vieil homme.

Chapitre 45

— Quand des joueurs venaient se perdre dans ma campagne. Mais jamais aucun n'a essayé de me tuer, contrairement à Priamus.

Au lieu de lui inspirer de la honte, l'allusion à l'incident fit discrètement sourire Damer. Priamus s'était-il réellement laissé emporter durant le duel ou cela avait-il été calculé pour le démasquer ?

— C'est étonnant que vous ayez tenu tête à un maître-cartes expérimenté, commenta le commandant Elriot.

— C'est une question de volonté.

— En parlant de ça, la directrice Filairain me disait que vous aviez rattrapé le niveau assez rapidement, intervint Drapagor.

— L'université est réputée depuis mille ans pour dénicher les esprits les plus déterminés, rebondit Filairain en espérant détendre l'atmosphère. Sadge tient cela de ses parents, qui se sont démenés pour le faire intégrer Puy-sur-Embruns envers et contre tout.

Pour une fois, Sadge salua intérieurement l'intervention de Kathéride, autant que la perche tendue par le père d'Elcina. Ce dernier semblait trouver particulièrement amusant le fait de contrarier le second conseiller, comme si les deux hommes avaient un différend à régler.

— Vous vous destinez à quelle spécialité ? demanda le commandant Elriot.

— Technomagie, monsieur.

— Ingénieur ?

— Pilote.

La mention alluma une lueur intéressée dans les yeux verts de l'homme. Un mouvement du menton approuva le choix de carrière. Tout du moins en apparence.

Après un échange discret avec Dinh, son grand-père se redressa.

— Je vois que vous avez l'admiration de votre directrice, dit-il. Il en faut du courage pour intégrer un milieu auquel on est étranger et en apprivoiser les règles et le fonctionnement. Cela nous prouve au moins que vous n'êtes pas le maître aux cartes de Mort.

— C'est-à-dire ?

— Que c'est un lâche.

L'insulte fut comme une claque. Sadge serra les poings de colère.

— Cela est peu étonnant, lorsque l'on y pense, insista Damer. La première chose que sa mère a faite en apprenant que son fils était recherché, ça a été de fuir. Elle aurait été intelligente, elle aurait négocié les cartes au prix fort et vivrait maintenant comme une reine. Son fils n'aurait rien eu à dire.

— Il aurait sans doute été plus constructif d'envoyer un émissaire plutôt que des chasseurs de primes, intervint Drapagor.

— La diplomatie est la première étape de la négociation, compléta le commandant Elriot. Même le plus inexpérimenté des décisionnaires le sait.

Personne ne sut à qui était destiné le reproche du Montcondorois : Damer ou Drapagor. Le fait était que l'un comme l'autre prirent la mouche.

— Cela aurait à coup sûr facilité les choses, avoua malgré tout le père d'Elcina.

— Pas sûr, si les arcanes de Mort avaient été confiés à un type comme Priamus, osa Sadge. Ce genre d'ordure n'a ni honneur ni patrie.

Chapitre 45

— C'est votre rancœur qui parle, lui lança Damer. Vous apprendrez en grandissant que les choses ne sont pas aussi simples.

La manière dont le second conseiller l'infantilisait donna envie à Sadge de lui cracher à la figure. Il bouillait tellement de l'intérieur qu'il devenait difficile de lui décrisper la mâchoire. Filairain posa une main sur son avant-bras sans parvenir à attirer son attention.

— Nous devrions laisser Sadge aller profiter de la soirée, proposa-t-elle.

Sadge sentit la main le tirer doucement en arrière pour l'inciter à s'en aller, alors la voix impérieuse de Damer érigea les limites du pouvoir de la directrice.

— Nous n'avons pas terminé, trancha-t-il.

La main le lâcha aussitôt, prouvant à Sadge qu'au moindre problème il n'aurait pas d'allié. Filairain ne tenta même pas une riposte, elle accepta simplement qu'un autre ait autorité sur elle.

— Directrice, je vais croire que vous m'ignorez, lança soudain une voix vers laquelle toute l'assemblée pivota.

Sadge se retrouva devant la femme avec laquelle Heren avait eu une étrange interaction. Elle était accompagnée de l'une de ses compatriotes d'Aulnecœur.

— Mes excuses, madame.

Les personnes présentes inclinèrent la tête avec déférence face à la nouvelle venue.

— Je n'ai pas le plaisir de connaître ce jeune homme, remarqua la quinquagénaire.

— Sadge, je te présente Aupesia Tharsèle, Sorcière-mère d'Aulnecœur, et son épouse Draodia. Ce sont les mères d'Izildée.

L'instant d'hésitation entre Aupesia et Sadge fut assez bref pour ne pas éveiller les soupçons. Aupesia s'empressa de présenter son respect à l'étudiant sans paraître le moins du monde troublée. Sadge s'attela à en faire autant.

— Ma fille m'a parlé de vous. Vous lui avez fait forte impression, tout comme votre amie… Diba, je crois.

— C'est exact, madame.

Aupesia se tourna vers le second conseiller, son petit-fils et le commandant Elriot, après avoir jaugé sévèrement Drapagor.

— Je vous ai interrompus, mes excuses. De quoi parliez-vous ?

— Du maître aux cartes de Mort, madame, répondit le militaire.

Les sourcils que fronça Aupesia montrèrent sa désapprobation.

— Pourquoi ennuyer ce jeune homme avec des affaires qui ne le concernent pas ? Sadge, vous me rendriez service si vous pouviez dire à ma fille de me rejoindre. Nous nous sommes perdues de vue il y a presque trente minutes.

Sadge inclina la tête avant de prendre congé. Au premier pas qui l'éloigna du groupe, il eut l'impression de respirer pour la première fois. Jamais la sensation ne lui avait paru aussi agréable, pas même après plusieurs minutes d'apnée. Il se rendit sans détour jusqu'à la table d'où Diba avait suivi les événements tant bien que mal. Sa première question concerna l'état de Sadge, puisqu'elle le devina encore agité. Il la rassura, avant de l'inviter à l'accompagner chercher Izildée. Heureuse de la distraction offerte, Diba le suivit. Sadge apprécia le périmètre de sécurité qui se formait naturellement autour de son amie. Près d'elle, il était certain de ne rien risquer.

Chapitre 46

Elcina avait revêtu sa belle robe de satin gris perle rehaussée de brillants. Ses longs cheveux châtain clair relevés en un chignon complexe se voyaient décorés de fleurs roses odorantes. Elle avait dû abandonner son père à la fête le temps de se changer, elle espérait ne pas le retrouver isolé dans un coin. D'ordinaire, il fuyait le monde comme une maladie contagieuse. Ses nouvelles fonctions dans le cabinet spécial du roi, où peu de personnes avaient l'autorisation de se rendre, arrangeaient bien ses affaires. Elcina sourit au miroir à cette pensée avant de rejoindre le bal.

Quand elle entra dans la salle, les festivités battaient leur plein. Il n'y avait plus une place sur la piste de danse, où les étudiants s'amusaient au rythme d'une musique moderne et entraînante sous l'œil bienveillant, lassé ou indifférent de leurs parents. Elcina tenait de son père son désamour des lieux peuplés, sans doute car sa petite taille transformait les autres en remparts étouffants. Se faufiler entre les corps en mouvement était laborieux, le trajet était toujours ponctué de bousculades involontaires. Cependant, une plus franche que les autres la déstabilisa. Avant qu'elle perde l'équilibre, une main ferme à la peau noire la rattrapa par le bras. Elcina leva la tête pour faire face à Roderic, vêtu de blanc et de liserés violets. Le futur divinateur s'excusa dans un sourire renversant.

— Je cherche mon père, lui confia Elcina en guise d'appel à l'aide.

Roderic dut se mettre sur la pointe des pieds pour tenter de l'apercevoir.

— Je l'ai trouvé. Suis-moi, je te conduis.

Il lui présenta son bras. Elcina hésita. Elle n'avait jamais vraiment parlé au garçon en dehors de la fois où il l'avait aidée à prendre Sadge en charge après le duel contre Priamus. À dire vrai, le maître-cartes était sans doute leur seul point commun. Mais le caractère avenant de Roderic en faisait une personne qu'on avait envie de suivre, aussi la jeune femme accepta-t-elle l'invitation. Pour une fois, un corps devint un rempart rassurant.

Le trajet fit justement passer le duo non loin de Diba et de Sadge. Elcina comme Roderic voulurent faire un détour pour saluer le jeune homme, mais eurent la même hésitation face à son attitude hostile. Appuyé contre une colonne, les bras croisés, il balayait de son regard noir la salle sans discontinuer même lorsque Diba, assise à côté de lui, lui parlait. Elcina reprit conscience de l'instant présent après plusieurs secondes de questionnements quant à ce qui pouvait mettre son camarade dans un tel état. Lorsqu'elle comprit que Roderic ressentait le même trouble, elle s'ouvrit à lui. Il se pencha pour se faire entendre sans trop élever la voix.

— Tu n'as pas remarqué le changement d'ambiance depuis l'arrivée de Sadge ?

Chapitre 46

À l'expression franchement surprise de la jeune femme, il sut que non, elle n'avait rien noté.

— Tu as deviné quelque chose ? s'enquit-elle.

— J'ai vu le château de l'université en feu, révéla-t-il de but en blanc.

— En feu ? répéta-t-elle, hébétée.

La divination n'était pas un art exact, malgré tout il était très rare qu'un praticien ait ce genre de vision par hasard. La question était de savoir pourquoi la contrariété de Sadge lui avait fait penser à ça.

— Tu penses que Sadge en sera responsable ?

Roderic secoua la tête en signe d'ignorance.

— Tout ce que je sais, c'est que ça aura un lien avec lui. À quel niveau ? Je ne sais pas.

— Et Diba ?

— Je ne l'ai pas vue dans mes visions. J'ai demandé à mon mentor, il m'a dit que les émotionnels n'apparaissaient jamais dedans.

— Pourquoi ?

— Trop imprévisibles.

Il y eut un instant de flottement que ni la musique ni les rires parvinrent à troubler. Ces derniers tournaient autour, enfermant Elcina et Roderic dans leur bulle de pensées. Le futur divinateur les tira de leur léthargie en proposant à sa camarade de se remettre à nouveau en quête de son père. Ils s'extirpèrent de la foule et arrivèrent à l'extérieur, sur une petite terrasse secondaire fleurie délaissée par tous. Drapagor y avait trouvé le calme qu'il chérissait tant. Le visage songeur de l'homme s'illumina en apercevant son enfant.

— Jeune homme, vous avez un goût excellent en matière de cavalière !

La confusion de Roderic autant que de sa fille le fit rire.

— Il m'a seulement aidée à traverser la salle, papa. Ce n'est pas mon cavalier.

— Ça, ça peut toujours changer, glissa le divinateur. Si tu as envie de danser, tu sais où me trouver.

Un dernier sourire enjôleur, puis Roderic disparut comme une vision.

— Tu as l'air préoccupée, ma puce, s'inquiéta Drapagor.

Surprise par l'intervention, Elcina sursauta légèrement. Absorbée par ses réflexions, elle avait totalement oublié la présence de son père. La faute aux révélations de Roderic. Elcina avait beau y réfléchir, elle les trouvait trop particulières pour êtres anodines.

— Elcina ?

Il s'était rapproché en prononçant son nom. Doucement, il lui prit la main.

— Ce n'est rien. J'ai vu Sadge en venant, il semblait contrarié.

— Oh…

L'interjection était celle d'un fautif.

— Papa, qu'est-ce que tu as fait ?

— Moi ? Mais rien, voyons ! C'est ce maudit Damer !

— Grand-père ou petit-fils ?

— Le vieux ! Même si je soupçonne le jeune d'avoir joué un rôle.

— Dans quoi ?

— Eh bien… Disons que Mésaric Damer a laissé entendre que Sadge pourrait être le maître aux cartes de Mort.

Elcina ouvrit de grands yeux effarés.

— C'est stupide ! Il faut être inconséquent pour effrayer un étudiant avec des menaces à peine voilées d'arrestation.

Chapitre 46

— Il ne sera pas arrêté, techniquement.

Elcina fronça les sourcils d'incompréhension.

— De quoi tu parles ?

— Du maître aux cartes de Mort. Il ne sera pas arrêté, mais cordialement invité à négocier ses possessions.

Elcina se rapprocha de son père, la voix rendue à un murmure :

— Tu as quelque chose à me dire sur tes nouvelles fonctions ?

— Eh bien… il se pourrait que je…

Drapagor vérifia les alentours, avant de murmurer à sa fille :

— Mon nouveau travail… Je dois retrouver le maître. C'est pour ça que Mésaric ne peut pas me voir en peinture. Il a peur que je le retrouve avant lui.

— Qu'est-ce que tu vas faire, si tu l'attrapes ?

— Ne me regarde pas avec cet air choqué, ma puce. J'ai pour ordre de lui acheter ses cartes. Crois-moi, quand il verra le montant que nous sommes prêts à payer, il acceptera !

— S'il refuse ?

— Ça n'arrivera pas. J'ai l'autorisation de monter très haut dans le prix.

En dépit de la confiance témoignée par son père en ce plan, Elcina était inquiète en sachant les Damer après les arcanes de Mort. Entre leurs mains, ils feraient des armes imparables. Elle doutait également que le maître-cartes accepte de les céder alors qu'il les dissimulait depuis dix ans.

Elcina pivota vers l'intérieur du réfectoire du château, l'esprit perturbé par les dires de son père autant que par ceux de Roderic. Si Sadge était bel et bien le propriétaire des arcanes, il ne les céderait à personne, c'était certain. Dans ce cas, jusqu'où irait le gouvernement pour les obtenir ? Lui-même, à quoi serait-il prêt pour les défendre ?

— Puisqu'on en est venus à parler de mon travail…

L'introduction de son père attira de nouveau l'attention d'Elcina sur lui. Mais l'inquiétude qui s'était lovée en elle n'allait pas disparaître pour autant.

— J'ai parlé de tes talents pour les enchantements remonte-temps. Le cabinet est très intéressé, il voudrait te proposer un test. S'il est concluant, tu pourrais travailler avec moi cet été. Tu en dis quoi ?

L'opportunité inespérée fit aussitôt basculer l'humeur de la jeune femme.

— Tu veux dire travailler au cabinet du roi ?

— Oui. Tu aurais la fonction idéale pour emmerder plus tard Dinh Damer !

L'argument fit pouffer Elcina. Elle se ressaisit pourtant vite.

— En quoi consisterait le test ?

— Ça, je ne peux pas te le dire car il te faut accepter pour le savoir. Prends le temps d'y réfléchir, en sachant que passer l'épreuve ne t'engage à rien par la suite.

— J'y réfléchirai, promit-elle.

Même si elle avait déjà presque accepté, elle prendrait le temps qu'on lui accordait car elle aimait peser le pour et le contre dans chacun de ses choix.

Malgré cette bonne nouvelle, elle ne parvenait pas à se tranquilliser. Un mauvais pressentiment lui collait à la peau, épais, moite, tenace. Quand elle leva les yeux vers les hauteurs vertigineuses du château, son esprit les baigna de flammes.

Chapitre 47

Après s'être acquittés de leur tâche auprès d'Aupesia Tharsèle en lui ramenant Izildée, Sadge et Diba avaient retrouvé leur coin de salle. Si Diba s'était assise, Sadge, trop nerveux, préféra rester debout au cas où les choses tourneraient mal. En attendant le moment opportun de pouvoir s'en aller discrètement, il s'était fermé en scrutant chaque visage à sa portée, appuyé contre sa colonne de grès. À force de s'user les yeux, il parvint à retrouver toutes les personnes dont il se méfiait. Dès cet instant, il surveilla les uns et les autres à tour de rôle afin d'analyser leurs moindres faits et gestes. Soudain, il surprit le regard insistant d'un garçon inconnu blond platine à la peau pâle qui détourna la tête dès que Sadge posa les yeux sur lui.

Diba se leva au même moment.

— Je vais faire un tour. Ton inquiétude commence à me rendre nerveuse.

Sadge se détendit un peu.

— Je suis désolé. Je ne voulais pas te gâcher la soirée.

— Ce n'est pas le cas. Puis, compte tenu de la situation, je ne peux pas t'en vouloir. J'ai seulement besoin d'air.

— Tu reviens vite ? Au moins, grâce à toi, je suis certain d'être tranquille.

— Je vais faire au mieux, assura-t-elle.

Il n'en doutait pas. Il la regarda donc s'éloigner sans trop d'appréhension. À ce moment-là, une pression franche se fit sentir entre ses omoplates, comme si quelqu'un s'adossait à lui. Le parfum aux senteurs de l'océan rendit le contact chaleureux.

— Tu fuis ton dragon de mère ? devina Sadge.

— Le terme est approprié, nota Naph. Et oui, j'avoue sans honte que je la fuis. Tu la vois ?

— Non, mais je vais surveiller.

Un silence se fit entre les deux jeunes hommes. Naph avait en commun avec Diba l'inintérêt d'une conversation inutile. Ce trait de caractère était reposant. Il sentit son camarade basculer sa tête en arrière pour la caler sur le bas de sa nuque. Le froid du métal de son artefact facial le fit frissonner. Peut-être était-ce le moment de lui reposer la question de son origine ? Sadge inspira pour se donner du courage, mais ne prononça pas un mot : Mori venait de s'immobiliser à côté de lui. Séparée de Naph par la colonne ouvragée, elle ne perçut pas la présence du runomage.

— Ça a l'air de ne pas s'être trop mal passé, commença-t-elle.

— Disons que ça aurait pu être pire. Mais le Damer m'a dans le nez.

— Le contraire m'aurait étonnée. Sois prudent, la soirée n'est pas encore terminée.

La présence de Naph dans son dos rappela à Sadge son accord avec lui. Il n'aurait jamais de meilleure occasion.

Chapitre 47

— Je me demandais, concernant les runes sur les ARM… Vous les avez identifiées ?

— Absolument pas. Nos runologues se cassent les dents dessus.

— Et les runomages ?

— Les bons sont difficiles à trouver.

— Ah ? Pourtant Puy-sur-Embruns en a un.

Mori pivota franchement vers Sadge.

— Tu m'intéresses.

Sadge saisit doucement la main de Naph, invitation à entrer en scène. L'immobilité du runomage lui apparut d'abord comme une hésitation, mais c'était mal le connaître. Naph referma ses doigts sur les siens en une brève pression, puis ils s'échappèrent quand son camarade le contourna pour se tenir face à Mori.

— Commandante, je vous présente Naphtam Remenar…

La surprise sincère qui figea le visage de la militaire surprit Sadge qui ne lui avait jamais vu pareille expression.

— Commandante ? s'inquiéta Sadge.

Elle revint à elle.

— Pardon. Je suis étonnée de voir un artefact draconique sur un homme, confia la femme. La Sigia que je connais aurait préféré mourir que d'offrir un tel pouvoir à un représentant du sexe masculin.

— Vous connaissez ma mère ? s'étonna Naph.

— Hélas, répondit une voix à la tessiture un peu grave.

L'intervention attira l'attention du trio sur la quadragénaire dont la moitié du visage était mangée par l'artefact du dragon de métal. L'œil de ce dernier se fixa sur celui du dragon d'eau tandis que leurs porteurs respectifs se dévisageaient.

— Je suis en effet morte, reprit-elle. Morte de honte d'avoir mis au monde une fille si égoïste et ingrate !

— C'est ce que tu n'arrives pas à comprendre, Mère, répliqua Naph. Tu n'as jamais eu de fille. J'avais juste le mauvais corps. Je n'ai fait que régler le problème grâce à l'artefact que *tu* m'as greffé.

Il avait appuyé sa victoire personnelle, tout comme l'ironie de la situation, en écartant les bras.

— Que ça te plaise ou non, je m'en tape, conclut-il.

— Je vois que rien n'a changé, commenta Mori d'un air blasé.

Sigia Remenar la fusilla du regard.

— Tu n'as rien à dire, Roxille, depuis que tu as fui l'honneur de porter cet artefact draconique, tacla-t-elle en pointant le visage de Naph.

— Tu veux dire : « depuis que je me suis engagée dans l'armée pour fuir le fardeau de tes délires » ?

Sadge fut certain que Sigia allait gifler Mori, pourtant elle n'en fit rien. Une courte réflexion lui en donna la raison : elle craignait bel et bien la commandante, pour une raison ou une autre.

— Quelqu'un m'explique ? intervint Naph, perdu par l'échange.

— J'ai été adoptée par les Remenar, expliqua Mori le plus naturellement du monde. J'ai changé de nom en intégrant l'armée. Ce qui fait de toi mon neveu, si je comprends bien, Naphtam. Le monde est petit, mais surprenant. Et assez comique.

— Il n'y a rien de comique dans tout ça, grogna Sigia.

— Au contraire. Que ta répudiée de sœur…

— Adoptive.

— … fasse rentrer dans son escadron ton répudié de fils…

— De fille. Sois précise.

Chapitre 47

— Je le suis. Si la famille Remenar n'était pas autant obnubilée par le lignage féminin, Mère ne m'aurait jamais adoptée, elle qui a eu le malheur de n'avoir qu'une fille naturelle : toi. Ces masques sont ton héritage, pas le mien.

— Ni le mien, commenta Naph. Mais je fais avec, maintenant.

La résilience du runomage fit sourire Sadge. Cela eut pour effet d'agacer davantage Sigia, qui trouva bon de revenir sur un point abordé par Mori et passé inaperçu dans la conversation.

— Je serais curieuse de voir comment tu vas justifier l'engagement d'un runomage dans l'escadron des ARM. Personne ne te suivra.

Mori s'approcha de sa sœur adoptive d'un geste si vif que Sigia eut un mouvement de recul.

— Si tu as autant peur de moi, c'est parce que tu sais qu'on me suivra quoi qu'il arrive, siffla la militaire. Ton mépris envers moi s'est transformé en haine quand j'ai pris le contrôle des ARM et la puissance que le titre confère. Même les Damer font l'effort de rester courtois avec moi, alors je te déconseille de continuer ta vendetta. Passe à autre chose.

— Un jour, je te le ferai payer !

— Bien sûr que non.

Furieuse de s'être fait moucher, Sigia tourna les talons. Mori porta aussitôt son attention sur Sadge et Naph.

— Lors du cours de pilotage du mois prochain, je vous veux tous les deux devant l'ARM à l'aube. Naph, si tu ne viens pas, tu n'auras pas de seconde chance.

— Je comprends. Merci de m'en offrir une, Commandante.

— Bien. Si tu m'avais appelée « tata », je serais revenue sur mon offre.

Elle esquissa un sourire discret avant de fendre la foule comme un oiseau de proie. Cette fois, Naph fit face à Sadge.

— Merci.

— Je n'ai rien fait, constata le joueur. Pour le coup, je crois que tu peux remercier ta mère. Indirectement, elle a été ta meilleure alliée.

— C'est assez ironique, quand on y pense.

Il y eut un silence qui gêna vite Sadge car il fit naître une pensée désagréable.

— Je suppose qu'on est quittes, maintenant.

— Je dois encore te poser la rune.

— Mais je n'ai plus d'intérêt à tes yeux.

La remarque amusa Naph.

— Sadge, je suis aromantique, je ne suis pas un monstre. Je m'attache aux gens aussi, tu sais, comme toi tu t'es attaché à Diba.

Naph se rapprocha encore. Une lueur lascive anima son regard. Sadge en oublia le monde.

— Tu veux qu'on monte…

— Laissez-nous, jeune Remenar, ordonna un timbre impérieux.

Les deux jeunes hommes sursautèrent. La surprise passée, ils virent Mésaric Damer près d'eux, visiblement agacé par leur temps de réaction. Finalement, Naph s'éloigna de Sadge. Il lui adressa un regard désolé avant de tourner les talons. Sadge n'eut pas le temps de regretter cette fuite car celui qui était sans doute son pire ennemi le dévisageait, et personne n'était là pour lui venir en aide. Instinctivement il se redressa, les muscles tendus par l'appréhension.

— Je vais vous poser une question, vous allez y répondre, débita l'homme. Êtes-vous le maître aux cartes de Mort ?

Chapitre 47

— La vraie question est : est-ce que vous voulez que je le sois ou non ? Parce que la réponse, je vous l'ai déjà donnée, mais elle ne semble pas vous satisfaire.

— Surveillez votre langage, jeune homme, le menaça Mésaric.

— Ou sinon quoi ? Vous allez me faire arrêter ?

— Je comprends que vous ne saisissiez pas la gravité de la situation. Vous êtes jeune et préférez draguer en soirée que vous intéresser à votre pays, mais si vous possédez les arcanes, il est de votre devoir de nous en informer.

— Je n'ai rien à vous dire.

Il lança sa phrase en guise de conclusion avant d'esquisser un geste pour s'en aller. Mésaric le retint fermement.

— Et pour le sablier ? Lui non plus, vous ne l'avez pas ?

Lorsque Sadge pivota pour lui faire face, il y avait tant de haine sur son visage qu'elle aurait fait reculer n'importe qui. Mais le second conseiller était persuadé de ne rien craindre derrière son bouclier de dédain. Pourtant son expression s'adoucit d'un seul coup quand il lâcha Sadge. Il recula même de deux pas. Le joueur sentit Diba se pendre à son bras. L'arrogance de Mésaric faisait profil bas face à la menace des pouvoirs d'une émotionnelle.

— Tout va bien, Sadge ? s'enquit-elle.

Elle savait que non, car sous ses doigts les muscles contractés de Sadge étaient durs comme l'acier.

— Vous n'aurez pas toujours autant de chance, lança Mésaric avant de s'en aller.

Sadge attendit qu'il soit loin avant de desserrer la mâchoire.

— Il croit que j'ai le sablier.

— Tant que l'université est pleine, il ne tentera rien. Dinh non plus. Cet été je le prendrai avec moi. Il faudrait qu'on évite de parler de mon stabilisateur d'émotions. Si on apprend que mes pouvoirs ne sont plus ingérables, je perdrai ma capacité à faire peur.

— Compte sur moi pour garder le secret.

— Je te fais confiance. Mes parents sont arrivés.

— Tu veux me les présenter ou je peux y aller ?

Elle le fixa un instant sans qu'il sache à quoi elle pensait.

— Échappe-toi. Ils ne resteront pas longtemps, de toute façon, et j'irai me coucher juste après.

— On se voit demain ?

Elle acquiesça. Soulagé d'avoir l'approbation de son amie, Sadge prit la direction de la sortie.

Ses pas le menèrent devant la porte d'une chambre où il n'était entré qu'une seule fois. Il toqua sans savoir s'il y avait quelqu'un. L'espérait-il ou le craignait-il ? Il l'ignorait. Il n'était même pas sûr de savoir ce qu'il faisait, si c'était une bonne idée ni quelles en seraient les conséquences. Y'en aurait-il seulement ?

Le battant s'ouvrit sur un Naph débraillé.

— Je pensais que tu me tiendrais rigueur de ma fuite, avoua le runomage. Ma situation est trop précaire pour que je me permette de me mettre à dos des personnes d'influence. Je suis désolé de ne pas pouvoir être le soutien dont tu as besoin.

— Je m'en fous de ça, confia Sadge. Ta proposition, tout à l'heure… J'en ai marre d'être seul. Ce soir, j'en ai vraiment ma claque.

— Pour ça, je peux t'aider.

Sans un mot de plus, il l'attira dans sa chambre.

Chapitre 48

Il faisait encore sombre dans la chambre lorsque Sadge se réveilla. Son esprit embrumé par le sommeil le laissa dans la confusion quant à l'endroit où il se trouvait. Puis Naph bougea contre lui. La chaleur de son corps nu sur le sien l'apaisa aussitôt. Le runomage dormait profondément, lové contre son torse. Le métal de son artefact facial brillait doucement sous la lumière de la lune, dont l'aube naissante voilait pourtant l'éclat. Sadge se frotta les yeux pour achever de se réveiller car il lui faudrait bientôt se lever afin d'aider au nettoyage du réfectoire qui avait accueilli le bal la veille.

La nuit avec Naph avait été courte, la tentation de se rendormir lui fit fermer les yeux. Mais la culpabilité de trahir la confiance d'Heren les lui fit rouvrir. Il avait promis d'être là. Alors doucement, il s'extirpa des draps en prenant soin de ne pas réveiller son compagnon. Sans un bruit, il se rhabilla avant de chercher un morceau de papier vierge. Il griffonna un mot à l'intention du runomage pour s'excuser de ne pas être présent à son réveil. C'était succinct mais suffisant. Après tout, Naph n'attendait rien de lui. Avant de quitter la pièce, Sadge lui accorda un dernier regard. Si l'honnêteté du jeune homme était souvent irritante, elle rendait sa relation avec lui beaucoup plus simple car, depuis le début, il avait su à quoi s'en tenir. C'était agréable, surtout parce que Sadge n'était pas tombé amoureux. Dans le cas contraire, la situation aurait été plus compliquée à gérer.

Après un détour par sa chambre pour récupérer des affaires propres, puis par le collège des premiers cycles pour se doucher, Sadge arriva au château où il fut content de ne pas voir l'ombre d'un bourgeois ou d'un noble. Tous les jardiniers étaient là, occupés à enlever les fleurs fanées et à réarranger celles encore vigoureuses. Les tables avaient été remises dans leur configuration d'origine, en plusieurs rangées interminables. Les employés du ménage étaient occupés à nettoyer les nombreux vitraux, aidés par des colliers de lévitation leur permettant de laver à moindre effort les hauteurs vertigineuses. L'inconvénient de ces artefacts était leur faible puissance, tout juste suffisante pour soulever un humain. Ce fut pourquoi il avait fallu suspendre les structures en bois de manière manuelle. Sadge ne s'en plaignait pas, il avait adoré escalader les murs de la salle.

Au milieu des dizaines d'employés, Sadge trouva Heren. Son air taquin le mit en alerte.

— Quoi ?

— Je t'ai aperçu danser avec ton cavalier. Tu t'en es bien sorti. C'est pour le rejoindre que je t'ai vu t'esquiver si tôt ?

Sadge la fixa, sidéré.

— Comment tu sais ?

— Parce que j'ai été jeune aussi, rit-elle. Mais fini de s'amuser, on a beaucoup de travail.

Chapitre 48

Elle lui tendit un collier gravé d'une rune aérienne. Sadge imita Heren lorsqu'elle passa le sien.

— Il te suffit de souffler dessus pour l'activer, l'informa-t-elle avant de lui donner l'exemple.

Un simple soupir lui permit de s'envoler. Ensemble, ils atteignirent les structures suspendues afin d'y trier les fleurs. La minutie de la tâche la rendait longue à exécuter, aucun des deux ne vit le temps passer. Sadge finit par parler de Naph, de leur relation. Avoir une conversation normale sans craindre de laisser échapper une information sensible était agréable.

Leur travail en hauteur terminé, ils aidèrent à nettoyer le sol de marbre aux motifs floraux colorés. Adieu miettes, feuilles et pétales. Quand toute l'équipe quitta la salle en fin de matinée pour laisser place aux préparatifs du repas de midi, elle était immaculée. Alors qu'il avait été servi un petit déjeuner en chambre à tous les invités, les employés n'avaient encore rien mangé. Ils se rendirent dans les cuisines tous ensemble. Sadge découvrit le plaisir d'une pause méritée après un travail harassant, la sensation d'appartenir à une communauté avec laquelle il avait enfin des points communs. Il regrettait de ne pas avoir pris davantage le temps pour s'intégrer à ses collègues, occupé qu'il avait été à se méfier de ses camarades, de ses professeurs, et à tenter de donner une raison de vivre à Diba autant qu'à lui-même.

L'amertume le saisit lorsqu'il songea que tout serait terminé dans deux mois. D'ici là, il soutiendrait Diba durant les derniers réglages de son stabilisateur, et il trouverait les mecha Flown pour le simple plaisir de devenir, avec son amie, les deux seuls au monde à les avoir vus. Parfois, il fallait savoir se contenter de peu.

Les quatre semaines suivantes furent rythmées par les séances de Diba avec Naph et Thélie. La colère, le dégoût, la joie et l'amour furent verrouillés à des niveaux suffisants pour permettre à Diba d'utiliser ses pouvoirs sans mettre son entourage et sa santé en danger. Cela, c'était en théorie, car elle n'osa pas tester ses nouvelles capacités tout de suite. L'appréhension d'un échec l'en empêchait.

Durant cette période, Sadge et Diba avaient arrêté leurs recherches des mecha Flown afin de laisser les événements survenus durant le bal se tasser. De toute façon, Sadge n'avait eu aucune nouvelle de Niamh et des autres ondines. Il se refusait à tenter une nouvelle plongée sans leur accord, surtout s'il devait traverser leur territoire pour trouver les robots. Dinh, quant à lui, avait fini par se désintéresser de l'émotionnelle. Pour quelque temps du moins. Sans connaître ses intentions précises, mieux valait se faire discrets.

Naph avait continué de fréquenter le maître-cartes dès qu'il en avait envie ou que Sadge en avait besoin. Ce dernier limitait de son propre chef la plupart des élans le poussant dans les bras du runomage par peur de créer un effet d'accoutumance aux shoots d'endorphine. À l'approche des examens comme de son départ, il devait rester concentré.

Le dernier cours de pilotage avant les évaluations arriva avec la hausse significative des températures du mois de mai. L'uniforme des étudiants était dépouillé de son manteau. Des chemises rouges, avec ou sans manches, l'avait remplacé. Il faisait pourtant encore frais à l'aube lorsque Sadge et Naph retrouvèrent Mori près de l'ARM en sommeil. Diba avait tenu à venir également et reçut la permission de rester. Après tout, rien de confidentiel n'allait être révélé.

Chapitre 48

Même le runomage perdit la voix devant la beauté de l'engin. Peu importait la saison, voir le soleil déverser ses premiers rayons sur le métal immaculé était un spectacle à couper le souffle. Naph ne se laissa pourtant pas distraire longtemps. Il n'avait que quelques minutes pour convaincre Mori de l'utilité d'engager un runomage dans son escadron. Pour cela, il devait se recentrer sur son domaine d'expertise : les runes.

Aucune de celles présentes sur la carlingue ne lui était familière, elles étaient même étranges dans leur conception. Rien d'étonnant à ce que les runologues ne soient arrivés à rien. Le runomage avait l'avantage de ressentir les énergies des glyphes liées à tous les éléments de la terre, car la magie était un flux qui la parcourait inlassablement, passant d'un être vivant à un autre. C'était en puisant dans ce flux qu'il parvenait à créer des runes, en leur insufflant l'énergie adéquate au résultat attendu. Naph posa ses mains sur l'ARM, puis ferma les yeux pour augmenter sa concentration. Il fit courir ses doigts de symbole en symbole sans rien ressentir. Absolument rien. Ce n'était pas normal. La seule explication, c'était que les runes n'étaient reliées à rien. Or, si cela était le cas, elles ne devraient pas fonctionner. Naph ouvrit les yeux, contrarié. Il se redressa en soupirant d'agacement.

— Alors ? demanda Mori.

— Rien. Ces runes ne véhiculent aucune magie de la nature. Ou alors elle est si infime que je ne la perçois pas.

La remarque de Naph anima Diba, restée immobile depuis le début. Sadge lui jeta un regard interrogateur, pensant être discret, mais la commandante le remarqua.

— Une idée ? demanda-t-elle aux deux amis.

— Les ARM restent un mystère depuis vingt ans alors que nous pensons avoir découvert leur civilisation créatrice, commença Diba. Pourtant rien ne correspond, entre les preuves archéologiques et les robots.

— Où veux-tu en venir ?

— Au fait que Sadge avait raison depuis le début.

Sanrell l'avait avoué à demi-mot dans la lettre destinée à sa sœur : *Un jour, peut-être, serons-nous capables de lever les yeux vers le ciel et d'y voir tout ce que les étoiles dissimulent.* De plus, d'après ses notes, la technologie de l'ingénieure n'avait rien à voir avec celle de leur monde, tout en correspondant à celle des ARM.

— J'adore avoir raison, intervint Sadge, par contre j'avoue que j'aimerais bien savoir à quel sujet.

— Quand on est revenus d'Oroganche, j'ai plaisanté en disant qu'elles étaient peut-être tombées du ciel.

Sadge hocha la tête en se souvenant.

— Je t'ai dit que c'était improbable mais logique.

Ils se tournèrent vers Naph et Mori en train de les dévisager, dubitatifs. Puis le runomage leva le nez vers le ciel où brillaient encore les astres.

— Ça expliquerait pourquoi je ne ressens rien : je ne suis pas habitué aux énergies de l'espace. Elles me sont inconnues.

— Un moyen de remédier à ça ? se renseigna Mori.

Naph la fixa de l'air le plus sérieux du monde.

— Il faut m'envoyer dans l'espace.

Mori croisa les bras tandis qu'elle se plongeait dans une profonde réflexion. Son regard se promena sur les trois jeunes gens, l'ARM et le ciel. Quelques années en arrière, elle aurait jugé l'idée insensée. Aujourd'hui, elle lui apparaissait évidente. Tellement, qu'elle se sentit stupide de n'y avoir jamais pensé. Ce que cela sous-entendait, en revanche, lui donna le vertige. Des robots venus du ciel, cela voulait dire qu'une civilisation beaucoup plus avancée existait et maîtrisait le voyage spatial comme la fabrication d'armes surpuissantes. Tant qu'elle les avait imaginées fabriquées par un peuple éteint, cela ne l'avait pas dérangée. Qu'elles le soient par une espèce contemporaine, dont la technologie avait dû encore évoluer depuis mille ans, l'inquiétait. Si ces êtres d'ailleurs se mettaient en tête de venir récupérer leur bien, les probabilités pour qu'ils colonisent la planète étaient énormes. Rien ne garantissait, même avec la magie, qu'ils puissent leur résister.

Ainsi, toute l'armée, la logistique, les priorités de la recherche étaient à revoir. L'ampleur du chantier dissuaderait les politiques d'agir sans preuve solide de l'existence d'une civilisation extraterrestre.

Pour la première fois de sa vie, Mori chancela. Elle s'appuya contre l'ARM tout en décroisant les bras. Une fatigue soudaine l'assomma.

— Qu'est-ce que vous allez faire ? lui demanda Sadge.

— Je ne sais pas, avoua-t-elle à contrecœur. Si je veux parler de votre théorie, il me faut des preuves. Sans ça, rien ne changera. Seulement, j'ignore où en trouver.

Cette fois, Sadge et Diba ne commirent pas l'erreur d'échanger un regard car ils n'avaient pas envie de parler de l'ingénieure d'ARM toujours enfermée dans son sablier.

— Et pour moi ? questionna Naph.

— Tu veux t'engager à la fin de l'année ?

— Oui.

— Bien. Je te ferai passer un dossier. Je pense pouvoir t'envoyer sur la base en orbite sélénocentrique à titre expérimental si tu réussis les tests d'aptitude.

— Ça sera un jeu d'enfant.

L'assurance de Naph eut un effet réconfortant sur le groupe. Mori se redressa, signant la fin de l'entrevue. Avant de commencer leur journée de cours, Sadge et Diba se rendirent aux jardins interdits. Le maître-cartes les téléporta devant les imposantes grilles de l'entrée. Ils n'eurent qu'à s'y faufiler à la discrétion de la nuit mourante. À présent installés dans la chambre de Sadge, ils reçurent la visite de Rheyi tout en faisant un point sur leurs découvertes. Eux-mêmes avaient du mal à croire à leur propre idée.

— Si l'ingénieure est arrivée avec toutes les ARM, où est son vaisseau ? demanda soudain Diba. Il devait être énorme, nous aurions dû en trouver des traces même après mille ans.

— Et pourquoi avoir caché les mecha Flown mais avoir enterré les autres aux quatre coins du continent ?

Sadge s'affala sur son lit, dépité.

— Dire qu'on n'aura aucune réponse alors qu'on est à deux doigts de les obtenir, soupira-t-il.

— On reste les premiers à avoir été aussi loin. Et puis, on n'a pas cherché partout.

— Ah bon ?

Diba ouvrit la caisse des affaires de Sanrell. Elle sortit les documents écrits en behaqwina.

— Si c'étaient eux qui avaient toutes les réponses ? D'après la fresque, ils étaient là quand les mecha Flown ont été cachés. Ils sont peut-être le lien manquant. Tu veux aller chez eux cet été, n'est-ce pas ?

— Je voulais, mais Mori m'a dit qu'aucun étranger ne pouvait rentrer sur leurs terres sans être accompagné d'un natif.

— Plume d'aigle.

Sadge se redressa aussitôt, hébété.

Chapitre 48

— Pardon ? croassa-t-il.

— Je ne pense pas qu'il soit ton ennemi.

— Diba, il veut me capturer !

— C'est vrai que c'est embêtant pour vous deux.

— Nous deux ? Tu es sérieuse ?

— Je suis persuadée que, s'il avait le choix, il arrêterait la traque.

— Ça me fait une belle jambe...

Il se rallongea, toujours sidéré par les paroles de son amie. Rheyi apparut au-dessus de lui, enroulée dans le lierre pendant le long du mur.

— Niamh te cherche, l'informa-t-elle. Je crois qu'elle a convaincu sa tribu de te laisser plonger.

— Honnêtement, je pensais qu'elle avait abandonné. Je m'en veux d'avoir douté d'elle. Si tu la revois, dis-lui que je l'attendrai au bassin ce soir après le boulot.

Car pour l'heure, Diba et lui devaient aller en cours. Il obtint de la dryade l'assurance qu'elle s'acquitterait de sa tâche, puis il abandonna avec Diba le calme des jardins interdits.

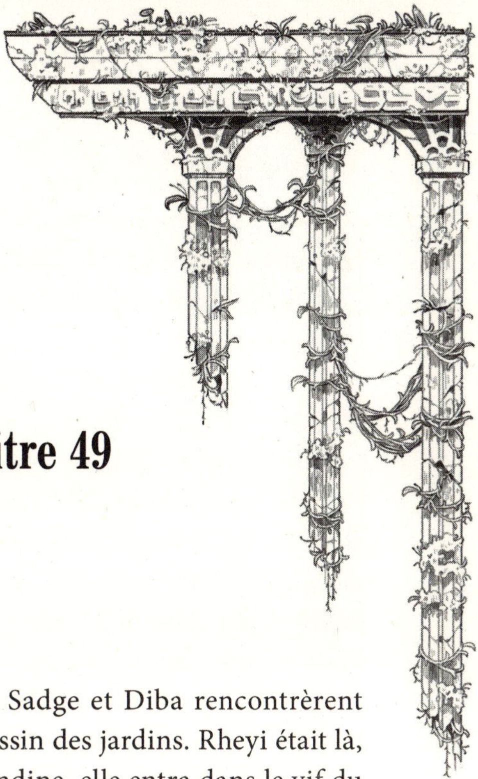

Chapitre 49

Le soir comme convenu, Sadge et Diba rencontrèrent Niamh près du plus grand bassin des jardins. Rheyi était là, cela la distrayait. Quant à l'ondine, elle entra dans le vif du sujet sans préambule :

— Tu peux traverser notre territoire à une condition : pas de kelpie. Les miens en ont peur.

— Abhainn ne t'a jamais fait de mal.

— Je le leur ai dit, ça n'a pas suffi. Pour eux, c'est un prédateur.

— Sans lui, je ne nagerai pas assez vite pour trouver les robots.

— Je te guiderai.

— Est-ce que je peux venir aussi ?

La question de Diba étonna tout le monde.

— Les tunnels sous-marins sont étroits, ça peut être extrêmement angoissant quand on n'a pas l'habitude, la prévint Sadge.

— Ça sera l'occasion de tester mon stabilisateur, répliqua-t-elle.

— S'il ne fonctionne pas ?

— Je ne sais pas ce qu'il se passera dans ce cas. Sadge, je veux être avec toi quand tu les trouveras. J'en ai le droit.

— Bien sûr que tu l'as. Tu es sûre ?

— Oui.

— Je vais demander, assura Niamh. Ne bougez pas, je reviens.

Elle disparut dans les flots. Les ondines nageaient vite, l'attente serait courte si la décision était prise rapidement. Durant son absence, ni Sadge ni Diba ne décochèrent un mot. Le joueur s'inquiétait, pourtant ce n'était pas à lui de décider pour Diba ni d'essayer de la convaincre de renoncer. Elle avait tant enduré jusqu'ici qu'elle avait le droit de prendre des risques. L'approche de la fin de l'année comme de leur séparation devait également la motiver. C'était peut-être leur unique chance de voir les mecha, qui plus est ensemble. Il y a à peine quelques mois, ça n'aurait été qu'un rêve.

— Je ne mourrai pas sans les avoir vus, laissa échapper Diba.

Sadge ne sut pas quoi répondre. Il lui saisit doucement la main.

Niamh revint alors, perça les flots avec tant de panache qu'elle surprit les étudiants. Les bras décharnés sur la margelle, elle sourit de toutes ses dents affûtées.

— C'est bon pour Diba. De toute façon, si vous tentez quoi que ce soit, elles vous dévoreront.

Le ton léger de son commentaire rendait ce dernier morbide à souhait. Il en faudrait pourtant plus pour effrayer les jeunes gens. Ils promirent de revenir ici dans une heure, le temps de rendre visite à Naph. Ce dernier avait proposé de reposer la rune à Sadge, rien ne garantissait qu'il accepte de le faire pour Diba.

Chapitre 49

Devant la porte du runomage, Sadge proposa d'entrer seul en éclaireur. Son amie accepta de patienter dans le couloir tandis qu'il pénétrait dans la chambre après avoir toqué. Il trouva Naph assis à son bureau en train de remplir avec soin un épais dossier. L'armée ne tolérait aucune zone d'ombre dans la vie de ses membres. La visite de Sadge lui donna le prétexte d'une pause. Il repoussa son fauteuil tout en étirant ses bras vers le ciel.

— Je ne pensais pas te voir ce soir, confia-t-il en se levant. Tu fais une coupure dans tes révisions ?

— C'est vrai que je sature un peu.

Le runomage s'approcha pour déposer un baiser chaste à la commissure de ses lèvres.

— Tu viens te détendre ? demanda-t-il.

— Pas ce soir. Je viens pour la rune, mais j'ai une autre requête.

L'air intrigué de Naph le poussa à enchaîner :

— Est-ce que tu pourrais la poser à Diba aussi ?

— Qu'est-ce que j'aurais, en échange ?

— Qu'est-ce que tu veux ?

— Savoir d'où viennent tes brûlures.

— L'impact entre les omoplates, d'un duel. L'autre... on m'a balancé une lampe à huile allumée.

— Qui ?

La courte hésitation de Sadge n'échappa pas à Naph.

— Un homme pour qui je travaillais plus jeune.

— Pourquoi tu ne me dis pas tout ?

Le runomage avait presque murmuré sa question en se rapprochant davantage du joueur. Ce dernier caressa sa joue.

— Parce que ta situation est encore trop précaire pour que tu sois le confident dont j'ai besoin. Tu as ta propre existence à mener, tu n'as pas besoin de t'encombrer de mon passé. Le tien te hante déjà suffisamment.

Jamais le runomage n'avait affiché d'expression plus douce qu'à cet instant. Peut-être y avait-il de la reconnaissance dans son œil bleu.

— Va chercher Diba, le pria-t-il.

L'émotionnelle entra lorsqu'elle y fut invitée. À l'image de Sadge, elle dégagea le haut de sa poitrine afin de permettre à Naph de poser la rune. Comme à l'accoutumée avec le runomage, l'entreprise fut rondement menée. Puisque personne ne sut quoi ajouter, le groupe se sépara. Ce moment inéluctable leur minait le moral plus qu'ils n'avaient l'honnêteté de l'avouer. La fin annoncée d'une période apportait toujours son lot de nostalgie.

Niamh attendit que les humains aient terminé de se préparer. Elle ne comprenait pas la fascination de ces mammifères terrestres pour un élément dans lequel ils ne pouvaient pas survivre seuls plus de quelques minutes.

Lorsqu'ils s'immergèrent enfin, elle attrapa la main de chacun une fois leurs chronomètres réglés.

— On y va ? demanda l'ondine.

Ils acquiescèrent, alors elle plongea. Elle fendait les flots à une vitesse bien supérieure à celle du kelpie, malgré tout elle prenait en compte son chargement lorsqu'elle négociait ses virages. Son agilité était telle qu'elle atteignit l'entrée de son territoire en à peine cinq minutes. L'endroit apparut pour les humains tel un immense gouffre noir constellé de milliers d'yeux bioluminescents. Niamh plongea vers le fond, puis s'immobilisa soudain tout en lâchant Sadge et Diba. Grâce à la lampe à leur poignet, ils la virent leur montrer le fond de l'abîme.

Chapitre 49

La durée de vie limitée de leur rune incita les amis à plonger sans hésiter. Ils rencontrèrent vite un bouclier à travers lequel Sadge passa sa main. Derrière le rempart invisible, il sentit de l'air. Sans savoir quelle hauteur séparait le sommet du dôme et le sol, Sadge ceintura fermement Diba d'un bras. De l'autre, il nagea pour pénétrer dans la bulle d'air. Quand ils s'y engouffrèrent jusqu'à la taille, l'eau ne les porta plus, alors la gravité les fit chuter. Sadge activa sa carte vol à temps pour amortir leur chute sur la roche dure. Le choc fut rude pour les chevilles mais sans conséquences. L'endroit où ils avaient atterri était si sombre que les lampes à leur poignet n'éclairaient rien d'autre qu'eux-mêmes.

Sadge dégaina son arcane lumière. Son petit nombre ne lui permettait pas d'éclairer loin. Du moins pas sans aide. Avant de la combiner, il avait besoin de voir son environnement pour savoir comment l'utiliser. Son choix se porta donc sur son huit d'éclair. La carte fermement tenue dans sa main levée, il l'activa. Trois éclairs successifs leur permirent d'apercevoir deux silhouettes immenses. Diba et lui restèrent abasourdis un instant.

— Tu as vu pareil que moi ? s'enquit Sadge.

— On les a trouvées, confirma Diba.

Sadge éleva des parois de glace avant d'activer de nouveau sa carte lumière. Ses rayons s'y reflétèrent et illuminèrent les deux mecha Flown. Même avec un genou à terre, les vingt-cinq mètres des machines étaient écrasants. Contrairement aux ARM, les engins étaient noirs comme la nuit, ou comme l'espace, rendant leur observation difficile de loin. Sadge et Diba se rapprochèrent. À côté du pied de la première armure, ils se sentirent comme des fourmis insignifiantes.

L'instant solennel les tint muets de longues secondes. Aucun des deux ne savait quoi dire. Chaque courbe du métal, chaque arête nette, tout rendait les robots parfaits pour le vol ou la plongée, chaque flux devant glisser sur leur carlingue sans y rencontrer la moindre résistance. Sous l'enveloppe extérieure se devinaient les mécanismes servant à mouvoir les monstres ainsi que les contours des différents systèmes d'armement, qu'ils soient à projectiles ou non. Certains semblaient créer et envoyer de l'énergie. Sous quelle forme ? C'était là toute la question.

Sadge et Diba restèrent pétrifiés encore un long moment, puis l'émotionnelle se tourna vers son ami.

— La structure du mollet permet de grimper, nota-t-elle. Le cockpit doit se trouver dans le torse, comme les autres.

— Logique. En le mettant au niveau du centre de gravité, ça facilite le pilotage en assurant une meilleure stabilité.

À peine avait-il fini sa phrase que Diba se lançait dans l'ascension. Sadge la regarda faire, décelant sous ses cheveux la nitescence de son artefact dans la pénombre, preuve qu'il était présentement en train de réguler ses émotions. Si Diba ne le remarquait même pas, c'était qu'il fonctionnait à merveille. La constatation allégea son cœur comme jamais et, soulagé, il grimpa à son tour. En haut, Diba examinait le torse du mecha à la recherche d'un moyen de le déverrouiller. À défaut d'une solution, ses doigts trouvèrent une inscription qu'elle ne sut pas lire. Pourtant elle était persuadée de l'avoir déjà vue quelque part.

— Tu te souviens des noms que j'ai notés en revenant de ma dernière visite chez l'ingénieure ? demanda-t-elle à Sadge.

— Euh… Phonétiquement ça donnait Soulflown et Skyflown.

Chapitre 49

Au premier nom, le mecha d'à côté laissa entendre comme un soupir, un bruit de mise en route. Le second nom activa le mecha sur lequel ils se tenaient. Une faible lumière violette se mit à pulser à travers un espace haut de deux centimètres.

— Ils n'étaient pas censés être fournis avec la clé ? s'étonna Sadge.

— Si.

C'était étrange qu'elle n'ait pas été cachée avec les mecha. Étaient-ils passés à côté de quelque chose ? Pourtant il n'y avait rien autour. Rien à part les ondines. Se pourrait-il que…

Diba ôta son collier sous l'œil curieux de son ami.

— Niamh nous a donné deux colliers identiques ornés chacun d'un cristal de deux centimètres.

Sadge enleva à son tour son bijou pour en déchausser le minéral, non sans peine. Il s'entailla même le doigt sur son support. Son sang coula sur le cristal dans lequel il s'infiltra en venelles écarlates. Ce ne pouvait pas être un hasard. Diba descella le sien sans se faire mal. Elle tenta de l'introduire dans la fente.

Rien.

Elle le récupéra, se mordit le pouce jusqu'à obtenir une perle de sang que le cristal absorba. Elle tenta à nouveau.

Rien.

Chaque mecha avait sa clé allouée.

— À toi l'honneur, Sadge.

Avec précaution, il introduisit la sienne à l'endroit prévu. Un mécanisme la bloqua avant de l'entraîner dans les entrailles de Skyflown. Il y eut un autre soupir, puis les parois du torse se muèrent pour ouvrir le passage vers le cockpit. Les amis s'y engouffrèrent, toujours éclairés par la carte lumière du joueur. L'habitacle était immense, à la taille du mecha. Au centre, un exosquelette plus perfectionné que celui des ARM était relié à une interface neuronale permettant de contrôler la machine. Aux pieds de l'exosquelette, des interstices trahissaient la présence d'un pan mobile circulaire large d'à peine trente centimètres. Tout autour, il n'y avait rien. Les parois étaient totalement vides et lisses. Sadge prit le temps d'expliquer à Diba les différences entre ce robot et les autres.

— Puisqu'on est là, on tente de l'allumer ? proposa le joueur.

— Je t'en prie.

Ils ne furent pas trop de deux pour comprendre le fonctionnement de l'exosquelette. Il suffisait en fait de glisser ses pieds à l'endroit prévu, puis de passer le casque de contrôle neuronal. Sans trop savoir la décrire, Sadge sentit une connexion s'établir avec Skyflown. Il fut même certain de pouvoir s'en faire comprendre quand l'exosquelette s'adapta de lui-même à la morphologie du joueur. Alors, les parois lisses autour de lui affichèrent une vue à trois cent soixante degrés de l'extérieur du mecha où les éléments invisibles à l'œil nu étaient mis en évidence par des contours en surbrillance. À en croire les schémas et les diagrammes affichés, le mecha semblait faire des analyses. Dans un coin, un séquençage d'ADN était en cours.

Le panneau sur le sol s'ouvrit une fois les résultats obtenus par la machine. Une console s'éleva à mi-hauteur du pilote, assez proche pour être à portée de main. Chose étrange, un emplacement pour ses cartes y apparut, matérialisé par un liseré violet électrique.

— Comment ce mecha peut-il être programmé pour un maître-cartes ? s'étonna Diba.

— Je ne sais pas du tout.

Chapitre 49

Sadge demanda à ses arcanes de s'y positionner. Au moment où sa carte lumière toucha le métal, Skyflown dupliqua puis amplifia son effet à l'extérieur au point d'éclairer les alentours sur un périmètre d'une centaine de mètres.

— Le robot reproduit le pouvoir des cartes, formula Diba. C'est impossible.

— C'est surtout effrayant. Diba, c'est qu'un quatre, mais on dirait que Skyflown en fait un huit !

Si le mecha avait la capacité de doubler la puissance de n'importe quelle carte, son as de Mort serait capable de décimer des milliers de gens. Son esprit lui donna un aperçu de l'hécatombe. Sous le coup de la peur, Sadge désactiva Skyflown. Il s'empressa d'ôter l'exosquelette comme s'il lui brûlait la peau. Les écrans s'éteignirent et la console replongea à sa place d'origine.

— On doit les laisser là ! paniqua le joueur.

Perdue, Diba ne sut pas comment réagir face à la crise d'angoisse naissante de son ami.

— On devrait même faire sauter l'endroit !

À peine prononça-t-il ces mots qu'une tristesse étrange l'étreignit. Il eut besoin de plusieurs secondes pour comprendre qu'elle ne lui appartenait pas : c'était Skyflown.

— On ne peut pas détruire la grotte, ça tuerait toutes les ondines, lui rappela Diba en sortant enfin de sa torpeur.

Elle saisit la main de Sadge dans un geste réconfortant, lui faisant oublier l'étrange sensation.

— Laissons-les se rendormir. Nous sommes les deux seuls humains à savoir où ils se trouvent. La troisième est enfermée dans un sablier et, d'après ce que j'ai noté, elle ne tient pas non plus à ce qu'ils tombent entre de mauvaises mains. Ça ira.

Sadge n'était pas convaincu.

— Si tu savais jusqu'où sont prêts à aller des enfoirés bouffés par l'envie, tu ne dirais pas ça. Si Damer veut les mecha, il fera tuer les ondines une par une.

— Il n'en saura rien. J'emporterai ce secret dans ma tombe et j'y emmènerai le sablier s'il le faut. Je te le promets.

— Je ne veux pas que tu me promettes ça.

La crise semblait passée, mais le joueur avait des larmes dans la voix.

— Et si on se tirait d'ici, tous les deux, avec les mecha ? proposa-t-il.

— On ne sait pas les piloter, puis le problème reste le même : on ne peut pas les sortir sans détruire le territoire des ondines. Tu ne le feras pas.

C'était évident. Malgré tout, il n'était pas rassuré.

— Rentrons, Sadge. Nous n'avons plus rien à faire ici.

Doucement, Diba le tira dehors. Il récupéra sa clé. Chacun la remit à son emplacement sur le collier avant de le passer de nouveau. Quand ils quittèrent la bulle d'air, les mecha Flown se remirent en veille.

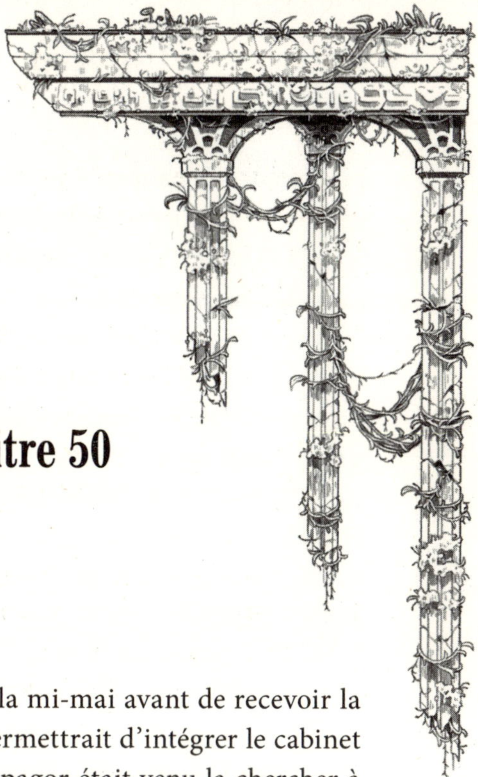

Chapitre 50

Il fallut à Elcina attendre la mi-mai avant de recevoir la convocation au test qui lui permettrait d'intégrer le cabinet spécial du roi pour l'été. Drapagor était venu la chercher à l'université pour l'occasion afin de l'accompagner pour un long voyage de dix heures. Malgré un accord de confidentialité signé voilà plusieurs jours, la nature de son test ne lui avait toujours pas été dévoilée. Cela devait concerner quelque chose d'important. La pression était énorme au point de rendre Elcina presque nauséeuse. Son père lui avait pourtant assuré qu'un échec ne remettrait pas en cause son talent ni sa chance d'intégrer le cabinet plus tard.

Au-delà de Connosque, loin à l'est de Puy-sur-Embruns, leur voiture s'arrêta dans la commune de Frêncalme, devant une ferme où s'activaient une dizaine d'hommes et de femmes. Le plus vieux vint à la rencontre de Drapagor et de sa fille, accompagnés dans leur périple par des gardes armés, détail qui dissuada le patriarche de refouler les visiteurs. Face à l'air revêche du fermier, Drapagor lui rappela qu'il avait lui-même pris contact avec son cabinet et que le moment n'était plus aux regrets. Le fermier se rembrunit mais ne commenta pas.

— Où ça s'est passé ? demanda Drapagor.

— Devant l'entrée.

Le propriétaire la leur montra du doigt. Drapagor et Elcina s'en approchèrent tandis que les gardes tenaient les curieux à distance. Ils furent de toute façon tancés par leur employeur, qui les remit tous au travail.

— Tu peux enfin m'expliquer ? demanda Elcina.

— Tu te trouves dans l'un des derniers endroits où se trouvait le maître aux cartes de Mort. Essaie de voir quelque chose de cette époque.

— C'était quand ?

— Il y a quatre ans.

— C'est trop vieux. Je ne verrai sans doute rien.

— Sauf si des sentiments vifs ont imprégné les lieux. C'est ce que tu m'as dit.

— En effet, mais c'est rare.

— Pour une personne lambda, sans doute. Pas pour un enfant qui a passé sa vie à fuir. Essaie.

Il recula sur ces mots, laissant la place afin que l'enchantement de sa fille puisse se déployer sans entrave. Au contraire des rituels qui nécessitaient de suivre scrupuleusement un ordre précis de gestes, l'art des enchantements était plus instinctif. Un même résultat pouvait être obtenu de différentes manières. Elcina sortit de sa poche la montre de gousset offerte par sa défunte mère. C'était pour garder une trace d'elle que la jeune femme avait eu envie de remonter le temps. Mais plus les années passaient, moins elle parvenait à trouver de souvenirs d'elle. Petit à petit, son sourire s'effaçait. Le bonheur de l'avoir connue, lui, restait au chaud dans sa poitrine.

Chapitre 50

Le petit objet ne possédait aucun pouvoir. Il n'était même pas un catalyseur. Sa présence rappelait juste à Elcina de toujours viser la réussite. La froideur du métal dans la paume de sa main servit de point d'ancrage à sa concentration. Elle sortit sa baguette de son étui en cuir, tapota de sa pointe le présent de sa mère, puis décrivit devant elle un cercle dans le sens des aiguilles d'une montre. Lorsqu'elle suspendit son geste, le monde se figea. Alors elle décrivit un nouveau cercle dans le sens inverse de l'autre, et le passé se superposa au présent sous forme de silhouettes éthérées aux contours scintillants. Plus elle remontait le temps, plus les apparitions se raréfiaient ; ne restaient que celles portant des sentiments vifs, chose rare dans cette ferme où le quotidien ne connaissait aucun imprévu en dehors de quelques intempéries. Les tours s'enchaînaient sans que plus rien n'apparaisse. Quatre ans, c'était trop loin. Elle persévéra tout de même par acquit de conscience, mais toujours rien à l'exception de petits sursauts trop brefs pour être lisibles. C'était peine perdue.

La mort dans l'âme à l'idée d'avoir échoué, elle s'apprêta à rompre l'enchantement quand une gerbe de flammes jaillit soudain devant elle. Son cœur se souleva lorsqu'elle la vit dévorer le flanc gauche d'un jeune adolescent. Malgré la douleur, il eut la présence d'esprit d'enlever ses vêtements en feu, dévoilant son dos où un autre stigmate, particulier, s'étalait entre ses omoplates.

— Cette brûlure… murmura-t-elle si bas que personne ne l'entendit.

Elle l'avait déjà vue, mais où ?

L'enfant utilisa l'une de ses cartes afin de faire apparaître de l'eau. Les flammes éteintes, une entité se matérialisa à côté de lui avec l'intention, semblait-il, de le guérir. Un homme grand, une âme translucide dorée qui observait Elcina. Son regard noir l'électrisa de peur. Un mauvais pressentiment la saisit. L'entité se matérialisa devant l'enchanteresse, posa sa large main sur son visage et la poussa en arrière sans ménagement.

Elcina laissa échapper un petit cri en basculant sur les fesses. Son père se précipita vers elle.

— Qu'est-ce qui s'est passé ? paniqua-t-il en voyant les yeux exorbités de sa fille.

— L'une des invocations du Maître, elle m'a vue !

Elle n'y croyait pas elle-même.

— C'était le passé, c'est impossible ! opposa Drapagor.

Pour un humain ancré dans un seul temps, peut-être. Les invocations, elles, étaient le fruit de la magie.

— C'est possible si le passé et le présent ne font qu'un pour les entités des cartes. Personne ne sait rien sur elles.

Drapagor aida sa fille à se relever.

— Est-ce que tu as vu quelque chose qui nous permettrait d'identifier le Maître ?

Elcina observa son père. Il la crut toujours sous le choc de son expérience sans savoir qu'elle venait en fait de se souvenir de cette cicatrice en forme d'impact. Elle l'avait vue le jour où Dinh l'avait dissuadée de faire de la lutte. Le jour où une seule personne avait osé lui tenir tête pour la défendre.

Le Maître aux cartes de Mort, c'était Sadge !

— Elcina, je sais que ce n'est pas facile, mais concentre-toi.

— Je n'ai rien vu, papa.

Il esquissa une moue contrariée.

— Ce n'est pas grave. Ce soir nous dormirons à l'auberge et demain nous irons à un autre endroit. Tu réessayeras.

Chapitre 50

Elle acquiesça en silence avant de suivre son père lorsqu'il remonta en voiture. Elle se surprit à espérer ne rien trouver, même si cela devait la priver d'un travail saisonnier au cabinet.

Le lendemain, ils se rendirent à Roncelongue, ville minière où des maisons identiques s'alignaient par dizaines de chaque côté des rues. S'il y avait peu de monde dehors, la donne changerait à la tombée de la nuit, quand les travailleurs quitteraient les entrailles de la terre pour les lieux à boire où les paris allaient bon train. C'était ici la dernière ville où un maître-cartes de l'âge de celui recherché avait été vu.

Tout en arpentant une ruelle, Elcina osa une question à son père :

— Comment vous parvenez à suivre sa trace ?

— Nous avons des agents de terrain qui interrogent les gens au hasard. Ça ne donne que très rarement quelque chose. Le reste du temps, ce sont des personnes qui donnent l'information en échange d'une récompense. Parfois, ce sont même des chasseurs de primes qui font leur rapport lorsqu'ils abandonnent la traque.

— Il y en a beaucoup ?

— Bien plus que ceux qui la poursuivent, oui. La plupart sont des quidams qui se lancent dans l'aventure en pensant que ce sera facilement réglé. Ils déchantent vite.

— La présence du Maître remonte à quand ?

— Un an et demi, peut-être moins.

Elcina espéra que rien de spécial ne fût arrivé à Sadge ici pour n'avoir ni à mentir à son parent ni à trahir son camarade.

Père et fille s'arrêtèrent avant le coude formé par une ruelle aux pavés déchaussés. Un enfant d'une dizaine d'années souffrant d'un retard mental nourrissait des chats tout en leur parlant. Le gamin portait des vêtements déchirés, et sa peau pâle était couverte de poussière sèche. Par endroits, elle lui faisait un second épiderme craquelé.

— Des hommes ont eu une altercation avec un jeune maître-cartes ici. Je te laisse faire.

Une simple bagarre de rue n'était pas suffisante pour marquer Sadge. Elle était certaine de ne rien trouver. Elle se mit tout de même au travail, traçant son cercle invisible dans un sens puis dans l'autre. L'enfant était là en toutes saisons, parlant et jouant avec les chats du quartier. C'était si important pour lui que ses sentiments avaient imprégné la venelle[1].

Le moment de la fameuse algarade[2] arriva. Elle aperçut furtivement Sadge faire fuir un groupe d'hommes venu harceler l'enfant. Ce n'était pas ça qui avait marqué son camarade, mais le garçon lui-même. Il était resté avec lui un long moment, l'aidant à s'occuper des félins. Il voulut ensuite le ramener chez lui mais le petit avait refusé. Il était facile de deviner, à la posture de Sadge, le dilemme qui l'avait déchiré au moment de l'abandonner.

— Je le vois, avoua Elcina à son père. Mais c'est encore trop loin pour me permettre de le décrire.

— Il n'y a rien ? insista Drapagor. Peut-être sa taille ? Il est comment ?

— Normal.

Elle ne mentait pas. La haute taille de Sadge n'était pas anormale pour un humain.

---

1. Petite rue étroite.

2. Altercation vive et soudaine.

Chapitre 50

Elcina brisa l'enchantement, puis se tourna vers son père.

— Je suis désolée, j'ai échoué.

— Bien sûr que non. Tu as vu des souvenirs remontant à quatre ans ! C'est une réussite, ma puce ! Je vais faire mon rapport en conseillant vivement à mes supérieurs de t'embaucher pour l'été. Je suis fier de toi.

Il déposa un baiser sur son front avant de passer son bras sous le sien.

— On ne l'aide pas ? demanda Elcina en désignant l'enfant.

L'air désolé de Drapagor lui donna sa réponse. Il dut la tirer à sa suite pour l'extirper de cette ruelle où le garçon vivait dans l'indifférence générale comme un souvenir que seul un enchantement aurait pu révéler. Elcina se rapprocha de son père, heureuse d'avoir grandi dans le giron[1] de sa bienveillance. Tout le monde n'avait pas la même chance.

1. Partie du corps comprise entre la ceinture et les genoux, chez une personne assise. Par extension, sphère de protection que déploie une personne.

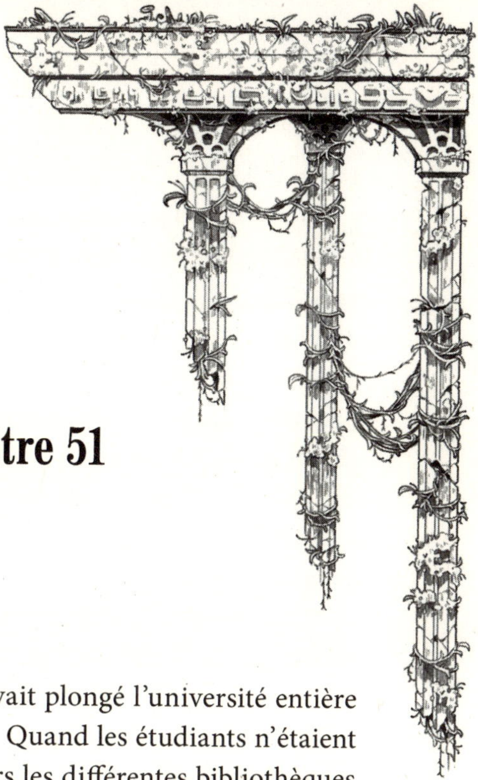

Chapitre 51

L'approche des examens avait plongé l'université entière dans une ambiance studieuse. Quand les étudiants n'étaient pas en cours, ils migraient vers les différentes bibliothèques pour réviser. Sadge jonglait entre sa vie étudiante et son travail avec Heren, trouvant parfois du temps pour s'entraîner entre deux cours de soutien. Il avait noté un changement de comportement chez Elcina, mettant ça sur le compte du stress de la fin d'année. Après tout, même Roderic n'était pas comme à l'accoutumée. Petit à petit, chacun s'enfermait dans sa bulle.

Afin d'évacuer la pression, Sadge profita des belles températures de juin pour nager dans la rivière aux côtés d'Abhainn. Diba l'avait accompagné sans toutefois mettre un pied dans l'eau. Bien que l'endroit soit isolé, elle ne voulait pas courir le risque de dévoiler son stabilisateur d'émotions.

Les deux amis n'étaient plus vraiment les mêmes depuis la découverte des mecha Flown. Un vide tenace creusait leur poitrine. Le regret d'avoir dû les laisser dans les profondeurs ? Le fait d'avoir lié leur sang à la clé ? Les deux, peut-être ?

Impossible d'être certain. Ils étaient simplement différents.

Lorsque Sadge sortit enfin de l'eau, il s'allongea sur une serviette sans prendre la peine de se sécher, préférant laisser faire le soleil. Abhainn s'amusait toujours dans la rivière tandis que Diba se noyait dans ses révisions. L'air avait la senteur du début de l'été. La chaleur sur les pierres, l'herbe tendre à l'ombre des arbres, le parfum des fleurs écloses. Le chant des oiseaux, le bourdonnement des insectes et le clapotis du torrent étaient rassurants par leur immuabilité. Du moins le resteraient-ils tant que les remparts de Puy-sur-Embruns rempliraient leur rôle.

En fin d'après-midi, des nuages voilèrent l'éclat du soleil, poussant les deux amis à rebrousser chemin jusqu'aux bâtiments de l'université. Dans leur périmètre, les espaces verts étaient envahis par les étudiants occupés à réviser en groupe plus ou moins grands. Certains professeurs étaient là, se promenant entre eux pour répondre aux ultimes questions, car les examens de la fin du premier cycle étaient majoritairement théoriques, alors que les tests de spécialité pour entrer dans le second étaient en grande partie pratiques.

Sur le chemin des jardins interdits, Sadge et Diba aperçurent un groupe d'hommes : des officiels. Les amis se hâtèrent de se dissimuler dans un coin avant d'être repérés, car les individus travaillaient pour le conseil du roi, comme en attestait le blason sur leur veste noire. Ils étaient accompagnés par le directeur adjoint Dessavac, ou plutôt guidés. Les visiteurs voulaient en effet tout savoir du fonctionnement et de la vie courante de l'université. Leur présence était mauvais signe.

— Tu vas les suivre ? se renseigna Diba.

— Je n'ai pas besoin de ça pour savoir ce qu'ils font.

— C'est-à-dire ?

Chapitre 51

— Ils repèrent les lieux au cas où ils devraient intervenir ici. Donc ils ont prévu de le faire.

— À quel moment, à ton avis ?

— Plus les intentions sont louches, moins il faut de témoins. Je voulais attendre que l'université se vide pour partir, mais je vais sans doute devoir revoir mes plans, parce qu'ils ont eu la même idée.

— Dans ce cas, partons ensemble. Mes parents ne refuseront pas et personne n'osera s'interposer.

— C'est gentil, mais je ne préfère pas t'impliquer directement. Damer a beau avoir peur de toi, il peut nuire à ta famille à distance. Tes parents et tes sœurs seront vulnérables.

La situation sembla plus agacer Diba que l'attrister. Sadge prenait seulement conscience que, depuis le dernier réglage du stabilisateur, son amie devenait plus expressive – même s'il fallait bien la connaître pour le remarquer. Son passage à Puy-sur-Embruns n'aura pas été vain.

Après une observation supplémentaire, le duo s'en alla avant d'être repéré. Pour la première fois depuis son arrivée, Sadge était inquiet. Si les hommes du roi, qui n'étaient pas connus pour leur taux de réussite sur le terrain, en étaient venus à soupçonner la présence du maître aux cartes de Mort ici, alors Plume d'aigle devait le savoir depuis longtemps. C'était lui qu'il craignait réellement car, s'il parvenait à entrer sans être vu, Sadge n'était pas certain d'anticiper son prochain coup.

*

On avait prévenu Filairain de l'arrivée des hommes du gouvernement dès leur entrée sur le domaine de l'université. Le fait que personne n'ait pris la peine de l'avertir de cette visite en amont la mit dans un état d'énervement certain. La directrice avait collé son fauteuil lévitant contre la fenêtre afin d'observer la délégation. Elle ne fit donc pas l'effort de les recevoir elle-même. À la place, elle avait trouvé refuge dans son bureau, pensant être à l'abri d'un moment désagréable. Elle n'aurait pas pu plus se tromper.

Des coups fermes, presque énervés, cognèrent contre la porte de son bureau. Son invité entra, à son plus grand regret. Lorsque Mésaric Damer se dressa devant elle avec mépris, elle retint toutes les insultes pesant sur le bord de ses lèvres.

— Second Conseiller, le salua-t-elle.

Il ne répondit pas. L'homme prit une chaise de la pièce, puis s'installa au bureau de la directrice avec un sourire dédaigneux face à l'air mécontent de la locatrice des lieux.

— C'est un bureau bien trop désordonné pour la responsable de l'université de magie la plus prestigieuse du monde.

— Venez en au fait, Second Conseiller, le pria-t-elle en faisant glisser son fauteuil jusqu'à lui.

Son ton avait été trop sec au goût de son interlocuteur. S'attirer davantage ses foudres sans connaître le motif de sa présence n'était pas souhaitable, aussi se tempéra-t-elle.

— Je sais que votre temps est précieux, je ne veux pas vous retarder dans vos affaires.

— Oh mais je suis en plein dedans, Madame.

Il marqua une pause. Filairain s'impatienta, pourtant elle ne fit pas le plaisir au politicien de le lui montrer.

— Votre position vous rend au courant des affaires d'État, d'ici ou d'ailleurs. Vous n'êtes pas sans savoir que Montcondor convoite nos mines.

— En effet.

Chapitre 51

— Ni qu'il rachète progressivement des ARM à nos voisins.

— Je le sais, oui.

— Du fait des personnes fréquentant l'université, elle est le lieu idéal d'échanges d'informations sensibles avec d'autres.

— C'est un risque dans un lieu international, Second Conseiller. Je ne comprends toujours pas la raison de votre venue, même si j'en suis honorée.

— Nous soupçonnons de l'espionnage industriel de la part de Montcondor.

— Et vous pensez que ce trafic a lieu ici, comprit Filairain. Comment puis-je vous aider ?

— Madame, Madame… soupira Damer faussement peiné.

Il se leva dans un geste théâtral.

— Vous n'êtes pas une partie de la solution… mais du problème. Votre mariage avec l'héritière d'une grande famille montcondoroise a surpris tout le monde, à l'époque. Aujourd'hui, nous comprenons enfin.

Au fur et à mesure que Filairain comprenait le sous-entendu de son interlocuteur, ses sourcils se fronçaient. Damer s'approcha d'un pas volontairement lent afin de maintenir la pression psychologique instaurée.

— Je vais personnellement superviser l'enquête vous concernant. Et si jamais j'apprends, en plus, que le maître-cartes que *vous* avez fait rentrer est en fait le maître aux cartes de Mort, je vous ferai sauter.

— Vous ne trouverez rien.

Damer se pencha un peu.

— Ça, c'est à moi d'en décider.

Sans la saluer, il s'en alla. La porte se referma, laissant la femme dans un état d'incompréhension totale. Son premier réflexe fut de reprendre sa place derrière son bureau, là où la chaise posée par Damer l'empêchait de s'installer. Elle tenta dans un premier temps de minimiser la situation, arguant que personne ne trouverait l'identité de Sadge car il n'en existait nulle preuve. Il s'en était assuré.

Alors, l'existence du compte bancaire lui revint en mémoire. Même brève, elle avait laissé une trace. Filairain se prit la tête dans une main, consternée par son imprudence malgré les avertissements de Sadge. Elle ne l'avait pas cru, pensant qu'il exagérait sa situation par besoin d'attention alors qu'elle avait simplement été incapable de jauger les enjeux de la situation. Heureusement que le jeune homme s'était trouvé un endroit sûr dans le domaine et qu'il ne lui avait rien dit. À vouloir aider le maître-cartes tout en aidant l'université, elle avait mis les deux en danger. Comment avait-elle pu être aussi inconséquente ? À quel moment son arrogance était-elle devenue un monstre aussi gourmand ?

Elle était stupide !

Dans un râle de rage, elle tendit la main vers la chaise, envoyant sa magie sur l'objet qui se fracassa à grand bruit contre un mur en pierre de l'autre côté de la pièce.

Puy-sur-Embruns était *son* université. Elle ne laisserait personne la mettre dehors sans lui tenir tête.

Chapitre 52

Durant les deux dernières semaines de juin s'enchaînèrent les examens. Sadge comme Diba avaient tant à cœur de les réussir qu'ils en oublièrent tout le reste. Parmi les matières redoutées par le joueur, la runologie était en haut de la liste. En sortant du test, le dernier de la série, il se sentit pourtant confiant grâce aux cours de soutien d'Elcina durant l'année écoulée. Diba aussi était satisfaite de sa performance. Autour d'eux, les étudiants relâchaient enfin la pression sous forme d'éclats de rires et de discussions animées. Chacun trouvait pertinent d'informer les autres de ses réponses et de ses techniques. Parfois des débats étaient lancés pour tenter de savoir qui avait raison.

Sadge et Diba ne prirent pas part à cet événement social même s'ils appréciaient l'insouciance ambiante. Elle avait quelque chose de rassurant. Ils la quittèrent pourtant vite car la fin des examens signifiait le début des départs. Dès ce soir, Puy-sur-Embruns commencerait à se vider, les résultats n'arrivant que deux semaines plus tard. Puisque préparer ses affaires ne serait pas long, Sadge accompagna Diba dans sa chambre afin de l'aider, profitant ainsi des derniers moments avec elle. Aucun des deux n'osait aborder leur séparation prochaine. En parler serait la rendre réelle, inéluctable. Pour quelques heures, ils se mentiraient encore un peu.

Tandis que Diba pliait ses vêtements avant de les glisser dans sa valise, Sadge mettait en carton les livres de sa camarade, ainsi que toutes ses recherches sur les ARM.

— Tout est obsolète, commenta son amie en le voyant faire.

— Ça vaut mieux qu'on soit les seuls à le savoir.

— Nous, Mori et Naph.

— Sans preuve, personne ne les croira.

Diba ferma son bagage avant de se redresser.

— Tu as remarqué ? demanda-t-elle.

— Quoi donc ?

— Que nous n'avons finalement rien fait. Moi, en tout cas. Je voulais trouver le Deux-centimètres pour changer le regard des gens sur moi. J'en ai trouvé un dont tout le monde ignore l'existence. Rien n'a changé.

— Si. Toi.

L'évidence ne lui apparut que maintenant. Son évolution s'était faite par étapes tout au long des derniers mois, il était normal qu'elle n'ait rien noté. La remarque de Sadge avait dû lui faire remonter le fil de sa mémoire et analyser les événements à rebours.

— Oui, c'est vrai.

Le trémolo dans sa voix n'échappa pas au joueur. Il la vit s'approcher comme au ralenti, passer ses bras autour de son cou et le serrer fort contre elle. Elle aurait aimé fondre en larmes pour ne pas avoir à endurer le feu dévorant dans sa gorge, mais des années à craindre chacune de ses émotions ne pouvaient pas disparaître aussi facilement, même quand Sadge lui rendit son étreinte.

— Tu as été la plus belle chose de ma vie, confia Diba. Grâce à toi je vivrai mes dernières années en osant, plus en subissant.

Sadge enfouit son visage dans la chevelure noire de son amie pour cacher ses larmes. Celles d'une existence entière à se convaincre que personne ne tiendrait jamais à lui. Celles d'être heureux de s'être trompé.

— Je serai toujours ton amie, Sadge, chuchota Diba comme si elle avait lu ses pensées. Je serai là si tu reviens. Je t'attendrai si tu ne reviens pas. L'un comme l'autre me rendront heureuse car ils me permettront de te garder dans mon cœur. Ta présence me soulagera dans ses moments de fatigue.

Plus Diba parlait, plus Sadge la serrait contre lui, moins il voulait partir. Ses sanglots lui coupaient le souffle. Il était si bien, là contre elle, qu'il fut certain de faire une erreur en la quittant. Sa raison dut reprendre le dessus afin de le convaincre que c'était la meilleure chose à faire pour protéger Diba et sa famille. Pour protéger ceux qui avaient, de près ou de loin, permis sa venue à Puy-sur-Embruns. Il avait beau tenter de se persuader, ses bras restaient solidement noués à son amie. Elle ne disait rien, ne bougeait pas.

Au fil des secondes, leurs sentiments s'apaisèrent. Ils restèrent enlacés encore un moment, bercés par leur respiration respective. C'était la première fois que Sadge était aussi proche de Diba, la première fois qu'il entendait son cœur battre avec difficulté. Ses doigts se crispèrent sur le haut de la jeune femme en songeant qu'il se trouverait loin lorsqu'elle rendrait son dernier souffle.

Ce n'était pas en pensant à ce genre de choses qu'il parviendrait à faire les bons choix. Ils avaient eu la chance de vivre les meilleurs moments de leur vie ensemble, c'était plus qu'ils n'auraient jamais osé espérer.

Diba fut la première à reculer. Elle caressa la joue de Sadge, essuya sa dernière larme du pouce et lui sourit.

— Mes parents arrivent dans trente minutes. Nous partirons sans attendre. Au lieu de me regretter, tu devrais faire tes adieux à Naph et à Heren si tu comptes partir cette nuit.

— Tu as raison. Avant, j'ai juste un dernier truc à faire.

Il se téléporta jusque devant l'entrée des jardins interdits. De retour dans sa chambre, il saisit le sablier et la formule pour en briser le sort avant de sortir par le dôme. Si quelqu'un l'avait vu entrer, il ne le verrait pas s'en aller. Une fois dehors, il se téléporta de nouveau dans la chambre de Diba pour lui confier son chargement tant convoité. Elle le fourra au milieu de ses vêtements.

— Tu vas briser le sort, finalement ? s'enquit-il.

— Peut-être. L'ingénieure a l'air de vouloir mener une existence tranquille. Elle ne mérite pas de rester coincée dans sa boucle.

— Et l'artefact de l'archiphytomage ?

Diba le sortit de l'une de ses poches pour le lui montrer avant de l'y remettre.

— Tout est en sécurité. Je m'assurerai que ça le reste, ne t'inquiète pas. File.

Sadge fit un pas en arrière sans quitter des yeux son amie. S'il ne se dépêchait pas, il hésiterait davantage. Sans un mot, il se téléporta loin d'elle.

Chapitre 52

Lorsqu'il retrouva Naph dans son antre, il se sentit mal à l'aise face aux murs, aux étagères et au bureau vide. Il ne restait aucune trace du travail acharné du runomage occupé à fermer le dernier de ses trois bagages. Toute sa vie tenait dedans, c'était effrayant.

— Ne fais pas cette tête d'enterrement, se moqua gentiment Naph. Nos chemins se séparent mais rien ne dit que c'est un adieu.

— J'admire ta capacité à prendre la vie comme elle vient, sans regret ni attente. Je n'y parviens pas.

— Tu manques d'entraînement, c'est tout. Aide-moi pour les bagages, ça t'évitera de trop penser.

Naph, imperturbable, comme toujours. Sadge saisit deux sacs, puis accompagna le runomage jusqu'aux remparts. La commandante Mori s'était déplacée en personne pour le récupérer. Elle laissa les deux jeunes hommes charger la berline avant d'inviter le runomage à y prendre place. Mori se tourna alors vers Sadge.

— Mon offre tient toujours, lui dit-elle simplement.

— Et je la décline encore.

La militaire n'était pas surprise. À la place, elle tendit une carte de visite au joueur qu'il attrapa.

— Mes coordonnées pour me joindre. Au cas où.

Elle amorça un geste pour prendre congé avant de faire volte-face.

— S'il y a un Behaqwina en Terres d'Auvanche, il sera au port de Lys-de-Flots. Si j'étais toi, je tenterais ma chance là-bas.

Puis elle s'engouffra dans la berline. Sadge regarda le véhicule lévitant partir en lui laissant des questions plein la tête. Aurait-il été en sécurité dans l'escadron ? Mori aurait-elle pu le protéger ? Parviendrait-il à s'en sortir seul à partir de maintenant ?

Lorsqu'une peur insidieuse se déploya en lui face à son incapacité à répondre à toutes ces interrogations, il rebroussa chemin jusqu'au cottage d'Heren. Contrairement aux élèves, la jardinière n'était pas sur le départ car le domaine aurait besoin d'entretien tout l'été. Être celui qui s'en irait serait sans doute moins difficile.

Heren inventoriait ses outils en prévision d'une nouvelle commande. Absorbée par sa tâche, elle n'entendit pas son apprenti approcher. Il lui toucha l'épaule, elle sursauta avant de sourire brièvement à son visiteur.

— Tu as l'air triste, remarqua-t-elle.

Sadge s'attendait à ce qu'elle plaisante sur le fait que tous les étudiants attendaient pourtant les vacances avec impatience. Cela créa un silence inconfortable.

— Je ne vais pas voir mes amis pendant deux mois, se justifia-t-il.

— Je comprends. Tu pars quand ?

— Je ne vais pas tarder.

Aucun des deux ne savait quoi dire. Le moment était étrange. Sadge se surprit à vouloir tourner les talons sans rien dire, pourtant quelque chose le retenait près de la femme. Il s'y était attaché, c'était indéniable. Que ce fut au point d'avoir du mal à la quitter, il ne le comprenait pas.

— Tu devrais peut-être y aller, reprit Heren. Si tu pars bientôt, tu dois te préparer.

Pourquoi ne lui demandait-elle pas s'ils travailleraient ensemble à la rentrée ? Elle ne prit même pas la peine de lui souhaiter de bonnes vacances. Elle le salua juste dans un sourire avant de lui tourner le dos.

Chapitre 52

Alors Sadge s'en alla.

Lorsqu'il s'affala sur son lit dans les jardins interdits, son cœur se pinça à l'idée que tout le monde avait quitté l'université désormais. Il devait se tenir prêt à faire de même.

Chapitre 53

Dans le clarence[1], Diba attendait avec ses parents l'arrivée de ses deux jeunes sœurs. Ni son père ni sa mère ne savaient quoi dire. Ça avait toujours été ainsi. Ils craignaient de provoquer une émotion chez leur fille aînée. Diba s'y était faite, elle préférait même cela à des conversations vides de sens.

Le château de l'université, sur son haut promontoire, ne lui inspirait rien. Les jumelles arrivèrent enfin. À peine furent-elles installées que le clarence se mit en branle tandis que sa famille discutait du programme des vacances. Diba observa les dragons disparaître de son champ de vision, se souvenant de son voyage avec Sadge à la capitale Oroganche, sa rencontre avec Plume d'aigle, lorsqu'elle avait appris la véritable identité de son ami. Le véhicule longea ensuite les remparts durant de longues minutes. Elle se rappela sa première rencontre avec le maître-cartes dans un sombre étage de la bibliothèque, sa

1. Voiture hippomobile fermée.

main tendue, son envie de l'aider, sa confiance en elle. Grâce à lui, elle était allée plus loin qu'elle n'aurait imaginé. Sans Sadge, elle n'aurait jamais cherché le Deux-centimètres ni trouvé le sablier. Sans l'objet, Thélie et Izildée ne se seraient jamais intéressées à elle, son stabilisateur d'émotions n'existerait pas, elle n'aurait jamais pu voir les mecha Flown.

Sans Sadge, elle n'aurait jamais été humaine.

Soudain, il y eut un silence pesant dans l'habitacle. Sa durée anormale la tira de ses pensées.

— Diba, tu vas bien ? demanda sa mère avec prudence.

La jeune femme la dévisagea, surprise par la question. Face à son absence de réponse, sa mère précisa :

— Tu pleures.

Diba toucha sa joue, ses doigts brisèrent la ligne parfaite d'une larme. L'expression des visages de sa famille se voila de peur car ils ignoraient encore l'existence de son stabilisateur. Diba intervint afin de ne pas lui laisser le temps d'enfler.

— Je vais bien, mon pouvoir ne s'est pas activé.

Son affirmation ne fit pourtant pas chuter la tension ambiante. L'habitude lui souffla de se détourner d'eux. Elle observa de nouveau le paysage, laissant sa famille s'apaiser seule. Avoir accès à ses émotions lui était tellement étranger qu'elle ne savait pas bien les identifier. Le temps le lui apprendrait.

Diba fut soulagée de retrouver l'écrin de sa chambre dans le manoir familial après plusieurs heures de route. Des plantes vertes s'épanouissaient dans tous les coins. Elle constata avec plaisir que le personnel de maison en avait pris soin. Comme elle le faisait toujours, elle en fit le tour en leur racontant son année à Puy-sur-Embruns. Cela lui permettait en sus de faire un point sur ses réflexions.

Chapitre 53

Son regard tomba en fin de résumé sur le bagage renfermant le sablier. Lorsqu'elle l'extirpa de sa protection de vêtements, il lui sembla voir pour la première fois son or chatoyant, les élégantes courbes de ses bulbes en verre, la finesse des gravures. Sa première idée fut d'attendre avant de tenter le rituel pour en briser le sort. Parce qu'elle avait peur de n'avoir aucun contrôle sur la situation. Si Sadge avait été là, il aurait noté qu'attendre ne servirait à rien sinon à entamer davantage son assurance. Alors elle attrapa la formule et se rendit dans un coin du parc du manoir réservé à elle seule. Un bosquet grouillant de vie dans lequel la brise souffla sa joie de voir revenir celle qui permettait à l'endroit de rester si sauvage.

Diba s'assit en tailleur à même le sol, là où l'ombre des grands frênes tenait la terre fraîche. Des fleurs blanches se balançaient tout autour, offrant au vent leur parfum sucré. Les grillons chantaient fort, couvrant le bourdonnement des abeilles, jouant de concert avec le chant des mésanges, des rougegorges et des chardonnerets. La magie était tellement vivante ici que Diba y aurait accès sans problème.

Elle posa le sablier avant de déplier la formule que seule une personne sensible à la phytomagie pouvait comprendre, car toutes les instructions utilisaient le lexique végétal, à commencer par les bulbes où s'écoulait le sable, toujours dans un seul et unique sens. Le filet était nommé « étamine » et le support en or « calice ». Pour effectuer le rituel, Diba devait rendre au sablier sa forme originale organique, car il était impossible d'enfermer un être vivant dans un autre.

La jeune femme saisit un caillou à portée de main afin de reproduire sur le sol les symboles du parchemin. Il fallait être précis car la moindre variation pourrait tout faire échouer. Sa tâche terminée, elle redressa son dos, inspira profondément plusieurs fois et se lança. Elle récita la formule, apprise par cœur au long des mois à force de s'user les yeux sur le document, les mains tendues au-dessus du sablier. Au début, rien ne se passa. Pour avoir parlé avec Izildée, Diba ne s'en étonna pas. La réaction de la magie pouvait être longue à venir, il fallait être patient et ne surtout pas abandonner au risque de devoir tout recommencer.

Les mots de Diba se confondirent bientôt avec le vent, le bruissement des feuilles. Les fleurs se penchèrent vers l'humaine, effleurèrent même le calice sur lequel les symboles changeaient doucement de forme. Bientôt ils se déployèrent puis s'étirèrent, dessinant le sillon de racines enchevêtrées. Diba sentait la magie circuler en elle et une chaleur le long de sa nuque. Le stabilisateur d'émotions réagissait. Sa peau la piqua sans jamais la brûler. Elle avait toujours le contrôle de ses pouvoirs.

Les racines composant à présent le calice se démêlèrent. Elles plongèrent dans la terre tandis que les bulbes se séparaient, reprenant leur forme végétale. Entraînés, ils disparurent eux aussi sous la terre. Quand une pousse sortit à leur place, Diba se tut. Elle posa ses mains sur le sol afin de rendre la magie empruntée. Lorsqu'elle glissa hors de son corps, une fatigue immense l'abattit. Elle se surprit même à ahaner si fort qu'elle peina à reconnaître son propre souffle. Ses membres tremblaient comme après un effort intense. Il lui semblait avoir couru des heures. Mais, surtout, elle ne voyait rien d'inhabituel dans le paysage.

Elle sentit un mélange de tristesse et de frustration à l'idée d'avoir échoué ou, pire, d'avoir détruit le sablier et l'ingénieure avec. Elle avait suivi le rituel à la lettre, pourquoi rien ne s'était-il passé ?

Chapitre 53

Diba reprit doucement son souffle en posant les yeux sur la jeune pousse d'un beau vert tendre. Au moins avait-elle permis la naissance d'un petit être. Il serait bien dans ce bosquet. La vie y était douce.

Un râle faible se fit alors entendre dans son dos. Ce fut au second qu'elle trouva la force de se retourner. Un couple allongé au milieu des fleurs reprenait conscience. Diba se leva pour s'approcher de la femme dont le teint mat et les yeux noirs lui étaient familiers. Tous les souvenirs de ses visites dans le sablier lui revinrent d'un seul coup.

— Franchement, je ne pensais pas que tu réussirais, lança l'ingénieure des ARM.

*

Sadge avait attendu le repas du soir afin de prendre des provisions pour le voyage jusqu'au port de Lys-de-Flots. Afin de ne pas parcourir les deux cents kilomètres à pied, il avait commandé une diligence dans laquelle il voyagerait sous une forme d'emprunt, au cas où Plume d'aigle serait dans le coin. Après avoir récupéré ses quelques affaires dans sa chambre des jardins interdits, il avait dû faire ses ultimes adieux. Rheyi autant que Niamh ne percevaient pas les départs de la même manière que les humains, mais elles connaissaient l'absence et ses conséquences. Les moments passés ensemble leur manqueraient, c'était indéniable. À Sadge également.

Équipé de son sac et de son étui de cartes, le joueur prit la direction des remparts de l'université. Il voulait également saluer les dragons. Sans eux, il n'aurait jamais trouvé les mecha Flown. Sadge marcha d'un pas tranquille, profitant du calme de l'université pour l'admirer une dernière fois. Il avait vécu de belles choses ici, aussi était-il certain d'en garder un beau souvenir. Il aurait aimé poursuivre ses études, surtout aux côtés de Diba. Peut-être auraient-ils pu piloter ensemble, un jour ? Il souhaitait à son amie d'y parvenir.

Le soleil se couchait sur les colonnades, les saillis et les contreforts. Baignées dans la lueur dorée du ponant[1], les innombrables statues semblaient prendre vie le temps d'un instant, et les milliers de vitres brillaient comme un trésor d'orfèvrerie[2]. L'air sentait la nostalgie.

— Sadge Bawen !

La voix profonde qui avait prononcé son nom apparut d'un seul coup devant le joueur. Un homme de main du conseil du roi lui barrait le chemin. Bientôt, il fut encerclé par une petite armée.

— Sur ordre du roi, vous devez nous…

Il n'avait pas terminé sa phrase que Sadge s'était déjà téléporté. Il se matérialisa devant l'entrée de l'université où d'autres hommes l'attendaient, réduisant ses chances d'attraper sa diligence à néant. Les intrus n'esquissèrent pas un mouvement que le joueur disparut aussitôt. Il réapparut devant la grille des jardins interdits avec l'intention de se mettre à l'abri le temps de trouver une solution. Mais au moment où il saisit le fer forgé, une sensation de danger le fit hésiter une fraction de seconde. Du coin de l'œil, il vit la haute silhouette d'un homme et le balancement d'une plume d'aigle dans ses cheveux.

Puis ce fut le trou noir.

---

1. L'ouest. Par extension, synonyme de couchant.

2. Fabrication d'objets de parure ou de décoration en métaux précieux finement travaillés.

Classification des mages sur Nemarune

Sur Nemarune, 2 % de la population mondiale possède des pouvoirs magiques.

Classes (de la plus courante à la plus rare)

La classe d'un mage désigne la manière dont il manipule la magie.
› **Baguettiste :** utilise une baguette.
› **Bâtonniste :** utilise un bâton.
› **Épéiste :** utilise une épée.
› **Manuel :** utilise ses mains.
› **Maître-cartes :** utilise son jeu de cartes.
› **Émotionnel :** utilise ses émotions.

Types

Le type d'un mage désigne le type de magie qu'il manipule.
› **Lithomage :** magie des minéraux.
› **Phytomage :** magie des végétaux.
› **Vivemages :** magie liée aux animaux. Les vivemages mythiques (utilisant la magie d'animaux mythiques) sont rares.

› **Enchanteur :** magie des enchantements (sorts dont la durée de vie est courte).
› **Artefacteur :** magie des artefacts (objets ayant des capacités magiques destinés à être utilisés par des personnes non mages).
› **Divinateur :** magie de la divination.
› **Rituelleur :** magie des rituels (sorts dont la durée de vie est longue).
› **Technomage :** magie de la technomagie. Les technomages sont les seuls à pouvoir utiliser les machines alliant magie et technologie, comme les gros moyens de transport ou les armes (exemple : les Armures Robotisées Mobiles).

Niveaux

Le niveau d'un mage est déterminé par son expérience. Il est officialisé par un acte administratif (diplôme ou cérémonie d'intronisation).
› **Apprenti :** mage en apprentissage (jusqu'au lycée).
› **Mage :** apprenti ayant obtenu son diplôme de mage et qui poursuit son apprentissage (après le lycée).
› **Métamage :** mage ayant obtenu son diplôme de fin d'études et entré dans la vie active.
› **Archimage :** métamage intronisé à la fonction par un collège de pairs.

La dénomination peut être générale (métamage, archimage, etc.) ou précise (métaphytomage, Archivivemage, etc.).

Jeu de cartes de Sadge

Invocations

1. **Simasil,** le Mouvement
2. **Ysadar,** le Temps
3. **Nassy,** la Tempérance
4. **Asharri,** le Secret
5. **Nahasael,** le Guérisseur
6. **Oshen,** le Sang
7. **Ardaloch,** fonction inconnue
8. **Vamelor,** fonction inconnue
9. **Abrasel,** fonction inconnue
10. **Nalemiel,** fonction inconnue

Capacités

1. **Invisibilité :** roi
2. **Bouclier :** reine
3. **Liaison :** as
4. **Télépathie :** 9
5. **Passe-muraille :** 5
6. **Vol :** valet
7. **Métamorphose :** 10
8. **Lumière :** 4
9. **Ténèbres :** reine
10. **Téléportation :** 10

Éléments

1. **Feu :** 10
2. **Eau :** 10
3. **Terre :** 5
4. **Air :** 9
5. **Bois :** 9
6. **Métal :** 9
7. **Glace :** 6
8. **Éclairs :** 8
9. **Brouillard :** as
10. **Roche :** 10

Suppléments

1. **Mort :** as
2. **Joker :** imite n'importe quelle carte du jeu.

Cartes gagnées lors de duels

Invocations

› **Abhainn,** le Kelpie
› **Pharon,** l'Obéissance
› **Oreri,** le Labyrinthe
› **Shenashen**, l'Arbre
› **Ryltan**, le Dragon de feu

Capacités

› **Bouclier :** roi
› **Métamorphose :** reine
› **Vol :** roi
› **Passe-muraille :** 2
› **Ténèbres :** 1

Éléments

› **Éclairs :** 2
› **Feu :** 5
› **Métal :** reine
› **Brouillard :** 7
› **Glace :** 7

Dana B. Chalys

Née en 1988 en pays chaurien, Dana a baigné dans la science-fiction, les mythes et les légendes depuis l'enfance. À défaut d'une carrière de chasseuse de trésors occultes ou d'aventurière intergalactique, elle est devenue romancière. Son credo ? La SFFF (science-fiction, fantasy, fantastique), le café et les œuvres animées, avec un faible pour *Scooby-Doo*, *Princesse Mononoké* et *The Vision of Escaflowne.*

Poussée par son amour des *crossovers*, Dana développe un multivers au croisement des genres de l'Imaginaire : les *Chroniques des deux Terres*, composées à ce jour de dix nouvelles et d'autant de romans. Cela lui permet de ne renoncer ni aux chasses aux trésors ni aux aventures spatiales !

Hypathie Aswang

Hypathie Aswang, de son vrai nom Laura Pruniaux, est une illustratrice française, née le 31 juillet 1995.

Passionnée par les histoires depuis son enfance, elle se dirige tout d'abord vers des études de cinéma, qui lui enseignent la mise en scène et l'écriture, avant de se tourner pleinement vers son amour pour le dessin. Elle a illustré des ouvrages aux sujets variés : livres pour enfants mais aussi contes et histoires paranormales. Elle a également illustré plusieurs jeux de cartes. Son travail peut être retrouvé sur son instagram : @hypathie_aswang_art où elle présente également ses séries artistiques telles qu'Inktober.

France Mansiaux

Lors de son enfance dans les Alpes, France préférait passer ses après-midi neigeux bien au chaud en compagnie de ses jeux vidéo plutôt qu'à serpenter les pistes de ski.

Grâce à son frère aîné, elle s'est découvert une nouvelle passion : le dessin, afin de pouvoir recréer les personnages de ses jeux favoris.

Elle poursuit, bien des années plus tard, des études dans le graphisme. Touche-à-tout et après s'être essayée à la 3D, elle finit par retourner à sa passion initiale, l'illustration, dans laquelle elle décide de faire carrière.

Reproduit et achevé d'imprimer en novembre 2022
par Abedik, en Pologne,
pour le compte de Gulf stream éditeur,
31, rue Alfred-Riom, 44100 Nantes
www.gulfstream.fr
Dépôt légal 1re édition : mars 2023